BERNARD CORNWELL

Sharpes Mörder

Weitere Titel des Autors:

Sharpes Feuerprobe
Sharpes Sieg
Sharpes Festung
Sharpes Trafalgar
Sharpes Beute
Sharpes Aufstieg
Sharpes Mission
Sharpes Trophäe
Sharpes Gold
Sharpes Flucht
Sharpes Weihnacht
Sharpes Zorn
Sharpes Gefecht
Sharpes Rivalen
Sharpes Degen
Sharpes Abenteuer
Sharpes Feind
Sharpes Ehre
Sharpes Geheimnis
Sharpes Triumph
Sharpes Rache
Sharpes Waterloo
Sharpes Teufel

Einige Titel auch als Hörbuch erhältlich

Über den Autor:

Bernard Cornwell wurde 1944 in London geboren. Er arbeitete lange für die BBC, unter anderem in Nordirland, wo er seine Frau kennenlernte. Heute lebt er die meiste Zeit in den USA. Er ist der Autor zahlreicher international erfolgreicher historischer Romane und Thriller. Die Sharpe-Serie, die er in den 1980er-Jahren zu schreiben begann, hat Kultstatus und wurde von der BBC mit Sean Bean in der Hauptrolle verfilmt. Nun legt er nach mehr als fünfzehn Jahren Wartezeit für die Fans endlich ein neues Abenteuer von Richard Sharpe vor.

BERNARD CORNWELL

SHARPES MÖRDER

HISTORISCHER ROMAN

Aus dem Englischen von
Rainer Schumacher

lübbe

Dieser Titel ist auch als Hörbuch und E-Book erschienen.

Die Bastei Lübbe AG verfolgt eine nachhaltige Buchproduktion. Wir verwenden Papiere aus nachhaltiger Forstwirtschaft und verzichten darauf, Bücher einzeln in Folie zu verpacken. Wir stellen unsere Bücher in Deutschland und Europa (EU) her und arbeiten mit den Druckereien kontinuierlich an einer positiven Ökobilanz.

FSC www.fsc.org MIX Papier | Fördert gute Waldnutzung FSC® C014496

Vollständige Taschenbuchausgabe

Deutsche Erstausgabe

Textredaktion: Rainer Delfs, Scheeßel
Titelillustration: © Collaboration JS/Arcangel | © Jordi Bru/Arcangel
Umschlaggestaltung: ZERO Werbeagentur, München
Satz: hanseatenSatz-bremen, Bremen
Gesetzt aus der Stempel Garamond
Druck und Verarbeitung: GGP Media GmbH, Pößneck
Printed in Germany
ISBN 978-3-404-18887-1

2 4 5 3 1

Sie finden uns im Internet unter
luebbe.de
Bitte beachten Sie auch: lesejury.de

Sharpes Mörder
ist WHISKEY gewidmet,
meinem wundervollen Hund,
der mir bei elf Büchern
Gesellschaft geleistet hat und der,
kurz nachdem ich dieses hier fertiggestellt habe,
gestorben ist.

Teil eins

Die Zitadelle

KAPITEL 1

Da waren drei Männer auf dem Hügelkamm. Zwei lebten noch.

Einer der beiden, ein großer, schlanker Mann mit von der Sonne gebräuntem Gesicht, trieb eine Spitzhacke in die sture Erde. Die ersten zwölf Zoll waren leicht gewesen, doch der heftige Regen der vergangenen zwei Tage hatte die dicke Lehmschicht darunter nicht gelockert. Die Spitzhacke traf zwar hart, drang aber nicht tief ein. »Das wird den ganzen gottverdammten Tag dauern«, knurrte der Mann.

»Lassen Sie mich mal«, sagte der andere. Er war sogar noch größer, ein stämmiger, muskulöser Mann mit starkem irischen Akzent. »Nehmen Sie die Schaufel.«

»Nein, lass mich«, widersprach der erste Mann mürrisch und schlug wieder zu. Er hatte den Oberkörper frei gemacht und trug nur einen einfachen Strohhut, wadenhohe Stiefel und eine französische Kavalleriehose. Sein Hemd und seine grüne Riflejacke hingen an einem Baum in der Nähe zusammen mit dem schweren Kavalleriesäbel, einer ausgefransten roten Offiziersschärpe und einem Gewehr.

»Ich habe Ihnen doch gesagt, wir sollten das Loch im Tal graben«, sagte der größere Mann. »Da ist der Boden weicher.«

»Nein. Es muss hier oben sein, Pat. Dan hat schon immer die Höhe geliebt.«

»Ich werde Dan vermissen«, seufzte Patrick Harper wehmütig.

»Diese verdammten Froschfresser.« Die Spitzhacke sauste wieder herab. »Gib mir mal die Schaufel.«

»Ich schaufele«, sagte Harper. »Machen Sie Platz.« Er sprang in das flache Grab und begann, die lose Erde rauszuwerfen.

Der Offizier ging zum Baum und nahm sein Gewehr herunter. »Ich werde das mit ihm begraben«, erklärte er.

»Warum nicht sein eigenes Gewehr?«

»Weil seins besser ist als meins. Dan hätte sicher nichts dagegen.«

»Ja, er hat sich immer gut um sein Gewehr gekümmert. So viel steht fest.«

Dan Hagmans Leiche lag auf dem Gras. In dem Kampf, der am Tag zuvor auf dem Hügelkamm getobt hatte, war er von einem französischen Voltigeur erschossen worden. Die meisten Toten des Bataillons wurden in einem flachen Grab weiter unten bestattet, nahe dem Château de Hougoumont, wo noch immer der Rauch des Feuers emporstieg, das das Haupthaus zerstört hatte. Unweit des Châteaus brannte jedoch noch ein weiteres, größeres Feuer, und sein Gestank waberte den Hügel hinauf.

Der Offizier hockte sich neben Hagmans Leiche und berührte sanft das Gesicht des Toten. »Du warst ein guter Mann, Dan«, sagte er.

»Ja, das war er.«

Der Offizier mit Namen Richard Sharpe schnippte ein Stück Dreck von Dan Hagmans grüner Jacke. Ansonsten war sie sauber, und die Marketenderinnen des Bataillons hatten sie geflickt. Sharpe hatte derweil Hagmans Gesicht gewaschen, doch egal, wie sehr er auch geschrubbt hatte, die eingebrannten Pulverflecken auf Hagmans rechter Wange wollten einfach nicht verschwinden. »Wir sollten ein Gebet sprechen«, sagte Sharpe.

»Ja, wenn wir denn endlich tief genug gegraben haben«, knurrte Harper.

»Sprich du es. Du bist doch katholisch, oder?«

»Himmel, ich war schon seit zehn Jahren nicht mehr in der Kirche«, erwiderte Harper. »Ich bezweifle, dass Gott mir noch zuhört.«

»Bei mir weiß er noch nicht einmal, dass es mich gibt. Hat Dan eigentlich gebetet?«

»In jedem Fall hat er schön Kirchenlieder gesungen«, antwortete Harper. Er griff nach der Spitzhacke und trieb sie tief in die Erde. »Wir sind bald fertig«, sagte er und brach die Erde auf.

»Ich will nicht, dass die Füchse ihn wieder ausgraben.«

»Wir werden Steine auf ihn legen.«

Sharpe hatte ein Holzkreuz aus Brettern gebastelt, die er aus einem Munitionswagen herausgebrochen hatte. Mit einem rot glühenden Bajonett hatte er Dans Namen in den Querbalken gebrannt und schließlich »Rifleman« daruntergeschrieben. Jetzt bog er den Rücken durch, um die Schmerzen aus den Muskeln zu vertreiben, und starrte über das flache Tal hinweg zu den Orten, wo die Schlacht getobt hatte. Überall lagen Leichen, Männer und Pferde, und das Korn war entweder platt getrampelt oder vom Feuer der Artillerie verbrannt. »Gott, das stinkt«, knurrte Sharpe und nickte den Hang hinunter zu der Stelle, wo hinter Hougoumont ein weit größeres Feuer geschürt wurde. Männer trugen französische Leichen zu den Flammen und warfen sie hinein. Die englischen Toten wurden begraben, doch der Feind ging durch das Feuer in die Ewigkeit ein. Sharpe ließ das Holzkreuz fallen und schnappte sich die Schaufel.

»Da kommt ein Offizier«, warnte Harper.

Sharpe drehte sich um und sah einen Kavallerieoffizier auf sie zukommen. »Das ist keiner von uns«, bemerkte er und wandte sich wieder dem Erdreich zu, das Harper mit der Spitzhacke aufgebrochen hatte. Der näher kommende Offizier trug eine himmelblaue Hose und eine dunkelblaue Uniformjacke mit einer goldenen Schärpe. Auf Sharpe wirkte die Uniform unnatürlich sauber. Die Männer, die auf dem Hügelkamm gekämpft hatten, waren hingegen völlig verdreckt, ihre Uniformen voller Schlamm, dunkel von Blut und von Schwarzpulver verbrannt. Im Gegensatz dazu wirkte der junge Kavallerieoffizier elegant und glattpoliert.

»Der Mistkerl spricht mit Sergeant Huckfield«, sagte Harper. Misstrauisch beäugte er den Reiter, der neben einer Gruppe Rotröcke angehalten hatte, die gerade Musketen putzten, die sie auf dem Schlachtfeld eingesammelt hatten. Einer der Rotröcke deutete zu Sharpe. Sharpe fluchte, und Harper lachte. »Egal, wo Sie auch hingehen, Sie ziehen den Ärger magisch an, Sir«, bemerkte der große Ire.

Der elegant uniformierte Offizier wendete sein Pferd und ritt zu Sharpe und Harper. Als er sah, was sie da taten, verzog er das Gesicht. »Man hat mir gesagt, ihr wisst, wo ich Lieutenant Colonel Sharpe finden kann«, begann er. Er hatte eine klare Stimme, was zusammen mit seinem gestriegelten Pferd und der teuren Uniform von Geld zeugte.

»Sie haben ihn gefunden, Euer Ehren«, erwiderte Harper und betonte seinen irischen Akzent über Gebühr.

»Du – äh – Sie?« Der Offizier starrte Harper ungläubig an.

»Ich bin Colonel Sharpe«, meldete sich nun auch Sharpe zu Wort.

Wenn der Kavallerieoffizier es schon als unglaublich empfunden hatte, dass Harper ein Colonel sein könnte, so kam ihm die Vorstellung, dass Sharpe der Gesuchte war, geradezu absurd vor. Vermutlich lag das unter anderem daran, dass Sharpe ihm den Rücken zugekehrt hatte, sodass die Peitschennarben auf seinem Rücken deutlich zu sehen waren.

Sharpe schob seinen Strohhut in den Nacken und drehte sich zu dem Neuankömmling um. »Und Sie sind?«

»Captain Burrell, Sir. Ich gehöre zum Stab des Herzogs.«

»Lord Burrell?« Die Verachtung in Sharpes Stimme war nicht zu überhören.

»Einer seiner jüngeren Söhne, Sir.«

»Was kann ich für Sie tun, Burrell?«

»Der Herzog wünscht, Sie zu sehen, Sir.«

»Er ist noch immer in Waterloo?«

»In Brüssel, Sir. Wir sind heute Morgen dorthin geritten.«

»Ich muss das hier noch zu Ende bringen«, erklärte Sharpe und stieß die Schaufel wieder in die Erde. »Und ich muss mich rasieren.« Er hatte sich seit vier Tagen nicht mehr rasiert, und inzwischen waren die Stoppeln deutlich zu sehen.

»Der Herzog hat gesagt, es sei wichtig«, erwiderte Burrell nervös. »Er besteht darauf, dass Sie sich beeilen, Sir.«

Sharpe richtete sich auf. »Sehen Sie den Toten da, Captain?«

»Selbstverständlich, Sir.«

»Das war ein verdammt tapferer Soldat und ein guter Freund. Dieser Mann ist mit mir von Portugal bis nach Frankreich marschiert, und als er dann hier ankam, hat so ein Bastard von Voltigeur ihn einfach abgeknallt. Ich schulde ihm ein Grab, und ich zahle meine Schulden. Wenn Sie es wirklich so eilig haben, wie wäre es dann, wenn Sie von Ihrem hohen Ross steigen und uns helfen würden?«

»Ich werde warten, Sir«, sagte Burrell verunsichert.

Es dauerte noch eine weitere Stunde, bis das Grab ausreichend tief war, doch dann wurde Dan Hagman in die Erde hinabgelassen, und Sharpe legte sein eigenes Gewehr neben die Leiche und steckte die Finger des Toten durch den Abzugsbügel. Schließlich berührte er Hagmans von Pulver verbrannte Wange. »Dan, solltest du am falschen Ort landen, dann jag dem Teufel eine Kugel in den Leib. Sag ihm, die ist von mir.«

Sharpe stieg aus dem Grab und half Harper, Erde und Steine auf den Toten zu schütten. »Sprichst du ein Gebet, Pat?«

»Nein. Ich nicht, Sir. Wir brauchen jemanden, der Gottes Ohr hat. Statt zu beten, könnte ich genauso gut furzen.«

Sharpe grunzte. »Dann such jemanden, der ein Gebet sprechen kann, Pat, aber nicht Huckfield oder einen anderen verdammten Methodisten.« Er schaute zu Burrell hinauf, der auf dem Hügelkamm hin und her ritt. Er war sichtlich ungeduldig. »Was will der Herzog von mir?«, rief Sharpe ihm zu.

»Das sagt er Ihnen am besten selbst, Sir. Und er hat Eile angemahnt.« Burrell zögerte. »Sie mögen keine Methodisten, Sir?«

»Ich hasse die Bastarde«, antwortete Sharpe. »Die predigen mir ständig. Ich weiß, dass ich ein Sünder bin. Das müssen sie mir nicht sagen. Nein, ich will einfach ein gutes Gebet für einen guten Mann.« Er schaufelte weiter Erde auf das Grab. Dann rammte er das schlichte Holzkreuz hinein. Just in dem Augenblick kam Harper zurück. Er hatte einen blassen, dünnen Jüngling im Schlepptau. »Wer zum Teufel bist du denn?«, fragte Sharpe den Jungen.

»Private Bee, Sir«, antwortete der Kleine nervös. Er sah keinen Tag älter als siebzehn aus, dürr wie ein Ladestock und mit langem schwarzem Haar. Auf seinem roten Rock waren weder Schlamm noch Pulverflecken zu sehen.

»Wir haben heute Morgen Ersatz bekommen«, erklärte Harper. »Sechsunddreißig Mann. Der kleine Bee hier ist einer davon.«

»Dann hast du die Schlacht also verpasst, ja?«, fragte Sharpe den Jungen.

»Ja, das haben wir, Sir.«

»Und da habt ihr Glück gehabt«, seufzte Sharpe. »Und du kennst ein Gebet, Bee?«

»Jawohl, Sir.«

»Dann sprich es, Junge. Das hier war ein guter Mann. Er hat hart gekämpft, und ich will, dass er in den Himmel kommt.«

»Jawohl, Sir.« Bee klang zunehmend nervös, als er an den Rand des Grabes trat und die Hände faltete. *»Dormi fili, dormi«*, begann er unsicher, doch dann fand er seine Stimme: *»Mater cantat unigenito. Dormi, puer, dormi. Pater nato clamat parvulo.«* Seine Stimme verhallte.

»Amen«, sagte Burrell in feierlichem Ernst.

»Amen«, sagte auch Sharpe. »Das klang gut, Bee.«

»Ich bin noch nicht fertig, Sir.«

»Ich bin sicher, das reicht. Für mich klang das wie ein Gebet.«

»Das hat mir meine Mutter beigebracht«, erklärte Bee. Er sah so zerbrechlich aus, dass Sharpe sich wunderte, dass er überhaupt eine Muskete halten konnte.

»Das hast du gut gemacht, Junge«, lobte ihn Harper. Er

holte eine Flasche aus seinem Tornister und goss die Hälfte des Inhalts aufs Grab. »Ein paar Tropfen Brandy für deinen Weg in den Himmel, Dan.«

»Verdammt«, knurrte Sharpe wütend und wischte sich die Tränen aus den Augen. »Er war wirklich ein guter Mann.«

»Der Beste.« Harper nickte.

»Hol mein Pferd, Pat«, befahl Sharpe.

Private Bee schaute verwirrt drein.

»Ihr Pferd, Sir?«, fragte der Junge.

»Heißt du etwa auch Pat?«

»Er heißt Patrick, Sir.«

»Pat Bee«, sagte Sharpe amüsiert. »Sergeant Pat Harper kann das Pferd holen.« Harper war bereits unterwegs, und Sharpe schaute zu Burrell hinauf. »Ich bin in einer Minute bei Ihnen, Captain.« Er zog zuerst sein Hemd an und dann seine zerschlissene grüne Riflejacke. Sie war voller Blut- und Pulverflecken. Schließlich band er sich die ausgefranste rote Schärpe um den Bauch, schnallte den Säbel um und warf sich Hagmans Gewehr über die Schulter. Dann tauschte er den Strohhut gegen einen verbeulten Tschako, in dessen Mitte ein großes Loch zu sehen war, wo eine französische Musketenkugel ihn durchschlagen hatte.

Sharpe legte die Hände um den Mund und rief: »Captain Price!«

Harry Price erschien auf dem Hügelkamm. Dahinter lag ein Feld, und dort lagerte das Bataillon. »Sir?«

»Sie haben das Kommando. Ich muss nach Brüssel, und ich habe keine Ahnung, wann ich wieder zurück sein werde. Stellen Sie heute Nacht Wachen auf.«

»Glauben Sie, die Franzosen kommen zurück, Sir?«

»Nein. Die Hosenscheißer laufen noch immer, Harry,

aber so sind die Regeln. Wachen.« Er schaute zu Bee. »Zu welcher Kompanie gehörst du, Bee?«

»Das hat man mir noch nicht gesagt, Sir.«

»Nehmen Sie ihn mit, Harry. Seine Statur schreit geradezu nach Leichter Infanterie.«

»Ja, leichter geht's nicht, Sir«, erwiderte Price und musterte Bee von Kopf bis Fuß.

Sharpe gab Bee zwei Schilling für das gut klingende Gebet. Dann schwang er sich in den Sattel. Das Pferd hatte er einem französischen Dragoner abgenommen, und auf der grünen Schabracke war deutlich ein »N« in einem Lorbeerkranz zu sehen. »Kümmere dich um Nosey«, sagte Sharpe zu Harper.

»Nosey bekommt heute Abend frisches Pferdefleisch, Sir«, erwiderte Harper. »Und Charlie Weller kann sich um ihn kümmern. Ich komme mit Ihnen.«

»Das ist nicht nötig, Pat.«

»Ich komme mit«, erklärte Harper stur. Er lief los, um sein eigenes Pferd zu holen, dann ritt er Sharpe hinterher, der mit dem eleganten Kavallerieoffizier nach Westen trottete.

»Nosey?«, fragte Burrell amüsiert.

»Mein Hund.«

»Dem Herzog könnte dieser Name missfallen, Sir.«

»Der Herzog muss es ja nicht erfahren. Außerdem hat er mir schon ein Leben lang Befehle erteilt, da steht es mir wohl zu, es ihm mit Nosey ein wenig heimzuzahlen. So – was will der Herzog von mir?«

»Er besteht darauf, es Ihnen selbst zu sagen, Sir.«

Die drei Pferde trabten auf der Straße, die über den ganzen Kamm führte. Sie kamen an einer Gruppe von erbeuteten französischen Kanonen vorbei. Die Mündungen waren rußgeschwärzt, und als Sharpe nach rechts schaute, sah er, wo die Kaiserliche Garde den Hang hinauf angegriffen hatte. Dort war noch alles von Leichen bedeckt, die meisten dank der Bauern nackt, die des Nachts auf das Schlachtfeld strömten, um die Toten zu plündern.

»Waren Sie hier?«, fragte Sharpe den Captain.

»Ja, das war ich, Sir. Ich habe gesehen, wie Sie Ihr Bataillon den Hang hinuntergeführt haben. Das war gut gemacht.«

Sharpe grunzte. Seine Erinnerung an die Schlacht war eher verschwommen. Hauptsächlich sah er Bilder von dichtem Rauch, in dem die blau uniformierten Franzosen nur drohende Schatten gewesen waren. Aber er erinnerte sich noch genau an das Ende der Schlacht, als er sein Bataillon aus der Linie und in die Flanke der Kaiserlichen Garde geführt hatte, um sie mit mörderischen Salven einzudecken. »Das war pure Verzweiflung, Captain.«

»Und der Herzog hat Sie zum befehlshabenden Offizier ernannt.« Burrell nickte anerkennend.

»Vielleicht will er mir das Bataillon jetzt ja wieder abnehmen«, sagte Sharpe mürrisch.

»Das glaube ich nicht, Colonel«, erwiderte Burrell, auch wenn er alles andere als sicher klang. »Jedenfalls hörte es sich nicht so an. Was ist eigentlich mit Colonel Ford passiert?«

»Er hat den Verstand verloren«, antwortete Sharpe. »Der arme Mann.«

»Ja, der arme Mann.« Burrell lenkte sein Tier um die Kadaver von einem Dutzend französischen Pferden herum, die von Kartätschen mitten aus dem Herzen des französischen Kavallerieangriffs gerissen worden waren und nun in einem blutigen Haufen beieinanderlagen.

»Wie heißt der Ort hier eigentlich?«, fragte Sharpe.

»Nun, die Farm hier heißt Mont-Saint-Jean, aber der Herzog will die Schlacht nach der nächstgelegenen Stadt benennen: Waterloo.«

»Die Schlacht von Waterloo«, sinnierte Sharpe. Der Name klang irgendwie komisch für ihn. »Lassen Sie uns einfach hoffen, dass das die letzte Schlacht war, in der wir haben kämpfen müssen.«

»Amen, Sir, Amen«, erwiderte Burrell. »Aber wer weiß, was noch alles passieren wird, bevor wir Paris erreichen.«

»Paris?«

»Wir marschieren morgen los.« Burrell klang fast so, als täte ihm das leid.

»Nach Paris?«

»In der Tat, Sir.«

Als der Feldweg, der über den Hügelkamm führte, auf die Hauptstraße nach Brüssel traf, bogen sie nach links ab und trotteten an der Farm von Mont-Saint-Jean vorbei, vor der zwei Rotröcke immer wieder streunende Hunde von einem Berg von amputierten Armen und Beinen vertrieben, denn in der Farm arbeiteten die Feldschere. »Die meisten Verwundeten sind wieder in Brüssel«, erklärte Burrell und zuckte angesichts der blutigen Körperteile unwillkürlich zusammen. »Die armen Kerle.«

»Viele liegen noch draußen auf dem Feld«, bemerkte Sharpe. Bei Sonnenaufgang hatte er vier Kompanien losgeschickt, um Verwundete im Tal zu sammeln. Die anderen Kompanien hatten Gräber ausgehoben.

»Es war wirklich schlimm«, seufzte Burrell.

»Ja. Das Schlimmste, was ich je gesehen habe.«

»Und der Herzog hat mir gesagt, Sie hätten schon viel gesehen, Sir?« Der junge Kavallerieoffizier ließ das wie eine Frage klingen.

»Das hat der Herzog gesagt?«

»Und er hat auch gesagt, Sie seien ein bemerkenswerter Mann, Sir.«

Sharpe verbarg seine Überraschung. »Das war sehr nett von ihm«, brummte er.

»Und Sie waren mal ein einfacher Soldat, nicht wahr, Sir?«, fragte Burrell vorsichtig.

»Sie haben meinen Rücken doch gesehen, Captain. Haben Sie je auch nur davon gehört, dass man einen Offizier ausgepeitscht hätte?«

»Nein, Sir.«

»Ich habe mich 93 zu den Havercakes gemeldet«, erzählte Sharpe. »99 bin ich dann Sergeant geworden, und vier Jahre später habe ich mein Patent bekommen.«

»Und Sie haben einen Adler erbeutet«, fügte der Captain bewundernd hinzu, »in Talavera?«

»Aye«, bestätigte Sharpe.

»Wie haben Sie das gemacht?«, wollte Burrell wissen.

Sharpe schaute ihn an. Ein Jüngling, dachte er, mit frischem Gesicht und blauen Augen. Sharpe hatte den Eindruck, als sei Burrell erst zwei, drei Jahre aus der Schule. Aber er war ein kleiner Lord und deshalb schon Captain, und der Herzog förderte ihn. »Das waren Patrick und ich«, erklärte Sharpe und deutete zu Harper. »Wir haben uns mitten durch eine französische Kolonne gehackt. Gestern hätten wir das fast wieder gemacht, aber da waren einfach zu viele von den Scheißern.«

»Und jetzt befehligen Sie ein Bataillon.« Burrell nickte anerkennend.

Sharpe war sich da nicht so sicher. Man hatte ihn nur zum Lieutenant Colonel befördert, damit er als Adjutant von Wilhelm von Oranien einen angemessenen Rang hatte, einem jungen, verblödeten Prinzlein, das der Herzog als Preis für die niederländischen Truppen hatte akzeptieren müssen, die ihm geholfen hatten, den Kaiser auf dem Hügelkamm zu schlagen. Der Prinz, der den Alliierten mehr geschadet als genutzt hatte, hatte Sharpe mitten in der Schlacht entlassen, und Sharpe hatte sich daraufhin dem Bataillon angeschlossen. Und nachdem Ford, der Colonel, panisch die Flucht ergriffen hatte, hatte er das Kommando übernommen. Als der Herzog gesehen hatte, wie Sharpe die Prince of Wales Own Volunteers gegen die Kaiserliche Garde geführt hatte, da hatte er laut erklärt, das Bataillon gehöre Sharpe, doch ob das auch so bleiben würde, das wusste Sharpe nicht. Er wollte das Kommando zwar, aber er befürchtete und erwartete, dass der Herzog ihn jetzt wieder degradieren und durch einen anderen ersetzen würde.

Die Straße führte in den Wald von Soignes, wo Hunderte Männer unter den Bäumen biwakierten. Rauch stieg von ihren Lagerfeuern zu den Blättern empor. Jenseits des Waldes lag die kleine Stadt Waterloo, und von dort führte die Straße durch friedliche Felder zum von Rauch gekrönten Brüssel. »Ich nehme an, der Krieg ist jetzt wirklich vorbei«, sagte Burrell angesichts des grauen Schleiers aus den Schornsteinen der Stadt.

»Aye. Sie können jetzt wieder nach Hause gehen, Captain.«

»Nein, zuerst geht's nach Paris«, widersprach Burrell leidenschaftlich.

»Es ist durchaus möglich, dass wir da wieder kämpfen müssen«, warnte ihn Sharpe.

»Glauben Sie, Sir?«

»Ach, was weiß ich schon? Ich hoffe nicht, aber wir werden tun, was auch immer wir tun müssen. Und je schneller es vorbei ist, desto besser. Dann können wir alle heim.«

»Und wo ist Ihr Heim, Sir?«

»In der Normandie.«

Burrell schaute ihn erstaunt an. »In der Normandie, Sir?«

»Ich habe eine französische Frau«, erklärte Sharpe, »und die hat eine Farm in der Normandie.« Er lächelte, als er Burrells Gesichtsausdruck sah. »Ich habe auch nicht damit gerechnet, Captain. Mein ganzes Leben lang habe ich gegen die Froschfresser gekämpft, und dann habe ich plötzlich mit ihnen gelebt. Das Leben verläuft nie so, wie man es erwartet.«

»Ich habe auch ein paar gute Neuigkeiten«, wechselte Burrell das Thema.

»Ach ja?«

»Der Prinz von Oranien erholt sich gut, Sir. Ich dachte, das würden Sie gerne wissen.«

Sharpe grunzte. Der Prinz hatte eine Kugel in die Schulter bekommen, doch Sharpe hätte sich gefreut, wenn sie ihn ein wenig tiefer getroffen hätte, am besten mitten ins Herz, denn in nur drei Tagen hatte der Prinz mit seiner Dummheit vier, fünf Bataillone in den Untergang geführt. »Die Ärzte haben die Kugel entfernt«, berichtete Burrell, »und die Wunde ist sauber.«

»Gut«, sagte Sharpe wenig überzeugend.

»Aber der Herzog hat gesagt, dass es keine französische, sondern eine von unseren Kugeln war!«

»Eine von unseren?«

»Da waren Lederfetzen dran, Sir. Wickeln unsere Riflemen ihre Kugeln nicht in Lederflicken?«

»Ja, das tun wir«, bestätigte Sharpe. »Das sorgt für besseren Halt im Lauf.«

»Der Herzog schließt daraus, dass einer Ihrer Männer auf den Prinzen geschossen hat«, sagte Burrell.

»Warum sollte er das tun?«, erwiderte Sharpe, und er fragte sich, ob der Herzog ihn deshalb zu sich bestellt hatte. Als Sharpe auf den Prinzen geschossen hatte, war er nur knapp hundert Schritte unter dem Hügelkamm gewesen, von dem aus der Herzog die Schlacht verfolgt hatte. Verdammt, dachte er, denn die Kugel hätte den Prinzen mitten in die Brust treffen und sein Herz zerreißen sollen, doch stattdessen war sie zu hoch eingeschlagen. Hatte der Herzog gesehen, wie er geschossen hatte? In dem Fall, so glaubte Sharpe, würde er mit Sicherheit kein Bataillon mehr befehligen. Tatsächlich könnte er froh sein, wenn ein Kriegsgericht ihn nur zu unehrenhafter Entlassung verurteilen würde. Was war eigentlich die Strafe dafür, auf einen Prinzen von königlichem Blut zu schießen? Der Galgen? Oder ein Erschießungskommando? »Die Froschfresser benutzen manchmal unsere Gewehre, wenn sie sie in die Finger bekommen«, erklärte Sharpe, doch das klang alles andere als glaubhaft.

Burrell schwieg. Er führte Sharpe einfach in die Stadt, und dann war es an der Zeit, den wartenden Ordonnanzen die Pferde zu übergeben und die Stufen zum Hauptquartier des Herzogs hinaufzugehen.

Captain Burrell zeigte Patrick Harper die Tür zur Küche und versicherte dem großen Iren, dass es dort gutes Essen und Trinken gab. Dann führte er Sharpe durch das Labyrinth der Gänge. »Der Herzog ist in der Bibliothek«, sagte er zu Sharpe und klopfte an eine große Tür. Eine strenge Stimme antwortete ihm, und Burrell begleitete Sharpe in die Bibliothek. Licht fiel durch die großen, nach Norden ausgerichteten Fenster. An den Wänden standen hohe Regale mit in Leder gebundenen Büchern, und der Herzog saß an einem großen runden Tisch, der über und über mit Papieren bedeckt war. Besonders besorgniserregend war jedoch, dass Rebecque neben ihm saß.

Baron Rebecque war ein guter Mann, der dem Prinzen von Oranien als oberster Adjutant und Ratgeber gedient hatte. Er lächelte, als Sharpe den Raum betrat, und nickte zum Gruß. Doch der Herzog schaute Sharpe nur kalt an und grunzte seinen Namen.

»Mylord«, erwiderte Sharpe unbeholfen. Er wünschte, er hätte sich die Zeit genommen, sich vor dem Aufbruch noch einmal zu rasieren.

»Rebecque hat mir berichtet, dass der Prinz von Oranien überleben wird.«

»Das sind gute Neuigkeiten, Mylord.«

»Die Wunde ist sauber, Sharpe«, ergänzte Rebecque. »Allerdings hat Seine Hoheit noch immer starke Schmerzen. Aber die Ärzte sind sicher, dass er sich wieder erholen wird.«

»Das freut mich zu hören«, sagte Sharpe.

»Wirklich, Sharpe?«, verlangte der Herzog zu wissen.

»Natürlich, Mylord.«

»Die Kugel war eine der unseren«, sagte der Herzog. »Gewehrkaliber. Die Franzosen benutzen so was nicht.«

»Sie verwenden durchaus Beutemunition, Mylord«, widersprach Sharpe. »Und eine Gewehrkugel passt fast genau in ihre Musketen.«

»Wie erklären Sie sich dann die Lederreste, die an der Kugel gefunden worden sind? Die Franzosen umwickeln keine Kugeln!«

»Das stimmt, Mylord, aber wenn ich mich recht entsinne, hat der Prinz ein Lederband über der Schulter getragen. Vermutlich stammen die Fetzen davon.« Tatsächlich war Sharpe sich sogar sicher, dass das so war, denn vor lauter Eile hatte er die Kugel nicht in Leder gewickelt. Wahrscheinlich war das auch der Grund dafür, dass sie zu hoch eingeschlagen war. »Und unsere Flicken verbrennen, Mylord.« Er wusste, dass er den Herzog eigentlich mit »Euer Gnaden« ansprechen sollte, doch das war ihm irgendwie peinlich.

»Colonel«, sagte Rebecque in sanftem Ton, »wir fragen Sie das, weil man Sie auf dem Hang unterhalb der Position des Prinzen gesehen hat, und zwar kurz bevor er getroffen worden ist.«

»Ja, ich war dort, Sir. Ich wollte Major Dunnetts Riflemen helfen.«

»Die gegen die Franzosen gekämpft haben«, ergänzte der Herzog betont.

»Natürlich, Mylord.«

»Natürlich«, sagte der Herzog und starrte Sharpe ein paar Sekunden lang stumm an. »Sie wissen also nicht, wer die Kugel abgefeuert hat, die Seine Königliche Hoheit fast das Leben gekostet hätte, korrekt?«

»Da waren Dutzende von Voltigeuren, Mylord. Das hätte jeder von ihnen sein können.«

»In der Tat«, sagte der Herzog. »Ich denke, wir sind hier fertig, Rebecque. Ihre Männer werden morgen Vormittag losmarschieren.«

»Natürlich, Euer Gnaden.« Rebecque stand auf und sammelte ein paar Papiere ein, vermutlich Marschbefehle. »Es war schön, Sie zu sehen«, sagte Rebecque zu Sharpe und verließ die Bibliothek.

»Eine Kugel in der Schulter«, sagte der Herzog, »die

den jungen Narren vom Schlachtfeld entfernt und weitere Dummheiten verhindert, ihn aber nicht tötet. Das nenne ich einen guten Schuss.«

»Für den Prinzen war es wohl eher ein großes Pech, Mylord. Jede Menge Voltigeure haben den Hang hinaufgeschossen.«

»Wie ich gesagt habe: ein guter Schuss.« War da ein Hauch von Lächeln im Gesicht des Herzogs zu sehen? Falls ja, dann verschwand es rasch wieder. »Wie geht es Ihrem Bataillon?«

»So gut, wie man es unter den Umständen erwarten kann, Mylord.«

»Verluste?«

»Zu viele, Mylord. Wir haben einhundertsechsundachtzig Männer begraben.«

Der Herzog zuckte ob dieser Zahl unwillkürlich zusammen. »Und Offiziere?«

»Fünf Tote, Mylord. Acht befinden sich noch in der Obhut der Ärzte.«

Der Herzog grunzte. »Sie haben bei Quatre Bras einen Major verloren.«

»Ja. Major Micklewhite, Mylord.«

»Und das aufgrund des Unvermögens dieses jungen Narren«, seufzte der Herzog verbittert. Er sprach natürlich von Prinz Wilhelm von Oranien. »Wer ist Ihr anderer Major?«

»Wir haben noch keinen, Mylord. Major Vine ist gestern gestorben.«

»Haben Sie angemessene Verstärkung bekommen?«

»Nein, Mylord. Peter d'Alembord ist unser bester Mann, aber er ist verwundet.« Sharpe brauchte einen guten Major als Stellvertreter, doch die beiden Majore des Bataillons waren tot, und er bezweifelte, dass die überlebenden

Kompanieführer für eine Beförderung geeignet waren. Er hatte Captain Jefferson von der Leichten Kompanie in der Hoffnung das Kommando über die Grenadiere übertragen, dass ihn das erfahrener machen würde, und Harry Price hatte den Befehl über die Leichte Infanterie bekommen, doch Sharpe glaubte nicht, dass auch nur einer der beiden wusste, wie man ein Bataillon als Einheit in den Kampf führt. »Peter d'Alembord ist mein bester Captain, Mylord.«

»Haben Sie nicht gerade gesagt, er sei verwundet? Ist er nicht kampfunfähig? Schade. Dann muss ich Ihnen wohl einen suchen«, sagte der Herzog. »Aber vermutlich habe ich morgen noch keinen gefunden, und Sie marschieren in aller Früh los, bei Sonnenaufgang. Ihr Bataillon wird die Marschkolonne anführen.«

»Es ist mir eine Ehre, Mylord.«

Erneut grunzte der Herzog. »Verlassen Sie sich nicht darauf, Sharpe. Werfen Sie mal einen Blick auf diese Karte.« Er entfaltete eine riesige Landkarte, die schließlich den ganzen Tisch bedeckte. Dann drehte er sich halb zu Sharpe um, der neben ihn getreten war.

»Die Preußen marschieren ebenfalls nach Süden«, erklärte der Herzog verstimmt. »Sie werden die östliche Route nehmen und wir die westliche. Hier.« Er legte den Finger auf eine Stadt mit Namen Mons. »Knapp südlich von Mons werden wir die Grenze überqueren. Die nächste Stadt ist dann Valenciennes. Dort gibt es eine Garnison, aber wenn die uns keinen Ärger macht, werden wir sie auch in Ruhe lassen. Dann kommt Péronne, eine weitere Festung. Und achten Sie auf diese Straße, Sharpe.« Der Finger bewegte sich südöstlich von Péronne. »Sie führt zu einer Stadt mit Namen Ham.«

»Ham, Sir?«

»Ja, wie in Ham & Eggs. Da werden Sie mit Ihrem Bataillon hinmarschieren.«

»Jawohl, Mylord«, sagte Sharpe. Was anderes fiel ihm nicht ein.

»In Ham gibt es eine Zitadelle, Sharpe, und die werden Sie einnehmen.« Der Herzog schwieg.

»Und was wissen wir über diese Zitadelle, Mylord?«

»Viel und doch auch wieder nichts«, antwortete der Herzog. »Sie ist uralt – das weiß ich –, und mit ziemlicher Sicherheit hat sie auch eine Garnison. Bonaparte hat sie als Gefängnis benutzt. Deshalb sollen Sie auch dorthin. Um die Gefangenen zu befreien.«

Sharpe schaute auf die Karte und sah, dass die Hauptstraße von Péronne nach Paris ein gutes Stück westlich von Ham verlief. »Mylord, gehe ich recht in der Annahme, dass der Rest der Armee nicht nach Ham marschiert?«

»In der Tat. Von Péronne werden wir direkt auf Paris vorrücken. Doch in Ham könnten Sie die Preußen finden. Die Stadt liegt nicht weit von ihrer Angriffsroute. Aber die Gefangenen kommen zu mir, Sharpe. Verstanden?«

»Natürlich, Mylord.« Sharpe zögerte. »Und diese Gefangenen – wissen wir, wer die sind?«

»Das sind Leute, die Bonaparte genug verärgert haben, dass er sie weggesperrt hat«, antwortete der Herzog wenig hilfreich. »Aber wir wissen von mindestens einem Engländer, den sie dort gefangen halten, und vor allem den sollen Sie zurückbringen.«

»Jawohl, Mylord.«

»Ich werde Ihnen einen Offizier mitgeben, Sharpe: Major Vincent. Er spricht Deutsch und Französisch, und er kennt den Gefangenen, den wir haben wollen. Hören Sie auf ihn.

Er ist äußerst fähig. Er ist einer meiner besten Fernspäher. Wissen Sie, was das ist?«

»Jawohl, Mylord«, antwortete Sharpe. Fernspäher waren Männer auf schnellen, gut ausgebildeten Pferden, die weit hinter die feindlichen Linien vordrangen, um die Stellungen und die Stärke des Gegners auszukundschaften.

»Vincent war schon mal in Ham«, fuhr der Herzog fort. »Also wird er von großem Wert für Sie sein. Aber er wird sich nicht in Ihre Gefechtsführung einmischen, und sehen Sie zu, dass Sie die Schlacht *schnell* entscheiden! Haben Sie verstanden, Sharpe? Schnell! Die Franzosen sind absolut dazu fähig, ihre Gefangenen zu exekutieren. Deshalb müssen Sie schneller in der Zitadelle sein, als sie die Gefangenen an die Wand stellen können.«

»Das werde ich, Mylord«, erklärte Sharpe, obwohl er nicht die geringste Ahnung hatte, wie er eine Festung einnehmen sollte. Er hatte keine Kanonen, also konnte er sie nicht zusammenschießen, und nach allem, was der Herzog gerade gesagt hatte, hatte er auch nicht genug Zeit, um die Mauern mit Leitern zu stürmen.

»Wo und wann soll Major Vincent morgen zu Ihnen stoßen?«, verlangte der Herzog zu wissen.

»Um halb fünf Uhr morgens«, antwortete Sharpe, »im Hotel Vleezenbeek.«

»Sie bleiben über Nacht in der Stadt?« Die Frage war ein Tadel, suggerierte sie doch, dass Sharpe Bequemlichkeit über Pflichterfüllung stellte.

»Ja, Mylord, aber das Bataillon wird pünktlich bereit sein.«

»Sorgen Sie dafür. Informieren Sie Major Vincent?« Letzteres war an Captain Burrell gerichtet, der das Gespräch stumm verfolgt hatte.

»Natürlich, Euer Gnaden.«

»Marschieren Sie schnell, und kämpfen Sie hart, Sharpe. Enttäuschen Sie mich nicht.«

»Natürlich nicht, Mylord.«

»Bitte, begleiten Sie Colonel Sharpe hinaus, Burrell.«

Der Captain eskortierte Sharpe zur Haustür, wo Harper schon auf ihn wartete. Burrell streckte die Hand aus. »Ich wünschte, ich könnte mit Ihnen gehen, Colonel.«

»Diese Aktion ist vergebliche Liebesmüh«, erwiderte Sharpe, doch er schüttelte Burrell die Hand. »Hotel Vlezenbeek, halb fünf.«

»Ich werde Major Vincent Bescheid geben, Sir.«

Burrell schaute zu, wie sich der Rifleman wieder auf sein Beutepferd schwang. Dann kehrte er in die Bibliothek zurück, wo der Herzog am Straßenfenster stand. Offenbar schaute auch er Sharpe hinterher.

»Wahrlich eine bemerkenswerte Erscheinung. Denken Sie nicht, Burrell?«

»Um Sie zu zitieren, Euer Gnaden: Ich weiß nicht, was er mit dem Feind macht, aber bei Gott, mir macht er Angst.«

»Ha!«, rief der Herzog, doch ohne auch nur den Hauch von Belustigung in der Stimme. »Hat er noch etwas gesagt?«

»Er hat gesagt, die Aktion sei vergebliche Liebesmüh, Euer Gnaden.«

»Und das ist sie auch, Burrell. Das ist sie. Aber Sharpe ist kein Narr. Er ist ein gottverdammter Gauner, aber er ist auch *mein* Gauner. Außerdem hat er geradezu teuflisches Glück, und er pflegt seine Kämpfe zu gewinnen. Und ich bete, dass er auch diesen gewinnen wird. Sonst …« Der Herzog ließ den Satz unvollendet, denn die Alternative war undenkbar.

Captain Burrell zögerte, dann wagte er es, dem Herzog

einen Rat zu geben: »Könnten Sie nicht ein anderes Bataillon schicken, Euer Gnaden?«

»Sie meinen, ich sollte einen Gentleman statt eines Gauners schicken?«

»Vielleicht einen erfahreneren Offizier, Euer Gnaden.«

»Ha!« Der Herzog schnaubte verächtlich. »Sharpe ist zwar kein Gentleman, aber er hat mehr Kampferfahrung als all meine anderen Colonels zusammengenommen. Nein, für diese Aufgabe brauchen wir keinen Gentleman, sondern einen rücksichtslosen Bastard. Und beten Sie, dass er gewinnt, Burrell. Beten Sie, dass er gewinnt.«

Sharpe schickte Harper wieder nach Süden, um den Prince of Wales Own Volunteers den Befehl zu übermitteln, dass sie bei Sonnenaufgang zum Abmarsch bereit sein sollten. »Und ich meine *bereit*, Pat. Sobald ich morgen früh ankomme, marschieren wir los.«

»Ich sorge dafür.«

»Und wir werden nicht auf den Rest der Armee warten«, ergänzte Sharpe. »Wir müssen pünktlich bei Sonnenaufgang los, und wir werden allein marschieren.«

»Nur wir gegen Frankreich?«

»Die Verwundeten müssen zurückbleiben. Die Musiker bleiben bei ihnen. Und sollte irgendwer glauben, mit dir diskutieren zu müssen, dann sag ihm, der Befehl komme direkt vom Herzog.«

Pat Harper hatte nicht wirklich Befehlsgewalt, doch aufgrund seiner Körpergröße und seines Rufs besaß er dennoch eine gewisse Autorität. Nach den Siegen in Südfrankreich hatte er die Armee verlassen und war in sein geliebtes Dublin zurückgekehrt. Aber die Flucht des Kaisers von Elba hatte Harper wieder an Sharpes Seite geführt. Wenigstens erkannten die Offiziere der Prince of Wales Own Volunteers seinen Wert an. Harper war der Sergeant Major des Regiments gewesen, und obwohl er jetzt offiziell Zivilist war, trug er seine Uniformjacke, und alle im Bataillon wussten, dass er für Sharpe sprach.

Sharpe ging zu dem billigen Hotel, wo er mehrere Zimmer für Lucille gemietet hatte. Halb erwartete er, dass sie bei ihrer Freundin war, die sie hier in Brüssel kennengelernt hatte, der verwitweten Gräfin von Mauberges, einer älteren Französin und leidenschaftlichen Anhängerin Napoleons. Dennoch hatte die Gräfin Lucille unter ihre großzügigen Fittiche genommen.

»Madame ist hier.« Jeanette, die Zofe, öffnete die Tür und machte einen Knicks vor Sharpe.

»Wie geht es euch, Jeanette?«

»Uns geht es allen gut, Monsieur.«

»Das Baby?«

»Er isst, schläft und verlangt wieder nach Essen.«

»Du siehst müde aus«, bemerkte Sharpe auf Französisch.

»Sie auch, Monsieur.«

Sharpe lächelte. »Wir Engländer haben ein Sprichwort, Jeanette: Keine Rast den Sündern.«

»Damit kennen die Engländer sich sicher gut aus, Monsieur.«

Sharpe lachte und ging ins Schlafzimmer, das direkt an dem schmalen Flur lag. Lucille setzte sich im Bett auf. Sie sah erfreut aus, legte aber den Finger auf die Lippen. »Patrick schläft.«

Patrick war ihr Sohn, und genau wie Sharpe war er unehelich geboren. Sharpe beugte sich über die schlichte Wiege und streichelte dem Baby sanft die Wange. Dann setzte er sich aufs Bett und gab Lucille einen Kuss.

»Das ist ja eine Überraschung. Was machst du hier?«, fragte sie.

»Der Herzog wollte mich sehen.«

»Und die Schlacht?« Lucille packte ihn fest am Arm. »War es sehr schlimm?«

»Es war das Schlimmste, was ich je erlebt habe. Glaub mir: Mehr willst du nicht wissen.«

»Und der Kaiser ist weg?«

»Ja, er ist weg«, antwortete Sharpe. Er küsste seine Frau erneut und staunte wie immer über ihre elegante Schönheit und sein eigenes unglaubliches Glück, sie gefunden zu haben. »Boney hat die Beine unter die Arme genommen und ist nach Süden gerannt.«

»Dann können wir jetzt also nach Hause gehen, ja?«

»Zuerst nach Paris, dann nach Hause. Und dann spiele ich auch nicht mehr Soldat.«

»Was hat der Herzog gewollt?« Lucille klang misstrauisch.

»Marschbefehle, Liebling. Wir brechen morgen auf.«

»Du gehst nach Paris?«

Sharpe nickte.

»Dann kommen wir mit«, erklärte Lucille. »Die Gräfin will auch nach Hause.«

»Ihr könnt nicht mit uns kommen«, sagte Sharpe. »Wir marschieren vor der Armee. Aber im Tross gibt es genug Wagen. Da werdet ihr sicher sein.«

»Und heute Nacht?«

»Heute Nacht wirst du nicht sicher sein.« Sharpe grinste. »Ich komme ins Bett.«

»Sag mir, dass es keine weiteren Kämpfe mehr geben wird«, flüsterte Lucille einige Zeit später.

»Es wird keine Kämpfe mehr geben«, erklärte Sharpe.

»Wirklich nicht?«

»Keine Kämpfe mehr«, wiederholte Sharpe und hoffte, dass er recht hatte. »Wir haben den Bastard besiegt. Jetzt müssen wir noch die Trümmer zusammenkehren.«

Einschließlich der Trümmer, die in Ham warteten, in einer Zitadelle, die Sharpe erobern sollte. Und er hatte nicht die geringste Ahnung, wie er das bewerkstelligen sollte.

KAPITEL 2

Major Vincent wartete am nächsten Morgen vor dem Hotel. Er war ein großer, hagerer Mann, und er saß auf einem kräftigen schwarzen Hengst. »Er heißt Satan!«, erklärte Vincent Sharpe glücklich. »Er kommt aus dem County Meath. Er fliegt förmlich über die Hecken und ist schneller als jede Franzosenmähre.«

»Lassen Sie uns hoffen, dass er das nicht unter Beweis stellen muss.« Sharpe schwang sich in den Sattel und bot Vincent einen halben Brotlaib an, der ausgehöhlt und mit Schinken gefüllt war. »Frühstück. Wenn Sie wollen, heißt das.«

»Sie sind wirklich ein guter Kerl. Brot und Schinken?«

»Mit Butter«, ergänzte Sharpe, »und das ist der letzte Schinken, den wir hatten. Von nun an gibt es nur Pökelfleisch. Sollen wir?«

»Je schneller, desto besser.« Vincent trug die dunkelblaue zweireihige Jacke der Royal Artillery. Trotzdem nahm Sharpe an, dass der Major in den letzten Jahren noch nicht einmal in der Nähe einer Kanone gewesen war. »Der Herzog hat Sie einen Gauner genannt«, bemerkte Vincent fröhlich, als sie sich auf den Weg gen Süden machten.

»Aye. Da hat er vermutlich recht.«

»Erzählen Sie mir von sich.«

»Da gibt es nicht viel zu erzählen.«

»Ach, kommen Sie schon, Sharpe. Nicht so bescheiden. Sie haben bei Talavera doch einen Adler erobert, nicht wahr?«

»Ich und ein Sergeant. Ja.«

»Und ohne Zweifel werden Sie jetzt behaupten, das sei alles nur Glück gewesen, korrekt?«

»Nein, das war ein verdammt harter Kampf. Aber ich war wütend. Ein Bastard mit Namen Henry Simmerson hatte ein paar Wochen zuvor unsere King's Colour verloren, den Union Jack. Ich wollte nur Gleiches mit Gleichem vergelten.«

»Ja, ich habe Sir Henry kennengelernt. Er ist völlig nutzlos.«

»Schlimmer. Er ist boshaft.«

»Er arbeitet jetzt für das Schatzamt. Er ist Steuereintreiber!«

»Gott schütze England.«

»Sie werden eher derjenige sein, der England hilft, Sharpe, und zwar, indem Sie die Zitadelle von Ham einnehmen.«

»Die Sie schon gesehen haben, Sir?«

»In der Tat, das habe ich. Vor noch nicht einmal drei Wochen.«

Sharpe schaute zu dem schlanken Offizier. »Sind Sie tief nach Frankreich vorgedrungen? Ich habe gehört, dass Fernspäher die Grenze eigentlich nicht überqueren dürfen.«

»Und das haben wir auch nicht, denn offiziell waren wir ja nicht im Krieg mit Frankreich, sondern mit seinem Kaiser. Deshalb hat man uns befohlen, ihn nicht zu provozieren. Aber manche Befehle sind schlicht dafür da, gebrochen zu werden. Der Herzog hat erwähnt, das sei auch eine Ihrer Spezialitäten.« Vincent klang amüsiert.

»Und wenn man Sie gefasst hätte?«

»Dann wäre ich jetzt vermutlich tot. Aber mit so einem Pferd wie dem hier wäre mir das nie passiert. Ein paar Ulanen haben mich zum Rennen aufgefordert, und Satan hat sie alle abgehängt. Braver Junge.« Er klopfte seinem Hengst den Hals. Der Major sah aus, als wäre er ein, zwei Jahre älter als Sharpe, der glaubte, achtunddreißig zu sein. Wie viele Kinder, die in einem Armenhaus groß geworden waren, so wusste auch er nicht wirklich, wie alt er war, ganz zu schweigen davon, dass er seinen Geburtstag gekannt hätte. Aber mit seiner Schätzung lag er wohl nahe an der Wahrheit, und schon vor langer Zeit hatte er sich für den 1. August als Geburtstag entschieden, denn dieses Datum ließ sich leicht merken. Major Vincent, so dachte Sharpe, hatte mit Sicherheit solche Probleme nicht. Sein Pferd war offensichtlich teuer, seine Uniform war elegant geschnitten, und seine Kavallerie-Pelisse war mit echtem Pelz verziert. Sharpe lächelte. »Wann haben Sie zum letzten Mal ein Geschütz abgefeuert, Major?«

Vincent verstand sofort, was Sharpe wirklich mit dieser Frage meinte, und er erwiderte das Lächeln. »Gott sei Dank war ich nie auch nur in der Nähe einer Kanone, Sharpe. Das sind üble Dinger. Und sie machen viel zu viel Lärm.«

Vincent war einer von Wellingtons Fernspähern, und so ergab das Sinn. Sharpe hatte schon früher mit ihnen zusammengearbeitet und sie als subtile, clevere Männer kennengelernt, deren Hauptaufgabe es war, die Pläne des Feindes aufzudecken. Sie ritten auf guten Pferden weit hinter die feindlichen Linien, und sie trugen stets Uniform, sodass man sie nicht als Spione verurteilen und hinrichten konnte, sollten sie gefasst werden. »So – was können Sie mir über Ham erzählen?«, fragte Sharpe.

»Ham ist eine nette kleine Stadt an der Somme, Sharpe. Ihre Zitadelle liegt an einer Flussbiegung, eine verdammt große Steinfestung. Große Ecktürme, hohe Mauern. Haben Sie schon einmal den Tower von London gesehen?«

»Oft.«

»Dann stellen Sie sich den White Tower vor, nur zweimal so groß.«

»Himmel!«, rief Sharpe. »Und hat sie eine große Besatzung?«

»Oh ja, aber für gewöhnlich sind Garnisonstruppen nicht gerade die besten Kämpfer.«

»Sie könnten Verstärkung bekommen haben«, wandte Sharpe ein.

»Verstärkung?«

»Männer, die aus der Schlacht geflohen sind.«

»Ich nehme an, ein paar könnten es bis dorthin geschafft haben, aber die meisten Franzosen werden sich weiter nach Osten zurückgezogen haben. Außerdem sind ihnen die Preußen auf den Fersen.«

»Der Herzog hat angedeutet, dass die Preußen Ham als Erste erreichen könnten.«

»Oh Gott! Das wollen wir doch nicht hoffen! Wenn das passiert, werden sich die Gefangenen in halb Frankreich zerstreuen. Nein, Sharpe, wir werden als Erste dort ankommen. Wir werden sie freilassen, und wir werden unseren Mann zum Herzog zurückbringen.«

»Unseren Mann, Major?«

»Einen ziemlich wichtigen Mann. Es ist wahrlich eine Schande, dass sie ihn erwischt haben.«

»Und um wen handelt es sich?«

»Das müssen Sie erst wissen, wenn Sie vor ihm stehen.«

Sharpe zuckte ob der knappen Antwort unwillkürlich zusammen, aber er schwieg. »Die Garnison wird schon bald vom Ausgang der Schlacht erfahren«, sagte er stattdessen. »Also, warum sollten sie die Gefangenen dann nicht einfach nach Süden bringen, weg von uns?«

»Vergessen Sie das«, erwiderte Vincent, »und zwar schnell. Ja, das sollten sie tun, aber hat der Kommandant der Garnison auch die Eier, ohne Befehl zu handeln? Ich gehe einfach mal davon aus, wenn wir uns beeilen, dann kommen wir auch rechtzeitig an.«

»Der Herzog hätte Kavallerie schicken sollen«, knurrte Sharpe.

»Und wie soll Kavallerie eine Festung einnehmen? Die armen Kerle wüssten ja noch nicht einmal, wie.«

»Und ich weiß das?«

»Der Herzog glaubt an Sie, Sharpe«, erklärte Vincent ernst. »Werden Ihre Männer marschbereit sein?«

»Das sollten sie, wenn sie keinen Ärger bekommen wollen«, zischte Sharpe, und die Prince of Wales Own Volunteers waren in der Tat marschbereit. In Reih und Glied standen sie auf der Straße, die über den Hügelkamm führte, wo die Schlacht stattgefunden hatte. Die Feuer im Tal qualmten noch immer, und ihr Gestank wehte bis zur Straße hinauf. Die Verletzten des Bataillons waren wie geplant im Lager geblieben, wo die Musiker sich um sie kümmerten. Nur sechs Trommler begleiteten Sharpes Männer.

»Was ist mit den Frauen, Sir?«, verlangte Harry Price von Sharpe zu wissen.

»Was soll mit ihnen sein, Harry?«

»Können sie mitkommen?«

»Natürlich nicht!«, mischte Vincent sich brüsk ein.

Sharpe beugte sich nach unten. »Hör zu, Harry: Wir werden sehr, sehr schnell marschieren. Die Frauen müssen da mithalten. Wenn sie das nicht schaffen, lassen wir sie zurück. Sag ihnen das.«

»Natürlich, Sir.«

»Ist das wirklich klug, Sharpe?«, fragte Vincent.

Sharpe drehte sich zu ihm um. »Sie wollen diese Männer doch sicher hart kämpfen sehen. Wenn ihre Frauen aber beim Rest der Armee bleiben müssen, werden sie nicht gerade glücklich sein. Und glückliche Männer kämpfen verdammt noch mal besser als ein elender Haufen. Außerdem werden die Frauen selbst entscheiden. Ein paar werden mitkommen, andere bei den Verwundeten bleiben, und einige werden auch denken, dass ihre Kinder das Marschtempo nicht werden mithalten können.«

»Kinder auch?« Vincent klang besorgt.

»Kinder entstehen nun mal, wenn man Frauen und Männer zusammensteckt«, erwiderte Sharpe und ritt ins Zentrum der Marschkolonne.

Harper begleitete ihn. »Bataillon!«, bellte der Ire. »Stillgestanden!«

»Rührt euch!«, rief Sharpe. »Und jetzt hört mir gut zu, ihr Schurken! Der Herzog hat uns eine besondere Aufgabe gegeben, und zwar, weil auch wir etwas Besonderes sind! Er betrachtet uns als eines seiner besten Bataillone! Deshalb werden wir jetzt auch nach Frankreich marschieren, und wir marschieren allein!« Er ließ den Männern ein wenig Zeit, das zu verarbeiten. Ein Raunen ging durch die Reihen. »Ruhe!«, rief Sharpe schließlich. »Wir marschieren allein, und wir marschieren schnell! Wenn jemand nicht mithalten kann, dann wird er zurückgelassen, aber der Herzog vertraut darauf, dass ihr das schafft!« Das war zwar keine tolle Rede, aber Sharpe wollte seine Männer auch nur davor warnen, was ihnen bevorstand. »Okay, Pat. Setz sie in Bewegung.«

»Und in welche Richtung?«, fragte Harper amüsiert.

»Zur Mitte des Hügelkamms und dann nach rechts. Und stell die Kompanien um.«

Das Bataillon hatte sich nach Norden ausgerichtet. Deshalb war die Grenadierkompanie links von Sharpe, in Marschrichtung. Die Grenadiere waren zwar gut, aber die Leichte Kompanie zu Sharpes Rechter würde ein höheres Marschtempo vorgeben, und genau das wollte Sharpe. Natürlich würde das den Grenadieren nicht gefallen, denn sie gingen davon aus, dass sie das Bataillon immer anführten, aber die Leichte Kompanie würde so schnell laufen, dass die Grenadiere keine Luft mehr haben würden, um sich zu beschweren. »Trommler!«, bellte Sharpe. »Ich will euch hören!«

Begleitet von Harper und Vincent ritt er an die Spitze der Kolonne. Sie marschierten über den Hügelkamm, vorbei an den Kadavern der französischen Pferde, die so kühn angegriffen hatten, bis sie vom britischen Schrapnell und dem Volleyfeuer der Karrees niedergemäht worden waren. Ein Stück weiter kam Sharpe an der Stelle vorbei, wo seine Gewehrkugel den Prinzen von Oranien in die Schulter getroffen hatte, und sein Puls stieg bei der Erinnerung daran, zusammen mit dem Wunsch, dass die Kugel ihr Ziel nur eine Handbreit tiefer getroffen hätte. Dann erreichten sie die Kreuzung, wo die Land- auf die Hauptstraße traf, und Sharpe bog nach rechts ab und führte sein Bataillon an der ummauerten Farm mit Namen La Haye Sainte vorbei, wo die King's German Legion gekämpft hatte und gestorben war. Tote Pferde lagen neben der Straße, und auch tote Männer waren noch zu sehen, die darauf warteten, begraben oder verbrannt zu werden. Unter ihnen waren auch viel zu viele Riflemen in ihren grünen Jacken. »Gott«, sagte Sharpe zu Harper, »was war das für ein Gemetzel.«

»Das Schlimmste, das ich je erlebt habe.« Der große Ire nickte.

»Badajoz war schlimmer.«

»Aye, das war auch ein böser Kampf.«

»Sie waren in Badajoz?«, fragte Vincent und schaute auf den Eichenlaubkranz, der auf Sharpes Ärmel gestickt war. »Ist das …?«, begann er und verstummte dann.

»Das ist Badajoz.« Sharpe hatte den Blick des Majors bemerkt. »Wir waren beide da.« Der Eichenlaubkranz war das Zeichen für einen Mann, der in einem »Verlorenen Haufen« gekämpft und überlebt hatte, mit jenen Männern, die den ersten, selbstmörderischen Angriff in eine feindliche Bresche hinein geführt hatten. Sharpe und Harper waren die Santa-Maria-Bresche hinaufgestiegen. Sie hatten sich in die blutgetränkten Trümmer gekrallt und durch das Abwehrfeuer der Verteidiger gekämpft, während sich der Graben hinter ihnen mehr und mehr mit Leichen gefüllt hatte. Noch immer wachte Sharpe des Nachts manchmal schweißgebadet auf und fragte sich, wie er und Harper das hatten überleben können, und bis heute wusste er nicht, warum er noch am Leben war, geschweige denn, warum er auch noch gewonnen hatte. »Und ich hoffe«, fuhr er an Vincent gewandt fort, »dass wir nie wieder werden kämpfen müssen.«

»Amen«, sagte Harper.

»Noch haben die verdammten Froschfresser nicht kapituliert«, gab Vincent zu bedenken.

»Aber sie sind geschlagen.«

»Vielleicht.« Vincent schien daran zu zweifeln. »Marschall Grouchy hat sein Korps nach Süden geführt, und Davout hat mindestens hunderttausend Mann in und um Paris. Und der Kaiser gibt nicht so einfach auf! Er wird bis zum bitteren Ende kämpfen.«

»Dann werden wir ihn eben noch mal schlagen müssen«, sagte Sharpe.

Sie hatten den Talboden erreicht. Hier lagen schon weniger Leichen, doch der Ekel erregende Gestank der Feuer hing noch immer in der Luft. Eine Frau, die sich ein Baby auf den Rücken gebunden hatte, war gerade damit beschäftigt, einer französischen Leiche die Zähne auszubrechen. Sie stieß ein gequältes Geräusch aus, als die Zange einen weiteren herausriss. Dann grinste sie Sharpe an. »Neue Zähne?« Sie steckte den gerade gezogenen Zahn in einen Beutel und setzte ihre Arbeit fort.

»Zähne?« Vincent schauderte.

»Sie wird gutes Geld dafür bekommen«, erklärte Sharpe. »Viele Leute brauchen ein neues Gebiss.«

»Nach Salamanca haben wir einen ganzen Sack davon gesammelt«, erzählte Harper fröhlich. »Und wir haben sie auch gut verkauft.«

Sharpe nickte einem Dutzend Artilleristen zum Gruß zu, die eine Gruppe erbeuteter französischer Kanonen bewachten. Dann ritten sie auf den Hügelkamm zu, wo Napoleon seine Truppen aufgestellt hatte. Dort hatten die französischen Attacken begonnen, die schließlich am Musketenfeuer der Briten gescheitert waren. Oben auf dem Hang gab es eine Taverne, und nicht weit davon entfernt stand ein wackeliger Turm aus dünnen Baumstämmen, die eine Plattform hielten, welche über eine Leiter zu erreichen war. »Boney hat einen großen Teil der Schlacht auf dem Ding verbracht«, erzählte Vincent, »und uns durchs Fernglas beobachtet.«

»Und wo waren Sie?«, fragte Sharpe.

»Ich war den größten Teil des Tages da draußen«, antwortete Vincent und deutete nach Osten, »und habe nach den Preußen Ausschau gehalten.«

Sharpe ritt an die Spitze der Kolonne. Dabei fielen ihm

zwei, drei Soldaten mit neuen leuchtend roten Röcken auf. Das hieß, dass sie zur Verstärkung gehören mussten. Private Bee war einer von ihnen, und Sharpe winkte den Jungen zu sich. »Kannst du reiten, Bee?«

»Ich habe noch nie auf einem Pferd gesessen, Sir.«

»Dann ist es wohl an der Zeit, dass du es lernst, Pat Bee.« Sharpe gab dem Jungen die Zügel. »Er ist recht gutmütig. Treib ihn nur nicht zu sehr an, und versuch, nah bei mir zu bleiben.« Er glitt aus dem Sattel und half dem Jungen hinauf. »Wie alt bist du, Bee?«

»Siebzehn, Sir.« Der Junge klang unsicher. Er war kaum größer als seine Muskete, die viel zu schwer für ihn zu sein schien.

»Und wo kommst du her, Bee?«

»Ich bin in Balham geboren, Sir, aber jetzt lebe ich in Shoreditch.«

»Aus dem Teil der Welt stamme ich auch«, sagte Sharpe. »Und weshalb hast du dich gemeldet?«

»Wegen eines Richters, Sir.«

Sharpe lachte. »Genau wie bei mir. Was hast du angestellt?«

»Taschendiebstahl, Sir.« Bee klang beschämt.

»Du warst ein Clouter!«, rief Sharpe und benutzte das Londoner Wort für einen Langfinger.

»Aber kein guter, Sir.«

»Dann sei jetzt ein guter Soldat, Bee«, sagte Sharpe und ging weiter nach vorn. Jetzt würde er das Tempo vorgeben, und zwar ein schnelles. Inzwischen waren sie südlich des Schlachtfelds. Hier waren die Felder voller Musketen und Rucksäcke, die die Franzosen auf ihrer Flucht einfach weggeworfen hatten.

Harry Price schloss zu Sharpe auf. »Wollen Sie den Männern zeigen, dass Sie genauso gut marschieren können wie sie, Sir?«, fragte Price amüsiert.

»Ja, genau, Harry.«

»Und? Was genau machen wir, Sir?«

»Wir befolgen die Befehle des Herzogs, Harry.«

»Und die lauten, Sir?«

»Wir sollen rein nach Frankreich, eine Festung erobern, ein paar Gefangene befreien und wieder zur Armee zurück.«

Price ging ein paar Schritte schweigend neben Sharpe her. »Ich wusste doch, dass Sie mir nicht wirklich etwas sagen würden.«

»Dann hätten Sie nicht fragen sollen, Harry. Oh – wenn wir wieder bei der Armee sind, dann möchte ich, dass Sie ein halbes Dutzend Männer abstellen, um die Vicomtesse zu begleiten.« Lucille war die Vicomtesse de Seleglise, ein Titel, den sie zu Sharpes Erstaunen nur selten verwendete. »Und zwar *vertrauenswürdige* Männer.«

»Kein Problem, Sir. Aber eine Festung erobern? Hahaha!«

Die aufgehende Sonne war hinter den Wolken verborgen, und als das Bataillon schließlich die Kreuzung mit Namen Quatre Bras erreichte, hatte ein leichter Regen eingesetzt. Auf der Kreuzung bog Sharpe nach rechts ab und führte sein Bataillon wieder zwischen unbestatteten Leichen von Männern und Pferden hindurch, die zwei Tage zuvor im Kampf bei Mont-Saint-Jean gefallen waren. Die menschlichen Leichen waren fast alle nackt. Die Dörfler hatten sie ausgeplündert.

Sharpe schaute nach links, wo die schwere Kavallerie der Franzosen drei gute Infanteriebataillone niedergetrampelt hatte, nachdem der Prinz von Oranien darauf bestanden hatte, dass sie in Linie antreten sollten und das trotz

Sharpes Warnung, dass feindliche Reiter in den Roggenfeldern lauerten.

Jenseits des Schlachtfeldes rasteten sie für ein paar Minuten, und die Männer füllten ihre Feldflaschen in einem kleinen Bach. Major Vincent entfaltete eine Landkarte und versuchte vergeblich, sie mit seiner Uniformjacke vor dem Regen zu schützen. »Das ist ein guter Anfang, Sharpe«, bemerkte er glücklich. »Und jetzt auf nach Mons!«

»Wie weit ist das von hier?«

Vincent fuhr den Weg mit seinem Finger entlang. »Oh – ungefähr dreißig Meilen.«

»Das schaffen wir heute nicht mehr«, sagte Sharpe.

»Dann sollten wir uns besser ranhalten!«

Am nächsten Morgen marschierten sie durch die Festungsstadt Mons, und von überall strömten die Menschen herbei. Alle wollten Neuigkeiten von der Schlacht hören. Sharpe kaufte Brot und gepökeltes Schweinefleisch in der Stadt und ignorierte das Bier, das sich seine Männer gönnten. Nach dem harten Marsch hatten sie sich das verdient.

Am Nachmittag überquerten sie dann die Grenze zu Frankreich. Die Straße, Schotter auf Stein, verschlechterte sich von einem Augenblick auf den anderen. »Boney hat sie aufpflügen lassen«, erklärte Vincent. »Er wollte es Invasoren nicht so leicht machen.« Jede Invasion Frankreichs musste über die Hauptstraßen erfolgen. Zwar konnten Infanterie und Kavallerie sich auch langsam durch die Felder bewegen, doch die schweren Geschütze und die Nachschubwagen mussten auf der Straße bleiben, und die war jetzt auf ganzer Länge aufgerissen.

Die Briten kamen durch Dörfer, deren mürrische Einwohner sie misstrauisch beobachteten. Sharpe hatte am Abend zuvor vor dem Bataillon gesprochen, und seine

Männer gewarnt, der Herzog habe Plünderungen ausdrücklich verboten. »Die verdammten Froschfresser mögen uns ohnehin nicht. Da wollen wir sie nicht noch weiter verärgern, sodass sie schließlich wieder kämpfen. Wenn ihr Bier oder Brot haben wollt, dann bezahlt dafür! Und zwar mit Geld und nicht mit Knöpfen.« In Spanien hatten die britischen Soldaten gelernt, ihre Uniformknöpfe abzumachen und flach zu hämmern. Dann hatten sie den Dörflern erzählt, das seien echte Münzen. »Ich lasse niemanden auspeitschen«, sagte Sharpe zu seinen Männern, »aber wenn ihr die französischen Zivilisten misshandelt oder übers Ohr haut, dann schlage ich euch persönlich windelweich.«

»Und wenn er das nicht tut, dann mache ich das!«, hatte Harper eingeworfen.

Sie marschierten weiter. Sharpe hatte beschlossen, jeden Morgen früh aufzubrechen, noch vor Sonnenaufgang, und sie marschierten den Vormittag hindurch bis zum frühen Nachmittag. Dann hielten sie lange vor Sonnenuntergang wieder an, damit die Männer genügend Zeit hatten, ihre Zelte noch im Hellen aufzubauen. Der Regen folgte ihnen, doch er war nur leicht. Major Vincent verfügte über einen Vorrat von französischem Geld, mit dem Sharpe Brot, Wein, Eier und Fleisch kaufte. Ein halbes Dutzend Männer musste mit blutigen Füßen aus der Kolonne ausscheren, und Sharpe ließ sie mit einer eilig gekritzelten Notiz zurück, auf der stand, dass sie keine Deserteure, sondern absichtlich zurückgelassen worden waren. Vincent unterschrieb ebenfalls. »Wartet auf die Armee«, sagte Sharpe zu den Männern.

Vincent schätzte, dass sie mindestens zwanzig Meilen vor dem Rest der Armee waren, die dank der schweren Geschütze und des Trosses nur langsam vorankam. An diesem Nachmittag kamen sie an Condé vorbei, einer Festungsstadt, und blau uniformierte Männer beobachteten sie von den Mauern aus, doch sie machten keinerlei Anstalten, den Briten entgegenzutreten. »Als Nächstes kommt Valenciennes«, sagte Vincent. »Dort gibt es eine weit größere Garnison.«

Der Regen hörte auf. Das Licht einer schwachen Sonne fiel auf die Landschaft, und Sharpe ließ die Kolonne weitermarschieren. »Kurz vor Valenciennes halten wir an«, sagte er zu Vincent. »Glauben Sie, dass wir dort Ärger bekommen werden?«

»Die Garnisonstruppen sind verweichlicht«, antwortete Vincent verächtlich. »Wenn sie auch nur einen Funken Verstand haben, dann werden sie uns in Ruhe lassen.«

»Und wie stark ist die Garnison?«

»Das weiß nur Gott allein«, erwiderte Vincent sorglos. »Tausend Mann vielleicht?«

Sie marschierten am Stadtrand von Valenciennes entlang, und wieder wurden sie von den Mauern beobachtet. Sharpe wollte anhalten, aber nicht so nah an einer feindlichen Festung, und so marschierten sie weiter über die Feldwege im Westen der Stadt.

Dann eröffnete der Feind das Feuer. Zwei Kanonen feuerten von einer Bastion. Die Kugeln flogen über die feuchten Felder und schlugen gut fünfzig Schritt von der Kolonne entfernt in die Erde. »Die Rohre sind kalt«, bemerkte Sharpe.

»Kalt?«, fragte Vincent.

»Kanonen feuern weiter, wenn die Rohre heiß sind«, erklärte Sharpe. »Also werden die nächsten Einschläge schon näher sein.«

Zwei weitere Geschosse kreischten über die Männer hinweg und verfehlten die Tschakos der Leichten Infanterie nur knapp. Sharpe trieb seine Männer zur Eile an.

»Sir?«, meldete Private Bee sich sichtlich nervös.

»Was ist, Bee?«

»Da sind Reiter hinter uns, Sir.« Bee, der noch immer auf Sharpes Pferd saß, konnte weiter sehen als er. Sharpe drehte sich um und sah drei blau uniformierte Reiter, die ihnen in einigem Abstand folgten. Die Kanonen feuerten erneut, und ihr Lärm hallte über die Felder hinweg, doch die Kanoniere auf der Mauer zielten schlecht, und ihre Kugeln schlugen vor den Briten in den Schlamm. Die Reiter blieben weiter zurück. Kurz dachte Sharpe darüber nach, ein paar Riflemen abzustellen, um ihren Verfolgern eine Falle zu stellen, doch er hielt es für besser, einen Feind nicht zu provozieren, der ihnen zahlenmäßig überlegen sein könnte.

Schließlich ließ er gut fünf Meilen südlich von Valenciennes in einem Wald anhalten. Dort gab es genug Holz für Unterstände und Lagerfeuer. Die drei Reiter verschwanden in der Dämmerung und ritten in die Stadt zurück.

»Das gefällt mir nicht«, sagte Sharpe und schälte ein hart gekochtes Ei.

»Was gefällt Ihnen nicht?«, fragte Vincent.

»Vielleicht hätte ich die drei abknallen lassen sollen. Irgendein ehrgeiziger Bastard in der Stadt könnte auf den Gedanken kommen, dass wir leichte Beute sind.«

»Sie werden von Boneys Niederlage gehört haben«, erwiderte der Major, »und jetzt keinen Ärger wollen.«

»Und sie werden uns gezählt haben, als wir an den Mauern vorbeigezogen sind«, sagte Sharpe. »Also wissen sie auch, dass wir allein sind. Harry!«

Price rannte herbei. »Sir?«

»Wachen, Harry. Verstärkt. Behaltet besonders die Straße zur Stadt im Auge.«

Bei Einbruch der Nacht ging Sharpe die Wachposten ab, die sich zwischen der Straße und der Schelde erstreckten, die in Richtung Westen floss. Der leichte Regen hatte inzwischen aufgehört, und die Wolkendecke löste sich allmählich auf.

»Glauben Sie wirklich, dass sie kommen werden, Sir?«, fragte Price.

»Keine Ahnung, Harry, aber wir sind ein verlockendes Ziel. Ein übelst unterbesetztes Bataillon. Also, ich würde uns angreifen.«

»Sie müssen doch wissen, dass der Krieg verloren ist!«

»Ach ja? Major Vincent hat mir erklärt, Davout habe über einhunderttausend Mann in und um Paris, und Marschall Grouchy ist mit einem ganzen Korps aus Waterloo entkommen.«

»Und wir sind allein in Frankreich«, seufzte Price.

»Machen Sie sich keine Sorgen, Harry. Sie haben doch mich.« Sharpe klopfte ihm auf die Schulter. »Und wenn sie doch kommen, dann werden Sie die Plänkler kommandieren.«

»Natürlich, Sir.«

»Die Jungs wissen, was sie zu tun haben«, versicherte Sharpe Price, der noch neu in der Leichten Kompanie war. »Ihr Job ist nur, sie rechtzeitig wieder zurückzuziehen, bevor die feindlichen Plänkler sie überrennen können. Das ist der beste Posten in der ganzen verdammten Armee, Harry: das Kommando über eine Leichte Kompanie! Sie werden das lieben!«

Sharpe ging zu seinem Biwak zurück, wo Harper gerade Tee kochte.

»Wie geht es Mister Price?«, fragte Harper.

»Er ist nervös, aber er wird das schon schaffen«, antwortete Sharpe. »Er ist ein Naturtalent für die Leichte Infanterie.«

»Auch verantwortungsvoll?«

»Kühn und von scharfem Verstand.«

Harper brach einen doppelt gebackenen Biskuit entzwei und reichte Sharpe die Hälfte. »Glauben Sie, dass sie uns angreifen werden?«

»Für Frankreichs Ruhm – möglich ist das. Aber jetzt schlaf erst einmal.«

»Sie werden nicht kommen, Sharpe«, warf Vincent ein. »Ihre Aufgabe ist es, die Stadt zu verteidigen, nicht, einen Angriff zu führen.«

»Wir sind als Ziel viel zu verführerisch«, erwiderte Sharpe. »Es braucht nur irgendeinen ehrgeizigen Bastard, der einen leichten Sieg einfahren will. Sie werden kommen.«

»Fünf Guineas, dass Sie sich irren«, sagte Vincent. »Die Garnison liegt bestimmt schon in ihren Betten.«

»Fünf Guineas«, willigte Sharpe ein, trank seinen Tee und legte sich dann selbst schlafen.

Der Lärm von Musketenfeuer weckte Sharpe, auch wenn er ein paar Sekunden brauchte, bis er wieder wusste, wo er war. Dann fluchte er, wickelte sich aus dem Mantel, der ihm als Decke diente, und griff nach seinem Gewehr. Der Mond war fast voll. Er stand hoch oben im Osten, und sein Licht flackerte zwischen den dicken Bäumen hindurch, unter denen das Bataillon lagerte. Sharpe trat gegen das schlafende Knäuel neben sich. »Wach auf! Wir haben Besuch.«

»Gott schütze Irland«, stöhnte Harper.

Eine weitere Musketensalve ertönte nördlich der Bäume, und erst dann kam einer der Wachposten zurückgerannt. »Mister Sharpe! Mister Sharpe!«

»Beruhige dich, Junge. Wir sind ja wach.«

Der Wachposten war Rifleman McGurk. »Mister Sharpe!

Da sind Hunderte von ihnen! Sie kommen am Fluss hinauf!«

»Dann werden wir sie eben wieder nach Hause schicken«, erklärte Sharpe. Harper war inzwischen hellwach. »Pat, weck den faulen Haufen. Ich will das Bataillon am nördlichen Waldrand sehen, aber in Deckung. Die Grenadierkompanie nach rechts.«

Sharpe packte McGurk am Ellbogen. »Zeig's mir«, sagte er und folgte dem Rifleman zwischen den Bäumen hindurch, die auf der Kuppe eines flachen Hügels dicht beieinanderstanden. Am Nordrand blieb er stehen, wo das Land sanft in Richtung Valenciennes abfiel. Links von ihm, im Westen, floss die Schelde, und daneben führte ein Feldweg mit tiefen Furchen zum Lager der Prince of Wales Own Volunteers. Jetzt bewegte sich auf dem Weg etwas, das wie ein großes Bataillon feindlicher Infanterie aussah. Das Licht des Mondes, der zwischen den Wolken hindurchschien, war hell genug, um zu erkennen, dass die heranrückenden Männer Musketen trugen.

»Das sind ungefähr tausend«, knurrte Sharpe, nachdem er seinen Blick über den Feind hatte schweifen lassen. »Wo ist Captain Price?«, fragte er McGurk.

»Da draußen, Sir.« McGurk deutete zu einer Hecke gut zweihundert Yards im Norden.

»Such ihn«, befahl Sharpe, »und sag ihm, er soll die Froschfresser zu uns locken.«

Sharpe, einst selbst Kommandeur einer Leichten Kompanie, vertraute darauf, dass Price verstand, was er damit meinte. Prices Wachposten feuerten aus den Hecken auf die vorrückenden Froschfresser. Die vordersten Franzosen waren hundert Schritt hinter ihnen und rückten in einer langen, dunklen Kolonne vor.

»Keine Voltigeure.« Pat Harper trat neben Sharpe.

»Jedenfalls nicht, so weit ich sehen kann, Pat.«

»Und was werden sie jetzt tun?«

»Sterben«, antwortete Sharpe böse. »Wenn die Männer hier sind, lass sie sich am Waldrand hinlegen, und schick Captain Jefferson zu mir.«

Harper verschwand im Schatten der Bäume, zwischen denen die Männer hindurchliefen. Vincent fand Sharpe. »Was ist los, Colonel?«

»Sie schulden mir fünf Guineas.«

»Verdammt.« Vincent starrte auf die näher rückende Kolonne. »Warum machen sie sich die Mühe?«

Sharpe seufzte. »Da drüben ist ein französischer Offizier, Major, der sich einen Namen machen will. Er hat in dieser Garnison festgesessen, während andere Männer gekämpft haben, und er weiß, wie wenige wir sind, und er glaubt, dass er uns leicht besiegen kann. Er ist ein verdammter Idiot!«

Captain Jefferson, der die Grenadierkompanie befehligte, kam auf Sharpe zu. »Captain!«, rief Sharpe. »Führen Sie Ihre Kompanie auf die rechte Flanke. Da ist ein Graben. Marschieren Sie halb den Hang hinunter und verstecken Sie sich dort. Wenn wir die Froschfresser auseinandernehmen, greifen Sie an, aber warten Sie kurz, bis wir ihre Reihen ausgedünnt haben.«

»Mit Vergnügen, Sir«, erwiderte Jefferson und machte kehrt.

Major Vincent kniete sich neben Sharpe. »Sie glauben also, der Feind wird von einem Idioten angeführt, ja?«

»Ich habe Plänkler da draußen, und die tun den Scheißkerlen richtig weh, und dieser Idiot hat noch nicht mal eigene Plänkler rausgeschickt. Deshalb sterben seine Männer, meine aber nicht. Ich nehme an, der Idiot plant einen direkten Angriff auf den Wald, und der wird scheitern.«

Vincent schaute Sharpe an. »Sie klingen sehr selbstbewusst, Colonel.«

Sharpe verzog das Gesicht. »Garnisonstruppen, Major, können ihr Arschloch nicht von ihrem Nabel unterscheiden. Wir werden sie reinlocken, ein paar von ihnen töten und uns dann wieder schlafen legen.«

»Da sind aber verdammt viele«, warnte Vincent. Er klang nervös.

»Ich habe knapp einhundertfünfzig Männer und er wohl ungefähr eintausend«, sagte Sharpe. »Aber tausend reichen nicht. Wenn Sie mich jetzt entschuldigen würden, Major ...«

Sharpe ging am Waldrand entlang und sah seine Männer, die flach auf dem Boden lagen. »Zuerst eine Bataillonssalve, Jungs«, sagte er im Gehen. »Wartet auf meinen Befehl. Schießt erst, wenn ich es euch sage! Und zielt tief! Wenn ihr Gewehrfeuer hört, ignoriert das! Wartet auf meinen Befehl! Es gibt keinen Grund zur Aufregung!«

Die letzten Männer kamen aus dem Lager, wo noch ein paar Feuer glühten. Vermutlich konnten die Franzosen dieses Glühen durch die Bäume hindurch sehen und würden darauf zuhalten, was hieß, dass sie den flachen Hang direkt vor Sharpes Bataillon hinaufsteigen mussten.

»Das sind verdammte Deppen«, knurrte Sharpe zu Harper. »Idioten, die Helden spielen wollen.«

»Da will ich mich nicht beschweren«, erwiderte Harper.

»Mir geht das auf den Sack«, sagte Sharpe. »Der verdammte Krieg ist vorbei, und die wollen noch schnell sterben? Das sind verschwendete Männer.«

»Franzosen.« Harper zuckte mit den Schultern.

»Es sind gute Männer, Pat. Sie haben etwas Besseres verdient.« Sharpe nahm sein Gewehr von der Schulter, spannte den Hahn und gab fein gemahlenes Pulver aus dem Horn auf die Pfanne, das alle Riflemen trugen. Der Lauf war bereits gestopft.

»Aber Sie werden trotzdem einen dieser guten Männer abknallen?«, fragte Pat Harper amüsiert.

»Mit ein wenig Glück erwische ich den Bastard, der sie anführt«, sagte Sharpe.

Harper ging zum Waldrand und schaute nach Norden an den vorrückenden Franzosen vorbei. »Wo ist der Rest unserer Armee?«

»Weit im Norden. Vermutlich haben sie noch nicht einmal die Grenze überquert.«

»Dann sind wir also allein?«

»Jep, nur wir, sonst niemand«, bestätigte Sharpe.

Musketenfeuer war zu hören und auch das klarere Knallen von Gewehren. Es kam von den Hecken, wo Harry Prices versteckte Plänkler auf die Franzosen schossen. Dort fielen immer mehr Männer. Trotzdem rückten die Franzosen immer weiter vor. Sie folgten dabei dem Weg, der sich weg vom Fluss wand und direkt zu einer mit einem Tor verschlossenen Lücke in der Hecke führte. Von dort führte der Weg schnurgerade in die Schatten des Waldes, wo Sharpes Bataillon mit geladenen Musketen wartete.

Sharpe schlenderte zu Vincent zurück. »Glauben Sie, die wissen, dass Napoleon die Schlacht verloren hat?«, fragte er.

»Oh ja«, antwortete Vincent überzeugt. »Sicher sind hier Flüchtlinge vorbeigekommen. Nicht viele vermutlich, aber einige.«

»Warum kämpfen sie dann?«

»Pflichtbewusstsein?«, schlug Vincent vor. »Für die Ehre?«

»Aus Dummheit«, knurrte Sharpe und spannte den Hahn. Er war versucht hinzuzufügen, dass die Franzosen fast etwas genauso Dummes taten, wie sein Bataillon so weit vorauszuschicken, aber er nahm an, dass Major Vincent die Inspiration für diesen Befehl gewesen war, und so blieb Sharpe nur eine Möglichkeit: Er musste ihn befolgen.

Und um diesen Befehl zu befolgen, musste er dem Unsinn ein Ende bereiten. »Nicht mehr lange«, sagte er leise. Er beobachtete, wie sich die französischen Reihen auf das Tor in der Hecke zubewegten.

Prices Leichte Kompanie traf die vordersten Reihen hart. Seine Männer streckten immer mehr Feinde nieder, während die Distanz kürzer und die Musketen genauer wurden. Dann ertönte eine französische Trompete, und die Kolonne rannte los.

»Jetzt«, sagte Sharpe. »Jetzt!«

»Jetzt?«, fragte Vincent.

»Wir haben sie, Major. Kommen Sie, Mann! Bewegung!« Die letzten Worte waren an Captain Price gerichtet, der eigentlich viel zu weit weg war, um Sharpe zu hören. Doch beinahe sofort begann die Leichte Kompanie, sich über das Feld zurückzuziehen. Eine schlecht gezielte Salve jagte ihnen hinterher, und laut schlugen Musketenkugeln in das Laub über Sharpes Kopf.

»Sie zielen zu hoch«, sagte Sharpe. »Diese Truppen sind nicht sonderlich gut ausgebildet, Major.«

»Garnisonstruppen!«

»Und die *Garde Nationale*«, ergänzte Sharpe und meinte damit das französische Gegenstück zur britischen Miliz. »Sie haben jahrelang in dieser Stadt festgesessen, während echte Soldaten gekämpft haben. Wahrscheinlich haben sie nicht mehr als zwei Tage im Monat geübt.«

»Warum greifen sie uns dann an?«

Sharpe hatte diese Frage schon mehr als einmal beantwortet, aber er wusste, dass Vincents Nervosität der Grund für die ständigen Wiederholungen war. Der Major war ein tapferer Mann – das galt für alle Fernspäher –, aber er war das Gemetzel einer Schlacht nicht gewohnt. »Sie greifen uns an«, erklärte Sharpe geduldig, »weil ihr verdammter Kommandeur in die Ehrenlegion will. Wahrscheinlicher ist allerdings, dass er irgendeine Geliebte beeindrucken möchte.«

Die Franzosen hatten die Lücke erreicht, drückten das große Holztor auf und strömten hindurch.

»Da hat jemand seinen Verstand gefunden«, bemerkte Sharpe und beobachtete, wie sich die feindlichen Truppen am unteren Ende des Feldes verteilten. »Sie wollen in Linie angreifen.«

»Tun sie das nicht immer?«, fragte Vincent.

»Die Froschfresser greifen für gewöhnlich in Kolonne an«, antwortete Sharpe. »Das macht es leichter, sie zu töten. Aber dieser Idiot«, er deutete in Richtung der Franzosen, »hat wohl die Berichte gelesen.«

»Die Berichte?«, hakte Vincent nach.

»Die Kolonnen verlieren immer«, sagte Sharpe, »denn nur die Männer in der ersten Reihe und an den Seiten können schießen, während in einer Linie alle feuern können. Aber letzten Sonntag haben sie versucht, Linien aufzubauen, und das legt nahe, dass irgendjemand ihnen befohlen hat, keinen Selbstmord mehr zu begehen, indem sie in Kolonne auf unsere Linien zumarschieren.«

»Letzten Sonntag hat ihnen das aber nichts genutzt.«

»Natürlich nicht. Sie schießen zu langsam. Wir sind besser.« Sharpe grinste den Major an. »Machen Sie sich keine Sorgen. Wir werden sie schlagen.«

Harry Price fand Sharpe. »Können meine Jungs weiterschießen?«, verlangte er zu wissen. Seine Leichte Kompanie war wieder zwischen den Bäumen.

»Ihre Riflemen können die Offiziere ausschalten. Der Rest Ihrer Leute soll auf die Salve des Bataillons warten. Und übrigens – gut gemacht.«

»Wir sind gut weggerannt?«, hakte Price amüsiert nach.

»Ich hätte es selbst nicht besser machen können, Harry. Diese Narren glauben, dass sie gewinnen. Sagen Sie Ihren Riflemen, sie sollen nach Offizieren Ausschau halten.«

Price führte die Rotröcke seiner Kompanie auf die linke Flanke der Linie, während sich seine Grünröcke, die Riflemen, im Rest des Bataillons verteilten. Die Riflemen schossen immer weiter, während die Franzosen sich in drei Reihen aufstellten. Sharpe schätzte, dass das Feld gut zweihundert Schritte tief war. Er würde warten, bis der Feind die halbe Strecke zu den Bäumen überbrückt hatte, bevor er mit den Musketen feuern ließ.

Vincent stand noch immer an seinem Ellbogen. »Werden die Verwundeten uns belasten?«, fragte der Major. Offensichtlich sorgte er sich, dass Verletzte ihren Vormarsch behindern würden.

»Wir werden sie auf dem nächstbesten Bauernhof lassen, zusammen mit ein wenig Geld, um für ihre Versorgung zu zahlen. Die Armee kann sich um sie kümmern, wenn sie hier ankommt.«

Die Franzosen hatten ein paar Trommler dabei, die nun auf ihre Instrumente schlugen und die gesamte Linie antrieben, vorzurücken. Die Franzosen stolperten über das unebene Gelände. Das helle Mondlicht funkelte auf den Kokarden an ihren Tschakos und den Beschlägen ihrer Musketen. Sie hatten keine Bajonette aufgesetzt. Der

Trommelschlag war langsam, was hieß, dass auch der Vormarsch langsam war. Sharpe trat in die tieferen Schatten zurück und packte das Gewehr mit festem Griff. Er sah einen Offizier im Zentrum der vorrückenden Linie, einen Mann mit einem Zweispitz und weißem Busch. Der Mann trug einen Säbel, und Sharpe nahm an, dass es sich bei ihm um den Befehlshaber der Garnison handelte. Sharpe legte sein Gewehr in eine Astgabel und klappte das Visier auf. Dann sah er, dass das Mondlicht nicht ausreichte, um durch das Visier genau zu sehen, und so klappte er es wieder herunter.

»Jetzt heißt es raten und auf Gott vertrauen, Dan«, murmelte er und zielte über den Lauf. Sein Ziel war der vom Mond beschienene Busch des Offiziers, denn er schätzte, dass die Kugel dann in der Brust des Mannes einschlagen würde. Er hörte die anderen Gewehre schießen, sah einen Mann wanken und fallen. Er drückte ab.

Der Feuerstein schlug auf die Pfanne, und Funken entzündeten das Pulver darauf. Einen Herzschlag später schoss das Gewehr. Der Rückstoß traf Sharpe in die Schulter, und brennendes Pulver hinterließ einen Fleck auf seiner Wange. Pulverdampf verbarg den Feind, und Sharpe trat einen Schritt zur Seite, bis er wieder sehen konnte. Der Offizier war weg, und Sharpe lud nach.

Sharpe füllte Pulver und Kugel ein, ohne wirklich darüber nachzudenken. Das musste er auch gar nicht. Sharpe hatte seine Laufbahn bei der 33rd begonnen, als Soldat, dem man beigebracht hatte, eine Muskete zu laden und abzufeuern, und auch wenn das schon zehn Jahre her war, so hatte er auch als Offizier noch immer eine Langwaffe dabei. Für Sharpe war das Gewehr die einzig wahre Waffe eines Soldaten, mehr noch als der schwere Kavalleriesäbel, der Pallasch, den er an der linken Hüfte trug. Der Säbel kennzeichnete ihn als Offizier, aber das Gewehr als Soldaten, als einen der Killer im grünen Rock, die die Franzosen in langen Kriegen heimgesucht hatten. Sharpe stieß die mit Leder umwickelte Kugel kräftig in den Lauf. Dann schob er den Ladestock wieder in die Halterung, und er sah, dass die Franzosen das Feld schon halb überquert hatten.

»South Essex!«, bellte er den alten Namen des Bataillons. »Aufgestanden!«

Die Franzosen blieben sofort stehen, als sie plötzlich die Soldaten in den Schatten des Waldes sahen. Die Rotröcke bildeten zwei Reihen, die fast so breit waren wie die französische Linie. »Legt an!«, brüllte Sharpe. »Und zielt tief!«

Die Musketen wurden von den Schultern genommen. Ein paar Franzosen schossen, doch ihre Kugeln pfiffen über die Engländer hinweg.

»Feuer!«, bellte Sharpe, und Feuer und Rauch quollen aus den Mündungen der langen Reihe. »Laden!«

Der letzte Befehl war unnötig, denn die Prince of Wales Own Volunteers waren mindestens so gut ausgebildet wie jedes andere Bataillon in der Armee auch. Und sie konnten drei Schuss pro Minute abfeuern, schätzte Sharpe, und das war mindestens doppelt so viel wie die Franzosen, die ihnen gegenüberstanden. »Feuern nach Zug!«, brüllte Sharpe. »Zweite Kompanie zuerst!«

Ein leichter Nachtwind trieb den Rauch in Richtung Fluss, und als sich der Pulverdampf verzog, sah Sharpe, dass die erste Salve die Franzosen hart getroffen hatte. Deutliche Lücken waren in der feindlichen Linie zu sehen, und dunkle Schatten stapelten sich auf dem Gras. Ohne weitere Befehle war der französische Angriff überdies zum Stillstand gekommen, und die Franzosen luden ihre Musketen nach.

Sharpes Männer feuerten zugweise von rechts, halbe Kompaniesalven in tödlichem Takt.

Obwohl sie durch die Eröffnungssalve ins Wanken geraten waren, rückten die Franzosen wieder vor, wenn auch unsicher. Teile ihrer Linie setzten sich in Bewegung, andere zögerten. Sharpe sah Männer, die noch immer ihre Musketen luden. In diesem Augenblick ließ Jefferson eine Salve auf die linke Flanke der Franzosen feuern. Sharpe sah den Feind zurückschrecken, doch er wusste, dass er seine Grenadierkompanie nicht lange ungeschützt lassen durfte. Die zugweisen Salven hallten noch immer in gleichmäßigem Takt durch die Nacht, und Kugeln schlugen in den vom Mond beschienenen Feind. Sharpe warf sein Gewehr über die Schulter und trat einen Schritt vor. »Feuer einstellen!«, brüllte er. »Säbel pflanzt auf!«

Das war ein typischer Rifleman-Befehl, denn nur Riflemen hatten die längeren Säbelbajonette, aber die Prince of Wales Own Volunteers kannten ihren Sharpe, und gehorsam steckten sie die Bajonette auf die Musketen. »Wenn ihr geladen habt«, bellte Sharpe, »legt an!«

Ungefähr das halbe Bataillon hob die Musketen. »Feuer!« Sharpe hielt kurz inne, bis der Lärm der Salve verhallt war. »Das Bataillon rückt vor! Vorwärts! Marsch!«

Die Grenadiere feuerten noch eine weitere Salve, während Sharpe den Säbel zog und seinen Platz zwischen den Kompanien 4 und 5 einnahm. Major Vincent schloss sich ihm an. »Seien Sie vorsichtig, Major«, knurrte Sharpe. »Immerhin soll ich dafür sorgen, dass Sie am Leben bleiben.«

»Sie schießen viel zu hoch«, sagte Vincent.

»Nicht alle.« Sharpe hatte ein paar seiner Männer fallen gesehen und auch viel zu nahe Einschläge gehört.

Das Bataillon rückte in Linie vor, während der Angriff

des Feindes vollends zum Stillstand kam. Die wenigen französischen Trommeln waren inzwischen verstummt, doch Sharpe hörte, wie die verbliebenen Offiziere ihre Männer weiter vorwärtstrieben. Allerdings hatte der Anblick der langen, vorrückenden Linie voller Bajonette ihnen den Mut genommen. Sharpe ließ sein Bataillon normal marschieren. Erst, als sie die Hälfte des Weges zurückgelegt hatten, brüllte er seinen nächsten Befehl: »Angriff!«

Die Prince of Wales Own Volunteers stießen einen Schlachtruf aus und gingen in den Laufschritt über, und dieses Geräusch zusammen mit dem Anblick der heranstürmenden Bajonette brach den Feind. Die Franzosen wirbelten herum und rannten los, ein Mob, der zu dem Tor in der Hecke strömte. Einige warfen sogar ihre schweren Musketen weg. Sharpe rannte der Linie voraus und wedelte mit dem Säbel zum Zeichen anzuhalten. »Lasst sie laufen!«, rief er. »Lasst sie laufen!«

Die Franzosen, die den Rotröcken am nächsten waren, drehten sich noch einmal um und starrten den Feind verwirrt an. Sharpe ging mit dem Säbel an der Hand auf sie zu. »Wer hat das Kommando über euch?«, rief er auf Französisch. »Sagt ihm, er soll herkommen!«

Zweimal rief er das, dann blieb er zwischen den gefallenen Franzosen stehen. Schließlich kamen zwei Offiziere durch das Tor. Sharpe steckte demonstrativ den Säbel weg, dann nickte er knapp zum Gruß, als die beiden ein paar Schritte von ihm entfernt stehen blieben. »Sie können Ihre Verwundeten bergen«, sagte er. »Gibt es in Valenciennes ein Hospital?«

»*Oui*, Monsieur«, antwortete einer der beiden. Sie waren jung und nervös.

»Dann bringen Sie die Verwundeten dorthin zurück. Die

Toten können Sie später begraben. Und wenn Sie uns noch einmal beim Schlaf stören, dann werden Sie noch mehr bestatten müssen.« Sharpe drehte sich um und machte sich auf den Weg zurück zu seinen Männern.

»Monsieur?«, rief einer der beiden französischen Offiziere.

Sharpe drehte sich erneut um. »Ja?«

»Ist es wahr? Der Kaiser hat die Schlacht verloren?«

»Ja, er hat verloren«, bestätigte Sharpe knapp. Er ging weiter und sah, wie Private Bee einen toten Franzosen anstarrte. »Bee!«

»Sir?«

Sharpe deutete auf den Toten. »Schnapp dir den Tornister des Froschfressers. Lass deinen hier.«

»Den Tornister, Sir?«

»Der ist bequemer als der, den die Armee dir gegeben hat«, erklärte Harper. Der britische Tornister mit seinen schmalen Schulterriemen und dem engen Brustband war berüchtigt dafür, schmerzhaft zu sein. »Und durchsuch seine Taschen nach Münzen«, fügte Harper hinzu.

»Zurück zum Biwak«, sagte Sharpe zu Harper. »Bei Tagesanbruch marschieren wir wieder los.«

»Das ist nicht mehr lange«, bemerkte Harper und schaute nach Osten.

Sharpe winkte Major Vincent zu sich. »Wie viele Meilen sind es noch bis Ham, Major?«

»Ungefähr sechzig, Colonel.«

Sharpe grunzte. »Zwei Tage also.«

»Wenn wir schnell marschieren«, fügte Harper mürrisch hinzu.

»Der Herzog will, dass wir so schnell wie möglich marschieren«, erinnerte Vincent Sharpe, auch wenn das nicht wirklich nötig war. »Und wir werden auf guten Straßen marschieren.«

»Und ohne Zweifel werden wir auf dem Weg noch weitere Deppen treffen«, seufzte Sharpe. »Wir rasten bis Sonnenaufgang, dann marschieren wir weiter.«

Tiefer nach Frankreich, allein und noch immer auf sich gestellt.

KAPITEL 3

Das Bataillon marschierte im Morgendunst unter einem grauen Himmel. »Lassen Sie uns beten, dass es nicht wieder regnet«, knurrte Sharpe zu Major Vincent. »Regen würde uns nur aufhalten.«

»Das sieht nicht gut aus«, seufzte Vincent und schaute zu den Wolken hinauf.

Sie hielten an einem Bauernhof an, nicht weit von ihrem Biwak entfernt, und Vincent, der fließend Französisch sprach, bezahlte den Bauern, um die Verwundeten in einer Scheune zu beherbergen. »In zwei, drei Tagen wird die britische Armee hier sein«, sagte er dem Mann, »und die wird die armen Kerle mitnehmen.« Er gab dem Mann die Münzen.

Sharpe ließ drei Männer mit Blasen an den Füßen zurück, die sich um die vierzehn Verwundeten kümmern sollten, dann rief er dem Bataillon, das am Straßenrand rastete, zu: »Aufstehen, Jungs! Wir haben einen langen Tag vor uns!«

Major Vincent beobachtete, wie die Männer in Kompanien antraten. »Sie sehen nicht gerade glücklich aus«, bemerkte er.

»Wären Sie das?«, erwiderte Sharpe. »Sie sind der Armee weit voraus, allein in Feindesland, aber sie werden kämpfen, Major.«

»Das hat auch der Herzog gesagt«, sagte Vincent, als sich die Kolonne in Marsch setzte.

»Erzählen Sie mir mehr von Ham«, forderte Sharpe ihn auf. Er ritt neben Vincent.

»Ham ist eine nette kleine Stadt«, antwortete Vincent, »mit einer nicht ganz so netten Zitadelle direkt am Ufer der Somme. Zum Glück sind die Vorwerke der Zitadelle schon vor vielen Jahren zerstört worden. Trotzdem ist das noch eine beeindruckende Festung.«

»Und von mir erwartet man, dass ich sie erobere«, knurrte Sharpe mürrisch.

»In der Tat, Colonel.« Vincent lächelte. »Allerdings hoffe ich darauf, dass der Kommandant sich einfach ergeben wird, obwohl er ein verdammt übler Kerl mit Namen Pierre Gourgand ist. Er ist ein strammer Bonapartist, und er mag uns nicht.«

»Übel?«

»Er hat in Spanien gedient, Sharpe, und dort hat er sich den Ruf erworben, besonders brutal zu sein. Durch Gottes Gnade hat er bei Vittoria ein Bein verloren, und jetzt befehligt er die Garnison in Ham.«

»Und wie groß ist diese Garnison?«

»Offiziell nicht mehr als siebzig oder achtzig Mann. Viele davon sind Invaliden.«

Sharpe lachte zynisch. »Aber alle sind ausgebildete Soldaten.«

»Und Gourgand könnte noch mehr haben«, gab Vincent zu. »Vielleicht sogar Flüchtlinge aus der Schlacht letzten Sonntag. In dem Fall – Gott stehe den Gefangenen bei.«

»Wer sind diese Gefangenen eigentlich, Major?«

»Männer, die es verdient haben, befreit zu werden. Es sind keine Verbrecher, sondern Feinde von Bonaparte, und unter ihnen ist ein Mann, mit dem wir unbedingt reden müssen.«

»Ein Spion also.«

»Ein Gentleman, der uns mit Informationen versorgt, Sharpe, und wir schulden ihm das.«

»Und wer genau ist das?«, verlangte Sharpe zu wissen. Eine klare Antwort erwartete er allerdings nicht.

Und er bekam auch keine. »Er ist der Grund, warum wir nach Ham marschieren, Sharpe. Und beten Sie, dass der Gentleman nicht schon längst unter der Guillotine gelandet ist.«

»Und was, wenn Gourgand uns die Zitadelle nicht übergibt?«

»Dann greifen wir sie an, aber ich bete, dass es nicht so weit kommen wird.« Vincent schlug nach einer Bremse auf dem Hals seines Hengstes. »Die äußeren Befestigungen sind geschliffen, Sharpe, aber der Kern der Festung ist eine verdammt harte Nuss.«

Sharpe verzog das Gesicht. »Wir brauchen Artillerie, Major.«

»Die wir aber nicht haben. Und wir haben auch keine Zeit für eine Belagerung. Wir werden dort hingehen, unseren Gefangenen befreien und wieder zurückmarschieren. Und dann geht's auf nach Paris!«

Schweigend ritten sie ein Stück. Dann sagte Vincent: »Es gibt da noch ein Problem, Sharpe.«

»Was für eine Überraschung.«

Vincent lächelte. »Die Preußen rücken auf der Straße im Osten vor, und ihre Marschroute führt direkt an Ham vorbei. Sie könnten auch an der Zitadelle interessiert sein.«

»Und wir werden ihnen vermutlich für ihre Hilfe dankbar sein«, erwiderte Sharpe.

»Wir sind nie von den Franzosen besetzt gewesen, Sharpe. Also hassen wir sie nicht so sehr wie die Preußen.

Ich nehme an, dass ihr Marsch nach Süden eine wahre Schreckensgeschichte wird. Vergewaltigung und Raub«, er spie die Worte förmlich aus. »Die natürliche Konsequenz davon wird sein, dass die Franzosen sie verabscheuen. Wenn die Preußen Ham vor uns erreichen, dann besteht keine Hoffnung mehr darauf, dass sich die Zitadelle ergibt, nicht, wenn ihnen klar wird, welches Schicksal sie erwartet.«

»Dann ist die Aufgabe ja leicht, Major. Die Preußen zurückdrängen, die Franzosen besiegen und unseren Mann finden.«

»Genau«, bestätigte Vincent glücklich. »Und der Herzog glaubt, Sie sind genau der richtige Mann dafür.«

»Was er glaubt«, erwiderte Sharpe mürrisch, »ist, dass wir als Bataillon entbehrlich sind.«

Vincent zuckte bei diesen Worten unwillkürlich zusammen und schwieg wieder ein paar Augenblicke. »Sie irren sich«, sagte er schließlich. »Ich habe den Herzog gebeten, seinen besten Mann zu schicken, und er hat Sie ausgewählt. Er hat mir versichert, wenn irgendjemand das Unmögliche schafft, dann Lieutenant Colonel Sharpe.«

Sharpe lachte abschätzig.

»Das stimmt, Sharpe«, versicherte ihm Vincent.

»Ich soll also das Unmögliche schaffen, ja?«

»Die Eroberung der Zitadelle von Ham, ja.«

Am frühen Abend erreichten sie Péronne und schlugen nördlich der Stadt ihr Lager auf. Niemand belästigte sie, doch als sie am nächsten Morgen östlich an der Stadt vorbeimarschierten, da feuerten erneut Kanonen auf das Bataillon. Aber genau wie in Valenciennes zielte die Artillerie entweder zu kurz, oder die Geschosse flogen über die Köpfe der Briten hinweg. Sharpe ritt mit Major Vincent an der Spitze der Kolonne.

»Die scheinen es ernst zu meinen«, bemerkte Sharpe und nickte in Richtung des Rauchs, der von den Bastionen der Stadt aufstieg.

»Der Herzog wird die Stadt angreifen müssen.«

»Warum umgeht er sie nicht einfach?«

»Weil, wer auch immer Frankreich jetzt regiert, davon überzeugt werden muss, dass er verloren hat. Wenn diese Narren einen Kampf wollen, dann wird der Herzog ihnen einen liefern.«

»Und gute Männer werden sterben, obwohl der Krieg so gut wie vorbei ist«, knurrte Sharpe verbittert und dachte an seine eigenen Männer, die geradewegs auf eine feindliche Zitadelle zumarschierten. Bei Valenciennes hatte er Glück gehabt. Er hatte durch das schlecht gezielte Feuer nur ein paar Männer verloren, aber er ging davon aus, dass noch wesentlich mehr sterben würden, bevor sie Ham einnehmen konnten.

»Der Krieg ist eben *nicht* vorbei!«, erklärte Vincent mit fester Stimme. »Napoleon hat letzten Sonntag ordentlich Prügel bezogen, aber er kann noch immer eine beachtliche Armee aufstellen, wenn er denn will. Wir müssen die Franzosen davon überzeugen, dass weitere Kämpfe sinnlos sind, und das wird uns nur gelingen, wenn wir die Bastarde jedes Mal pulverisieren, wenn sie auf die Idee kommen, Widerstand zu leisten.«

Sie ritten in Richtung Südosten durch unscheinbares Ackerland, und das Donnern der Kanonen von Péronne verstummte, als das Bataillon außer Sicht marschierte. Es waren nicht viele Schüsse gewesen, und keiner davon hatte das Bataillon getroffen, aber ihr Lärm hatte über die Felder gehallt, und das hatte Sharpe verwirrt. Die Franzosen waren am Sonntag geschlagen worden, und Sharpe hatte gesehen, wie Napoleons Armee, verfolgt von Kanonenkugeln und Kavallerie, geflohen war. Aber die Franzosen trotzten ihnen weiter. Klammerte sich der Kaiser noch immer an die Hoffnung, schlussendlich doch noch zu siegen? Hoffte er auf eine letzte Schlacht, in der er die Briten, Preußen, Österreicher und Russen besiegen würde? Denn die Armeen all dieser Länder marschierten nun auf Paris zu. Da konnte Bonaparte doch nicht ernsthaft glauben, sie besiegen zu können – oder? In jedem Fall kämpften die Franzosen weiter, und Sharpe überkam die Angst, in den letzten Tagen des Krieges doch noch zu sterben. Dass er nie wieder in die Normandie zurückkehren würde, dass ihn kein gemeinsames Leben mit Lucille mehr erwartete und dass er seinen Sohn nie würde aufwachsen sehen.

Patrick Harper, der einzige andere Berittene in der Kolonne, ritt neben Sharpe. »Die Jungs marschieren gut«, versicherte er Sharpe.

»Wer kommandiert jetzt die Nachhut?«

»Sergeant Huckfield.« Harper trug Zivilkleidung unter seiner grünen Rifleman-Jacke. Sein Erscheinungsbild ließ Major Vincent verwirrt die Augenbrauen heben. Sharpe hatte ihm Harper zwar schon vorgestellt, als sie das Schlachtfeld von Waterloo verlassen hatten, doch jetzt erklärte er weiter: »Sergeant Major Pat Harper ist ein Depp aus Donegal.«

»Ein Depp auf einem guten Pferd.« Vincent nickte zu Harpers Hengst, einem großen grauen Tier.

»Zu Hause habe ich eine Taverne«, erklärte Harper, »und manchmal handele ich auch mit Pferden.«

»Was vermutlich heißt, dass du ein Pferdedieb bist«, warf Sharpe ein.

»Und laut Colonel Sharpe ein Depp«, hakte Vincent amüsiert nach.

»Er hat die Armee vor einem Jahr verlassen«, sagte Sharpe, »und ist wieder zurückgekommen.«

»Ich konnte Colonel Sharpe doch nicht allein kämpfen lassen«, sagte Harper.

Vincent lächelte. »Und Sie haben da ein wirklich prächtiges Gewehr, Sergeant Major.«

»Das ist Mister Nocks Salvengewehr, Sir.«

»Ich dachte, das würde nur bei der Navy eingesetzt.«

»Das hier haben sie verloren, Sir. Jaja.« Harper grinste glücklich. »Das Ding zu laden ist zwar echt übel, aber wenn man es abfeuert – das ist das reinste Höllenfeuer.« Das Gewehr hatte sieben Läufe, jeder mit einer Pistolenkugel geladen, und alle wurden sie gleichzeitig über ein Steinschloss abgefeuert. Henry Nock hatte diese Waffe entwickelt, um sie gegen Entertrupps einzusetzen, und dabei war sie auch sehr effektiv. Allerdings war der Rückstoß derart gewaltig, dass das Gewehr einem Mann die Schulter brechen konnte. Harper war jedoch groß und stark genug, um sich nicht zu verletzen. Er gab Major Vincent das schwere Ding.

»Das ist doch nicht geladen, oder, Sergeant Major?«

»Geladen ja, aber es ist kein Pulver auf der Pfanne, Sir.«

Vincent bewunderte das Gewehr und gab es wieder zurück. »Ich bin froh, dass Sie hier sind, Sergeant. Ich denke, wir werden Sie noch brauchen.«

»Oh ja, Sir! Colonel Sharpe kommt ohne mich nicht zurecht.«

Und obwohl er das nie zugegeben hätte, im Geiste stimmte Lieutenant Colonel Sharpe ihm zu.

Der Regen ließ nach, und das Bataillon kam gut voran. Sie kamen durch Dörfer, wo die Bauern sie misstrauisch beäugten. In einem dieser Dörfer kam ein Priester zu den drei Reitern an der Spitze der Kolonne und fragte, ob sie Briten seien.

»Das sind wir, Vater«, antwortete Vincent.

»Und der Kaiser, Monsieur?«

»Er ist geschlagen, Vater, und rennt um sein Leben.«

»Lob sei Gott.« Der Priester bekreuzigte sich. »Dann werden unsere Jungen jetzt also wieder nach Hause kommen, ja?«

»Einige von ihnen«, antwortete Sharpe. »Aber es sind auch viele gestorben, Vater.«

»Oder verkrüppelt«, ergänzte der Priester und nickte zu einem Mann, der beide Beine verloren hatte und jetzt an der Kirchenwand saß. Seinen Tschako hatte er in der Hoffnung auf Almosen umgedreht und vor sich gestellt. »Dieser Mann war einst Förster mit einer Frau und drei Kindern. Dann hat er bei Austerlitz seine Beine verloren. Wie soll er jetzt seine Familie ernähren?«

»Mit Ihrer Hilfe, Vater.«

Der Priester seufzte. »Leider gibt es viel zu viele, die meine Hilfe brauchen.«

Sharpe ritt zu dem Bettler, warf ein paar Münzen in den Tschako und ritt mit Vincent weiter. Harper blieb an der Kirche und sorgte dafür, dass keiner der Jungs sich aus der Kolonne löste und in dem kleinen Dorf plünderte. »Wenn ihr Essen wollt, dann könnt ihr es auch kaufen, Jungs!«, rief er ihnen zu. »Aber es wird nicht geplündert! Heute Abend werde ich eure Tornister durchsuchen!«

Am Nachmittag gab Sharpe sein Pferd Private Bee und marschierte zu Fuß an der Spitze der Kolonne. Vincent ritt neben ihm. »Ich könnte mir vorstellen«, sagte der Major, »dass die Garnison in Péronne gesehen hat, wohin wir marschieren, und eine Warnung nach Ham schickt. Das ist nicht gerade beruhigend.«

»Ich hoffe darauf«, erwiderte Sharpe.

»Sie hoffen …?« Vincent ließ die Frage unvollendet.

»Ja, ich hoffe, sie wissen, dass wir kommen. Tatsächlich verlasse ich mich sogar darauf.«

»Grundgütiger, Sharpe! Wir brauchen die Überraschung!«

»Und wir werden sie auch überraschen. Keine Sorge, Major.«

»Sharpe …«, begann Vincent und verstummte dann, als Sharpe die Hand hob.

»Ich kann ihre Mauer nicht einreißen, Major«, erklärte Sharpe, »und ich habe auch keine Zeit, um Leitern zu bauen, deren Einsatz ohnehin ein Selbstmordkommando wäre. Also bleibt mir nur die Täuschung. Ich muss sie in die Irre führen.« Mehr wollte er jedoch nicht sagen, vor allem, weil er nicht sicher war, den Feind wirklich täuschen zu können – einen Feind, der ihn erwartete.

An diesem Nachmittag näherten sie sich Ham und machten ein paar Meilen vor der Stadt halt, wo es auf einer großen Farm eine geräumige, aus Stein gebaute Scheune gab, in der das ganze Bataillon untergebracht werden konnte. Sharpe bezahlte den Bauern mit französischen Münzen und versprach ihm, dass weder sein Hof noch dessen Bewohner oder das Vieh zu Schaden kommen würden. Der Mann war mit der Bezahlung zufrieden und zeigte seltsamerweise nicht die Spur von Neugier, warum plötzlich ein Bataillon Briten auf seiner Farm lagerte.

»Trotzdem gehe ich davon aus, dass er in der Zitadelle Bescheid geben wird«, bemerkte Sharpe.

»Dann sollten wir bald angreifen«, erwiderte Vincent.

»Wir werden das verdammte Ding mit Sicherheit nicht angreifen, ohne es uns vorher anzusehen«, erklärte Sharpe.

»Dann lassen Sie uns zusammen gehen«, schlug Vincent vor. »Meine Uniform ist blau und Ihre grün, und Ihre Satteldecke ist sowieso die des Feindes. Das einzige Problem ist Ihr abscheuliches Französisch.«

»Abscheulich, Major?« Sharpe fühlte sich tatsächlich ein wenig beleidigt.

»Wenn jemand fragt«, sagte Vincent auf Französisch, »dann sagen Sie, Sie seien ein Offizier aus Saint Helier. Das sollte Ihren schrecklichen Akzent erklären.«

»Saint Helier?«

»Das liegt auf Jersey, einer der Îles Anglo-Normandes, Colonel. Von diesen Inseln haben sich ein paar Männer freiwillig zur französischen Armee gemeldet. Ich werde mich Colonel Villon nennen. Und Sie?«

»Lassan«, antwortete Sharpe. Das war Lucilles Mädchenname.

»*Capitaine* Lassan«, sagte Vincent. »Und? Sollen wir?«

»*Capitaine?*«, hakte Sharpe nach. Es amüsierte ihn, dass Vincent sich selbst beförderte, ihn aber degradierte.

»Für den Moment machen wir das so«, sagte Vincent. Er lächelte und sah, wie Sharpe den Mantel aus seinem Gepäck holte. »Ist Ihnen kalt, Sharpe?«

Sharpe antwortete nicht sofort, sondern schüttelte erst einmal den Mantel aus. Er bestand aus dunkelblauer Wolle und war mit scharlachroter Seide gefüttert. Am Kragen waren goldene Biesen und der Buchstabe »N« eingestickt. »Ich bin nicht sicher, ob ein einfacher *Capitaine* so etwas tragen würde«, sagte Sharpe, »aber heute soll ich doch Franzose sein, und das passt, denke ich.« Er warf sich den Mantel über die Schultern und schloss die goldene Halskette.

»Grundgütiger!«, rief Vincent. »Das ist ja ein Mantel der Kaiserlichen Garde!«

»Ja, er hat einmal einem Gardisten gehört. Er ist in Russland gefallen.«

»Und jetzt gehört er Ihnen?«

»Seine Witwe hat ihn mir gegeben.«

»Aaah – die Vicomtesse?«

»Ja, die Vicomtesse«, bestätigte Sharpe. Mehr sagte er nicht, obwohl Vincent ihn neugierig anschaute.

»Der Herzog hat mir von ihr erzählt.« Vincent blieb hartnäckig. »Und er hat behauptet, das sei der Beweis dafür, dass Sie wahrlich des Teufels Glück besitzen.«

»Ja, das tue ich«, erwiderte Sharpe und schwang sich aufs Pferd. Der Mantel war ein Geschenk von Lucille. Sie hatte ihn ihm am Vorabend in der Stadt gegeben, und der Gedanke an sie traf ihn hart. »Sollen wir, Major?«

Sharpe übergab das Kommando an Captain Price und ermahnte ihn streng, dass die Männer in der Scheune zu bleiben hatten, abgesehen natürlich von den Wachposten, die die Straße beobachten sollten. »Gott allein weiß, wie lange wir fort sein werden, Harry, aber wir kommen wieder zurück.«

Als es langsam dunkler wurde, ritten Sharpe und Vincent den Feldweg hinunter, der nach Ham führte. Dabei stellte sich heraus, dass Ham mehr ein Dorf denn eine Stadt war. Im Süden ging der Vollmond auf, und sein Licht war hell genug, um kleine Häuser und eine große Kirche erkennen zu können. Lampen waren in den Fenstern zu sehen, doch die Straßen waren leer. Hier und da lugten Menschen heraus, als sie den Hufschlag der Pferde hörten, doch niemand kam heraus, um die beiden Reiter zu befragen.

»Wir sollten nicht zu nahe herangehen«, sagte Vincent nervös und auf Französisch. »Nur nahe genug, damit Sie den Eingang der Zitadelle sehen können.«

»Ich sehe auch so schon genug«, erwiderte Sharpe grimmig. Vor ihm ragte ein riesiger Rundturm über dem Dorf auf, und als sie näher kamen, sah Sharpe, dass der Turm zwei riesige Mauern miteinander verband. »Himmel, Major! Das ist ja eine gottverdammte Burg!«

»Und man kann sich ihr nur von dieser Seite nähern«, sagte Vincent, den die hohen Mauern nicht im Mindesten zu beeindrucken schienen. »Dahinter verläuft der Fluss.«

»Herr im Himmel«, seufzte Sharpe. »Um da reinzukommen, brauchen wir Belagerungsartillerie.«

»Dann lassen Sie uns hoffen, dass sie sich einfach ergeben werden«, sagte Vincent und lenkte sein Pferd zwischen die Bäume, die eine große Grasfläche umgaben, die wiederum zur Festung führte. »Hier waren früher auch einmal Verteidigungsanlagen«, erklärte er und deutete auf die Überreste eines breiten Grabens und Mauerfundamente. »Der Baumeister Vauban hat neue Vorwerke gebaut: Glacis, Wallschild, Graben und all die anderen üblichen Hindernisse, doch die sind geschliffen worden. Nur die Zitadelle ist übrig geblieben.«

»Dieser Ort ist der reinste Bastard«, knurrte Sharpe düster. Das Glacis, gebaut vor über hundert Jahren, war jetzt nur noch eine flache Bodenwelle im Gras vor einer kleinen Senke, wo sich einst der äußere Graben befunden hatte. Die Mauern jenseits davon waren nur noch hüfthoch, und ein Pfad führte durch eine dreieckige Bastion zu dem riesigen quadratischen Turm mit dem Haupttor. Auch die Bastion war einst deutlich höher gewesen, doch sie war immer noch hoch genug, sodass Sharpe das Zitadellentor nicht sehen konnte.

Jetzt konnte er auch den Fluss hören, und er sah das im Mondlicht silbern schimmernde Wasser zwischen den Bäumen hindurch. Die Zitadelle stand genau in einer Flussbiegung, sodass die Süd- und die Westmauer vom Wasser geschützt wurden.

Sharpe und Vincent ritten an der Ostseite entlang, wo sich auch das Tor befand. Sie waren noch mehr als zweihundert Schritte von der Zitadelle entfernt, in der kein Licht zu brennen schien. Der Mond stand hinter der Festungsanlage und verlieh den hohen Mauern ein finsteres, bedrohliches Aussehen.

»Ich könnte diese Festung halten, bis ich alt und grau werde«, bemerkte Sharpe.

»Der Herzog glaubt an Sie, Sharpe«, erwiderte Vincent. Er klang amüsiert.

Sie zügelten ihre Pferde und hielten zwischen den Bäumen am Fluss an. Dann saßen die beiden Männer ab und betrachteten die Festung. »Ich denke, als Erstes sollten wir die Kapitulation von ihnen verlangen«, schlug Vincent vor.

»Nein«, widersprach Sharpe. »Als Erstes sollten wir sie hinters Licht führen.«

»Und wie das?«

»Indem wir ihnen zeigen, was ich sie sehen lassen will.« Er erklärte seine Gedanken absichtlich nicht, teils, weil Vincent sich weigerte, über den »wichtigen Gefangenen« zu sprechen, den sie befreien sollten, und teils, weil Sharpe nicht die geringste Ahnung hatte, ob sein Plan überhaupt die Chance hatte zu funktionieren.

Sharpe starrte zum Haupttor. Er war das Ufer ein Stück hinuntergegangen, um an der dreieckigen Bastion vorbeisehen zu können, und jetzt war das Respekt einflößende Tor deutlich zu erkennen. Im Mondlicht sah Sharpe Metall hoch oben auf dem Turm funkeln, und er nahm an, dass dort Wachen standen. Diese Soldaten hatten die beiden Männer mit Sicherheit gesehen, die durch den Wald gekommen waren, aber sie hatten weder Alarm geschlagen noch die Fremden angerufen. Das ließ vermuten, dass sie es gewohnt waren,

Stadtbewohner auf der weiten Grasfläche zu sehen. Aber Péronne hatte sie doch sicher vor den anrückenden Briten gewarnt, oder?

»Diese faulen Bastarde«, murmelte Sharpe.

»Und versoffen sind sie auch noch«, fügte Vincent amüsiert hinzu. Eine singende Gruppe Männer kam langsam aus dem Dorf. Sie waren in der Tat betrunken, und ihr Gesang war mehr ein Grölen. Sie marschierten über den Pfad, der von der Hauptstraße zum Tor reichte, und Sharpe sah, dass dieser Pfad zuerst zu der alten Bastion führte, die das Tor schützte. Ursprünglich war Sharpe davon ausgegangen, dass die Bastion an sich schon eine Festung sein würde, doch sie war weitgehend geschliffen und nur noch mannshoch.

Er und Vincent hörten, wie sich eine Tür oder ein kleines Tor öffnete, dann rief jemand, und die Betrunkenen wankten in einen Tunnel, der offenbar durch die Bastion führte. Ein weiteres Tor öffnete sich daraufhin am anderen Ende der Bastion, und die Betrunkenen stapften auf die Brücke, die den inneren Graben überspannte. Einen Augenblick später hörte Sharpe, wie sich eine Tür im Haupttor mit lautem Knarren öffnete. Laternenlicht fiel auf die Steinbrücke. Es wurde gelacht, und dann schloss sich die Tür wieder mit einem Knall.

»Und das ist der einzige Weg hinein?«, fragte Sharpe.

»Es gibt vielleicht noch irgendwo ein Ausfalltor, aber das sehe ich zumindest nicht.«

»Dann heißt es also, durchs Haupttor oder gar nicht?«

»Genau – Es sei denn, Sie ziehen Sturmleitern vor.«

Sharpe schnaubte verächtlich. Allein die Vorstellung, Leitern zu bauen, die für diese hohen Mauern lang genug waren, war schon schlimm, aber sie dann auch noch unter Beschuss hinaufklettern zu müssen, das war ein Albtraum.

»Nein, keine Leitern, Major. Wenn wir gehen, dann durch die Vordertür.«

Inzwischen hatte Sharpe schon eine Idee, wie das gelingen könnte, aber es war eine verzweifelte Idee, und die Bastion verkomplizierte das Problem noch. Der einzige Weg zur Brücke über den Graben führte durch den Tunnel der Bastion, und dass die Betrunkenen angerufen worden waren, hieß, dass die Bastion besetzt war.

»Und? Haben Sie genug gesehen?«, fragte Vincent.

»Ja, sogar mehr, als mir lieb ist.«

»Dann schlage ich vor, dass wir wieder zur Farm zurückkehren.«

Sie ritten zur Straße zurück und von da nordwärts durchs Dorf. Wieder hörten sie Gesang, diesmal aus der Taverne, und als sie daran vorbeiritten, kamen zwei französische Offiziere heraus.

»Qui va là?«, rief einer von ihnen sie an.

»Colonel Villon«, antwortete Vincent ruhig und auf Französisch. »7. Infanteriebrigade. Und Sie?«

»Lieutenant Brissac, Monsieur. Artillerie.«

»Dienen Sie in der Garnison hier?«

»Im Augenblick ja, Monsieur.« Der Lieutenant zögerte. »Haben Sie in der Schlacht gekämpft, Colonel?«

»Ja, das haben wir«, antwortete Sharpe an Vincents Stelle, »und die Briten sind uns dicht auf den Fersen.«

»Hierher, Monsieur?«

»Sie sind nicht weit hinter uns. Rechnen Sie noch heute Nacht oder spätestens morgen mit ihnen. Haben Sie das Geschützfeuer heute nicht gehört?«

»Doch, Monsieur.«

»Das war Péronne. Hat man Sie von da nicht gewarnt?«

»Doch, doch.« Der Lieutenant nickte.

»Sie verfolgen uns«, sagte Sharpe, »und wir brauchen einen Zufluchtsort.«

Der Lieutenant schaute Sharpe stirnrunzelnd an, dessen grüne Rifleman-Uniform in den Schatten schwarz wirkte. Er hätte zu jeder Armee gehören können. Außerdem war der Großteil der Uniform unter dem schweren Mantel verborgen. Nur das goldene »N« funkelte im Licht, das aus der Taverntür fiel. »Heute Nacht?«, fragte Brissac.

»Wir brauchen eine Zuflucht, und zwar schnell«, betonte Sharpe noch einmal.

»Bitte, Monsieur?« Der Franzose hatte Sharpes Antwort offenbar nicht recht verstanden.

»Capitaine Lassan kommt von den Îles Anglo-Normandes«, warf Vincent erklärend ein, »und er will Zuflucht für seine Männer.«

»Und von wie vielen Männern reden wir?«, fragte Brissac. Die Erklärung schien ihn zufriedenzustellen.

»Ich habe fünfzehn Mann«, antwortete Sharpe. »Der Rest ist tot.«

»Sie werden uns willkommen sein.« Brissac nickte.

»Wie viele Männer haben Sie in der Zitadelle?«, verlangte Vincent zu wissen.

»Einhundertachtzig, Colonel. Dazu eine Einheit der *Garde Nationale*.« Brissacs Tonfall suggerierte, dass die Männer der Nationalgarde völlig nutzlos waren.

»Und wie steht es um Ihre Artillerie?«, schob Sharpe nach.

»Wir haben gerade ein paar alte Geschütze für die Nationalgarde bekommen«, antwortete der zweite französische Offizier verächtlich.

»Wir werden uns Ihnen anschließen«, erklärte Sharpe. »Noch heute Nacht. Sagen Sie Ihrem Kommandanten, dass er uns erwarten soll.«

Der Lieutenant zögerte. »Und die Schlacht, Monsieur?«, fragte er schließlich. »Ist der Kaiser wirklich besiegt worden?«

»Man hat ihn förmlich auseinandergenommen, Lieutenant«, antwortete Vincent mit ein wenig zu viel Schadenfreude in der Stimme. »Sogar die Alte Garde ist weggerannt.«

»Mon Dieu!« Brissac taumelte einen Schritt zurück.

»Aber Sie sollen die Festung doch halten, oder?«, fragte Sharpe.

»So lauten unsere Befehle, Monsieur.«

»Dann werden meine Männer Ihnen mit Freuden dabei helfen«, sagte Sharpe und wendete sein Pferd.

Vincent wünschte den beiden Franzosen noch eine Gute Nacht, dann ritt er hinter Sharpe her. »Heute Nacht?«, fragte er in scharfem Ton.

Sharpe grinste. »Ich habe keine Kanone, also kann ich das Tor nicht einfach in Stücke schießen. Außerdem müssten wir erst einmal durch die Bastion, um auch nur in die Nähe des Tors zu kommen, und ich werde mit Sicherheit keine Leitern bauen, um meine Männer wie die Fliegen abknallen zu lassen. *Aber* ich habe fünfzehn Riflemen.«

»Wieso haben Sie Riflemen?«

»Wir sind ein seltsames Bataillon, Major. Ursprünglich waren wir eine Kompanie der 95th Rifles. In Spanien sind wir dann dem South Essex angegliedert worden. Da sind wir auch geblieben, und meine Männer – zumindest die, die überlebt haben – tragen noch immer ihre grünen Jacken, obwohl sie mit Rotröcken marschieren. Diese Fünfzehn werden die Überlebenden von Capitaine Lassans Kommando sein, denn in der Dunkelheit sehen ihre Uniformen nicht britisch aus.«

»Und ich?«

»Sie werden weiter Colonel Villon sein und verlangen, dass man uns das Tor öffnet.«

»Wäre es nicht einfacher, sie zur Kapitulation aufzurufen?«

Sharpe seufzte. »Sie würden sofort sehen, dass wir keine Artillerie haben, Major. Also würden sie auch nicht kapitulieren, und der Herzog will, dass wir das Ganze schnell erledigen. Also gehen wir heute Nacht einfach hin.« Er hielt kurz inne. »Aber ja, Major, wir werden eine Schlacht schlagen, und wir werden gewinnen.«

»Werden wir?« Vincent schien das zu bezweifeln.

»Ja, werden wir«, antwortete Sharpe mit fester Stimme.

Und wenn er recht hatte, dann würde er schon morgen früh das Kommando über die Zitadelle von Ham haben.

Auf der Farm waren sie sicher genug. Dem Bauern, einem grimmigen Mann, gefielen die Münzen, die Sharpe ihm gegeben hatte, und die Wachen, die die Briten um den Hof aufgestellt hatten, berichteten, dass seit ihrer Ankunft niemand die Farm verlassen hatte, um die Stadt zu warnen. Und der Bauer hatte sich sogar noch mehr gefreut, als drei von Sharpes Männern die Kühe gemolken hatten. Später am Abend versammelte Sharpe seine Männer in der Scheune und erklärte ihnen, was in der Nacht passieren würde.

Seine fünfzehn Riflemen standen ein wenig abseits. Harper war bei ihnen. »Du kommst nicht mit, Pat«, sagte Sharpe zu ihm.

»Und wie wollen Sie mich davon abhalten?«

»Willst du unbedingt sterben, verdammt?«

»Ganz und gar nicht, Mister Sharpe, aber ich habe auch nicht die geringste Absicht, *Sie* sterben zu lassen.« Er griff nach seinem Salvengewehr. »Ich komme mit.«

»Grundgütiger! Und was soll ich Isabella sagen, wenn du stirbst?«

»Sagen Sie ihr, dass ich ein kleines Vermögen im Keller der Taverne versteckt habe«, antwortete Harper und grinste. »Außerdem wollen Sie mich in Wahrheit doch dabeihaben. Geben Sie's schon zu.«

»Ja, das tue ich«, gestand Sharpe. »Aber pass auf dich auf, Pat.«

»Tue ich das nicht immer?«

Kurz vor Mitternacht brachen sie auf. Der Mond erhellte die Straße, auf der die Riflemen Sharpe zur Stadt folgten. Gut hundert Schritte vor den ersten Häusern hielt er an und drehte sich zu Rifleman Finn um, einem großen, finster dreinblickenden Iren. »Du wolltest zwar immer schon einen Rotrock erschießen, Brendan, aber versuch, dir das zu verkneifen.«

»Wie wäre es mit Captain Price, Mister Sharpe?« Die Riflemen wussten alle, dass Sharpe Harry Price mochte.

»Du kannst ihm Angst machen, aber triff ihn nicht.«

Finn kniete sich hin und hob sein Gewehr an die Schulter. Der Rest des Bataillons war nur siebzig oder achtzig Schritte entfernt, und Price war deutlich an der Spitze zu sehen.

Finn schoss, und der plötzliche Schuss hallte laut durch die stille Nacht. Sharpe sah, wie Price zur Seite sprang. Offenbar hatte ihn die Kugel erschreckt, die nur knapp an ihm vorbeigezischt war.

»Gut, Jungs«, sagte Sharpe zu seinen Grünröcken. »Die Köpfe runter! Flach auf den Bauch!«

Sharpe legte sich auf die Straße, und nur einen Augenblick später krachten die ersten Schüsse aus den Reihen des Bataillons. Das Musketenfeuer kam von der Leichten Kompanie, die der verwirrte Harry Price in Linie antreten ließ.

Die Kugeln flogen jedoch hoch über den Köpfen der Riflemen hinweg, genau wie Sharpe befohlen hatte. Sharpe wartete, bis er sicher war, dass Prices Männer nachluden, dann sprang er auf. »Jetzt, Jungs! Lauft!«

Die Riflemen rannten zum Dorf. Weitere Musketenschüsse folgten ihnen, alle viel zu hoch gezielt, doch sie machten genug Lärm, um die Toten auf dem Friedhof von Ham zu wecken. Sharpe führte seine Männer an der Taverne vorbei, wo Vincent mit den jungen französischen Offizieren gesprochen hatte. Der Major war neben ihm.

»Ihr Mann hätte Captain Price fast getötet!«, keuchte Vincent.

»Das sind Riflemen. Sie treffen nur, wenn sie auch treffen wollen.«

Sharpe ließ seine Riflemen an den letzten Häusern anhalten, direkt an der freien Fläche vor der Zitadelle.

»Deckt sie gut ein, Jungs!«, rief er. »Aber zielt hoch!«

Er selbst zielte ebenfalls mit dem Gewehr und wartete, bis die ersten Rotröcke am Ende der Straße erschienen. Dann schoss er auf ein Dach. Beim Knall der Gewehre suchten die Rotröcke Deckung und erwiderten das Feuer. Musketenkugeln flogen über Sharpe und seine Männer hinweg und schlugen in die Mauern der Zitadelle. »Bajonette, pflanzt auf!«, brüllte Sharpe. »Und folgt mir! Los!«

Es dauerte einen Moment, bis die Riflemen die langen Schwertbajonette auf die Gewehre gepflanzt hatten, doch dann folgten sie Sharpe über das Gras zum Tor der Bastion. Musketenkugeln flogen weiter über sie hinweg, und die Waffen krachten unaufhörlich. Major Vincent hatte den Säbel gezogen und rannte neben Sharpe. Alle trugen sie ihre dunklen Uniformen. *»Ouvrez! Ouvrez!«*, bellte Vincent, als sie sich der Bastion näherten.

Sharpe zog ebenfalls den Säbel. Seine Waffe war lang, gerade und schwer, eigentlich für einen Kavalleristen gedacht, doch Sharpe mochte sie. Dieser sogenannte Pallasch hatte den Ruf, schwerfällig zu sein, doch wenn man stark genug war, dann konnte man mit dem schweren Ding wahrlich Chaos verursachen und den Feind das Fürchten lehren.

Die Tür der Bastion schwang auf, und das Licht einer Laterne fiel auf den Kiespfad. Zwei blau uniformierte Männer standen dort und winkten Sharpe und seinen Männern, sie sollten schneller laufen. *»Vite! Vite!«*, rief einer von ihnen. Er konnte die Rotröcke aus den Bäumen treten sehen.

Sharpe, der schneller war als Vincent, rammte dem Franzosen so fest den Säbel in den Bauch, dass er sauber durch ihn hindurchging und im Türrahmen stecken blieb. Die Riflemen stürmten an ihm vorbei und schlugen mit den Schwertbajonetten um sich.

Sharpe setzte den Fuß auf die Brust des Sterbenden und riss die Klinge wieder heraus. Der Franzose wimmerte leise und drückte die Hände auf die Wunde. Sharpe erledigte ihn mit einem sauberen Schnitt durch den Hals, dann rückte auch er durch den Tunnel weiter vor.

Die Bastion war dreieckig aufgebaut wie ein Keil, und ihre steinernen Mauern waren mit Erde gefüllt. Ursprünglich hatte sie die Zitadelle vor Artilleriebeschuss schützen sollen. Der Tunnel im Inneren bog scharf ab, bevor er zum Tor führte.

»Weiter!«, brüllte Sharpe. Er lief voraus und führte seine Männer um die scharfe Kurve. Dann sah er eine weitere Tür. Rechts davon befand sich noch eine zweite Tür, von der Sharpe vermutete, dass sie zum Wachraum führte. Er fühlte eher, dass diese Tür sich schloss, als dass er das sah.

»Pat!«

»Sir?«

»Salvengewehr!«

Sharpe stellte sich neben die Wachraumtür und wartete auf Harper. Dann trat er die Tür weit auf. Kurz sah er blau uniformierte Männer im Laternenlicht. Auf einem Tisch lagen Brot, Käse und Spielkarten. Dann drückte Harper den Abzug, und das Salvengewehr erfüllte den Tunnel mit Lärm und Rauch, und die blau uniformierten Männer wurden nach hinten geschleudert. Das war dumm, dachte Sharpe bei sich. Der Lärm des Salvengewehrs war so laut, dass es mit Sicherheit die Wachen am Haupttor alarmiert hatte, aber jetzt war nicht die Zeit, um sich über solche Dummheiten Gedanken zu machen. Sharpe hoffte, die Männer in der Zitadelle glaubten, das sei alles noch Teil des gespielten Gefechts zwischen den »Flüchtenden« und den sie verfolgenden Rotröcken. Er riss die größere Tür auf und lief auf die Steinbrücke, die über den Trockengraben führte. Das Tor der Zitadelle ragte hoch über ihm auf.

»Aufmachen!«, bellte er auf Französisch.

Die Franzosen, die das Tor verteidigten, hatten dunkel uniformierte Männer gesehen, die von Rotröcken gejagt worden waren. Sie hatten beobachtet, wie die Flüchtenden in die Bastion gerannt waren, und jetzt öffneten sie das Haupttor und winkten sie in Sicherheit.

»Cooper!«, rief Sharpe.

»Sir?«

»Trompete?«

»Hab ich dabei, Sir.«

»Dann blas!«, schrie Sharpe. Ihm war egal, dass er Englisch gesprochen hatte, und er rannte durch das halb offene Tor. Ein großer Sergeant wartete dort, und Sharpe riss ihm mit dem Pallasch die Kehle auf, während seine Riflemen hinter ihm hereinstürmten. Mit ihren Bajonetten suchten sie nach weiteren Franzosen, und unmittelbar vor dem Tor blies Cooper zum Angriff. Das Trompetensignal sagte den Rotröcken, dass das Tor erobert war und dass sie den Riflemen im Laufschritt zu Hilfe eilen sollten. Zwei, drei Musketen wurden auf den hohen Mauern der Zitadelle abgefeuert, doch in dem riesigen Hof gab es kaum Widerstand. Sharpe stand über den blutüberströmten Männern, die das Tor bewacht hatten.

»In Linie!«, rief er seinen Männern zu.

Die fünfzehn Riflemen bildeten eine Linie und luden ihre Waffen nach. Der Hof reichte bis zur Südmauer, aufgelockert nur von einem einzelnen Baum genau in der Mitte. Es war nicht ein einziger Feind zu sehen, obwohl Sharpe noch immer sporadisch Feuer von den Wehrgängen über dem Tor hörte. Vermutlich zielten die Franzosen dort auf die Rotröcke, die inzwischen in den Tunnel der Bastion strömten.

»Sergeant Harper!«

»Sir?«

»Nimm ein halbes Dutzend Männer, und erledige diese Bastarde. Es muss doch einen Weg da rauf geben.«

»Mit Vergnügen, Sir.« Harper begann, sein Salvengewehr zu laden. »Das dauert nur eine Minute, Sir!«

»Haben Sie eine Ahnung, wo das Gefängnis ist?«, fragte Sharpe Vincent.

»Das weiß Gott allein«, antwortete der Major. Der lange Hof war auf allen Seiten von zweistöckigen Gebäuden umgeben – oder von dreistöckigen, wenn man die Schlafräume mitzählte, deren Fenster man im Dachstuhl erkennen konnte.

»Diese verschlafenen Bastarde«, knurrte Sharpe. »Wir

haben wie viele getötet? Ein Dutzend? Der Rest muss doch inzwischen wach sein.«

»Und das sind sie auch«, sagte Vincent. Infanteristen strömten aus einer Tür am anderen Ende des Hofs. Es waren gut dreißig, und sie wurden in Richtung Tor gescheucht.

»Rifles!«, rief Sharpe. »Zielübungen!«

Der Mond warf Schatten vor die heranstürmenden Franzosen, die sich sofort zerstreuten, als die ersten Gewehrkugeln ihr Ziel trafen. Die meisten suchten Deckung hinter dem Baum gut zweihundert Schritte entfernt, doch die Gewehrkugeln trafen gnadenlos weiter ihre Ziele. Dann hörte Sharpe einen lauten Schuss oben auf der Mauer, und er wusste, dass Pat Harper gerade sein Salvengewehr abgefeuert hatte. Ein Hagel von weiteren Schüssen folgte ihm, dann kehrte Stille ein, und Captain Price erschien neben Sharpe. »Alle da, Sir.«

»Haben Sie jemanden verloren?«

»Ein paar sind verletzt. Da waren ein paar Drecksäcke auf dem Dach.«

»Pat Harper hat sich um sie gekümmert.«

»Gut.«

»Cooper!«

»Mister Sharpe?«

»Eine Reveille, bitte. Wecken Sie die Scheißkerle auf! Und blas weiter, bis ich dir sage, dass du aufhören kannst.«

Die Trompete ertönte, und der Rest des Bataillons strömte durchs Tor. Es waren viel zu viele, als dass sie unter dem Torbogen hätten bleiben können, und so ließ Sharpe sie im Hof in zwei Reihen antreten.

»Prince of Wales Own Volunteers!«, brüllte er den neuen Namen des Bataillons. »Eine Salve! Zielt auf die Ärsche am Baum!« Er bezweifelte allerdings, dass auch nur eine Musketenkugel treffen würde. Auf zweihundert Schritt waren Musketen notorisch ungenau, doch allein die Wucht der Salve würde die Franzosen innehalten lassen. »Legt an!« Er atmete tief durch. »Feuer!«

Die Salve krachte, und der Lärm hallte von den Gebäuden wider. Irgendwo hinter dem dichten Pulverdampf ertönte ein Schrei. »Nachladen! Rifles! Schießt weiter!«

Cooper blies noch immer die Trompete, und ihr Signal wurde von einer anderen Trompete am gegenüberliegenden Ende des Hofs beantwortet.

»Feuer einstellen!«, bellte Sharpe. »Es reicht, Cooper! Spar dir den Atem!«

Der Pulverdampf verzog sich langsam, und Sharpe sah, dass die Franzosen, die dank ihrer weißen Brustgürtel deutlich zu erkennen waren, in Formation gerufen wurden. Drei Offiziere traten aufs Tor zu. Der Mann in der Mitte hatte ein Holzbein. Laut klackerte es auf dem Kopfsteinpflaster.

»Gourgand«, knurrte Sharpe.

»Gehen wir ihm entgegen«, sagte Vincent.

Sharpe und Vincent gingen auf die drei Männer zu, die ein paar Schritte hinter dem Baum stehen blieben und auf sie warteten. Gourgand hatte einen Stock, mit dem er ungeduldig auf das Pflaster klopfte. Er trug eine rote Jacke und eine gelbe Hose. »Er ist ein Garde-Chasseur?«, fragte Sharpe überrascht wegen Gourgands Uniform.

»Offensichtlich«, antwortete Vincent ruhig. »Sollen wir mit ihnen reden?«

»Es wäre leichter, sie einfach abzuknallen.«

Vincent lächelte. »Colonel, Sie haben wohl vergessen, dass wir hier sind, um Wohlstand und Frieden nach Frankreich zu bringen.«

»Und das werden wir auch tun, Major«, erwiderte Sharpe und warf sich das Gewehr über die Schulter. »Reden wir.«

»Haben Sie eigentlich immer dieses Gewehr dabei?«, fragte Vincent.

»Sie werden mich nie ohne sehen, Major. Ich bin und bleibe ein Rifleman.«

Die drei französischen Offiziere nahmen Haltung an, als Sharpe und Vincent sich ihnen näherten. Lieutenant Brissac war einer der drei. Er stand neben einem nervös dreinblickenden, untersetzten Mann.

»Sind Sie Colonel Gourgand?«, verlangte Vincent ohne Vorspiel zu wissen und blieb ein paar Schritte entfernt stehen.

»Ja, der bin ich«, antwortete Gourgand.

»Ich bin Colonel Vincent«, beförderte Vincent sich schon wieder selbst, »von der Armee Seiner Britischen Majestät. Wir haben die Stadt besetzt und verlangen Ihre Kapitulation.«

Gourgand lächelte, aber freundlich war das nicht. »Und ich diene Seiner Kaiserlichen Majestät«, sagte er. »Ich gebe Ihnen zehn Minuten, Ihre Männer aus der Zitadelle zurückzuziehen, und eine halbe Stunde, um aus der Stadt zu verschwinden.«

Vincent erwiderte das Lächeln. »Seine Kaiserliche Majestät ist besiegt und seine Armee zerschlagen. Seine Autorität ist mit seinem Heer gestorben.« Er holte eine Uhr aus der Tasche und klappte sie auf. Dann drehte er sie so, dass das Mondlicht aufs Ziffernblatt fiel. »Ich gebe Ihnen zehn Minuten, Ihre Männer herauszuführen, Colonel. Sie werden ihre Waffen ablegen und aus der Zitadelle marschieren. Die Offiziere dürfen ihre Säbel natürlich behalten.«

»Wenn Sie nicht in zehn Minuten verschwunden sind«,

entgegnete Gourgand, »werden meine Männer angreifen. Mehr habe ich nicht zu sagen.« Er drehte sich um und humpelte, gefolgt von seinen beiden Offizieren, zurück.

»Er klang ziemlich selbstbewusst«, bemerkte Vincent, als die Franzosen außer Hörweite waren.

»Sie aber auch.«

»Ich würde es zu schätzen wissen, wenn Sie Gourgand gefangen nehmen könnten, anstatt ihn umzubringen«, sagte Vincent.

»Warum?«

»Um ihn zu verhören, natürlich«, antwortete Vincent. »Wenn unser Mann nicht hier ist – was Gott verhüten möge –, dann wird Gourgand wissen, wo man ihn hingebracht hat. Wie viele Männer hat er, glauben Sie?«

»Mehr als wir«, seufzte Sharpe. »Aber wie viele genau, das werden wir erst herausfinden, wenn wir gegen sie kämpfen.« Er drehte sich um. »Captain Jefferson! Zu mir!«

»Was machen Sie da, Sharpe?«, verlangte Vincent zu wissen.

»Ich begebe mich in eine überlegene Position, Major.«

Jefferson gesellte sich zu Sharpe, als der zum Tor zurückging. »Teilen Sie Ihre Kompanie auf«, befahl Sharpe ihm. »Die eine Hälfte geht zu den Fenstern da«, er deutete aufs Obergeschoss des ersten Gebäudes links vom Hof, »und die andere Hälfte geht nach gegenüber. Fünf Riflemen sollen sich jeder Hälfte anschließen. Die Froschfresser glauben, sie können uns rausjagen, also werden Ihre Männer sie von oben abknallen. Die Riflemen werden sich um die Offiziere und Unteroffiziere kümmern, und Ihre Jungs werden einfach immer weiterschießen. Aber sie sollen sich erst zeigen, wenn die Schießerei beginnt, und ich will diesen Colonel mit dem Holzbein als Gefangenen.«

»Damit bleiben Ihnen nur noch fünf Riflemen«, bemerkte Vincent.

»Die gehen da rauf.« Sharpe deutete auf das Torhaus und schickte Patrick Harper sowie die fünf Männer zu den hohen Fenstern darüber. »Die Froschfresser sollen ruhig zuerst schießen«, erklärte Sharpe Harper. »Dann knallt sie ab, aber den Scheißer mit dem Holzbein will ich lebend. Captain Godwin!«

Godwin rannte zu Sharpe. »Sir?«

»Teilen Sie Ihre Kompanie auf. Die eine Hälfte soll in das Gebäude da«, wieder deutete er nach links, »und die andere da hin. Die Bastarde könnten versuchen, uns zu flankieren, indem sie Männer durch die Gebäude schicken. Halten Sie sie auf.«

»Jawohl, Sir.« Godwin war neu im Bataillon. Erst vor einem Monat war er dazugekommen, aber er hatte sich bereits als zuverlässig und einfühlsam erwiesen, und Colonel Ford, den Sharpe während der Schlacht ersetzt hatte, hatte ihm das Kommando über die 3. Kompanie gegeben.

»Captain Jefferson wird Männer in den Obergeschossen haben«, erklärte Sharpe Godwin. »Also werden Sie die Treppen bewachen.«

»Jawohl, Sir.«

Der Hof war nur gut neunzig Schritt breit, was hieß, dass sich die verbliebenen Kompanien des Bataillons über die gesamte Breite in zwei Reihen aufstellen konnten. »Zu Anfang werden wir nach Kompanie feuern!« Sharpe baute sich vor seinen Männern auf. »Die Bastarde glauben, dass sie uns von hier vertreiben können, Jungs, aber wir werden sie schlagen! Zielt nicht hoch! Eine tiefe Kugel kann vom Pflaster abprallen und einen Mann verkrüppeln. Also zielt tief, und feuert immer weiter! Das wird ein Kinderspiel!«

»Ein Kinderspiel?«, fragte Vincent leise.

»Das müssen sie zumindest glauben«, erwiderte Sharpe genauso leise. »Darf ich vorschlagen, dass Sie sich Pat anschließen? Von da oben haben Sie bessere Sicht.«

»Und Sie?«

Sharpe schlug auf seinen Gewehrkolben. »Ich werde in der ersten Reihe stehen, Major. Oder soll ich lieber Colonel sagen?«

»Egal«, antwortete Vincent amüsiert. Dann suchte er sich einen Weg durch die Männer hindurch zur Treppe.

Sharpe nahm seinen Platz in der ersten Reihe ein. Er hatte darüber nachgedacht, schnell über den Hof zu stürmen, doch da war immer noch der Feind, und er nahm an, dass bei einem Sturmangriff auch noch Franzosen aus den Nachbargebäuden kommen und seinen Männern in den Rücken fallen würden. Es war schlicht besser, es langsam anzugehen und sich auf die Musketen seiner Männer zu verlassen, die noch immer schnell genug sein sollten, um die Sicherheit der Gefangenen zu garantieren.

Sharpe lud sein Gewehr und stopfte die mit Leder umwickelte Kugel in den gezogenen Lauf. Er bezweifelte, dass er sich noch die Mühe machen würde, die Kugel einzuwickeln, wenn das Schießen begann. Dann würde er einfach nur feuern. Sharpe stand mitten in der 6. Kompanie, und der Name des Soldaten zu seiner Linken wollte ihm einfach nicht einfallen. Dabei war er immer stolz darauf gewesen, alle Namen zu kennen. Er wusste, dass Jem Carter rechts von ihm stand, aber der Mann links …? Das Gesicht kam Sharpe jedoch bekannt vor. »Bereit, Jem?«, fragte Sharpe.

»Die Drecksäcke wollen also nicht aufgeben, stimmt's, Sir?«

»Sie glauben, sie können uns schlagen.«

»Niemals, Sir.«

»Zielt tief«, wiederholte Sharpe noch einmal laut, »und wartet auf den Befehl! Ich werde die Froschfresser zuerst schießen lassen!«

Und er wartete. Das andere Ende des Hofs lag im Schatten des Mondes, doch Sharpe sah Männer dort, und schwach hörte er Stiefel auf dem Kopfsteinpflaster. Das war ein seltener Kampfplatz, dachte er. Der Boden war aus Stein, und auf allen Seiten war er von festen Mauern umgeben. Überall konnten Kugeln abprallen und die Männer verletzen. »Kannst du erkennen, wie viele das sind, Jem?«

»Zu viele, Sir.«

»Bis jetzt zweihundertvierzig«, sagte der Mann links von Sharpe.

»Du kannst sie zählen?«

»Die Bastarde kommen aus der Tür da.« Der Mann deutete über den Hof. »Jetzt sind es zweihundertsechzig, und es kommen immer mehr.«

Sharpe konnte geradeso die weißen Brustriemen erkennen. Wieder versuchte er, sich an den Namen des Mannes zu erinnern. Ein Corporal. »Zähl weiter«, sagte er. »Und gut gemacht.«

»Das sind verdammt viele«, bemerkte der Corporal.

»Aber es sind Garnisonstruppen«, erwiderte Sharpe. »Die sind nicht annähernd so gut wie wir.«

»Das hoffen wir zumindest, Sir.« Der Corporal klang amüsiert.

»Butler, nicht wahr?« Plötzlich fiel Sharpe der Name wieder ein.

»Ja, Tom Butler, Sir.«

Die Franzosen mussten nun annähernd dreihundert Mann in den Schatten aufgestellt haben. Sharpe nahm an, dass sie es weder an Disziplin noch an Ausbildung mit seinem Bataillon aufnehmen konnten. Trotzdem würden einige ihrer Kugeln treffen. »Bataillon!«, rief er. »Kniet nieder!«

Am anderen Ende des Hofs bewegte sich nichts mehr. Die Franzosen hatten sich in Linie aufgestellt, genau wie Sharpes Männer, und er nahm an, dass ihre Formation wie immer drei Reihen tief war. Gourgand hoffte vermutlich, dass die erste Salve die Rotröcke dezimieren würde. Das war auch der Grund dafür, dass Sharpe seine Männer knien ließ. Schlecht ausgebildete Soldaten neigten dazu, hoch zu zielen, und der Rückschlag der schweren, französischen Musketen verstärkte dieses Phänomen noch. Dann hörte er eine Stimme einen Befehl brüllen.

»Wartet, Jungs«, mahnte Sharpe. Die Franzosen zielten.

»Tirez!«, bellte die Stimme, und das gegenüberliegende Ende des Hofs verschwand in einer riesigen Rauchwolke, als die Musketen feuerten. Sharpe hörte, wie die Kugeln über und hinter ihm in die Mauer schlugen. Die ersten Gewehre feuerten bereits aus den Fenstern. »Bataillon! Steht auf! Legt an!«

Die Rotröcke erhoben sich wieder und hoben die Musketen an die Schultern.

»Zielt tief! Feuer!«

Die massive Salve erzeugte eine gewaltige Rauchwolke, und die Kugeln zischten über den Hof. »Feuert nach Zug!«, brüllte Sharpe. Er hörte, wie Ladestöcke in die Läufe gerammt wurden. Er selbst hatte noch nicht geschossen. Er wartete darauf, dass sich der Rauch wieder verzog, damit er besser zielen konnte.

»Eine ganze Reihe von ihnen ist erledigt«, sagte Butler, der ebenfalls die Muskete lud.

Nun schoss die 2. Kompanie, dann die 4., und das Feuer wanderte die Linie der Rotröcke entlang. Genau dafür waren die Männer ausgebildet: endloses Musketenfeuer. Sharpes Männer hatten bereits je zwei Kugeln über den Hof gejagt, während die Franzosen noch nicht einmal zur zweiten Salve angesetzt hatten. Nur ein paar Schüsse hallten von den Franzmännern herüber, aber sie feuerten ungezielt und hofften einfach nur, dass ihre Kugeln etwas trafen. Doch die Franzosen waren noch immer halb blind vom Rauch, und sie zielten nach wie vor viel zu hoch.

Sharpe warf sich das Gewehr über die Schulter und trat zwei Schritte aus der Reihe heraus. »Bajonette, pflanzt auf!« Es folgte eine kurze Pause, während die Bajonette auf die Musketen gesteckt wurden. »Angriff!« Sharpe zog seinen Säbel und rannte los. Die Männer hinter ihm stießen einen Kriegsschrei aus und stürmten vor.

Das wird übel, dachte Sharpe. Vielleicht hätte er noch zwei, drei Minuten feuern lassen sollen, doch die schwache französische Reaktion hatte ihn davon überzeugt, dass sie es mit schlecht ausgebildeten Truppen zu tun hatten.

Sharpe rannte um den Baum, und eine Musketenkugel zischte an seinem Kopf vorbei. Der Rauch vor ihm war nach wie vor dicht, denn es gab hier keinen Wind. Trotzdem konnte er die Franzosen klar genug sehen. Ihre weißen Brustriemen hoben sich deutlich von den Schatten ab. Ein paar luden ihre Musketen, doch andere sahen das Funkeln auf dem Stahl der Bajonette und wichen zurück. Gourgand war auch da. Er brüllte seine Männer an, und Sharpe sah gut ein Dutzend Toter oder Verwundeter auf den Pflastersteinen. Ein paar Männer rannten bereits zur Tür. Sie wollten fliehen.

»Bataillon, halt!«, brüllte Sharpe. »In Linie! Legt an!«

Sie waren jetzt nur noch zwanzig Schritte von den Franzosen entfernt. Die Männer hoben ihre Musketen. Sharpe bezweifelte, dass die meisten von ihnen geladen waren, aber er nahm an, dass die Drohung ausreichte. Er schaute zu den Franzosen. »Lasst eure Waffen fallen!«, rief er in ihrer Sprache. »Musketen weg! Sofort!«

Die Musketen fielen. Eine geladene feuerte, und der Franzose, der sie fallen gelassen hatte, schrie vor Schmerz, als die Kugel seinen Fuß durchdrang. Sharpe konnte vier Offiziere erkennen. Ihre Säbelscheiden verrieten sie. Sie lagen auf dem Boden, was hieß, dass die Riflemen ihre Arbeit gut gemacht hatten, aber Gourgand war nirgends zu sehen.

»Dieser einbeinige Scheißkerl haut ab, Sir«, knurrte Butler.

»Und wohin?«

Butler deutete nach vorn, und Sharpe sah, wie Männer sich durch eine Tür drängten. *Die Gefangenen*, dachte er. »6. Kompanie!«, bellte er. »Zu mir!«

Er rannte zur Tür und trieb die Franzosen mit dem Säbel aus dem Weg. Schließlich stürmte er in einen von Laternen erhellten Gang, der scharf nach links abbog. Ein Musketenschuss hallte durch das Gebäude, und Sharpe rannte weiter. Als er um die Ecke bog, sah er, dass er im Gefängnis war. Links waren Zellen, und der lange Gang war voller blau uniformierter Franzosen. Einer von ihnen hatte gerade durch eine Gittertür geschossen. »Tötet sie!«

Sharpe sprang vor. In dem schmalen Gang war nicht genug Platz, um den Säbel zu schwingen, also stach er zu. Er traf einen Mann in den Bauch und trat zu, um die Klinge wieder rauszureißen. Butler stürmte an ihm vorbei, vor sich das Bajonett. Wieder feuerte eine Muskete. Der Knall hallte laut durch den Gang, und Sharpe sah, dass wieder ein Franzose durch die Gitter geschossen hatte, vermutlich auf einen Gefangenen. Dann brüllte Colonel Gourgand, seine Männer sollten das Feuer einstellen.

»Halt, Jungs!«, rief Sharpe. Blut tropfte von seinem Säbel, und er nutzte die Klinge, um die Franzosen links und rechts beiseitezuschieben, während er zu Colonel Gourgand ging. Der französische Offizier drehte seinen Degen um und reichte Sharpe das Heft. »Wir ergeben uns, Monsieur«, sagte Gourgand.

»Sie Bastard«, knurrte Sharpe. »Sie wollten die Gefangenen umbringen!« Mit der freien Hand nahm er den Degen, legte die Spitze auf den Boden und trat auf die Klinge. Sie brach. Dann gab er den Rest Gourgand zurück. »Corporal Butler!«

»Sir?«

»Bewach den Scheißkerl.« Er schaute zu Gourgand. »Haben Sie hier einen Arzt?«

»Oui.«

»Dann kann er sich um unsere Verletzten kümmern. Butler?«

»Sir?«

»Wenn das Arschloch auch nur den geringsten Ärger macht, dann schieß ihm auch noch das zweite Bein weg.«

»Mit Vergnügen, Sir.«

Gourgand mochte die Sprache zwar nicht verstehen, aber Sharpes Wut war unverkennbar. Gleiches galt für Butlers wilden Gesichtsausdruck. Gourgand wich an die Wand zurück und hob die Arme.

Major Vincent kam in den Gang. »Gut gemacht!«, rief er. Dann hob er die Hand, als Sharpe sich an ihm vorbeidrängte. »Wo wollen Sie denn hin?«

»Ich will sehen, was für Verluste wir erlitten haben.«

Sharpe beugte sich zu dem ersten Mann hinab, den er in dem Gang getötet hatte, und wischte seinen Säbel an der Jacke des Toten ab. Dann steckte er den Pallasch wieder weg. »Die Gefangenen gehören Ihnen, Major. Dieser Scheißkerl Gourgand wollte sie gerade umbringen.«

Sharpe verließ den Zellentrakt und rief nach Sergeant Huckfield. »Wie sieht unsere Blutliste aus?«

»Zwei tot und sechs verwundet. Sergeant Hoskins und Private Peters sind gefallen.«

»Verdammt«, knurrte Sharpe. Es war zwar eine kurze Liste, eine sehr kurze, aber die beiden Gefallenen tröstete das auch nicht. »Die Froschfresser haben einen Arzt«, sagte Sharpe zu Huckfield. »Sorg dafür, dass er sich auch um unsere Männer kümmert.«

Männer wurden abgestellt, um die französischen Musketen einzusammeln, während man den Gefangenen befahl, die Stiefel, Jacken und Gürtel auszuziehen. »Werft sie zum Haupttor raus«, befahl Sharpe Huckfield, »aber warnt sie, dass in der Stadt nicht geplündert wird.«

Captain Godwin hatte das Quartier des Kommandanten gefunden. Es nahm die Hälfte eines der langen Gebäude ein, die den Hof säumten. Gourgands Frau war dort sowie eine Tochter. Also befahl Sharpe Godwin, sie bewachen zu lassen. »Und finden Sie sein Büro. Wenn da Geld ist, gehört es uns.«

»Uns, Sir?«

»Es gehört natürlich der Armee, nicht uns persönlich. Bringen Sie es einfach her.«

Sharpe war plötzlich schier unendlich müde, wie immer nach einer Schlacht. »Sir! Colonel Sharpe!« Das war Captain Yates von der 6. Kompanie, und er war ziemlich aufgeregt. »Kommen Sie mit. Sie müssen sich das mal ansehen,

Sir!« Yates war der jüngste Captain im Bataillon. Er war gerade erst vom Lieutenant zum Captain befördert worden und wollte immer einen guten Eindruck machen.

Yates stand am Fenster eines der langen Gebäude, im selben, wo sich auch Gourgands Quartier befand. Sharpe ging zu ihm, und Yates deutete durch das Fenster, das von einer Kugel zerfetzt worden war. Der Raum war dunkel, und einen Augenblick lang konnte Sharpe nichts sehen, doch dann öffnete sich eine Tür im Gebäude, und das Licht einer Laterne vertrieb die Schatten. »Himmel!« Sharpe riss die Augen auf.

Zuerst hatte er nur große Balken gesehen, die bis zur Decke des Raums hinaufreichten. Es waren zwei, und sie schienen aus einer niedrigen hölzernen Plattform zu wachsen. Dann funkelte das Licht auf Metall, und Sharpe erkannte, dass er es mit einer Guillotine zu tun hatte. Die schräge Klinge war in niedriger Position.

»Grundgütiger«, keuchte Yates. »Was für ein furchtbares Ding.«

»Besser als Hängen«, bemerkte Sharpe. Nicht weit vom Fenster befand sich eine Tür, die in den Raum führte, und Sharpe fand eine Laterne, die er anzündete. Die Guillotine war offensichtlich benutzt worden. Das verriet das getrocknete Blut auf der Plattform. Dicke Lederriemen zeigten, wo man den Verurteilten auf der Maschine festgebunden hatte. »Das muss ein schneller Tod sein«, sagte Sharpe. »Eine Sauerei zwar, aber schnell.«

»Haben Sie schon einmal gesehen, wie so etwas benutzt wird, Sir?«, fragte Yates. »In der Normandie vielleicht?«

»Nein«, antwortete Sharpe. »Aber ich erinnere mich daran, dass es auch in Yorkshire eine gab.«

»In Yorkshire?« Yates klang ungläubig.

»In Halifax«, erklärte Sharpe.

»In Halifax hat man Menschen geköpft?«

»Früher«, erwiderte Sharpe. »Als ich noch ein Junge war, habe ich in einer Taverne in Sheffield gearbeitet, und da hing ein großes Bild der Guillotine von Halifax im Schankraum. Ich wollte die echte immer mal sehen, aber ich habe es nie nach Halifax geschafft. Die Froschfresser behaupten gern, sie hätten sie erfunden, aber in Yorkshire war man ihnen weit voraus.« Er löste das Seil und erinnerte sich an seine Enttäuschung, weil er nie eine Hinrichtung mit dem Fallbeil gesehen hatte. Vierzehnjährige Jungs konnten verdammt blutrünstig sein, sinnierte er. Das alte Holz der Guillotine faszinierte ihn, und die alten Gefühle rührten sich wieder, als er seinen Blick über das unschöne Gerät wandern ließ. Sharpe zog das schwere Beil nach oben und sicherte das Seil wieder. »Vielleicht können wir sie ja mal ausprobieren.«

»Wirklich, Sir?« Yates klang angewidert.

»Ich wollte immer mal sehen, wie die Dinger funktionieren«, sagte Sharpe. Plötzlich fiel ihm auf, dass da fünf Kanonen am anderen Ende des großen Raums standen. »Das müssen die Kanonen sein, die sie von der Nationalgarde bekommen haben.« Er ging hinüber. »Altmodische Sechspfünder. Gott sei Dank haben die Drecksäcke sie nicht rausgeholt.«

»Was sollen wir damit machen?«

»Wir machen sie kaputt. Unsere Jungs sollen Keile anfertigen. Irgendwo muss es hier doch eine Tischlerei geben.«

Bei den anderen langen Gebäuden handelte es sich um Kasernen, und ein paar der besiegten Franzosen waren verheiratet. Jetzt kamen ihre Frauen heraus und beobachteten nervös die Rotröcke. »Sorgen Sie dafür, dass den Frauen nichts passiert«, befahl Sharpe Yates. »Wenn ihre Männer gehen, dann gehen sie auch.«

Harper war inzwischen aus dem Torhaus gekommen und gesellte sich zu Sharpe, als dieser wieder in das Gebäude hineinging, wo sich die Zellen befanden. Von dort führte eine zweite Tür in einen wesentlich kleineren Hof, und dort hörte Sharpe Stimmen. Er ging hindurch.

»Sie sind halb verhungert«, begrüßte ihn Vincent und deutete auf die befreiten Gefangenen.

»Es gibt hier doch sicher eine Küche.«

Insgesamt waren es zwanzig Gefangene, alle in weißen Arbeitsuniformen. Vincent deutete auf eine kleine Gruppe von einem halben Dutzend Männern. »Das sind unsere Jungs«, erklärte er. »Ich weiß allerdings nicht, ob sie kräftig genug sind, um zur Armee zurückzumarschieren.«

»Dann werden wir die Ställe suchen«, sagte Sharpe, »und wenn es da nicht genug Pferde gibt, dann werden wir welche in der Stadt kaufen.« Er schaute zu den sechs Gefangenen. »Ist unser Mann dabei?«, fragte er.

»Ist er. Gott sei Dank«, antwortete Vincent. Er war offensichtlich erleichtert. »Gourgand hat Befehl gegeben, sie allesamt zu exekutieren, aber seine Männer waren zu langsam.«

»Was sollen wir Ihrer Meinung nach mit Gourgand tun?«

»Er ist eine Bestie«, antwortete Vincent. »Er hat gerade noch zwei Gefangene töten lassen, bevor wir ihn aufhalten konnten. Wäre es meine Entscheidung, dann würde ich ihn an die nächste Wand stellen.«

»Dann wollen Sie ihn also nicht mehr lebend haben, ja?«

»Mir ist egal, was mit ihm passiert.«

Das hieß, dachte Sharpe, dass es nun seine Entscheidung war. »Pat?«

»Mister Sharpe?«

»Bring Colonel Gourgand zu Captain Yates. Er wird wissen, was mit ihm zu tun ist.«

»Mit Freuden, Sir.«

»Aber sag ihm, dass ich das Seil lösen werde!«, rief Sharpe Harper hinterher.

»Das Seil lösen?« Vincent war verwirrt.

»Yates wird wissen, was ich meine.« Sharpe winkte ab. »Nehmen wir alle Gefangenen mit?«

»Nur den einen«, antwortete Vincent. »Die anderen fünf Briten können mitkommen, wenn sie wollen, oder sich selbst durchschlagen. Aber unsere Aufgabe ist es, so schnell wie möglich wieder zur Armee zurückzukehren. Einer dieser Gentlemen«, Vincent nickte zu den sechs Männern, die ein wenig abseits standen, »hat Informationen, die der Herzog unbedingt haben muss. *Dringend.*« Das letzte Wort betonte er.

»Morgen früh brechen wir auf«, sagte Sharpe.

Am nächsten Morgen warfen sie die französischen Sechspfünder in den Fluss, nachdem sie die Geschütze zuerst unbrauchbar gemacht hatten. Natürlich hätten sie sie auch in die Luft jagen können, doch dafür hätten sie erst Keile bauen müssen, um die Kugeln im Rohr festzuklopfen, und auf die Schnelle hatten sie das nicht geschafft. In den Ställen der Zitadelle waren acht Pferde, vier davon Kutschpferde, und eines der anderen wurde gesattelt und dem Mann gegeben, den Vincent wieder zur Armee bringen wollte. Die Kutschpferde wiederum wurden vor einen Wagen mit den anderen fünf Briten und Sharpes Verwundeten gespannt. Dann marschierten sie im Nieselregen los. Die Garnison der Zitadelle, die eine kalte, nasse Nacht vor der Festung verbracht hatte, schaute ihnen hinterher. Ohne Zweifel würden sie die Zitadelle wieder besetzen, sobald die Briten fort waren, und Sharpe überließ es ihnen, Gourgands geköpfte Leiche zu entdecken. Seine Rot- und Grünröcke hatten gejubelt, als das Beil gefallen war, obwohl einige es nicht über sich gebracht hatten zuzusehen, und der junge Pat Bee hatte sich sogar übergeben.

»Das haben Sie gut gemacht, Sharpe«, sagte Vincent, als er neben dem Rifleman ritt.

»Trotzdem habe ich zwei Männer dort begraben, Major. Dabei haben sie vermutlich geglaubt, bald wieder nach Hause zu können.«

»Ich bete auch, dass wir bald wieder zurückkehren können, Sharpe, aber dieser Krieg ist noch nicht vorbei.«

»Aber fast, Major.«

»Lassen Sie uns zuerst nach Paris gehen«, sagte Vincent und schaute Sharpe an. »Wenn wir dort sind, habe ich Arbeit für Sie – das heißt, wenn der Herzog es mir denn erlaubt.«

»Arbeit, Major?«

»Um den Krieg zu beenden, Sharpe!«

»Ich dachte, das hätten wir letzten Sonntag getan.«

»Nicht diesen Krieg, Sharpe. Den nächsten.«

Sie ritten weiter.

KAPITEL 4

Das Bataillon sang auf dem Marsch, und Sharpe dachte reumütig an Dan Hagman, der tot auf einem Hügel in Waterloo lag. Der arme Dan hatte das Singen geliebt, und er war verdammt gut darin gewesen.

»Ich schulde Ihnen meinen Dank, Colonel Sharpe«, sagte eine Stimme. Sharpe drehte sich um und sah, dass einer der befreiten Gefangenen neben ihn ritt. Es war der Mann, für den sie nach Ham geschickt worden waren. Er war außergewöhnlich groß, viel größer als Sharpe, und er saß auf einer kleinen Stute, die einst der Frau von Colonel Gourgand gehört hatte.

»Es war mir ein Vergnügen, Sir«, sagte Sharpe. Major Vincent hatte ihm klargemacht, dass er den Befreiten nicht befragen durfte, und so blieb er vorsichtig.

»Alan Fox.« Der groß gewachsene Mann streckte die Hand aus. Er trug noch immer die verdreckte weiße Arbeitsuniform.

Sharpe schüttelte ihm die Hand, schwieg aber.

»Dieser Bastard Gourgand wollte uns tatsächlich erschießen«, sagte Fox.

»Das hatten wir uns schon gedacht, Sir«, erwiderte Sharpe. Er hielt es für das Sicherste, den Mann so respektvoll wie möglich anzureden. Fox hatte einen gebildeten Akzent.

»Der Kaiser hat befohlen, dass wir sterben sollen. Wissen Sie, was uns gerettet hat, Sharpe?«

»Mein Bataillon, Sir.«

»Ich meine davor«, stellte Fox klar. »Die Guillotine des dreckigen Bastards hat nicht funktioniert! Er hat sie in der Stadt bauen lassen, und das Beil war stecken geblieben. Der arme Gourgand – er hat sich so sehr darauf gefreut, das Ding bei der Arbeit zu sehen, aber nach dem ersten Dutzend Hinrichtungen hat es schlicht nicht mehr funktioniert! Jedes Mal, wenn er das Beil freigab, ist es auf halber Strecke hängen geblieben.«

»Also, bei mir *hat* sie funktioniert, Sir«, sagte Sharpe und erinnerte sich an das rasselnde Geräusch, als die beschwerte Klinge nach unten gerauscht war. Mit einem lauten Knirschen war sie aufgeschlagen, und Gourgands Kopf war über den Boden gerollt und hatte Sharpe ein paar Sekunden lang tadelnd angeschaut, bevor sich die Augen geschlossen hatten.

»Da war das Ding ja auch repariert«, erklärte Fox fröhlich. »Sie sind erst gestern fertig geworden. Gerade rechtzeitig, damit Sie dem Bastard den Kopf abschlagen konnten. Das war wirklich ein übler Kerl.«

»Das war auch ein übler Tod«, ergänzte Sharpe.

»Er hat es nicht anders verdient! Ich wünschte, ich hätte es sehen können! Und was jetzt? Auf nach Paris?«

»Das hat man mir zumindest gesagt, Sir.«

»Ich freue mich schon darauf, zurückzukehren.«

»Leben Sie da, Sir?«

»Mal ja, mal nein, Sharpe. Mal ja, mal nein. Für gewöhnlich wohne ich in London, aber nachdem man den Kaiser nach Elba verbannt hat, habe ich mir auch ein Haus in Paris gekauft.«

»Und dann sind Sie nicht mehr rechtzeitig rausgekommen, nehme ich an.«

»Ich habe geglaubt, sie würden mich in Ruhe lassen. Das war natürlich dumm. Und dann haben Boneys Schläger mich verhaftet. Es ging alles ganz schnell. Danach habe ich einen Monat in der Conciergerie verbracht, bevor man uns alle nach Ham verlegt hat.«

»Was hat Sie nach Paris geführt, Sir?«, fragte Sharpe. Er nahm an, dass er diese Frage eigentlich nicht stellen sollte, und so bereitete er sich darauf vor, die Antwort nicht zu glauben.

»Kunstwerke, Sharpe«, antwortete Fox leidenschaftlich.

»Kunstwerke?« Sharpe klang zweifelnd.

»Gemälde, Skulpturen, die Schätze der Zivilisation! Sind Sie ein Kunstliebhaber, Sharpe?«

»Die Baker Rifle ist ein Kunstwerk, Sir, und die liebe ich.«

Fox ignorierte Sharpes Kommentar. »Ich handele mit Kunstwerken, Sharpe. Trotz des verdammten Krieges gibt es viel Geld in England, und Wände brauchen Schmuck. Größtenteils habe ich Landschaften und Porträts gekauft und sie dann an die Neureichen in Großbritannien verkauft. Sollten Sie je einen falschen Vorfahren benötigen, dann fragen Sie mich ruhig. In meinem Lagerhaus habe ich Hunderte davon.«

»Wenn sie denn noch da sind«, bemerkte Sharpe säuerlich.

»Ja, das stimmt. Die Drecksäcke haben vermutlich alles gestohlen.«

»Sie waren also in Paris, um Kunstwerke zu kaufen, ja?«

»Warum auch nicht? Aber deswegen hat man mich nicht dorthin geschickt.«

»Geschickt?«, hakte Sharpe nach.

»Ich sollte eine Aufgabe erfüllen, und es war verdammt

dämlich von mir zu bleiben, als der Kaiser von Elba geflohen ist. Das war schlicht arrogant, aber der Auftrag war schon halb erledigt.«

»Und was war das für ein Auftrag?«, fragte Sharpe, obwohl er glaubte, keine Antwort zu bekommen.

»Im Laufe der letzten Jahre«, fuhr Fox fröhlich fort, »haben die verdammten Franzosen in ganz Europa die wertvollsten Kunstwerke gestohlen. Skulpturen, Gemälde, was auch immer Sie wollen, sie haben es gestohlen und ins *Musée Napoléon* gestopft. Das ist ein Schatzhaus voller gestohlener Kunst! Aber vor einem Jahr, als sich der verfluchte Bonaparte das Gemüt noch auf Elba gekühlt hat, da sind die Alliierten übereingekommen, sämtliche Kunstwerke ihren rechtmäßigen Eigentümern zurückzugeben, und mein Auftrag war, diese gestohlenen Werke zu identifizieren. Ich habe eine Liste gemacht! Werke von Michelangelo, Correggio, Veronese, Tizian! All die großen Namen! Und wie Sie sich denken können, hat den verdammten Froschfressern meine Arbeit nicht gefallen. Sie waren der Meinung, diese Werke gehören nach Paris. Arrogant, wie sie sind, halten sie die Stadt für die Wiege der Zivilisation. Also haben die Bastarde mich verhaftet.«

»Weil Sie eine Liste gemacht haben?«

»Weil ich ihr dreckiges Verbrechen enthüllt habe, Sharpe. Waren sie schon einmal in Paris?«

»Nein, Sir.«

»Es ist eine wunderbare Stadt. Natürlich stinkt es da bestialisch, aber in welcher Stadt tut es das nicht? Sollten Sie je dorthin kommen, dann gehen Sie mal ins *Musée Napoléon*, und bewundern Sie die Kunst.«

»Natürlich, Sir«, sagte Sharpe und dachte bei sich, dass alte Bilder anschauen das Letzte war, was er in Paris tun würde. Fox' Erklärung ergab keinen Sinn für ihn. Warum sollte man ein ganzes Bataillon nach Ham schicken, um einen Mann zu befreien, der wegen Erstellens einer Liste von gestohlenen Gemälden verhaftet worden war?

»Mögen Sie gutes Essen, Sharpe?«, fragte Fox plötzlich.

»Oh ja, Sir.«

»Dann lassen Sie mich Ihnen für meine Rettung danken, indem ich Ihnen eine Mahlzeit im *Le Procope* spendiere. Boney isst gerne dort, obwohl er immer nur Brathähnchen bestellt.«

»Darauf freue ich mich schon, Sir.«

»Wir werden am persönlichen Tisch des Kaisers speisen«, fuhr Fox fort. »Möge er für alle Ewigkeit in der Hölle schmoren.«

»Alles in Ordnung, Fox?« Als Major Vincent gesehen hatte, dass sich der groß gewachsene Mann angeregt mit Sharpe unterhielt, war er sofort herbeigeritten.

»Ich habe Colonel Sharpe nur ins *Le Procope* eingeladen, Vincent. Du musst auch mitkommen.«

»Mit Vergnügen!«

Alan Fox ritt voraus und ließ den misstrauischen Vincent mit Sharpe allein. »Haben Sie ihn befragt, Sharpe?«

»Ja, habe ich«, gestand Sharpe.

»Und was hat er gesagt?«

»Dass er in Paris war, um eine Liste mit gestohlenen Kunstwerken anzufertigen, Major.«

»Das war alles?«, hakte Vincent in scharfem Ton nach.

»Ja, das war alles.«

»Und das ist auch eine wichtige Aufgabe«, fuhr Vincent fort. Er klang erleichtert. »Wir haben uns mit den Alliierten darauf geeinigt, die gestohlene Kunst wieder zurückzugeben.«

»Und dafür sind zwei meiner Männer in Ham gestorben?«

»Es herrscht Krieg, Sharpe«, antwortete Vincent gereizt.

Sharpe nickte zu Fox, der vor dem Bataillon trottete. »Warum ist der dumme Hund nicht abgehauen, als der Kaiser zurückgekommen ist?«, fragte er. »Dabei scheint er mir gar kein Idiot zu sein.«

»Ist er auch nicht«, sagte Vincent leise.

»Also hat er den Befehl bekommen zu bleiben«, erklärte Sharpe.

Vincent schwieg für ein paar Schritte. »Die Neugier ist der Katze Tod, Sharpe.«

»Zwei Männer sind gestorben, Major, und einer von ihnen war ein verdammt guter Sergeant. Ich würde gern wissen, wofür.«

»Weil ihr Land es verlangt hat, natürlich«, antwortete Vincent und trieb sein Pferd an, um zu Fox aufzuschließen.

Sie ritten auf demselben Weg nach Péronne zurück, den sie gekommen waren. Als sie kurz nach Mittag dort ankamen, fanden sie heraus, dass sich die Garnison ergeben hatte. Jetzt bemannte Wellingtons Armee die Mauern, und der Herzog selbst hatte in der Zitadelle Quartier bezogen. Ein Major aus dem Stab des Herzogs schickte Sharpe und sein Bataillon zu einer Kaserne im Süden der Stadt. »Ich werde Seiner Gnaden sagen, dass Sie hier sind, Colonel. Aber machen Sie es sich nicht zu bequem«, warnte er Sharpe. »Wir marschieren morgen wieder los. Um fünf Uhr wird auf dem Marktplatz angetreten.«

Sharpe ließ das Bataillon in der Kaserne zurück und ging mit Harper zum Marktplatz im Stadtzentrum von Péronne.

»Lucille wird auch hier sein«, nahm Sharpe an. Er hatte sich erkundigt, was die luxuriöseste Taverne der Stadt war, denn er nahm an, dass die Comtesse Mauberges dort Zimmer mieten würde, und tatsächlich fand er Lucille in der Taverne neben der größten Kirche der Stadt. Sie aß gerade ein spätes Mittagessen im Speiseraum der Taverne, einer düsteren Kammer mit einer Decke aus riesigen Eichenbalken, an die Kokarden von unterschiedlichen französischen Regimentern genagelt waren, die irgendwann einmal durch die Stadt gekommen waren.

Lucille stand auf, als sie Sharpe sah, und breitete die Arme aus, um ihn zu begrüßen. Das brachte ihm einige eifersüchtige Blicke von den britischen Offizieren ein, die an den anderen Tischen saßen.

»Gott sei Dank«, seufzte Sharpe.

»Bist du plötzlich gläubig geworden?«, fragte Lucille amüsiert.

»Wenn Gott dich mir gegeben hat, dann ja.« Sharpe umarmte sie ein paar Sekunden lang. »Wie geht es Patrick?«, fragte Sharpe.

»Er schläft – hoffe ich zumindest«, antwortete Lucille »Jeanette kümmert sich um ihn, die Arme. Ich fordere einfach zu viel von ihr. Und du, Richard? Du siehst auch müde aus.«

»Die letzten Tage hatte ich auch viel zu tun, Geliebte.« Sharpe küsste sie trotz der vielen Männer, die ihnen zusahen. »Und wenn wir in Paris ankommen, wird es auch nicht leichter werden.«

Lucille setzte sich wieder. »Was wird denn in Paris passieren?«

»Nichts Gutes, nehme ich an.«

»Warum?«, hakte Lucille vorsichtig nach.

»Wir sind nach Ham marschiert, um ein halbes Dutzend Gefangene zu retten, und das haben wir auch getan. Aber es hat mich zwei gute Männer gekostet. Jetzt marschiert die Armee nach Paris, und Major Vincent sagt, der Herzog will mich dort haben. Vincent will allerdings nicht sagen, warum, aber die Männer, die wir befreit haben, sind keine Soldaten. Also geht es um Spionage. Politik.« Die letzten beiden Worte spie er förmlich aus.

»Heißt das, du wirst Paris noch vor der Armee erreichen?«

»Weit vor der Armee«, bestätigte Sharpe.

Lucille holte ein Stück Papier aus ihrer kleinen Tasche. »Dann muss ich dich um einen Gefallen bitten.«

»Natürlich.«

Lucille gab ihm das Papier. »Geh bitte da hin, Richard.«

Sharpe entfaltete den Zettel und fand eine Adresse: Hôtel Mauberges, Champs-Élysées.

»Ein Hotel?«, fragte er. »Willst du, dass wir dort wohnen?«

Lucille lächelte. »*Hôtel* ist nur das französische Wort für ein großes Haus. Ein *sehr* großes Haus! Und ja, ich werde dort wohnen.«

»Mit der Comtesse.« Sharpe nickte.

»Sie hat uns in ihr Haus eingeladen, ja, aber im Augenblick ist es von Banditen besetzt. Deserteure aus der Armee des Kaisers. Ihr Hausverwalter hat geschrieben und gesagt, das seien Bestien, und die Behörden tun schlicht nichts!«

»Und ich soll die Schweine rausjagen, korrekt?«

»Geht das?«

»Es wird mir eine Freude sein«, antwortete Sharpe.

Lucille reichte ihm einen versiegelten Brief. »Der ist für den Hausverwalter, falls du ihm wirklich helfen kannst.«

»Ich werde die Bastarde zum Teufel jagen«, erklärte Sharpe und steckte den Brief in seine Gürteltasche. »Aber tatsächlich will ich jetzt einfach nur nach Hause.«

»Nach Hause?«

»In die Normandie.«

Lucille lächelte, griff über den Tisch und legte ihre Hand auf Sharpes. Ihr Engländer. Sie fand das noch immer seltsam, denn wie die meisten ihrer Landsleute hatte sie die Engländer die langen Kriege hindurch gehasst, die ihr sowohl ihren Ehemann als auch ihren Bruder genommen hatten, und jetzt betrachtete ihr Engländer die Normandie als sein Zuhause. »Wir werden auch wieder in die Normandie zurückgehen«, sagte sie zu ihm.

»Und heiraten?«, hakte Sharpe nach.

»Vater Defoy würde das gefallen«, erwiderte Lucille und lächelte. »Für ihn sind unverheiratete Mütter ein Schandfleck für Frankreichs Ehre. Aber du bist doch bereits verheiratet.«

»Das weiß Vater Defoy aber nicht«, sagte Sharpe. »Und ich nehme an, dass sie wieder nach England gegangen ist.« Sharpes Frau, Jane, hatte sein Geld gestohlen und in Lord John Rossendale einen Beschützer gefunden. Aber jetzt war Rossendale tot. Die Franzosen hatten ihn bei Waterloo in Stücke gehackt. Jane war Rossendale nach Brüssel gefolgt, und als Sharpe sie zum letzten Mal gesehen hatte, da hatte sie auf dem Schlachtfeld in ihrer Kutsche gesessen und geweint. Er hatte sie ignoriert. »Wir werden heiraten«, erklärte er Lucille.

Lucille drückte ihm die Hand. »Ja, wir werden heiraten«, sagte sie.

Plötzlich schabten Stühle über den Boden, als die Gäste geschlossen aufstanden, und Sharpe drehte sich um und sah, dass der Herzog von Wellington den Raum betreten hatte. Sharpe erhob sich ebenfalls. Dann sah er, dass Major Vincent und Alan Fox den Herzog begleiteten. Der außergewöhnlich große Engländer musste sich ducken, um nicht mit dem Kopf an die mächtigen Deckenbalken zu stoßen. Der Herzog winkte den Anwesenden, sich wieder zu setzen, und ließ seinen Blick durch den Raum schweifen. Kurz sagte er etwas zu Vincent, dann drehte er sich wieder um und stieg die Stufen zu den Zimmern hinauf. Fox folgte dem Herzog, doch Vincent kam zu Sharpe und verneigte sich vor Lucille.

»Major Vincent«, stellte Sharpe sie einander vor. »Das ist Lucille, Vicomtesse de Seleglise.«

»Madame«, sagte Vincent. »Es ist mir eine Ehre.« Er verbeugte sich über ihrer Hand.

»Eine Ehre?«, fragte Lucille.

»Ihr Gatte war ein hervorragender Soldat, Madame.«

»Das ist mein zukünftiger Mann auch, Major.«

Vincent grinste Sharpe an. »Ja, das ist er, Madame. Das ist er. Und der Peer will Sie sehen, Colonel.«

»Das bedeutet Ärger«, knurrte Sharpe.

»Ärger ist des Menschen Begleiter wie die Sterne die des Mondes«, bemerkte Vincent sorglos. »Und Sie, Colonel Sharpe, strahlen heller als die meisten Sterne. Madame, würden Sie mir wohl gestatten, den Colonel kurz zu entführen?«

»Wenn Sie ihn wieder zurückbringen, Major.«

»Ich gehe davon aus, dass nichts und niemand ihn von der Rückkehr abhalten kann, Madame.«

Sharpe folgte Vincent durch den Raum und ein paar Stufen hinauf.

»Sie sind in der Tat ein Glückspilz, Colonel«, sagte Vincent.

»Und ich will leben«, erwiderte Sharpe, »um dieses Glück auch zu genießen.«

»Das werden Sie, Sharpe. Das werden Sie.« Vincent führte Sharpe durch den Flur und zu einem kleinen Privatsalon, aus dem man auf den Platz schauen konnte. Vincent ging nicht hinein, sondern öffnete nur die Tür für Sharpe, der sofort den Herzog neben dem kalten Kamin bemerkte, während Alan Fox, jetzt in einem dunklen Mantel und mit weißer Hose, in einem großen Sessel saß, die langen Beine auf dem Teppich ausgestreckt. Fox grinste Sharpe an, als der sich vor dem Herzog verneigte. »Euer Gnaden«, erinnerte Sharpe sich ausnahmsweise daran, wie er Wellington ansprechen musste.

»Vincent sagt, Sie hätten sich in Ham gut geschlagen«, erklärte Wellington abrupt.

»Ja, das hat er!«, warf Fox ein.

»Sie haben Mister Fox ja schon kennengelernt.« Der Herzog klang missbilligend.

»Ja, Mylord.«

Der Herzog schnaubte. »Mister Fox ist zwar Zivilist, Sharpe, aber er handelt in meinem Namen, was heißt, dass Sie ihm gehorchen müssen.«

»Ich verstehe, Sir.«

»Und Sie, Mister Fox …« Der Herzog starrte den großen Mann an. »Sollte es Ärger geben, werden *Sie* auf Colonel Sharpe hören. Er mag ja wie etwas aussehen, was der Hund mit reingebracht hat, aber vom Kämpfen versteht er was.«

»Natürlich, Euer Gnaden.«

Der Blick des Herzogs wanderte wieder zu Sharpe. »Wer wird das South Essex befehligen, wenn ich Sie abziehe?«

Sharpe zuckte unwillkürlich zusammen. Er hatte zwar schon vermutet, dass er das Bataillon nicht lange kommandieren würde, trotzdem tat das weh. »Wir haben beide Majors verloren, Mylord.«

»Das haben Sie mir ja schon gesagt.« Der Herzog legte die Stirn in Falten. »Was ist mit Ihren Kompanieführern?«

»Keinem davon würde ich jetzt schon das Kommando anvertrauen wollen, Mylord. Sie sind viel zu unerfahren.«

»Dann werde ich einen Major für Sie finden.« Der Herzog wandte sich an den Stabsoffizier, der ihn begleitete. »Letzte Woche ist doch Verstärkung aus England eingetroffen, nicht wahr?«

»Ja, Euer Gnaden.«

»Dann sagen Sie Halkett, er soll einen Major für diese Männer suchen. Bis zum Abendessen will ich einen Namen haben.«

»Natürlich, Euer Gnaden.«

Der Herzog drehte sich wieder zu Sharpe um. »Schauen Sie doch nicht so traurig drein, Sharpe. Sie bekommen Ihr Bataillon ja wieder zurück. Ich habe den Horse Guards geschrieben und darauf bestanden. Das wird London zwar nicht gefallen, aber sie werden das schon überleben. Und sollte irgendjemand fragen, warum Sie weggehen, dann sagen Sie, Sie seien jetzt in meinem Stab.«

»Es ist mir eine Ehre, Mylord.«

»Eine Ehre? Ha! In Paris wartet schmutzige Arbeit auf Sie, Sharpe, und darin sind Sie gut. Mister Fox hat großes Vertrauen in Sie. Also helfen Sie ihm!«

»Jawohl, Euer Gnaden.«

»Dann werde ich Sie jetzt verlassen. Enttäuschen Sie mich nicht, Sharpe! Ihr Mann, Fox.« Und mit diesen Worten ging der Herzog hinaus.

»Also, glücklich ist er wirklich nicht«, bemerkte Fox amüsiert. »Setzen Sie sich, Colonel.«

Sharpe setzte sich in den zweiten Sessel. »Nicht glücklich?«

»Schmutzige Arbeit – ja, das kann man wohl sagen. Er weiß zwar, dass das notwendig ist, aber es gefällt ihm ganz und gar nicht.« Fox sprach in beiläufigem Ton. »Er mag es nicht und ich auch nicht. Aber der Herzog ist fest davon überzeugt, dass Sie der richtige Mann dafür sind.«

»Um eine Liste von Gemälden zu erstellen?«

Fox lächelte. »Ja, die muss immer noch fertig werden, Sharpe, aber das war nicht der einzige Grund für meinen Aufenthalt in Paris. Der Rest hat mit Kunst nichts zu tun. Und der Herzog hat mir versichert, dass Sie der richtige Mann dafür sind. Also erzählen Sie mir ein wenig von sich, Colonel.«

»Da gibt es nicht viel zu erzählen, Sir. Ich bin in London geboren und in einem Waisenhaus aufgewachsen. Irgendwann bin ich dann weggelaufen, nach Yorkshire, und da habe ich einen Mann getötet und mich bei der Armee gemeldet, um dem Galgen zu entgehen, und jetzt bin ich hier.«

Fox lächelte wieder. »In der Gosse geboren – jedenfalls formuliert der Herzog es so.«

»Das stimmt auch, Sir.«

»Und jetzt sind Sie Colonel Sharpe.«

»Lieutenant Colonel, Sir.«

»Aber Lieutenant Colonel Sharpe fühlt sich in der Gosse noch immer heimisch, korrekt?«

Sharpe nickte, antwortete aber nicht darauf. Er dachte bei sich, dass die Normandie jetzt seine Heimat war, und die Normandie war weit, weit weg vom Dreck der großen Städte wie London oder Paris.

»Ihr neuer Job, Colonel Sharpe, ist es, mich am Leben zu halten«, sagte Fox.

»Wenn Sie am Leben bleiben wollen, Sir, dann ist es am besten, außer Reichweite zu bleiben.«

Fox ignorierte das. »Ich war in Paris, Sharpe, um gestohlene Gemälde zu finden, aber dabei habe ich durch Zufall mehr entdeckt.« Fox senkte die Stimme und kniff leicht die Augen zusammen. »Ich habe eine Gruppe von Männern gefunden, die sich selbst *la Fraternité* nennen.«

»*La Fraternité*, Sir?«

»Ein dummer Name, ich weiß. Ich nehme an, das kommt von *Liberté, Egalité, Fraternité*. Aber die Froschfresser haben keine Freiheit, und sie sind mit Sicherheit nicht alle gleich. Also bleibt für die armen Kerle nur noch *Fraternité*. *La Fraternité*, Sharpe, hat ein einziges Ziel. Betrachten Sie sie als Jagdhunde des Kaisers.«

»Und liege ich mit der Vermutung richtig, dass die Hunde des Kaisers einen Fuchs jagen?«, erwiderte Sharpe in Anspielung auf Fox' Namen.

»Ja, sie würden diesen Fuchs gern wieder fangen, und sie werden es ohne Zweifel versuchen. Aber die Hunde des Kaisers haben eine noch viel größere Beute im Visier, und das ist der Grund, warum wir *sie* jagen müssen, bevor sie diese Beute töten können.«

»Größere Beute, Sir?«

Fox straffte die Schultern. »Soweit wir wissen, Sharpe, kann der Kaiser noch immer hunderttausend Mann mobilisieren. Trotzdem glaube ich, dass er dem Untergang geweiht ist. In Paris hat man bereits eine provisorische Regierung gebildet. Die Bevölkerung hat die Nase voll vom Krieg.«

»Gut«, sagte Sharpe.

Fox ignorierte auch das wieder. »Es könnte zu einer Schlacht kommen. Ich vermute allerdings, dass die Franzosen als Ganzes die Abenteuer des Kaisers leid sind. Wenn ich recht habe, dann werden sie ihn zur Abdankung zwingen und uns Paris übergeben. Dann werden die Alliierten die Stadt besetzen. Allerdings bin ich sicher, dass das auch passieren wird, wenn es zu einer Schlacht kommen würde. Wir und die Preußen würden gewinnen.«

»Ja, Sir«, sagte Sharpe. Etwas anderes fiel ihm nicht ein.

»Bevor ich Paris verlassen habe, Sharpe, da habe ich von *la Fraternité* erfahren. Man hat mir erzählt, dass die Gruppe im April entstanden ist, kurz vor Bonapartes Ankunft in Paris, und ich hege keinen Zweifel daran, dass er ihr seinen Segen gegeben hat. Diese Männer sind ihrem Kaiser treu bis in den Tod, und sie haben geschworen, ihn zu beschützen.«

»Ist das nicht die Aufgabe der Kaiserlichen Garde?«, fragte Sharpe in spöttischem Tonfall.

»Ja, und die Garde hat versagt«, erwiderte Fox. »Das Empire bricht zusammen, Sharpe. In wenigen Wochen wird Frankreich wieder eine Monarchie sein, und Bonaparte ist dann entweder tot oder im Gefängnis.«

»Und dann wird auch *la Fraternité* versagt haben.«

»Das ist eine Frage des Stolzes, Sharpe. Die Franzosen werden gedemütigt. Sie sind besiegt! Wie können sie da noch einen Funken Stolz bewahren? Indem sie sich an ihren Feinden rächen, und *la Fraternité* ist das Instrument dieser Rache.«

»Rache«, sagte Sharpe, aber nur, weil Fox kurz innegehalten hatte und offenbar eine Antwort wollte.

»Die europäischen Fürsten werden ebenfalls in Paris sein«, fuhr Fox schließlich fort. »Sie werden sich die Gelegenheit nicht entgehen lassen, ihren Sieg auszukosten. Der Zar von Russland, die Herrscher von Österreich und Preußen und vielleicht sogar dieser Idiot, der Prince of Wales. Auch der Herzog und Generalfeldmarschall Blücher werden dort sein. *La Fraternité* will sie alle töten, und ihre Aufgabe, Sharpe, ist es, sie davon abzuhalten.«

Sharpe starrte den träge dreinblicken Mann an. »Dafür haben diese Leute doch Armeen«, sagte er.

»Und Sie gehören zur Armee des Herzogs«, erwiderte Fox, »daher ist es auch Ihre Aufgabe, *la Fraternité* zu finden und aufzuhalten. Leicht wird das nicht. Die Mitglieder von *la Fraternité* sind Meuchelmörder, angetrieben von ihrer absoluten Treue zu Bonaparte. Wir sollen sie finden und töten, bevor sie auch nur ein einziges ihrer Ziele ausschalten können.«

»Nur Sie und ich, Sir?«, fragte Sharpe spöttisch.

»Der Herzog hat mir versichert, dass Sie ein Dutzend Ihrer Männer aus dem Bataillon mitnehmen können. Das sollte reichen. Aber sie müssen schon morgen früh zum Aufbruch bereit sein.«

»Die ganze Armee marschiert morgen früh doch los«, bemerkte Sharpe.

»Wir werden ihr vorausgehen, Sharpe. Die Angelegenheit ist viel zu dringend, als dass wir warten könnten. Sobald der Herzog Paris betritt, schwebt er in höchster Gefahr. Ich nehme an, er wird das erste Ziel sein – entweder er oder der fette Ludwig.«

»Der König?« Sharpe hob die Augenbrauen.

»Ludwig XVIII., von Gottes Gnaden König von Frankreich und Navarra und ein widerlicher Fettklops.« Fox, der selbst spindeldürr war, spie die Worte förmlich aus.

»Und wie sollen wir diese Meuchelmörder finden?«, fragte Sharpe.

»Ich kenne einen Mann, der uns das sagen kann«, antwortete Fox. »Wie gesagt, es wird nicht leicht sein, aber wir *müssen* sie finden. Bleiben Sie hier in der Taverne?«

Sharpe hatte angenommen, dass er bei seinem Bataillon bleiben würde, doch dann erinnerte er sich daran, dass er ja gerade in den Stab des Herzogs versetzt worden war. »Heute Nacht ja, Sir.«

»Dann halten Sie sich mit Ihren Männern morgen bei Sonnenaufgang bereit. Sie werden Pferde brauchen. Ich werde ein Dutzend besorgen. Wir treffen uns im Stall hier.« Fox sprach schnell. Dann stand er auf. Er überragte Sharpe deutlich. »Eines noch, Colonel – es ist wohl das Beste, der Vicomtesse nichts davon zu sagen.«

Es dauerte ein paar Sekunden, bis Sharpe erkannte, dass Fox Lucille damit meinte. »Wir können ihr vertrauen, Sir«, erwiderte er trotzig.

»Ihr Mann war Bonapartist. Ich nehme an, Sie reist auch nach Paris, ja?«

»Ja.«

»Dann könnte sie mit ein paar alten Freunden sprechen und uns versehentlich verraten. Frauen können keine Geheimnisse bewahren, Sharpe! Das liegt in ihrer Natur. Also sagen Sie kein Wort. Morgen früh, Sharpe, bei Sonnenaufgang!« Fox schnappte sich Mantel und Hut und verließ den Raum.

Sharpe fand Lucille in ihrem Zimmer. »Du würdest mich doch nicht verraten, oder?«, fragte er.

»Richard! Wie kommst du überhaupt darauf?«

Also erzählte er ihr alles. Dann ging er zum Bataillon, um die Männer auszusuchen, die ihn nach Paris begleiten würden, um die Hunde des Kaisers zu töten.

Harper, natürlich. Pat Harper ließ Sharpe ohnehin nicht aus den Augen, und Harper wiederum suchte drei Männer aus, von denen er sagte, sie seien listig wie Ratten und wild wie Wölfe. »Sie sollten Rifleman Finn mitnehmen, Sir. Er ist ein richtiger Bastard im Kampf. Dann John Fitzpatrick aus der

3. Kompanie. So jemanden hat jeder gern an seiner Seite. Und dann noch Mickey O'Farrell aus der 7. Kompanie.«

»O'Farrell? Der Kleine?«

»Er ist ein wahrer Teufel, Sir.«

»Ich werde Butler nehmen«, sagte Sharpe, »und Sergeant Weller.«

»Ja, Charlie ist ein guter Mann«, schniefte Harper, »allerdings nicht der geborene Killer.«

»Aber er ist zuverlässig«, erklärte Sharpe, »und ich mag ihn.«

»Dann also Weller und Micky Geoghegan, ein verdammt übler Kämpfer.«

Und noch ein Ire, dachte Sharpe, aber das überraschte ihn nicht. Harper war fest davon überzeugt, dass die Iren die besten Kämpfer der Welt waren, und dagegen konnte Sharpe auch nicht viel sagen.

»Aber bis jetzt haben Sie nur einen Rifleman, Sir«, warnte Harper.

»Drei«, widersprach Sharpe. »Du vergisst dich und mich. Aber such mir noch fünf aus, alles Riflemen.«

Sie gingen in die Kaserne, wo Sharpe das Dutzend Auserwählter beiseitenahm. »Ihr seid mir direkt unterstellt«, erklärte er ihnen, »und ihr werdet nicht mit dem Rest des Bataillons marschieren. Morgen bei Sonnenaufgang tretet ihr an. Sergeant Weller?«

»Mister Sharpe?«

»Komm mit. Dann zeige ich dir, wo wir uns morgen treffen werden.«

Charlie Weller war jung, knapp zwanzig, ein Bauernsohn aus Nord-Essex, der sich freiwillig zur Armee gemeldet hatte und das aus ehrlichem Patriotismus. Das machte ihn zu etwas Ungewöhnlichem in einer Armee, die hauptsächlich aus Männern bestand, die durch den Krieg nur dem Gefängnis hatten entgehen wollen. Wellers normalerweise fröhliches Gesicht war Verzweiflung gewichen, als er neben Sharpe ging. »Was ist, Charlie?«, fragte Sharpe ihn.

»Wir verlassen das Bataillon, Mister Sharpe.«

»Du wirst schon wieder zurückkommen, Charlie.«

»Und Sally?«, fügte Weller hinzu.

Sharpe verstand. Sally Clayton war eine der offiziellen Ehefrauen des Bataillons, eine von denen, die ihren Mann auf einen Feldzug begleiten durften. Allerdings war ihr Mann in Waterloo gefallen, und beinahe sofort hatte sie Charlie Wellers Gesellschaft gesucht. Das machte Weller zu einem glücklichen Mann, denn Sally war bei Weitem die Hübscheste der Bataillonsfrauen. Auch war sie stets fröhlich, arbeitete hart, und sie war gerissen. »Sally wird schon zurechtkommen«, sagte Sharpe nach kurzem Schweigen.

»Glauben Sie, Sir?«, fragte Weller elend.

Sally, dachte Sharpe, würde alles andere als gut zurechtkommen. Sie war viel zu hübsch dafür, und Sharpe wollte schlicht nicht, dass Weller in Paris abgelenkt war. »Geh noch mal zurück, und hol sie, Charlie«, sagte er plötzlich. »Bring sie her.« Er deutete auf die große Taverne gegenüber der Kirche. »Triff mich im Hof der Taverne da.«

»Jawohl, Sir!«, erwiderte Weller enthusiastisch und rannte auf demselben Weg zurück, den sie gekommen waren.

Harper war nahe genug gewesen, um zu hören, was Weller und Sharpe gesagt hatten. »Wollen wir Sally etwa mitnehmen?«, fragte er.

»Nein. Sie kann für Lucille arbeiten, als eine weitere Zofe.«

»Und Lucille bleibt bei der Armee?«

»Das muss sie. Aber sie wird uns in Paris finden.«

»Und wer kümmert sich um die Damen?«

»Sie werden beim Tross bleiben. Da sollten sie sicher sein.« Lucille hatte zwei Pistolen, sollte es nötig sein, und die Comtesse konnte sehr gut auf sich selbst aufpassen. »Und ich werde Harry Price bitten, ein halbes Dutzend Männer für sie abzustellen.«

Das Dutzend Männer von Sharpes Trupp würde im Stall der Taverne schlafen, während Sharpe zu Lucille nach oben ging. Er nahm Sally Clayton mit und stellte sie Lucille vor, die mehr als glücklich darüber war, eine junge Frau zu haben, die ihr mit dem Gepäck und dem Baby half. »Wir werden dich natürlich bezahlen«, sagte Sharpe, »und du wirst den ganzen Weg nach Paris in der Kutsche fahren.«

»Und Sie werden auf Charlie aufpassen, Mister Sharpe?«

»Ja, ich werde mich um ihn kümmern«, versprach Sharpe.

Am nächsten Morgen trat das Dutzend im Hof der Taverne an, wohin Alan Fox die Pferde gebracht hatte. »Gehören wir jetzt zur verdammten Kavallerie?«, beschwerte sich Butler und zog sich mühsam in den Sattel. »Wie bringt man das Vieh überhaupt zum Laufen?«

»Gib ihm einen sanften Tritt«, riet Weller ihm.

Alan Fox ritt auf einem großen schwarzen Hengst, von dem Sharpe annahm, dass er aus dem persönlichen Stall des Herzogs stammte. Sharpe wiederum blieb bei seinem französischen Beutepferd, einem äußerst lieben Tier. Als alle aufgesessen waren, führte Fox sie durch den Torbogen der Taverne und auf den Platz, wo die ersten britischen Bataillone antraten. Die Prince of Wales Own Volunteers waren auch dabei. Sie paradierten an einem berittenen Offizier vorbei. »Wer ist das?«, fragte Sharpe.

»Der neue Major, Sir«, antwortete Charlie Weller. »Er ist

gestern Abend mit zwanzig neuen Männern zu uns gestoßen.«

Sharpe beschloss, dem neuen Mann aus dem Weg zu gehen, und so lenkte er sein Pferd zu den Häusern am Rand des Platzes. Doch dann drehte sich der neue Major um und entdeckte ihn.

Sharpe starrte ihn ungläubig an. Dann ritt er zu dem Major. *»Sie«*, sagte er.

»Sharpe«, antwortete der Major im gleichen ungläubigen Tonfall wie Sharpe.

»Das Wort, das Sie suchen«, sagte Sharpe, »heißt *Sir.*«

Er wartete. Der Major versteifte sich, schaute zum Bataillon und dann wieder zu Sharpe. »Sir«, sagte er unglücklich.

»Runter vom Pferd«, knurrte Sharpe. »Und mitkommen.«

Er wartete nicht darauf, ob der Major ihm gehorchte, sondern sprang aus dem Sattel und stapfte in eine Gasse zwischen zwei Geschäften. Am Ende der Gasse entdeckte er einen kleinen Hof voller kaputter Kisten. Dort drehte Sharpe sich um. Hier war er vom Bataillon nicht zu sehen, und er beobachtete, wie der Major näher kam.

Der Major war ein großer Mann, seine Uniformjacke leuchtend rot und nicht nach langem Feldzug ausgeblichen. Sharpe erinnerte sich an ihn als einen gut aussehenden Mann, doch das gute Aussehen war von Völlerei und Alkohol zunichtegemacht worden, und der Major stolperte, als er den kleinen Hof betrat. »Charles Morris.« Sharpe sprach den Namen aus, als hätte er einen schlechten Geschmack im Mund.

»Es ist lange her«, sagte Morris, »Colonel.«

»Und der Herzog hat Sie zu einem Major in meinem Bataillon ernannt.«

»Ja, das hat er.«

»Ich bin jetzt in seinem Stab«, sagte Sharpe, »und ich überlege mir gerade, ihn zu bitten, Sie wieder abzuziehen.«

»Also, Sharpe …«

»Sir!«, brüllte Sharpe. »Sie nennen mich *Sir*!« Er hielt kurz inne, doch Morris schwieg. »Ich habe immer gehofft, dich wiederzusehen, Charlie, du pockengesichtiger Bastard. Ich habe fünfzehn Jahre lang davon geträumt.«

»Es gibt keinen Grund …«, begann Morris, doch dann sah er Sharpes Gesicht, und er verstummte.

»Du hast mich auspeitschen lassen, Charlie, und du hast gewusst, dass ich nichts getan hatte. Du und dieser Bastard Hakeswill.«

»Sergeant Hakeswill war ein guter Soldat …«

»Hakeswill war ein gottverdammtes Stück Scheiße genau wie du, und ich hatte das Vergnügen, ihn sterben zu sehen.« Morris wich an die Ziegelmauer zurück. Eine Tür öffnete sich, und ein grauhaariger Mann spähte heraus, um zu sehen, was da los war. Er warf jedoch nur einen Blick auf Sharpe, und schon war er wieder verschwunden und verriegelte die Tür. »Hakeswill war ein verlogener Bastard, und das wusstest du.« Sharpe trat einen Schritt auf Morris zu.

»Ich – ich wusste nicht …«, begann Morris, dann versagte ihm die Stimme.

»Ich will dir mal was sagen, Charlie«, sagte Sharpe. »Ich bin öfter verwundet worden, als ich zählen kann. Von Musketenkugeln, Granatsplittern, Säbeln und Bajonetten, doch keine dieser Wunden war so schmerzhaft wie die, die diese Peitsche hinterlassen hat. Und du wusstest, dass ich es nicht verdient hatte.«

»Ich …«, versuchte Morris es noch einmal und scheiterte erneut.

»Und seitdem, Charlie, seitdem habe ich davon geträumt, dich wiederzufinden und es dir zu vergelten.«

Morris atmete tief durch, um sich zu beruhigen. »Zu vergelten? Wie ich sehe, hat die Beförderung Ihr Vokabular verbessert, Sharpe.«

Sharpe schlug zu. Er grub seine Faust in Morris fetten Bauch, und der Major klappte zusammen. »Sei nicht so herablassend, Charlie. Ich bin jetzt Colonel, und du wirst mich *Sir* nennen. Und für den Augenblick werde ich dir den Befehl über mein Bataillon überlassen, und das ist ein verdammt gutes.« Er wartete, bis Morris sich wieder aufgerichtet hatte. »Lass mich dir die Regeln erklären, Charlie. Hörst du auch zu?«

Morris brachte ein Nicken zustande. Er hatte Tränen in den Augen, und sein Gesicht war schmerzverzerrt.

»Dann pass gut auf, Charlie. Du hast immer zur Peitsche gegriffen, weil du schwach bist. Aber *ich* peitsche niemanden aus. Verstanden? Sollte ich also hören, dass ein Mann aus meinem Bataillon auf deinen Befehl hin ausgepeitscht worden ist, dann werde ich dich finden, dir die Klamotten vom Leib reißen und dir die Haut in Fetzen schlagen. Hast du das verstanden?«

Morris nickte erneut.

»Hast du mich verstanden?«, wiederholte Sharpe noch einmal. Er schrie fast.

»Ja, habe ich«, brachte Morris mühsam hervor und fügte nach kurzer Pause hinzu: »Sir.«

»Das sind gute Männer«, sagte Sharpe, »und sie kämpfen auch gut. Das hast du nie gekonnt. Eine Auspeitschung, Charlie, und ich lege deine Rippen frei.« Er trat einen Schritt zurück, als Patrick Harper in der Gasse erschien.

»Mister Sharpe«, sagte Harper und schaute zu Morris,

der ängstlich den Kopf gesenkt hatte. »Mister Fox fragt sich schon, wo Sie sind, Sir.«

»Soll er sich ruhig fragen, Pat. Erinnerst du dich noch daran, dass ich dir mal von Major Charles Morris erzählt habe?«

»Oh ja, Sir.«

»Das Letzte, was ich von ihm gehört habe, war, dass er in Dublin stationiert war, und jetzt ist er hier.«

»Das ist er also, ja, Sir?«

»In seiner ganzen beschissenen Herrlichkeit, ja.«

»Das ist doch der, der Sie hat auspeitschen lassen, stimmt's, Sir?«

»Ja, das ist er, Pat.« Sharpe tätschelte Morris die Wange. »Charlie, lass mich dir Regimental Sergeant Major Patrick Harper vorstellen. Wir beide haben gemeinsam einen Adler erobert, und wenn du auch nur einen Mann in meinem Bataillon auspeitschen lässt, dann wird Patrick Harper die Peitsche für dich schwingen.«

»Es wird mir ein Vergnügen sein, Mister Sharpe.« Harper grinste.

»Und jetzt zurück zu meinem Bataillon, Charlie«, sagte Sharpe. »Und vergiss mein Versprechen nicht.«

Morris zögerte, als wolle er nicht wieder auf den Platz hinaustreten, bevor er sich gefangen hatte, doch Sharpes drohende Faust überzeugte ihn zu gehen. Sharpe folgte ihm. »Was haben Sie denn mit dem gemacht?«, fragte Harper.

»Ich habe ihm nur einen Klaps auf den Hinterkopf verpasst, um seinen Kreislauf anzuregen, mehr nicht.«

»Das ist kein glücklicher Mann.« Harper grinste wieder. Der Schlag in den Bauch hatte Morris die Luft aus der Lunge getrieben, und er wankte leicht, als er die Gasse verließ, und dann hatte er Schwierigkeiten, wieder aufs Pferd zu steigen. Die Prince of Wales Own Volunteers schauten zu. Dann erkannten sie ein paar der ihren unter den Reitern, die Sharpe folgten, und sie verspotteten sie kameradschaftlich. Sharpe schwang sich wieder in den Sattel. Er winkte den Männern zu, und aus den Spottrufen wurde Jubel, der Sharpe in Richtung Westen folgte.

Alan Fox ritt neben Sharpe. »Was sollte das denn?«, fragte er.

»Vor Jahren«, erklärte Sharpe, »war ich Private in der 33rd, und dieser Scheißkerl war mein Kompaniechef. Er hat mich für etwas auspeitschen lassen, was ich nicht getan habe. Das war in Indien, Mister Fox.«

»Und jetzt kommandiert er Ihr Bataillon?«

»Ja, und deshalb habe ich ihn ein wenig Gottesfurcht gelehrt.«

Fox lachte. »Er sieht aus, als hätte er gerade den Leibhaftigen gesehen!«

»Vielleicht hat er das ja auch.«

Sie verließen die Stadt durch das alte Tor, das nun von Rotröcken bewacht wurde, dann ritten sie an dem Hornwerk vor dem Tor vorbei, das die Leichten Kompanien der britischen Garden erobert hatten. Das war auch der Sieg gewesen, der die Stadt letztendlich zur Kapitulation bewegt hatte. Schließlich wandten sie sich nach Süden, und Sharpe drehte sich zu Alan Fox um. »Wie viele Meilen sind es nach Paris?«, fragte er.

»Ich schätze, gut neunzig«, antwortete Fox. »Drei, vier Tage.«

»Und wie viele Truppen sind in Paris stationiert?«, fuhr Sharpe fort.

»Der Herzog hat von ungefähr hundertzwanzigtausend Mann gesprochen.«

Sharpe deutete zu seinen Männern. »Wir sind nur ein kleiner Trupp, Sir.«

Fox lächelte. »Ja, wir sind nur ein kleiner Trupp, aber wir werden unsichtbar sein, Sharpe.«

»Rot- und Grünröcke?«

»Kennen Sie Colquhoun Grant, Colonel?«

»Ich habe ihn mal getroffen, Sir.« Colquhoun Grant war der berühmteste Fernspäher Wellingtons, jener Männer, die voll uniformiert hinter die französischen Linien ritten, um die Stärke des Feindes abzuschätzen.

»Der arme Grant ist von den Franzosen gefangen genommen worden.«

»Ich erinnere mich, Sir.«

»Aber was Sie vielleicht nicht wissen, ist, dass er wieder entkommen ist. Er ist nach Paris gegangen, hat dort mehrere Wochen lang gelebt und nicht einmal seinen roten Rock ausgezogen. Wenn man ihn deswegen angesprochen hat, dann hat er erklärt, das sei eine amerikanische Uniform, und man hat ihm geglaubt.«

»Wir sind also jetzt Amerikaner, Sir?«, hakte Sharpe säuerlich nach.

»Nein, Colonel. Heute Nachmittag sollten wir Roye erreichen, und dort gibt es ein Bekleidungsgeschäft. Allerdings führt man dort vermutlich nicht die neueste Mode, falls es das ist, was Ihnen Sorgen bereitet.«

Sharpe zupfte an seinem ausgeblichenen, fleckigen grünen Rock. »Das macht mir Angst.« Er hielt kurz inne. »Denn wenn sie uns fangen, dann werden sie behaupten, wir seien Spione, und uns erschießen.«

»Ja, das werden sie«, bestätigte Fox. »Aber Ihre Aufgabe, Sharpe, ist es, dafür zu sorgen, dass wir eben *nicht* geschnappt werden.«

Sie hielten unmittelbar nördlich von Roye an, und Fox erklärte, dass er in die Stadt reiten und Zivilkleidung kaufen würde. Harper trug bereits Zivil. Allerdings hatte er auch seinen grünen Rock dabei, in der Satteltasche. Er begleitete Fox in die kleine Stadt, und Sharpe und seine Männer warteten in einem kleinen Hain neben der Straße.

»Sergeant Harps spricht doch kein Frosch, oder, Sir?«, fragte Butler.

»Nicht ein einziges Wort«, antwortete Sharpe, »aber er ist Ire. Er könnte sich selbst aus dem Fegefeuer rausreden.«

Und das stellte sich als wahr heraus, als Fox und Harper mit einem Haufen unscheinbarer Kleider wieder zurückkehrten. »Sie haben uns für Deserteure aus der Armee des Kaisers gehalten«, berichtete Fox. »Und offensichtlich sind wir nicht die Ersten, die sich hier Kleidung gekauft haben.«

Es kam unweigerlich zu Gelächter, als die roten und grünen Röcke abgelegt und durch bürgerliche Mäntel ersetzt wurden. Fox gab Sharpe einen langen schwarzen Mantel. »Man hat mir gesagt, der habe einem Arzt gehört. Und er passt!«

»Jetzt sind wir also Deserteure, ja?«

»Ich denke, jeder, der uns sieht, wird das zumindest annehmen.«

»Und versuchen, uns zu verhaften?«

»Wenn wir in Paris sind? Möglich. Aber ich gehe davon aus, dass es in der Stadt von Deserteuren nur so wimmeln wird. Die Niederlage bei Waterloo hat das ganze Land ins Chaos gestürzt.« Fox legte eine Unbekümmertheit an den Tag, die Sharpe ärgerte. Der Mann verdrängte einfach alle Schwierigkeiten, als würden sie nicht existieren, und so musste sich Sharpe allein den Kopf zerbrechen.

»Und in diesem Chaos«, sagte Sharpe, »müssen wir die Meuchelmörder finden?«

»Genau.«

»Und wie?«

»Ich habe es Ihnen doch schon gesagt. Ich kenne da einen Mann, Colonel, und mit dem fangen wir an.«

Sie saßen wieder auf und ritten weiter.

Zur Stadt des Chaos.

Teil zwei

Die Stadt

KAPITEL 5

Lucille hatte einst in Paris gelebt, und sie sprach oft mit Wehmut von der Stadt. Sie war, so sagte sie Sharpe, wunderschön, ja prächtig sogar. »Wir hatten dort ein Haus«, hatte sie ihm einmal erzählt, und sie war glücklich in der Stadt gewesen, bis ihr Vater durch eine dumme Investition all sein Geld verloren hatte. »Uns blieb nur noch das Land in der Normandie.« Sie hatte auch ihren Mann in Paris kennengelernt und dort geheiratet. »Dann hat er sein Vermögen verspielt«, hatte Lucille weiter erzählt und gelacht. »Meine Mutter hat schon immer gesagt, ich hätte einen schlechten Geschmack, was Männer betrifft.«

»Hast du?«

»Ich mag halt interessante Männer«, hatte Lucille erwidert.

Und jetzt sah Sharpe Paris, die Stadt, die er sich nun schon so lange vorgestellt hatte, geprägt von Lucilles Erinnerungen und ihrer Liebe zu dem Ort. Sharpe hatte immer geglaubt, Paris sei eine Stadt voller Paläste und Herrenhäuser, doch als sie näher kamen, roch er den vertrauten Gestank von Kohlefeuern und Abwasserkanälen. »Riecht genau wie London«, bemerkte er griesgrämig zu Fox.

Doch Fox war genau wie Lucille ein Liebhaber von Paris. Er schien sich einfach nur zu freuen, wieder hier zu sein. Er hatte Sharpe erzählt, dass die ganze Stadt von Forts umgeben sei. »Aber vermutlich erwarten sie von Süden keinen Feind. Deshalb reiten wir erst einmal um die

Stadt herum.« Und das erwies sich als klug. Ohne Probleme ritten sie an einem Fort vorbei, und vier Tage nachdem sie Roye verlassen hatten, erreichten sie ein Stadttor. Sie waren durch eine Vorstadt aus kleinen, ordentlichen Häusern geritten und schließlich an die Stadtmauer mit dem Tor gekommen, das von Männern in blauen Uniformen bewacht wurde. »Das ist keine echte Stadtmauer«, erklärte Fox, als Sharpe sich ob des Anblicks überrascht zeigte. »Das ist keine Verteidigungsanlage, sondern mehr eine Grenze, und die Männer in Blau sind keine Soldaten, sondern Steuereintreiber.«

»Steuereintreiber?«

»Die Mauer dient dazu, den Schmuggel zu unterbinden. Die Steuer auf Wein und andere Güter ist in Paris wesentlich höher als andernorts. Deshalb hat jede Straße, die in die Stadt führt, ein Tor und davor einen Haufen Steuereintreiber. Um die müssen wir uns keine Sorgen machen.«

Und dem war auch so. Die Wachen schenkten den Reitern keinerlei Aufmerksamkeit, und das, obwohl sie alle entweder eine Muskete oder ein Gewehr an der Schulter trugen. Fox rief dem Sergeanten der Wache fröhlich ein Guten Morgen zu, doch der Mann nickte einfach nur grimmig und stapfte zu einem Handkarren voller Gemüse.

»Willkommen in Paris«, sagte Fox, als sie durch das Tor und auf eine breite, von Bäumen gesäumte Straße ritten. Häuser wohlhabender Bürger standen hier und dazwischen kleine Läden. Die Menschen hier waren gut gekleidet, aber Sharpe fielen auch viele Bettler auf, einige mit nur einem Bein oder Arm. Ein paar von ihnen hatten alte Tschakos vor sich gestellt und sammelten darin Almosen. »In London ist das genauso«, sagte Fox. »Vom Soldaten zum Bettler.«

Doch Sharpe kam das irgendwie unnatürlich vor. Das hier war Paris! Sharpe hatte zweiundzwanzig Jahre lang gegen die Franzosen gekämpft: in Flandern, Indien, Portugal, Spanien und schließlich in Frankreich selbst, und jetzt gehörte er zur ersten Gruppe von britischen Soldaten, die die Hauptstadt des Feindes betraten, und diese Stadt entsprach so ganz und gar nicht der Vorstellung, die er von ihr gehabt hatte. Er hatte Pracht erwartet, doch alles sah ganz normal aus, nicht viel anders als die Straßen in einigen Teilen von London.

»Sie haben noch immer die alte Flagge gehisst«, bemerkte er. An einigen Häusern flatterte die rot-weiß-blaue Fahne des Kaiserreichs. Die weiße Flagge der Monarchie war hingegen nirgends zu sehen.

»Wenn unsere Armeen näher kommen, wird sich das ändern«, erwiderte Fox.

»Das wird aber noch eine Weile dauern.«

»Ja, mindestens ein, zwei Wochen.« Sie ritten über einen kleinen Platz, und Fox führte sie in eine schmale Straße. »Die Pferde sollten wir eigentlich nicht mehr brauchen«, sagte Fox. »Ich werde einen Stall für sie suchen.«

»Und wo?«

»Es gibt geeignete Orte dafür, Sharpe«, antwortete Fox vage. »Man braucht nur genügend Geld.« Er klopfte auf die Börse an seinem Gürtel, die ihm offensichtlich der Herzog gegeben hatte. »Ich werde mein Pferd jedenfalls nicht verlieren und Sie auch nicht Ihre französische Mähre.«

Die Straßen wurden immer schmaler und die Häuser älter. Dann kamen sie wieder auf einen breiten Boulevard, der am Ufer der Seine entlangführte.

»Wenn wir über die Brücke sind, sind wir fast daheim«, sagte Fox und wandte sich am Südufer nach rechts.

Vor ihnen konnte Sharpe über ein Gewirr von Dächern und Kaminen hinweg etwas sehen, was eine Kathedrale zu sein schien.

»Das ist Notre-Dame, Colonel«, erklärte Fox hilfreich und lenkte sein Tier nach rechts auf eine breite Steinbrücke. »Und das hier ist die sogenannte Pont Neuf«, fuhr er fort, »obwohl ich glaube, tatsächlich ist das sogar die älteste Brücke von Paris.« Er nickte nach links. »Und das ist das *Musée Napoléon* und das dahinter der Tuilerien-Palast.«

Die kleinen Häuser und Läden waren zwischen prachtvollen Gebäuden mit von Säulen gestützten Vordächern und breiten Eingangstreppen gewichen. Kutschen klapperten an ihnen vorbei, und Butler, der sich inzwischen auf seinem Pferd ganz wohl fühlte, fiel fast aus dem Sattel, als eine besonders große Kutsche an ihm vorbeiraste und das Tier scheute. »Dämliches Vieh!«, fluchte er, was ihm den überraschten Blick eines Fußgängers einbrachte.

»Schade, dass wir keine zwölf Mann finden konnten, die Französisch sprechen«, seufzte Fox.

»Sie können von Glück sagen, dass Sie zwölf Mann gefunden haben, die *Englisch* sprechen können«, bemerkte Harper.

»Sprechen Sie Französisch, Sergeant?«, fragte Fox.

»Gott schütze Irland, nein. Nur ein wenig Spanisch und Gälisch natürlich.«

»Und was, wenn Sie jemand anspricht?«

»Dann machen wir es so, wie Sie gesagt haben, Sir. Dann sind wir amerikanische Seeleute. Wir kommen von ganz weit her. Aus Baltimore.«

Auf dem Weg durch die Stadt hatte Fox mehrmals betont, dass die zwölf sich als Amerikaner ausgeben sollten. Wenn jemand sie fragte, sollten sie sagen, ihr Schiff sitze dank der britischen Blockade in Cherbourg fest. Das war zwar nicht wirklich eine ausgefeilte Tarnung, vor allem angesichts der Waffen, die sie trugen, aber Harper hatte die Idee gefallen. »Ich habe einen Vetter in Baltimore«, hatte er Fox erzählt, »und ich wollte ihn schon immer mal besuchen. Das wäre sicherlich eine tolle Reise!«

»Wir sind fast da«, sagte Fox. Nachdem sie die Brücke verlassen hatten, führte er sie am Nordufer der Seine entlang. Große Barken ankerten im Fluss, einige mit Wasserrädern. »Das sind Mühlen, Sharpe, Mühlen und Wäschereien«, sagte Fox und ritt weiter nach Norden in Richtung Louvre. »Jetzt heißt es aufpassen!«, rief er zur Warnung, denn die schmale Straße fiel steil in ein Armenviertel ab, das mindestens genauso schlimm war wie die in London. Hinter ihnen lagen die großen Paläste mit ihren Parks und Gärten, und plötzlich waren sie mitten auf einer stinkenden Straße umgeben von dunklen Häusern. Eine Gosse führte mitten durch die Straße. Sie war voller Dreck.

Sharpe, der in den Elendsvierteln von London aufgewachsen war, war dieser Geruch genauso vertraut wie der Menschenschlag, der hier lebte. Die Frauen waren dünn und in Lumpen gehüllt, und die wenigen Männer blickten düster drein. Kinder beobachteten die Reiter und riefen nach Geld. Sharpe musste sich unter dem vorragenden Geschoss eines Hauses hindurchducken, und eine junge Frau mit tief liegenden Augen schaute ihn aus einer Gasse heraus an. »Monsieur?«, fragte sie leise.

»Das ist das Viertel der Unglücklichen«, sagte Fox.

»Ja, sieht so aus.«

»Die Huren nennt man hier die *Unglücklichen*, Colonel.«

»Und die Soldaten«, sagte Sharpe. Er schaute zu den heruntergekommenen Wänden und roch die Scheiße auf der Straße. »Das erinnert mich an St. Giles.«

»In London?«

»Direkt bei Covent Garden. Ein übler Ort.«

»Wie der hier auch. Hier schneidet man Ihnen für einen Penny die Gurgel durch.« Fox schlängelte sich durch die winzigen Straßen und hielt schließlich vor einer großen Holztür an. »Rue Villedot«, verkündete er. »Unser neues Heim.«

Die Tür war mit einem Vorhängeschloss versperrt, doch Fox hatte einen Schlüssel und zog die große Tür auf. »Reiten Sie rein«, sagte er.

Es war ein Lagerhaus. Ratten huschten in die Schatten, als die Pferde hereinkamen. »Das wird unsere Heimat sein«, verkündete Fox, als die große Tür wieder fest verschlossen war. Er stieg ab und ging die Wände des riesigen Raums entlang, wo Gemälde in großen Regalen lagen. »Ich bin erstaunt, dass die niemand gestohlen hat«, sagte er. »Sollte jemand versuchen einzubrechen, haben Sie meine Erlaubnis, ihn zu töten. In diesem Viertel sind Leichen nichts Ungewöhnliches.«

»Sie haben hier gelebt, Sir?«, fragte Sharpe überrascht, dass Fox' Basis in so einem Viertel lag.

»Nein, ich habe ein Haus in der Nähe des Tuilerien-Palasts, aber ich nehme an, das haben die Männer ausgeräumt, die mich verhaftet haben. Das hier ist mein Lager.«

»Und das haben sie in Ruhe gelassen?«

»Ich hoffe, dass sie nie davon gehört haben. Ich werde hier bei Ihnen bleiben. Die Pferde müssen wir allerdings loswerden, und wir müssen uns etwas zu essen kaufen.«

»Ein paar Decken wären auch nicht schlecht«, sagte Sharpe.

»Decken, Essen und Wein«, sagte Fox. »Im Hof hinten gibt es eine Pumpe und einen kleinen Raum mit einem Herd. Wir sollten eigentlich zurechtkommen.«

»Und Smouch!«, warf Butler ein.

»Smouch?« Fox war verwirrt.

»Tee«, übersetzte Sharpe.

»Ich bin sicher, Tee können wir finden. Kaffee gibt es leider nicht dank der verdammten Blockade. Tee kommt aber irgendwie durch. Gott allein weiß, wie. Ich werde mich um alles kümmern. Vielleicht wollen Sie ja mal das Viertel erkunden«, schlug Fox Sharpe vor. »Wenn Sie raus und dann nach links gehen, werden sie schon bald wieder in der Zivilisation sein.«

Fox ging, und Sharpe befahl seinen Männern, im Lagerhaus zu bleiben, während er und Harper das Viertel erkundeten. Ihre Gewehre ließen sie jedoch hier, und Sharpe legte seinen Pallasch in ein Regal. Stattdessen steckte er sich ein Schwertbajonett in den Gürtel, und eine geladene Pistole hatte er ebenfalls dabei. Letztere hatte einst Lucilles Mann gehört.

»Himmel, was für ein Drecksloch«, knurrte Harper.

»In genau so etwas bin ich aufgewachsen«, sagte Sharpe. »Und in Dublin habt ihr doch sicher auch Armenviertel, oder?«

»Ja, haben wir. Gott schütze die Leute da. Und je schneller ich wieder dorthin zurückkomme, desto besser.«

»Du kannst jetzt schon wieder zurück«, erwiderte Sharpe. »Du musst nicht hier sein. Du bist Zivilist.«

Harper grinste. »Wir sind jetzt schon sehr, sehr lange zusammen, Sir. Sie wollen doch nicht, dass ich das Ende der Geschichte verpasse, oder?«

»Das ist nicht das Ende«, erwiderte Sharpe. »Das ist einfach nur Scheiße. Wir sollen diese Killer finden. Aber wie?«

»Das wird Mister Fox schon wissen.«

Sharpe knurrte, schwieg aber. Sie gingen auf demselben Weg durch die stinkenden Straßen und Gassen, den sie gekommen waren, und Harpers schiere Größe sowie Sharpes vernarbtes Gesicht reichten aus, um jeden abzuschrecken, der ihren Weg kreuzte.

»Hat er Ihnen etwas gesagt?«, fragte Harper.

»Er hat gesagt, er kenne da einen Mann«, antwortete Sharpe unglücklich. »Aber sonst …«

Sie verließen den Slum und fanden sich auf einer breiten, eleganten Straße wieder, direkt neben einem großen, palastartigen Gebäude. Dort wandten sie sich nach Osten. Sie wanderten einfach umher, und wieder fielen Sharpe die vielen Bettler vor den Türen auf. In London war das mit Sicherheit genauso, und erneut sehnte er sich nach der Normandie.

»Gott schütze Irland! Sehen Sie sich das mal an!«, riss Harper Sharpe aus seinen Gedanken, und Sharpe hob den Blick und sah, dass sie auf einem großen Platz angekommen waren, in dessen Mitte eine riesige Säule mit einer Statue darauf stand.

»Wer zum Teufel ist das denn?«

»Das muss unser Mann sein!«, rief Harper. »Napoleon!«

Sharpe verzog das Gesicht. »Dann werden sie ihn bald da runterholen.«

»Und an die Wand stellen. Wo gehen wir eigentlich hin?«

»Nirgends.«

»Ein Drink könnte uns dabei helfen.«

In einer Nebenstraße fanden sie eine kleine Taverne, und Sharpe bestellte Bier, das Harper mit Pferdepisse verglich, aber glücklich trank. Ein Mann ohne Beine, der noch immer seine blaue Uniformjacke trug, schwang sich auf zwei kurzen Krücken zu ihrem Tisch und hielt ihnen einen verbeulten Blechbecher hin. »Wo bist du verwundet worden?«, fragte Sharpe ihn.

»In Spanien, Monsieur.«

»Und wo?«

»Salamanca.«

»Da war ich auch«, sagte Sharpe.

»Wir hätten gewinnen sollen!«

»Das haben wir«, antwortete Sharpe und gab dem Mann eine Münze.

»Was war das denn?«, fragte Harper, als der Mann auf seinen Krücken wieder wegkroch.

»Der arme Bastard war in Salamanca.«

»Himmel! Das war ein mieser Kampf.«

Nachdem Sharpe den Wirt nach dem Weg gefragt hatte, gingen sie wieder raus und nach Nordosten, vorbei am Élysée-Palast. »Ich habe gehört, dass Napoleon da gewohnt hat«, sagte Sharpe. Sie konnten in einen Hof sehen, wo Uniformierte der Kaiserlichen Garde herumlungerten. Dann bog Sharpe auf die Champs-Élysées ein, wo er sich erneut nach dem Weg erkundigte. »Hier lang«, sagte er zu Harper und führte ihn zum Tor eines beeindruckenden Herrenhauses. Eine Messingplakette am Torpfosten verriet, dass sie vor dem Hôtel Mauberges standen. »Lucille wird hier wohnen«, sagte Sharpe.

»Bei ihrer Freundin, der Comtesse?«

»Ja. Das ist ihr Haus.«

»Das alte Mädchen muss wirklich Geld haben«, bemerkte Harper. »Vielleicht können wir dann ja auch hier hinziehen, statt in diesem Drecksloch in der Rue Villedot zu hocken.«

»Dem würde Mister Fox wohl kaum zustimmen.«

»Warum interessiert ihn das überhaupt?«

»Er will nicht, dass Lucille weiß, was wir tun. Er glaubt, sie könne uns verraten.«

»Er glaubt *was*?«

»Ich habe es ihr trotzdem gesagt«, erklärte Sharpe. »Aber wir haben hier ein Problem.«

»Was für eine Überraschung.«

»Das alte Mädchen sagt, ihr Haus sei von Deserteuren besetzt. Sie will, dass ich sie vertreibe.« Sharpe starrte auf das große Haus, doch er sah nichts Ungewöhnliches. Aber das hatte er auch nicht erwartet. »Ich würde dem alten Mädchen gerne helfen. Sie ist so gut zu Lucille.«

»Wir könnten die Kerle einfach abstechen«, schlug Harper vor und grinste. »Jetzt. Nur Sie und ich?«

»Himmel, nein! Wir wissen nicht, wie viele sie sind. Erst holen wir die Jungs, und dann machen wir es ordentlich.« Sharpe drehte sich um und sah ein halbes Dutzend Kavalleristen langsam die Straße hinunterkommen. Es waren Kürassiere, und sie trugen noch immer ihre stählernen Brustpanzer. Ihre müden Pferde waren voller Schlamm.

»Die armen Bastarde«, bemerkte Harper. »Sie haben ihre Gäule halb totgeritten.«

Sharpe sah das verkrustete Blut an den Nüstern der Pferde, und Blut klebte auch an ihrem Fell, wo sie von Kugeln getroffen worden waren. Ein paar Leute riefen den Reitern Fragen zu, doch die waren viel zu müde und mutlos, als dass sie irgendwem geantwortet hätten. Sie waren besiegt worden. »Sie haben Glück, dass sie noch am Leben sind«, sagte Sharpe und erinnerte sich an den massiven Kavallerieangriff Mont-St.-Jean hinauf und wie er an den britischen Karrees zerschlagen worden war. Die Pferde lahmten an ihnen vorbei.

Sharpe schaute den Reitern hinterher, und plötzlich überkam ihn Wut. »Einundzwanzig Jahre«, knurrte er Harper an.

»Sir?«

»Es ist jetzt einundzwanzig Jahre her, seit ich zum ersten Mal einen Schuss in der Schlacht abgefeuert habe«, erklärte Sharpe. »Und wir haben gewonnen, Pat! Wir sollten nicht hier sein. Wir sollten uns mit den Jungs in irgendeiner Schenke besaufen. Wir haben uns das verdient! Aber stattdessen sollen wir hier weiter töten, und ich bin das leid. Ich bin das so verdammt leid. Und ich brauche eine Feile.«

»Eine Feile?«

»Dans Gewehr«, antwortete Sharpe. »Da sind Kerben im Kolben. Ich habe sie gezählt. Einhundertdreiundzwanzig. Und ich habe diesen Bastard auf dem Feld vor Valenciennes getötet. Deshalb muss ich eine Kerbe machen. Dan würde das gefallen.«

»Aye. Das stimmt. Warum nehmen Sie nicht einfach ein Messer?«

»Dan muss eine Feile benutzt haben, denn die Kerben sind glatt. Es wäre schade, das zu ändern. Ich werde sie reinfeilen, nach Hause gehen, in die Normandie, und Dans Gewehr über den Kamin hängen, und bei Gott, ich hoffe, ich muss es nie wieder herunternehmen.«

»Sharpe, der Bauer?« Harper grinste.

»Warum nicht? Es gibt Schlimmeres, was man werden kann, Pat.«

»Aye. Das stimmt. Es fällt jedoch schwer, sich das vorzustellen. Verstehen Sie denn was von Landwirtschaft?«

»Nein, nichts. Aber ich werde Charlie Weller mitnehmen. Er hat Ahnung davon. Du kannst natürlich auch mit.«

»Ich werde Irland nie mehr verlassen. Aber vielleicht besuchen wir Sie ja mal.«

Sie gingen auf demselben Weg wieder zurück, den sie gekommen waren, und kauften unterwegs Brot und Käse. Wieder im Lagerhaus, fanden sie heraus, dass Alan Fox ein paar Männer losgeschickt hatte, um die Pferde wegzubringen. Er war jedoch nicht persönlich gekommen, sondern hatte eine Notiz geschickt, die an Sharpe adressiert gewesen war. Charlie Weller hatte sie entziffert. »Ich wusste gar nicht, dass du lesen kannst, Charlie«, sagte Sharpe.

»Das habe ich schon vor langer Zeit gelernt, Mister Sharpe, und vieles weiß ich noch. Habe ich das richtig gemacht?«

»Ja, hast du.« In der Notiz stand, dass die Pferde in einen Mietstall gebracht werden sollten, und Fox hatte hinzugefügt, dass er so schnell wie möglich wieder zurückkommen würde. »Jetzt heißt es also warten«, seufzte Sharpe.

Es war schon dunkel, als Alan Fox tatsächlich wieder erschien. »Sie.« Er deutete auf Sharpe. »Sie und ich. Wir gehen raus.« Er war voller Energie.

»Nur wir zwei?«

»Nur wir zwei.«

»Und wo gehen wir hin?«

»Zu einem Ort mit Namen *Champ de l'Alouette*. Dem Lerchenfeld.«

»Und warum?«, verlangte Sharpe zu wissen.

»Weil ich es sage, Colonel.«

»Da schau sich das einer mal an«, unterbrach Harper sie. Er hatte sich Sharpes Gewehr gegriffen und das kleine Fach im Kolben geöffnet, in dem die Riflemen die kleinen Lederstücke verstauten, in die sie ihre Kugeln wickelten. Er zeigte

Sharpe eine kleine, runde Feile, offensichtlich abgebrochen von einer deutlich größeren. »Dan war immer sehr vorsichtig.«

»Wir sollten jetzt gehen, Colonel«, erklärte Fox ungeduldig.

»Brauche ich das?« Sharpe nahm Harper das Gewehr ab.

»Der Mann, den wir besuchen wollen«, antwortete Fox, »ist Royalist und ein Freund Großbritanniens. Da brauchen Sie keine Waffen.«

»Ich werde Ihnen folgen«, sagte Harper, »und auch ein paar Jungs mitnehmen.«

Sharpe schnallte sich den Säbel um. Fox mochte ja glauben, dass Waffen unnötig waren, aber Sharpe schätzte, dass es schon bald dunkel werden würde, und nur ein Narr ging nachts unbewaffnet durch eine Stadt.

»Ist das nicht ein wenig dramatisch, Colonel?«, bemerkte Fox, als er den riesigen Säbel sah.

»Es ist meine Aufgabe, Sie am Leben zu halten«, antwortete Sharpe und bedeckte die Scheide mit einem langen schwarzen Öltuch. Dann steckte er die Pistole in die Manteltasche und folgte Fox auf die Straße.

Es war ein langer Marsch in der Dämmerung. Sie überquerten den Fluss an der Pont Neuf, dann führte Fox Sharpe in ein Straßengewirr im Südosten. »Der Mann, den wir besuchen wollen«, erklärte Fox beim Gehen, »hat uns schon in der Vergangenheit sehr geholfen. Er ist Royalist, auch wenn er im *Ministère de la Guerre* für Bonaparte gearbeitet hat.«

»Im Kriegsministerium«, übersetzte Sharpe.

»In der Tat! Und dieser Mann war für die Akten der Offiziere verantwortlich. Wer dient wo und in welchem Rang. Vieles gleicht dem, was die Schreibtischhengste bei den Horse Guards machen.«

»Wie haben Sie ihn kennengelernt?«, fragte Sharpe.

»Er wollte mir ein Porträt verkaufen. Es war ein ziemliches hässliches Bild seines Großvaters, und er bestand darauf, das sei von Boucher, obwohl es das ganz eindeutig *nicht* war. Aber nachdem er mir von seiner Arbeit erzählt hat, habe ich ihn mir geschnappt. Zu guter Letzt habe ich ihm zwanzig Guineas für das miese Bild bezahlt, das in Wahrheit noch nicht einmal einen Penny wert ist.«

»Und er erwartet uns?«

»Ich habe ihm heute Nachmittag eine Nachricht geschickt, also ja. Und er wird sich freuen, uns zu sehen. Daran hege ich keinen Zweifel. Er mag unser Geld, Sharpe. Die Reiter von Saint George!« Er meinte damit Guineas, die Goldmünzen, auf denen der heilige Georg zu Pferd zu sehen war.

Sharpe schaute immer wieder nach hinten, um zu sehen, ob Harper ihnen folgte, doch er sah den Iren nur ein paarmal, und er fürchtete, dass Harper und seine Männer sich verirrten. Mit seinen langen Beinen legte Fox ein gutes Tempo vor, und nur gelegentlich blieb er kurz stehen, um sich zu orientieren. Die Straßen waren voller Schlamm, und Sharpe nahm an, dass es schon bald wieder regnen würde. Im Westen waren dunkle Wolken vor der untergehenden Sonne zu sehen. Hier und da zündeten Menschen Öllampen an, die an Pfosten hingen, doch deren Licht war so schwach, dass sie die nächtlichen Straßen kaum würden erhellen können. »Das ist ein Paradies für Diebe«, bemerkte er.

»Für Diebe und Huren, Sharpe. Pariser! Was für ein wunderbarer Ort, um hier zu leben!«

Sie erreichten ein weites, grasbewachsenes Feld, nicht weit von der Südmauer entfernt, und Fox führte Sharpe auf die andere Seite. »Wir suchen nach Nummer 20«, sagte er.

»Aber die Idioten hier bringen die Hausnummern immer durcheinander.«

»Hausnummern?«

»Das ist eine ganz neue Idee«, erklärte Fox, »jedem Haus eine eigene Nummer zu geben. Eigentlich sollten sie geordnet sein: erst eins, dann zwei, dann drei und so weiter. Aber die dämlichen Franzosen schaffen das einfach nicht. Vermutlich finden wir Nummer 20 zwischen 6 und 443. Trotzdem ist die Idee ziemlich gut, Häuser zu nummerieren.«

»Waren Sie schon mal hier?«

»Nur im Hellen. Ah, das sieht wie das Haus aus!« Er öffnete ein gusseisernes Tor, das besorgniserregend knirschte, und Sharpe fand sich in einem kleinen Vorgarten wieder. Das Haus selbst war gut gebaut, die Fensterläden geschlossen. Fox klopfte mit seinem Stock an die Tür. »Der Mann heißt Collignon, Félix Collignon. Bitte, behandeln Sie ihn mit Respekt, Sharpe.«

»Natürlich.«

Fox klopfte erneut. »Der Kerl schläft wohl«, knurrte er. Dann öffnete eine Dienerin die Tür und knickste. Fox' Anblick schien sie zu verwirren, denn er ragte hoch über ihr auf, doch dann erschien ein graubärtiger Mann mittleren Alters im von Kerzen beleuchteten Flur. »Monsieur Fox!«, rief der Mann. »Kommen Sie rein. Kommen Sie rein. Was für eine angenehme Überraschung!«

»Überraschung!« Fragend hob Fox die Augenbrauen und nahm die ausgestreckte Hand des Mannes. »Ich habe Ihnen heute Nachmittag doch eine Nachricht geschickt.«

»Die ist nie angekommen, Monsieur. Charlotte!« Er drehte sich zu der Dienerin um. »Hast du heute Nachmittag einen Brief gesehen?«

»*Non*, Monsieur.«

»Solche Dinge gehen leicht verloren«, sagte Collignon entschuldigend. »Aber kommen Sie rein. Kommen Sie rein. Mit Ihrem Freund.«

Sharpe wurde vorgestellt, dann folgte er den beiden Männern in einen von Büchern gesäumten Salon, der von Öllampen erhellt wurde. »Bring uns etwas Wein, Charlotte«, rief Collignon über die Schulter zurück und lud seine Besucher ein, sich zu setzen. »Darf ich Ihnen den Mantel abnehmen, Colonel?«, fragte Collignon auf Englisch.

»Nein, ich behalte ihn, Sir«, antwortete Sharpe und setzte sich in einen großen Ledersessel. Eine Katze sprang ihm auf den Schoß.

»Bitte, kümmern Sie sich nicht um Josephine«, sagte Collignon amüsiert. »Sie mag es einfach, gestreichelt zu werden.«

Pflichtbewusst streichelte Sharpe die Katze dann auch, die glücklich schnurrte. Dabei schaute er sich im Raum um. Die mit Läden verschlossenen Fenster zu dem kleinen Vorgarten lagen hinter ihm, und die Wände zu beiden Seiten waren voller Bücherregale, während die gegenüberliegende Wand hinter Collignons Sessel aus Türen bestand. Vermutlich führten sie in ein weiteres Zimmer, und wenn man alle öffnete, würde ein Raum entstehen so lang wie das Haus. Fox saß in einem Sessel neben Sharpe und redete auf ihren Gastgeber ein, der häufig nickte, aber schwieg. Soweit Sharpe verstand, hatte Collignon Fox eine Liste mit Namen angeboten, aber es war offensichtlich, dass der Franzose diese Liste jetzt nicht mehr übergeben wollte. »Sie wissen, wer diese Leute sind?«, verlangte Fox in scharfem Ton zu wissen.

»Ich kenne vielleicht ein paar. Das ist schwer zu sagen.«

»Warum schwer?«

»*La Fraternité* ist geheim, Monsieur.«

»Aber einige kennen Sie«, hakte Fox nach. »Wen?«

»Soldaten.«

»Ich will Namen!«

»Monsieur.« Collignon legte die Stirn in Falten. »Ich muss erst sicher sein. Ich kann niemanden verraten, solange ich nicht von seiner Schuld überzeugt bin.«

»Wir können ihre Schuld feststellen«, erklärte Fox.

»Durch ihn?« Collignon nickte zu Sharpe. »Er sieht äußerst fähig aus.« Er schien davon auszugehen, dass Sharpe kein Französisch sprach, und Sharpe ließ ihn in dem Glauben.

»Indem wir sie verhören«, sagte Fox.

Sharpe fiel auf, dass Collignon immer nervöser wurde, je mehr Fox ihn unter Druck setzte. Seine Hände schlossen sich immer wieder um die Sessellehnen, und sein Blick huschte zwischen Fox und Sharpe hin und her und dann durch den Raum. Als die Dienerin mit einer großen Flasche und drei Gläsern auf einem Silbertablett in den Raum kam, wirkte er erleichtert.

»Das ist leider nicht der beste Wein«, entschuldigte sich Collignon, »aber unglücklicherweise ist guter Wein im Augenblick schwer zu finden.«

Die Dienerin reichte jedem Mann ein Glas Wein und stellte die nun halb leere Flasche auf einen kleinen Tisch rechts neben Sharpe. »Monsieur«, sagte sie zu Sharpe, und er nickte dankbar.

»Trinken Sie überhaupt Wein, Colonel?«, fragte Collignon auf Englisch, nachdem das Mädchen gegangen war.

»Ja, das tue ich, Monsieur.«

»Vielleicht hätte ich Ihnen doch lieber einen Brandy anbieten sollen.« Collignon verzog das Gesicht, nachdem er einen Schluck genommen hatte. »Dieser Wein ist zwar teuer, aber …« Er zuckte mit den Schultern und ließ den Rest unausgesprochen.

»Das ist eine kaum trinkbare Brühe«, beendete Fox den Gedanken für ihn. Dann öffnete er seine Börse und legte zehn englische Guineas auf seine Sessellehne. Seine Bewegungen dabei waren langsam und bewusst, und Sharpe sah die Gier in Collignons Augen. »Wir zahlen, Monsieur Collignon«, sagte Fox, »aber wenn Sie mir nicht geben, was Sie mir vor meiner Verhaftung angeboten haben, dann wird es keine weiteren Zahlungen mehr geben.«

»Und jetzt sind Sie frei!« Collignon riss seinen Blick vom Gold los. »Wie ist das möglich?«

»Die britische Armee hat mich befreit und dann hergeschickt, um Sie zu finden. Ich soll besorgen, was Sie versprochen haben und wofür Sie bezahlt worden sind.«

»Die Sache ist äußerst delikat«, sagte Collignon. »Das verstehen Sie nicht.«

»Colonel Sharpe ist nicht delikat«, drohte Fox.

Sharpe war überrascht ob der Erwähnung seines Namens, doch Collignon wirkte verängstigt. *»Non, non«*, sagte er und hob abwehrend die Hände. »Ich werde Ihnen geben, was Sie wollen, Fox.«

»Namen«, sagte Fox. »Ich will Namen! Sie haben gesagt, Sie hätten Namen. Geben Sie sie mir!«

»Ich habe eine Liste zusammengestellt«, sagte Collignon unsicher.

»Dann geben Sie sie mir!«

»Ich werde sie für Sie holen«, sagte Collignon, stand auf und ging zu den breiten Türen, die den langen Raum offenbar trennten. »Nur einen Moment.«

Collignon öffnete die beiden mittleren Türen, und Sharpe

sah zwei Männer in der Dunkelheit dahinter. Er sah auch den Lauf einer Muskete im schwachen Licht der Lampen funkeln, und er sprang sofort auf und stieß den Sessel nach hinten. Eine Muskete feuerte, und die Kugel schlug in das dicke Polster des Sessels. Die Katze zischte, kratzte Sharpe an der rechten Hand, und Sharpe warf das Tier über den umgestürzten Sessel in Richtung der Türen. Dann griff er nach der Pistole in seiner Tasche. Er hörte einen Schrei, vermutlich verursacht von Josephines scharfen Krallen. Er duckte sich hinter den Sessel. In der linken Hand hielt er die Pistole, und mit der rechten schnappte er sich die Flasche vom Tisch. Er plante, auch die zu werfen, doch bevor er auch nur den Arm heben konnte, erschien ein Gesicht über dem umgestürzten Sessel, und eine Pistole war auf seinen Kopf gerichtet. »Bitte, stehen Sie auf, Monsieur«, sagte der Mann auf Französisch.

»Stehen Sie auf, Sharpe«, murmelte Fox. Er hatte hinter seinem eigenen Sessel Deckung gesucht. Unbeholfen kauerte er dort, doch dann richtete er sich wieder zu seiner vollen Größe auf und breitete die Arme aus zum Zeichen, dass er unbewaffnet war.

Sharpe erhob sich ebenfalls und schwang die Flasche. Sie traf den Mann so hart, dass sie zerbarst und die Splitter ihm die Wange aufschlitzten. Der Mann heulte, ließ die Pistole fallen und wirbelte herum. Ein weiterer Mann richtete eine Muskete auf Sharpe, der wieder hinter den Sessel sprang. Er nahm die Pistole in die rechte Hand und kroch schnell rechts um den Sessel herum. Dann zielte er und schoss. Die Muskete feuerte im selben Moment, und Pulverdampf erfüllte den Raum, doch Sharpe sah, dass der Schütze wankte. Offenbar hatte die Kugel ihn getroffen.

Und in genau diesem Moment zerbarst das Fenster hinter ihm, und die Läden bogen sich nach innen durch, bis die eisernen Riegel brachen und sie aufflogen, sodass dahinter der riesige Ire mit seinem Salvengewehr zum Vorschein kam.

»Da durch, Pat!«, Sharpe deutete auf die offenen Türen. »Wir wollen den Kerl lebend haben!« Er ließ seine leer geschossene Pistole fallen und nahm sich die, die der Mann fallen gelassen hatte, dessen Gesicht er mit dem Glas zerschnitten hatte. Dann ging er zu den Türen.

Sharpe war sich durchaus bewusst, dass er in einem gut beleuchteten Raum stand, während dort vermutlich Männer in der Dunkelheit lauerten, die ihn sehen konnten, er sie aber nicht. Er hörte einen Mann schwer atmen, und er nahm an, dass es der war, den er angeschossen hatte, aber Sharpe wollte Collignon, und der war geflohen. Er stieß die verbliebenen Türen auf, sah aber nur den Verletzten, der neben einem weiteren Sessel lag. Sharpe schnappte sich die Muskete des Mannes und schlug dem Kerl den Kolben auf den Kopf.

»Autsch«, sagte Harper.

»Das Schwein, das wir wollen, hat graues Haar und einen Bart«, erklärte Sharpe.

Am anderen Ende des Raums stand eine Tür offen. Sharpe ging hindurch und stand in einem Flur. Licht fiel aus einem Raum zu seiner Rechten, und er rannte hinein. Das war die Küche, und hier war auch Charlotte, die Dienerin. Sie schrie, als sie Sharpe sah.

»Sei still, Mädchen!«, knurrte Sharpe. »Wo ist Monsieur Collignon?«

Charlotte zitterte vor Angst, deutete aber auf eine Tür. »Da, Monsieur.«

Sharpe öffnete die Tür und sah Stufen, die in den Keller führten. »Monsieur Collignon!«, rief er.

Stille.

»Ich habe zwei Ihrer Gefährten entweder getötet oder verwundet. Wollen Sie wirklich, dass ich runterkomme und mit Ihnen das Gleiche mache?«

Die Antwort war eine Pistolenkugel, die in die Holzstufe unter Sharpes Füßen schlug. »Ich habe noch mehr Waffen!«, rief Collignon.

Sharpe schaute zu Charlotte. Sie nickte. »Er verwahrt seine Waffen dort unten«, flüsterte sie.

»Wie viele?«

»Eine Menge, Monsieur.«

Josephine, die Katze, schien gut verdaut zu haben, als Wurfgeschoss missbraucht worden zu sein, und tapste in die Küche. »Gib ihr Milch«, sagte Sharpe zu Charlotte. »Sie hat es verdient.«

Charlotte ging zu einem Schrank. Sharpe hörte, wie jemand unten im Keller einen Ladestock in einen Lauf rammte. Er dachte darüber nach, einfach die Treppe hinunterzustürmen und zu schießen, bevor Collignon reagieren konnte, doch wenn der Mann auch nur drei, vier geladene Pistolen dort unten hatte, wäre das Selbstmord gewesen.

Charlotte hatte inzwischen einen Krug mit einem Leinendeckel geholt, und Sharpe sah Flaschen im Schrank. »Was ist das?«

»Brandy, Monsieur.«

»Gott schütze Irland!«, sagte Harper, der inzwischen auch in die Küche gekommen war. »Das reicht ja für ein ganzes Bataillon!«

»Nimm dir ein paar, Pat«, sagte Sharpe, »und bring mir den Rest.«

Harper brachte ein Dutzend Flaschen, alle verkorkt und jede mit einem kleinen, handgeschriebenen Etikett, auf dem stand: »Félix Collignon. Courvoisier, Bercy, Paris«.

Sharpe zog den Korken aus einer Flasche und probierte einen Schluck. »Das ist guter Brandy«, sagte er und warf die Flasche die Treppe hinunter. Sie zerschellte auf dem Steinboden. Dann warf er noch ein weiteres halbes Dutzend Flaschen hinterher, bis er eine Brandypfütze sah, die immer tiefer in den Keller hineinreichte. »Hol mir mal ein Zündholz, Pat.«

Harper nahm sich ein Spültuch, öffnete die Herdklappe und zündete es an. Dann gab er es Sharpe, der es runter und in den Brandy warf. Sofort schlugen Flammen empor, und Collignon schrie erschrocken auf. Sharpe warf eine weitere Flasche die Treppe runter und wurde von einer hohen Stichflamme belohnt. »*Non*, Monsieur!«, rief Collignon.

»Holen wir uns den Drecksack«, sagte Sharpe im selben Moment, da Alan Fox die Küche betrat.

»Was machen Sie da, Colonel?«

»Ich fackele das verdammte Haus ab. Komm, Pat.«

»Moment«, sagte Harper. »Erst das.« Und er richtete sein Salvengewehr nach unten und drückte den Abzug.

Der Rückschlag der Waffe war enorm. Es war, als hätte Harper ein Geschütz in der engen Küche abgefeuert, und dichter Rauch quoll in den Keller, während die Kugeln von den Wänden abprallten. »Jetzt«, sagte Harper in dem festen Bewusstsein, dass sich der Mann da unten gerade in die Hose geschissen hatte. Sharpe rannte die Stufen hinab, sprang in die flackernden Flammen und wand sich durch sie hindurch in den hinteren Teil des Kellers, wo Collignon hinter einem Tisch kauerte, auf dem sechs Pistolen lagen. Sharpe rannte weiter durch das Feuer, erreichte den Tisch und riss den zitternden Mann aus seinem Versteck. Dann schleppte er ihn durch die zerbrochenen Flaschen und den brennenden Brandy die Treppe hinauf. Harper lud sein Gewehr nach. »Lassen Sie mich die anderen holen«, sagte er.

»Wen hast du denn mitgebracht?«

»Finn, McGurk und O'Farrell.« Alles Iren, fiel Sharpe auf. »Ich habe McGurk und O'Farrell nach hinten geschickt«, fuhr Harper fort. »Finn ist vorne.«

Rauch zog jetzt in den Flur, sodass Sharpe die Kellertür schloss. Dann zerrte er Collignon in den mit Büchern gesäumten, eleganten Salon.

Finn, ein schlaksiger Kerl, kletterte durch das zertrümmerte Vorderfenster, und Sharpe schickte ihn in die Verlängerung des Raums, um nach den beiden Männern zu sehen, die ihn zu Anfang bedroht hatten. »Einer ist tot, der andere fast«, berichtete Finn bei seiner Rückkehr.

»Wilde«, sagte Collignon und hob die Hände, um das Böse abzuwehren, als Sharpe ihn anschaute. »Sie sind Wilde!«

»Da ist noch eine Dienerin in der Küche«, sagte Sharpe zu Finn. »Sorg dafür, dass sie in Sicherheit ist. Bring sie aus dem Haus, bevor hier alles abbrennt.«

»Wir sollten jetzt besser gehen«, sagte Fox nervös. »Die *sapeur-pompiers* werden bald hier sein.«

»Die was?«, fragte Sharpe.

»Die löschen Feuer«, erklärte Fox.

»Wir werden erst gehen, wenn wir bereit sind«, sagte Sharpe. Er drehte sich zu Collignon um und zog langsam seinen Säbel. »Ich nehme an, Mister Collignon hat Ihre Nachricht heute Nachmittag doch bekommen.«

»Sieht so aus.«

»Dann verhören Sie ihn, Mister Fox. Ich werde dafür sorgen, dass er die Wahrheit sagt.« Sharpe drückte Collignon die Spitze seiner Waffe auf die Brust. »Sie werden mich doch nicht anlügen, Monsieur, oder?«

Der Brandgeruch wurde immer stärker, und Rauch

drang unter den Türen hindurch, die auf den Flur führten. »Wir sollten jetzt besser gehen, Colonel«, sagte Fox noch einmal. »Grundgütiger, Mann! Das Haus brennt!«

»Fragen Sie ihn!«, schnappte Sharpe. Er schlug Collignon mit der flachen Seite der Klinge auf die Wange und führte ihn durch die dunkle Hälfte des Salons. Türen führten von dort in den Garten. Sharpe stieß sie auf und sah Harper und die beiden verbliebenen Riflemen im Dunkeln. »Pat! Durchsucht die beiden Männer hier drin.« Er deutete zu dem Toten auf dem Boden und dem Sterbenden in dem Sessel, wo Sharpe zu Anfang gesessen hatte. »Wir müssen wissen, wer sie sind.«

»Wir müssen gehen!«, schrie Fox aus dem vorderen Teil des Salons.

»McGurk, O'Farrell, durchsucht die beiden Männer. Pat? Sorg dafür, dass Collignon uns begleitet. Trag ihn, wenn es sein muss. Gibt es einen Weg aus dem Garten hinaus?«

»Da ist ein Tor.«

»Dann gehen wir da lang.« Sharpe nahm an, dass sich schon bald eine Menschenmenge vor dem Haus versammeln würde, und vermutlich würde man auch versuchen, das Feuer zu löschen, dessen Flammen inzwischen schon an den Küchenfenstern hinausschlugen. Finn hatte Charlotte, die Dienerin, im Garten in Sicherheit gebracht, und Charlotte drückte sich die Katze an die Brust.

»Kommen Sie, Mister Fox!«, rief Sharpe. »Pat, zu mir!«

Sie wuchteten Collignon aus seinem Sessel, und Harper warf ihn sich über die Schulter und trug ihn in den hinteren Garten. Sharpe nahm sich noch die Zeit, die zehn Goldguineas zu retten, die nach wie vor auf der Sessellehne lagen, dann folgte er den anderen. Eine der Münzen drückte er Charlotte in die Hand, und den Rest steckte er in seine

Patronentasche. »Geh«, sagte er dem Mädchen. »Geh nach Hause, und such dir einen anderen Herrn.« Sie floh.

Neben dem hinteren Tor befand sich ein aus Ziegeln gemauertes Gebäude. Neugierig zog Finn die Tür auf, und im Licht der Flammen sah Sharpe eine kleine Kutsche. »Das ist gut«, sagte er zu Fox.

»Ohne Pferde?«

»Wir brauchen keine Pferde.« Sharpe nahm an, dass Collignon sich Kutschpferde zu leihen pflegte, wenn er welche brauchte. So sparte er sich Stallknechte, Futter und andere Kosten. »Bring den Drecksack her, Pat.«

Die Kutsche war klein und hatte nur zwei Räder. »Grundgütiger«, sagte Fox, »ein offener Zweispänner! Das ist wohl ein wenig sportlich für einen alten Kerl wie Collignon.«

»Aber ideal für uns«, sagte Sharpe. Ein Zweispänner war leicht. »Und rein mit Ihnen, Mister Fox. Sie müssen uns den Weg zeigen.«

Fox kletterte auf die kleine Bank, und Collignon wurde neben ihn gesetzt. Sharpe zog McGurks Schwertbajonett aus dessen Scheide und gab es Fox. »Wenn er Ihnen Ärger macht, rammen Sie ihm das zwischen die Rippen.«

Die beiden Türen des Kutschhauses wurden weit geöffnet, und Sharpe, Harper und ihre drei Männer schnappten sich die Deichsel und zogen den Zweispänner in die Nacht hinaus. Funken stoben über sie hinweg, und Ascheflocken fielen wie Schnee in die Gasse. »Erst links, dann noch mal links«, rief Fox. Er hatte eine Peitsche gefunden, die er über den Köpfen der Männer knallen ließ. Der Zweispänner flog aus der Gasse heraus, bog zweimal nach links ab und dann noch einmal neben dem *Champ de l'Alouette*. Collignons Haus stand nun lichterloh in Flammen, und die Nachbarn hatten sich bereits auf der Straße versammelt. »Das sind die Bücher«, erklärte Sharpe voller Schadenfreude. »Die brennen wie Zunder.«

Collignon stöhnte, als er sein Haus sah, und er schrie auf, als Fox ihm das Schwertbajonett zwischen die Rippen drückte. Sharpe hörte, wie die beiden Männer miteinander redeten, aber da er vorn an der Deichsel lief, konnte er sie nicht verstehen. Allerdings war offensichtlich, dass es aus Collignon heraussprudelte wie aus einem Wasserfall.

»Das ist nicht recht, Mister Sharpe«, sagte McGurk neben Sharpe.

»Was ist nicht recht?«

»Dass ein Offizier das macht. Sie sollten in der Kutsche sitzen.«

»Da ist kein Platz«, erwiderte Sharpe.

Sie kamen gut voran. Offene Zweispänner waren gefährlich leicht. Sie waren besonders beliebt bei jungen Männern mit zu viel Geld und wenig Verstand. Normalerweise wurden diese Kutschen von zwei Pferden gezogen, und sie konnten eine beängstigende Geschwindigkeit erreichen. Collignons Zweispänner sah alt aus, und Sharpe nahm an, dass er ihn schon lange besaß.

»Stur geradeaus!«, rief Fox.

Die Leute schauten sie neugierig an, als sie an ihnen vorbeirollten. Die Straßen waren überraschend voll und die Fenster gut beleuchtet. Sharpe fiel auf, dass hier in vielen Läden Mahlzeiten verkauft wurden. Lucille nannte diese Läden Restaurants, und alle schienen sie gute Geschäfte zu machen. Einige von ihnen hatten Tische auf die Straße gestellt, und die Gäste feuerten die Männer an, die den Zweispänner zogen. Finn und O'Farrell trugen ihre grünen Uniformjacken, doch niemand erkannte die Uniformen als das, was sie waren. Vermutlich hielt man sie für Franzosen.

»Nach links auf die Ufermauer!«, rief Fox, und der Zweispänner flog am Südufer der Seine entlang. »Nehmen Sie die erste Brücke!«

»Wir sollten die verdammte Kutsche zum Lagerhaus bringen«, knurrte Finn.

»Warum?«, fragte Sharpe.

»Wir haben kein Brennmaterial für den Ofen. Wir könnten das Ding auseinandernehmen. Dann hätten wir auch was Warmes zu essen.«

»Gute Idee«, sagte Sharpe. »Wir haben ja schon das Haus des Bastards abgefackelt, da können wir ruhig auch noch seine Kutsche verbrennen.«

So würden sie die Kutsche auch wieder loswerden, doch Collignon selbst war etwas anderes. Fox hatte den Mann auf der halsbrecherischen Fahrt durch die Pariser Nacht verhört, und er nahm an, alles erfahren zu haben, was es zu erfahren gab.

»Behalten wir ihn jetzt als Gefangenen?«, fragte Sharpe Fox, kaum dass sie im Lagerhaus in Sicherheit waren. »Wenn wir ihn gehen lassen, wird er die anderen warnen.«

»Welche anderen?«

»*La Fraternité*, natürlich. Er gehört doch zu ihnen, oder?«

»Ja.«

»Soll ich ihn mal verhören?«

Fox schüttelte den Kopf. »Er hat mir alles erzählt. Ich habe ihm sein Leben versprochen, und das hat ihn überzeugt.«

»Dann sollen wir ihn einsperren?«

»Etwas anderes fällt mir nicht ein.«

Sharpe legte die französische Muskete weg, die er seit ihrer Flucht aus Collignons Haus bei sich trug, und nahm sich sein Gewehr. »Und war er auch der Mann, der Sie verraten hat?«

»Ich fürchte, ja.« Fox klang reumütig.

»Und er hat sich verschworen, den Herzog zu töten?«

»Und den König.«

»Ich werde mich um ihn kümmern«, sagte Sharpe. Er gab Pulver auf die Zündpfanne des schon geladenen Gewehrs.

»Colonel«, sagte Fox nervös, doch Sharpe war bereits weggegangen.

»Pat?«

»Sir?«

»Du und ich.«

Sie zerrten Collignon hinten aus dem Lagerhaus, über den kleinen Hof und durch ein Tor, das in eine dunkle, stinkende Gasse führte. Ratten huschten an den Mauern entlang. »Mister Fox«, sagte Sharpe, »will, dass wir den Mistkerl als Gefangenen behalten, aber das gefällt mir nicht. Er will den Herzog ermorden.«

»Das ist übel«, sagte Harper.

»Und er hat versucht, auch mich umzubringen.«

»Das ist sogar noch schlimmer.«

»Und wir haben auch nichts, wo wir einen Gefangenen unterbringen könnten.« Sharpe spannte den Hahn. »Und freilassen können wir ihn nicht.«

Harper versetzte Collignon einen Stoß. »Lauf, du Schwein! Lauf!«

»Allez«, sagte Sharpe. *»Vite! Allez!«*

Kurz schaute Collignon verwirrt drein, doch als Harper ihn losließ, machte er zwei vorsichtige Schritte in die zwielichtige Gasse hinein. »Ich kann gehen?«

»Laufen Sie einfach«, sagte Sharpe.

Collignon setzte sich in Bewegung, und Sharpe schoss ihm ins Genick. Der Knall des Gewehrs hallte von den Wänden wider. »Er hätte wirklich nicht versuchen sollen zu fliehen«, bemerkte Harper.

»Schau mal nach, ob der Drecksack was in den Taschen hat.«

Harper fand ein paar Papiere, eine Lederbörse mit Münzen und eine Taschenuhr. Die Leiche ließen sie in der Gasse liegen. Mit Sicherheit würden die Ratten sich schon bald um die Entsorgung kümmern, und ein weiteres Mordopfer in den Gassen der Slums erregte auch keine Aufmerksamkeit.

»Ich habe einen Schuss gehört«, sagte Fox, als Sharpe wieder zurückkehrte.

»Er hat versucht zu fliehen«, erwiderte Sharpe.

»Dieser Narr«, sagte Fox. »Aber er hat mir zwei weitere Namen genannt. Das war gute Arbeit für eine Nacht. Drei Mitglieder von *La Fraternité* sind tot.«

»Drei?«

»Die beiden in Collignons Haus und Collignon selbst. Und jetzt habe ich noch zwei weitere Namen. Ja, das war gute Arbeit für eine Nacht. Und das heißt, dass wir schon bald wieder auf die Jagd gehen müssen, Colonel.« Fox drehte sich um die eigene Achse, als würde er tanzen, und dann begann er zu Sharpes Überraschung auch noch zu singen. »Halali, zur Jagd! Halali!« Er sang das Lied nicht zu Ende. Das erledigte Charlie Weller für ihn.

»Fangen werden wir den Fuchs und in einen Käfig sperren.«

KAPITEL 6

»Jetzt haben wir zwei Namen«, sagte Fox am nächsten Morgen noch einmal zu Sharpe.

Sie saßen an einem Tisch in der Rue de Richelieu bei einer Tasse Tee. Fox hatte eigentlich Kaffee gewollt, doch es gab nur Tee, dazu frisch gebackenes Brot, Butter und Schinken.

»Collignon muss Sie also schon beim ersten Mal verraten haben«, sagte Sharpe und verzog das Gesicht. Der Tee war furchtbar dünn. »Und deshalb sind Sie dann in Ham gelandet.«

»Das ist zumindest wahrscheinlich«, gab Fox zu. »Dabei hat er immer so verlässlich gewirkt.«

»Und die Namen, die er Ihnen genannt hat? Sind die verlässlich?«

»Sie sind alles, was wir haben«, antwortete Fox.

»Und Sie glauben ihm?«

»Wie gesagt: Sie sind alles, was wir haben.«

»Und wer ist es?«

»Général Delaunay und ein Colonel Lanier.«

Sharpe zuckte mit den Schultern. Die Namen sagten ihm nichts.

Fox sagte jedoch: »Ich kenne die beiden. Delaunay ist Kavallerist. Vor zehn Jahren hat er eine Brigade in Preußen befehligt. Er ist schwer verwundet worden, hat sich wieder erholt, und anschließend hat man ihm das Kommando über eine Kavalleriedivision übertragen, und er ist mit dem Kaiser nach Norden gegangen. Er genießt den Ruf, ein äußerst fähiger Mann zu sein. Gleiches gilt für Lanier.«

»Ist der auch bei der Kavallerie?«

»Himmel, nein! Lanier ist eine Legende. Er ist Infanterist, Bonaparte treu ergeben, und einer seiner besten Männer! Er ist als Held von Marengo bekannt und führt ein Bataillon, das der Kaiser seine *Teufel* nennt. Collignon hatte offensichtlich große Angst vor dem Mann.«

»Und Collignon?« Sharpe kniff die Augen zusammen. »Könnte der das alles nicht nur erfunden haben?«

Fox nickte widerwillig. »Möglich ist das. Ich hätte ihn gern weiter verhört, aber Sie haben das unmöglich gemacht. Das war wirklich nicht subtil, Sharpe.«

»Subtil?«, erwiderte Sharpe wütend.

»Sie sind Soldat«, sagte Fox, »und Sie agieren mit der Brutalität eines Soldaten. Unsere Mission verlangt jedoch ein subtileres Verhalten. Ich hätte Sie letzte Nacht aufhalten sollen.«

»Sie können verdammt noch mal von Glück sagen, dass ich letzte Nacht nicht *subtil* gewesen bin«, knurrte Sharpe noch immer wütend. »Diese beiden Männer hätten uns sonst getötet. Wer waren die überhaupt?«

»Den Papieren nach zu urteilen, die wir bei ihnen gefunden haben, handelte es sich um Offiziere aus Laniers Bataillon, der 157. Leichten Infanterie.«

Sharpe verzog das Gesicht. »Die Teufel des Kaisers?«

»In der Tat. Sie sind auch mit dem Kaiser nach Norden marschiert.«

»Dann sind sie ein geschlagenes Regiment. Aber was haben zwei ihrer Offiziere gestern Nacht allein in Paris gemacht?«

»Vielleicht sollten sie ja hier, in ihrer Heimatkaserne, die

Stellung halten«, schlug Fox vor. »Oder vielleicht ist das Regiment ja schon wieder zurück.«

»Die Franzosen sind schon immer schneller marschiert als wir.« Sharpe nickte. »Also kann das gut sein.«

»Was wir jetzt tun müssen«, fuhr Fox fort, »ist, Général Delaunay zu finden. Collignon hat gesagt, er sei der Anführer von *la Fraternité*, und offenbar wohnt er hier in Paris. Und wir müssen schnell sein, damit ich mich wieder meiner eigentlichen Aufgabe widmen kann.«

»Bilder verkaufen?«, hakte Sharpe verächtlich nach.

»Die Schätze der Zivilisation retten, Colonel, und sie ihren rechtmäßigen Eigentümern zurückgeben.«

Sharpe schob den Tee von sich. »Mister Fox«, sagte er ernst, »Sie sind jetzt schon einmal in eine Falle getappt. Diese Leute wissen, wer Sie sind! Wenn Sie anfangen, sich in Paris nach Delaunay zu erkundigen, dann werden die Sie wiederfinden. Sie sind nicht wirklich leicht zu übersehen.«

»Soll das ein Kompliment sein?«, fragte Fox amüsiert.

»Sie müssen der größte Mann in der Stadt sein. *La Fraternité* weiß von Ihnen. Sie werden nach Ihnen suchen.«

Fox zuckte mit den Schultern. »Ich habe noch immer Freunde hier.«

»Haben Sie nicht auch Collignon für einen Freund gehalten?«

»Ich habe ihn für ein verräterisches Stück Scheiße gehalten, das unser Gold mag.« Fox leerte seine Tasse.

Sharpe kam plötzlich ein Gedanke. Eigentlich war es mehr ein Instinkt, wie die Alarmglocke, die ein erfahrener Soldat manchmal auf dem Schlachtfeld hörte. »Wie gut hat Collignon Sie gekannt?«

»Mich gekannt? Nun, wir waren keine Busenfreunde, wenn es das ist, was Sie meinen.«

»Hat er gewusst, wo Sie wohnen?«

»Ja.«

»Und was Sie von Beruf machen?«

»Natürlich hat er das gewusst! Er hat mir doch dieses furchtbare Porträt verhökert!« Fox schauderte. »Sharpe, der Mann ist tot. Er ist keine Gefahr mehr für uns, und Sie zerbrechen sich viel zu sehr den Kopf. Ich werde herausfinden, wo Delaunay sich aufhält, und dann werden wir ihm einen Besuch abstatten. Sie, Colonel, werden derweil bei Ihren Männern bleiben, bis ich Sie brauche. Und das ist ein Befehl.« Er lächelte bei den letzten Worten, offenbar, um ihnen ein wenig die Schärfe zu nehmen.

»Es ist meine Aufgabe, Sie am Leben zu halten«, sagte Sharpe.

»Was Sie letzte Nacht auch ganz hervorragend getan haben. Vertrauen Sie mir, Colonel. Mir wird schon nichts passieren.«

»Warum?«, fragte Sharpe trotzig.

»Warum was?«

»Warum bestehen Sie darauf, sich allein in Gefahr zu begeben?«

Fox seufzte. »Ich zweifle nicht an Ihrer Effizienz, Colonel, aber Sie sind eine Belastung. Ihr Französisch ist nicht gut genug, und niemand wird wirklich glauben, dass Sie von den *Îles Normandes* kommen. Sie klingen wie ein Engländer, der Französisch spricht, und das sind Sie ja auch! Ich hingegen gehe als Pariser durch. Für mich wird das Leben deutlich einfacher sein, wenn Sie nicht dabei sind. Ich werde Delaunay finden, und wir werden ihn gemeinsam besuchen, aber *suchen* werde ich ihn allein.«

»Und Sie werden Delaunay nicht allein befragen?«, hakte Sharpe nach.

»Sollte sich die Gelegenheit ergeben und sollte ich sie für sicher halten – vielleicht.«

»Um Himmels willen, nein!« Sharpe sprach viel zu laut und erregte die Aufmerksamkeit der anderen Gäste. »Und er ist vermutlich noch nicht einmal hier, sondern mit Boney nach Norden gegangen.«

»Umso besser«, erwiderte Fox ruhig. »Dann kann ich sein Haus ungestört durchsuchen. Nennen Sie es eine harmlose Aufklärungsmission.«

»Was ist Ihre Aufgabe?«, fragte Sharpe in scharfem Ton.

Fox runzelte die Stirn und starrte Sharpe an. »Was für eine seltsame Frage.«

»Nein. Sagen Sie es mir einfach. Was sind Sie, Mister Fox? Ich bin Soldat, und was sind Sie?«

Fox schien darüber nachzudenken. Dann zuckte er mit den Schultern. »Ein Gentleman, Sharpe.«

»Und genau das bin ich nicht. Aber was für eine Art von Gentleman sind Sie?«

Fox hatte noch immer Falten auf der Stirn. »Ist das wichtig?«

»Ja!«, knurrte Sharpe, und Fox verzog das Gesicht.

»Ich bin ein Gentleman mit einem Privatvermögen, Sharpe. Und ich habe beschlossen, mit meinen Mitteln Kunst zu kaufen, und ich betrachte mich schon als einen Experten darin.«

»Und Sie hatten schon immer Geld«, ergänzte Sharpe. Es klang wie ein Vorwurf.

»Also wirklich, Colonel. Das war unnötig.«

»Der Herzog hat mir einen Auftrag gegeben«, sagte Sharpe, »und er ist ein Gentleman, den ich respektiere. Ich diene ihm, so gut ich kann, aber um seinen Auftrag zu erfüllen, muss ich wissen, wer Sie sind.«

»Ich denke, das wissen Sie«, erwiderte Fox kalt.

»Ich werde Ihnen sagen, was ich weiß«, sagte Sharpe. »Sie sind privilegiert aufgewachsen. Sie sind gebildet. Alles in Ihrem Leben war leicht, Fox. Sie mussten sich nie bemühen.«

Fox wirkte beleidigt, nickte aber. »Und?«

»Deshalb glauben Sie auch, dass immer alles leicht sein wird. Sie sind ohne nachzudenken in Collignons Falle getappt. Wäre ich nicht bewaffnet gewesen, dann wären wir jetzt beide tot. Und nun machen Sie das wieder. Sie glauben, Sie können Delaunay finden und ihn überreden, Ihnen seine Geheimnisse zu verraten. Das ist keine harmlose Aufklärungsmission. Das ist eine tödliche Falle.«

»Also, Sharpe! Wirklich!« Fox lächelte. »Es ist durchaus charmant, dass Sie mich für so fähig halten, aber ich brauche Sie wirklich nicht. Alleine kann ich schneller arbeiten, und Gott stehe uns bei, sollten Sie einen französischen General töten.« Er hielt kurz inne, irritiert von dem ominösen Grollen am Himmel über der Stadt. »Ich bete, dass das kein Donner ist«, sagte Fox.

»Ist es auch nicht. Das sind Kanonen.«

»Wirklich?« Fox schien daran zu zweifeln.

»Ich höre Kanonen nun schon seit einundzwanzig Jahren immer wieder«, erwiderte Sharpe, »und das ist Geschützfeuer. Es ist noch weit weg, aber es sind Kanonen.«

»Dann kommen die Armeen also näher. Gut!« Fox griff über den Tisch und leerte auch Sharpes Tasse. »Ich werde heute Abend wieder zurück sein, Colonel.«

»Und wenn nicht?«

»Dann beschützen Sie den Herzog. Beschützen Sie den fetten König Ludwig, und beten sie für meine unsterbliche Seele.« Fox stand auf und erregte sofort Aufmerksamkeit aufgrund seiner ungewöhnlichen Körpergröße. Just in dem Moment erschütterten weitere Kanonenschüsse den Himmel. »Da meint es wirklich jemand ernst«, bemerkte Fox.

»Dort sollte ich sein«, knurrte Sharpe wütend. »*Das* ist meine Arbeit, nicht dieser …« Er verstummte.

»Nicht dieser Unsinn?«, beendete Fox den Satz für ihn und beugte sich über den Tisch. »Dieser *Unsinn*, Colonel, ist todernst, und der Herzog will, dass das aufhört, und Ihre Aufgabe ist es, dem Herzog zu gehorchen. Ich werde nur herausfinden, wo Delaunay wohnt. Sollte ich dann die Situation auch nur annähernd als gefährlich einschätzen, werde ich Sie um Ihre Begleitung bitten. Bis heute Abend.« Er legte ein paar Münzen auf den Tisch und ging in Richtung Fluss.

»Und woher wollen Sie wissen, wenn es gefährlich wird?«, fragte Sharpe, doch so leise, dass weder Fox noch sonst jemand ihn hören konnte. Kurz wartete er, dann folgte er Fox, der aufgrund seiner Größe leicht über den Köpfen der Menschen zu sehen war. Der große Mann ging die Rue de Richelieu hinunter und dann nach rechts auf die Rue Faubourg Saint-Honoré. So umging er die dunklen Gassen des Armenviertels, wo Sharpes Männer warteten. Sharpe folgte der großen Gestalt weiter in Richtung Westen, bis Fox in einer kleinen Nebenstraße verschwand, die zu den Gärten des Tuilerien-Palasts führte. Und dort verlor Sharpe ihn dann. Er lief bis zum Ende der Straße, schaute nach rechts und links, sah aber keine große Gestalt. Also ging er die kleine Straße wieder hinauf. Das breite Tor eines Hofs stand offen, und Sharpe warf einen Blick hinein, doch auch da sah er nichts, was ihm hätte helfen können. Eine alte Frau kam mit einem Wassereimer aus der Tür und schaute ihn streitlustig an.

»M'sieu?«, fragte sie gereizt.

Sharpe zögerte. Dann sagte er: »Ich suche nach einem sehr großen Mann, Madame.«

»Tun wir das nicht alle?«, erwiderte sie. »Aber Gott meint es nicht gut mit uns.« Sie lachte, und Sharpe ging weiter. Er nahm an, dass Fox in eines der Häuser gegangen war, aber in welches, das war nicht festzustellen.

Lärm weiter vorn ließ Sharpe loslaufen, und er sah einen Trupp Artillerie, der westwärts über die Rue du Faubourg Saint-Honoré raste. Sharpe erkannte zwei 6-Zoll-Haubitzen und ihre Munitionswagen, die an Särge erinnerten, und er erinnerte sich daran, wie er sich in Waterloo an eine dieser Haubitzen mit ihren kurzen Rohren gelehnt hatte, während seine Männer die Munition geplündert hatten. Das Rohr war glühend heiß gewesen, weil die Haubitze noch kurz zuvor auf die Männer am Hügelkamm gefeuert hatte. Sharpe schauderte ob der Erinnerung an die Schlacht.

Die Artilleristen fuhren so schnell, dass Kutschen beiseitegedrängt wurden und Fußgänger rasch zur Seite sprangen. »Die fahren gegen die Preußen«, sagte ein Mann nicht weit von Sharpe.

Neugierig geworden, schloss sich Sharpe der Menge an, die den Geschützen folgte, und er hielt erst an, als er neben dem Elysée-Palast war, wo sich die Menschen in Hoffnung auf Neuigkeiten versammelt hatten. Nur ein paar mutlose Soldaten standen in dem großen Hof, und die Leute riefen ihnen Fragen zu. Sie wollten wissen, was los war. Schließlich kam ein Offizier an den Zaun.

»Der Kaiser ist wieder zurück«, verkündete er.

»Wo?«, riefen die Menschen.

»Nicht weit weg!«

»Das gilt auch für die Preußen!«

Der Offizier zuckte mit den Schultern. »Der Kaiser wird euch beschützen.«

Diese Behauptung provozierte Spott, und Sharpe wandte sich wieder ab. Er hoffte immer noch, plötzlich Fox zu sehen, doch ihm blieb nicht wirklich eine andere Wahl, als wieder zum Lagerhaus zu gehen.

»Der Bastard ist weg«, berichtete er Harper.

»Trauen Sie ihm?«

»Nein.« Sharpe nahm einen Becher Tee von Charlie Weller an. »Und er traut mir auch nicht. Er sagt, ich sei nicht subtil.«

»Sind Sie auch nicht«, bemerkte Harper.

Sharpe nippte an seinem Becher. »Aaah, echter Tee«, seufzte er anerkennend.

»Und? Was tun wir jetzt?«, fragte Harper.

»Was er uns gesagt hat.« Sharpe trank einen weiteren Schluck. »Wir warten, bis er zurückkommt.«

»Die Jungs verlieren allmählich die Geduld. Ihnen ist langweilig.«

Lachen hallte durch den großen Raum, und Sharpe sah, dass Finn und Geoghegan ein paar Holzkohlestücke gefunden hatten, mit denen sie nun Schnurrbärte auf Fox' Porträts malten. »Ich denke nach …«

»Sprechen Sie weiter«, ermutigte Harper ihn.

»Dieser Bastard Collignon«, sagte Sharpe, »hat Fox verraten.«

»Und wir haben ihn getötet«, erklärte Harper glücklich.

»Aber er wusste alles über Fox. Wo er gewohnt und was er getan hat.«

»Vermutlich.«

»Also müssen wir davon ausgehen, dass er auch diesen Ort hier gekannt hat.«

»Vielleicht nicht.«

»Fox selbst hat die Vermutung geäußert, dass dem so sein könnte«, erklärte Sharpe in hartem Ton. »Und das heißt, dass Collignon es den anderen erzählt haben könnte, und diese anderen werden irgendwann hier erscheinen. Dann sitzen wir wie Ratten in der Falle.«

Harper runzelte die Stirn. »Aber noch ist es nicht so weit. Allerdings ist der Bastard ja auch noch keine vierundzwanzig Stunden tot.«

»Er hätte ihnen schon vor Wochen davon erzählen können«, sagte Sharpe, »und letzte Nacht hat *la Fraternité* drei Männer verloren, und Collignons Haus ist abgebrannt. Sie werden wissen, dass Feinde in der Stadt sind, und es ist mehr als wahrscheinlich, dass sie auch von diesem Lagerhaus wissen. Wir können nicht hierbleiben, Pat.«

»Himmel! Wo sollen wir denn hin?«

»Wir warten, bis Fox wieder da ist, dann werden wir das entscheiden. Er kennt Paris.«

»Es sei denn, die Bastarde kommen als Erste«, sagte Harper und griff nach seinem Salvengewehr.

Und sie warteten.

Fox kehrte jedoch nicht zurück, und es kam auch sonst niemand ins Lagerhaus. Dann senkte sich Nacht über die Stadt. Sharpe ging bei Sonnenuntergang hinaus und kam mit Brot, Schinken, Käse und Wein zurück. Sie aßen im Licht von ein paar Kerzenstummeln. Bei jedem Schritt auf der Straße griff Sharpe instinktiv nach seinem Gewehr und schaute erwartungsvoll zu den großen Türen, doch die Schritte gingen jedes Mal vorbei. »Ich hasse das«, sagte er zu Harper. »Dieser verdammte Narr. Er ist so gebildet, hat aber nicht einen Funken Verstand.«

»Hat er sich schnappen lassen?«

»Was sonst? Sie haben ihn geschnappt und eingelocht.« Sharpe wartete, während wieder einmal Schritte auf der Straße zu hören waren. Auch sie gingen vorbei. »Und wir können nicht hierbleiben.«

»Und wo gehen wir hin?«

»Ich habe da eine Idee«, antwortete Sharpe. »Aber wie wir dort hinkommen sollen …«

»Wir gehen zu Fuß.«

»Mit Gewehren und Musketen?« Ein Dutzend Männer, die schwer bewaffnet durch Paris marschierten, würden mit Sicherheit Ärger provozieren. Sharpe hatte keinen Zweifel daran, dass es inzwischen in der Stadt von Deserteuren nur so wimmelte. Die Behörden waren sicher auf der Jagd nach ihnen, und das wiederum hieß, dass Männer mit Waffen automatisch verdächtig waren. »Wir brechen bei Sonnenaufgang auf«, beschloss Sharpe, »aber wir müssen die Waffen verstecken.«

»Wir können nutzen, was auch immer von der winzigen Kutsche übrig geblieben ist«, schlug Harper vor.

Den größten Teil der hinteren Verkleidung von Collignons Zweispänner hatten sie bereits zu Feuerholz verarbeitet, aber der Sitz und der Boden waren noch intakt, und man konnte sie als Handkarren nutzen. Sharpe warf die Waffen hinein, schnitt dann die Leinwand aus einem großen Porträt und legte sie darüber.

»Es ist nicht weit«, sagte er zu seinen Männern. Er öffnete die großen Türen und führte seinen kleinen Trupp zum Fluss. Es war noch früh am Morgen. Nur wenige Menschen waren schon unterwegs, und niemanden schien die kaputte Kutsche zu interessieren, die von vier Männern gezogen wurde.

Es gab auch noch andere Karren auf den Straßen. Sie brachten Gemüse aus dem Umland oder transportierten Baumaterialien, und da sah Collignons demolierte Kutsche nicht viel anders aus.

Die Briten zogen den improvisierten Karren gerade durch die Rue du Faubourg Saint-Honoré, als ein Trupp Dragoner in Richtung Westen an ihnen vorbeitrottete. Erneut war Geschützfeuer zu hören, dumpfe Schläge weit im Norden.

»Wir sollten auch da sein«, knurrte Sharpe, »und unsere Arbeit machen anstatt diesen Unsinn hier.«

»Nosey kann nicht mehr weit weg sein«, bemerkte Harper.

Sharpe nickte. »Aber das ist nicht das Geschützfeuer einer Schlacht.« Die fernen Schüsse waren nur sporadisch zu hören und wirkten halbherzig, kein Vergleich zum Trommelfeuer einer großen Batterie in der Schlacht. Ohne Zweifel kämpften Männer im Norden und starben auch dort, aber Sharpe fragte sich, ob der Kaiser wirklich über genügend Truppen verfügte, um die Stadt zu verteidigen. Fox hatte geschätzt, dass Bonaparte mindestens einhunderttausend Mann mobilisieren konnte, und das wiederum hieß, dass es durchaus zu einer Schlacht kommen konnte, bevor die Alliierten nach Paris vordrangen. Doch in Paris schien man sich schon mit der Niederlage abgefunden zu haben. Sharpe erinnerte sich an die Spottrufe, die er vor dem Elysée-Palast gehört hatte, und an die riesige Zahl von verkrüppelten Bettlern in ihren alten Uniformen.

Lucille hatte ebenfalls schon vermutet, dass die Franzosen den Krieg leid waren. »Wir haben genug gelitten«, hatte sie zu Sharpe gesagt. »Es ist Zeit für Frieden. Ein König ist ein geringer Preis für weniger Tote.«

Sie folgten der Route, die Sharpe und Harper an ihrem ersten Tag in der Stadt gegangen waren. Dabei sahen sie wie ganz normale Arbeiter aus. Sie zogen an großen Palästen vorbei und dann auf die Felder, hinter denen verstreut Häuser lagen.

»Hier«, sagte Sharpe vor dem Tor des Hôtel Mauberges.

»Das Haus der alten Lady?«

»Lucille wird auch hierherkommen«, sagte Sharpe. »Und wer auch immer sich Fox geschnappt hat, wird mit Sicherheit nicht hier suchen.«

»Und Mister Fox auch nicht.«

»Er ist vermutlich tot, Pat. Der dämliche Bastard.«

»Er könnte aber auch noch leben.«

»Nach dem, was wir vor zwei Nächten gemacht haben? Was würdest du dann tun?«

»Ich würde ihm die Kehle durchschneiden. Langsam.«

Das Hôtel Mauberges war riesig: drei Stockwerke hoch mit einem von eleganten Säulen umrahmten Haupteingang, und den allesamt geschlossenen Fenstern nach zu urteilen war es groß genug für ein ganzes Bataillon.

»Wir gehen hintenrum«, beschloss Sharpe, und die beiden Räder des Zweispänners knirschten auf dem Schotter, als sie ihn um das Haus zogen. Dort befanden sich ein Stall und ein Kutschenhaus. »Das passt«, sagte Sharpe.

Die Türen des Kutschenhauses standen offen, und sie zogen den Zweispänner hinein und parkten ihn neben einer offenen Kutsche mit dick gepolsterten Sitzen und einem faltbaren Lederdach. Zwei Kutschpferde standen im Stall. Beide sahen hungrig aus.

»Haben Sie eine Kutsche?«, fragte Harper Sharpe.

»Ich? Eine Kutsche?«

»In der Normandie, meine ich.«

»Wir haben einen Mistkarren. Zählt das?«

Harper fuhr mit dem Finger über das gemalte Wappen auf der Kutschentür. »Ich dachte, weil Lucille eine echte Lady ist …«

»Sie ist arm wie eine Kirchenmaus, Pat. Wir können schon von Glück sagen, dass wir einen Mistkarren haben.«

»Die alte Lady muss aber ziemlich reich sein«, bemerkte Harper und nickte durch die Tür und zu dem prächtigen Haus.

»Ja, das ist sie«, bestätigte Sharpe. Die verwitwete Comtesse Mauberges war sogar schier unvorstellbar reich. Von ihrem verstorbenen Mann hatte sie im Norden Frankreichs Kohlebergwerke geerbt, und das war auch der Grund dafür, warum sie vor der plötzlichen Rückkehr des Kaisers in Brüssel gewesen war, die das Land in ein Schlachtfeld verwandelt hatte. Sie hatte in Belgien den Winterpreis für Brennstoff verhandeln wollen, und dort hatte sie sich dann mit Lucille angefreundet. Und sie war sehr großzügig gewesen, was Sharpe als Grund reichte, um ihr zu helfen.

»Wir haben Gesellschaft«, knurrte Harper.

Sharpe drehte sich um und sah, dass drei Männer das große Haus verlassen hatten und langsam zum Stall kamen. Alle drei waren schon älter, und Sharpe bezweifelte, dass es sich dabei um Deserteure handelte. Der Mann in der Mitte hatte einen Knüppel dabei, die beiden anderen waren scheinbar unbewaffnet. Sharpe ging ihnen entgegen.

»Wer seid ihr?«, verlangte der Mann mit dem Knüppel nervös zu wissen.

»Freunde der Comtesse«, antwortete Sharpe.

»Seid ihr Engländer?« Die drei Männer blieben stehen, und der Sprecher hob drohend den Knüppel.

»Îles-Normandes«, antwortete Sharpe. »Die Comtesse wird bald hier sein. Sie hat uns vorausgeschickt.«

»Um was zu tun?«

»Um auf sie zu warten.«

»Sie kommt?«, fragte einer der anderen Männer aufgeregt.

»Sie wird in gut einer Woche hier sein«, sagte Sharpe und hoffte, dass er recht hatte. »Wir werden im Stall bleiben.«

»Und sie hat euch geschickt?«, hakte der Mann mit dem Knüppel noch einmal nach. »Um was zu tun?«

»Die Comtesse sorgt sich um die Unruhen in der Stadt. Sie will, dass ihr Haus beschützt wird.«

Der Mann schaute misstrauisch zu Pat Harper, der sich inzwischen zu Sharpe gesellt hatte, auf den Armen das Salvengewehr. Der Ire nickte. »Einen wunderschönen guten Tag euch allen!«, rief er auf Englisch.

Die drei Männer, bei denen es sich vermutlich um Diener handelte, schauten verängstigt drein, und das war auch kein Wunder. Sharpe war eine bedrohliche Gestalt, und Harper war riesig, und er hatte ein siebenläufiges Gewehr dabei, während Sharpes restliche Männer von der Tür aus zusahen.

»Und ihr werdet das Haus nicht betreten?«, fragte der Mann mit dem Knüppel.

»Nur, wenn ihr Hilfe braucht«, sagte Sharpe. »Die Comtesse hat uns gebeten herzukommen, und jetzt sind wir hier. Und wer bist du?«, verlangte er von dem Mann mit dem Knüppel zu wissen.

»Philippe Vignot. Ich bin der Verwalter von Madame.«

Sharpe öffnete seine Börse und holte den zerknüllten Brief heraus. »Dann ist das hier für Sie«, erklärte er nun in formellerem Ton.

Der Hausverwalter nahm den Brief. »Oberes Fenster«,

murmelte Harper, und Sharpe sah zwei Männer, die sie beobachteten.

»Das sind Deserteure, Monsieur.« Der Verwalter las den Brief und gab ihn dann einem seiner Gefährten. »Madame sagt, dass wir Ihnen vertrauen können.«

»Ja, das können Sie.« Sharpe nickte. »Wie viele Männer sind im Haus?«

»Fünfzehn? Sechzehn? Sie haben auch ihre Frauen mitgebracht.« Er schauderte. »Und, Monsieur …« Er hielt inne.

»Was?«

»Sie haben sich zwei Zofen von Madame genommen. Wir hören sie schreien.«

Sharpe verzog das Gesicht. »Wie lange sind sie schon hier?«

»Seit Mai!«

»Habt ihr euch gewehrt?«, fragte Sharpe.

»Wir haben keine richtigen Waffen, Monsieur«, gab Vignot niedergeschlagen zu, »und sie haben jede Menge Musketen und Bajonette.«

»Und jede Menge Schießpulver«, fügte einer der anderen hinzu.

»Haben Sie das den Behörden gemeldet?«

Vignot spie verächtlich aus. »Die machen rein gar nichts! Und ja, ich habe es ihnen gemeldet.«

»Sollen wir sie rausholen?«

»Bevor Madame wieder zurückkommt, müssen sie weg sein«, sagte Vignot.

»Dann werden wir das heute Nacht erledigen«, erklärte Sharpe. »Lassen Sie die Hintertür unverschlossen.« Er nickte zu der Tür, durch die Vignot und die anderen gekommen waren. »Und stellen Sie ein paar Laternen für uns hin.«

Vignot wirkte verunsichert, doch dann nickte er. Er

nahm seinem Gefährten den Brief wieder ab. »Madame sagt, Sie seien Engländer, stimmt das?«

»In einer Woche, Monsieur, wird die ganze Stadt voll mit Engländern und Preußen sein. Seien Sie froh, dass Sie ein paar davon auf Ihrer Seite haben.«

»Wenn Sie das sagen, Monsieur.« Vignot zögerte. »Es hat eine Schlacht gegeben, nicht wahr?«

»Eine große. Und der Kaiser hat verloren.«

»Dann stimmt es also.« Vignot verzog das Gesicht. »Und der Kaiser?«

»Soweit ich weiß, lebt er.«

»Gott sei gelobt!«

»Heute Nacht also, Monsieur«, sagte Sharpe. »Wir werden lange nach Einbruch der Dunkelheit kommen, mitten in der Nacht. Lassen Sie die Hintertür auf, und legen Sie vier, fünf Laternen bereit.«

»Jawohl, Monsieur.«

»Und wenn die Männer fragen, wer wir sind«, sagte Sharpe wohl wissend, dass sie genau das tun würden, »dann sagen Sie Ihnen, wir seien ebenfalls Deserteure aus der Armee des Kaisers.«

Sharpe fragte Vignot noch ein paar Minuten lang aus. Dabei erfuhr er, dass die drei Diener unten schliefen, wo sie die Deserteure bekochen sollten, die die beiden oberen Stockwerke besetzt hielten. Dann schaute er zu, wie Vignot und seine Gefährten ins Haus zurückkehrten. Sharpe ging zum Stall zurück. *La Fraternité* würde warten und Fox' Schicksal ein Rätsel bleiben müssen. Jetzt stand erst einmal ein Kampf bevor.

Die Männer im Haus hatten Sharpe, Harper und die anderen gesehen, und so nahm Sharpe an, dass sie wachsam sein würden. Vignot würde ihnen sagen, dass sie ebenfalls Deserteure seien und dass sie das Kutschenhaus besetzen würden, und Sharpe hoffte, das reichte aus, um die Banditen zu beruhigen. Trotzdem wartete er bis weit nach Mitternacht, bevor er seine Männer über den Schotter und zur Hintertür führte. Wie vereinbart war sie unverschlossen. »Stiefel aus, Jungs«, sagte Sharpe leise.

Einer nach dem anderen schlichen sie in die stockfinstere Küche und stießen gegen die Stühle und an einen Tisch. Es dauerte jedoch nicht lange, da ertastete Sharpe die Laternen auf dem Tisch. Harper holte seine Zunderkiste heraus, schlug Funken und entzündete ein kleines Stück Leinen. Nun sah Sharpe die vier Kerzenlaternen auch. »Zünd sie alle an, Pat«, befahl er leise.

Kurz darauf erhellten die Kerzen die große Küche und eine Tür, hinter der ein langer Flur zu sehen war, der wiederum zu einer prächtigen Marmortreppe führte. Im Haus war es mucksmäuschenstill. »Du kommst mit mir, Pat«, sagte Sharpe. »Der Rest wartet. Und seid still!«

Sharpe war zu dem Schluss gekommen, dass es viel zu viel Lärm verursachen würde, all seine Männer nach oben zu bringen. Es war besser, wenn er und Harper erst einmal alles erkundeten, und so stellte er eine Laterne am Fuß der Treppe ab und schlich langsam hinauf. Die Stufen waren aus Stein und Sharpes Schritte dementsprechend leise. Er hatte sein Gewehr dabei, das Schwertbajonett aufgepflanzt. Harper folgte ihm mit dem Salvengewehr in der Hand.

Ihre Schatten flackerten über Porträts im Treppenhaus, die Sharpe an Fox erinnerten. Die Porträts zeigten Männer und Frauen in extravaganten Kleidern und mit fantastischen Frisuren. Sharpe nahm an, dass es sich dabei um Vorfahren der Comtesse handelte, und er fragte sich, von wem er wohl abstammte. Er wusste, dass seine Mutter Lizzie Sharpe geheißen hatte, aber er wusste auch, dass er nie herausfinden würde, wer sein Vater gewesen war. Vermutlich nur ein weiterer Freier. Aber es war wohl besser, wenn er das nicht wusste, dachte er, als er den ersten Absatz erreichte, von dem aus eine weitere Treppe direkt zum obersten Stock ging, während links und rechts Korridore zu den anderen Zimmern führten.

Direkt vor Sharpe befand sich eine Tür, von der er annahm, dass es sich um die des Hauptschlafzimmers handelte. Hier hingen noch weitere Porträts an den Wänden sowie an der Decke ein prächtiger Kronleuchter. Die Kerzen waren jedoch schon lange abgebrannt, und das Licht hier war schwach. Sharpe ging zur Tür und legte das Ohr daran. Harper war dicht hinter ihm. »Hören Sie was?«

»Schschsch«, zischte Sharpe. Er glaubte, Männerstimmen zu hören, leise, aber kräftig, und dann war er sicher, dass da eine Frau stöhnte. »Versuch, nicht das Salvengewehr zu benutzen«, ermahnte er Harper leise. »Wir wollen die Bastarde in den anderen Zimmern nicht wecken.«

Harper schlang sich das Salvengewehr über die Schulter und zog sein Schwertbajonett. »Bringen wir sie um?«

»Nein, du sollst ihnen nur ein Schlafliedchen singen, Pat.«

Sharpe drückte langsam den Türgriff herunter und zuckte unwillkürlich zusammen, als das Schloss knirschte. Schließlich öffnete es sich mit einem Klicken, und Sharpe stieß die Tür auf. Das Erste, was er sah, waren drei Männer, zwei nackt und der Dritte ausgestreckt in einem Sessel neben einem kalten Kamin. Die nackten Männer befanden sich auf einem riesigen Bett, und als Sharpe den Raum betrat, sah er, dass dort ein Mädchen gefesselt war.

»Schnapp dir den im Sessel, Pat«, sagte er, sprang durch den Raum und drehte das Gewehr um.

Ein Mann stieß ein lautes Bellen aus und versuchte, über das Bett zurückzuweichen. Sharpe schlug ihn mit dem messingbeschlagenen Gewehrkolben, und er spürte, wie der Schädel des Mannes unter der Wucht brach. Der zweite Mann stürzte sich auf Sharpe, doch der wich einen Schritt zurück, schwang das Gewehr und riss dem Kerl mit dem Bajonett den Bauch auf. Der Mann fiel vom Bett und auf den Teppich, und Sharpe stieß ihm das Bajonett zwischen die Rippen. Dann verpasste er auch ihm einen Schlag mit dem Kolben. »Schlaf süß«, sagte er, als sich der Mann nicht mehr rührte.

»Der Kerl weiß nicht mehr, ob wir Weihnachten oder Donnerstag haben«, sagte Harper. Sharpe drehte sich um und sah, dass der dritte Mann vor dem Kamin lag. Sein Kopf war blutüberströmt, und er war offensichtlich bewusstlos.

»Schneid das Mädchen los, Pat, und gib ihr eine Decke.«

Der erste Mann auf dem Teppich versuchte plötzlich, Sharpes Beine zu packen, doch dann schrie er schmerzerfüllt auf, als Sharpe ihm die Klinge ein zweites Mal zwischen die Rippen rammte. »Dämlicher Bastard«, knurrte Sharpe und trat dem Mann zwischen die Beine. Jetzt wimmerte der Kerl nur noch und wand sich vor Schmerzen. Sharpe schlug ihm ein weiteres Mal mit dem Kolben auf den Kopf, diesmal härter, und der Mann rührte sich nicht mehr.

»Das arme Ding«, sagte Harper. Sharpe drehte sich zu dem Mädchen um, das nun aufrecht saß und seine Brüste bedeckte, während Harper ihre Fußfesseln löste.

»Wer sind Sie, Mademoiselle?«, fragte Sharpe auf Französisch.

»Ich – ich arbeite hier, Monsieur«, brachte sie mühsam

hervor. Harper hatte inzwischen eine Decke vom Bett gezogen, und das Mädchen wickelte sich darin ein. Sie weinte stumm, und Tränen liefen ihr übers Gesicht.

»Bring sie runter, Pat«, befahl Sharpe. »Dann hol die anderen hoch. Und beeil dich. Wir machen zu viel Lärm.«

Das Mädchen wankte, als es aufstand, und Harper warf das Salvengewehr einfach aufs Bett und hob sie mit beiden Armen hoch. »Ich bin gleich wieder zurück«, sagte er zu Sharpe, und er trug das Mädchen hinaus und die Treppe runter. Harper war noch nicht ganz unten, als Sharpe Schritte auf der Treppe zum Dachgeschoss hörte. Er ging zur Schlafzimmertür und spähte die Treppe hinauf. Jetzt hörte er auch Stimmen, Männer, die in der Dunkelheit oben flüsterten, und er schlang sich das Gewehr über die Schulter und ging ins Schlafzimmer zurück, um Harpers Salvengewehr zu holen. Sharpe spannte den Hahn und zuckte ob des leisen Geräuschs unwillkürlich zusammen. Instinktiv strich er mit dem Finger über den Feuerstein, um sicherzustellen, dass er fest in der Halterung saß. Dann rief ein Mann von oben: »Jean?«

Zurück zur Tür. Sharpe stand im Schatten. Die Tür war nur ein paar Zoll geöffnet. Oben war es immer noch dunkel, doch Sharpe glaubte, Bewegungen dort zu sehen.

»Jean!«, rief der Mann erneut, und als er keine Antwort erhielt, sagte der Mann etwas, und Sharpe hörte gemurmelte Antworten und dann das unverkennbare Geräusch von Hähnen, die gespannt wurden. Sharpe blieb in den Schatten. Inzwischen sah er Umrisse oben.

»Jean!«, rief der Mann noch einmal lauter. Dann machte er sich auf den Weg nach unten. Andere folgten ihm.

Sharpe erkannte fünf, sechs Männer, zwei davon mit Musketen. Einer von ihnen rief etwas zur Ermutigung, und sie rannten alle gleichzeitig los. Sharpe trat die Schlafzimmertür weit auf, hob das Salvengewehr an und drückte ab.

Der Kolben schlug Sharpe mit voller Wucht in die Schulter, und der mächtige Knall wurde von den massiven Wänden sogar noch verstärkt. Das ganze Haus schien zu beben, als Rauch aus den sieben Läufen quoll, und die Kugeln fetzten die Stufen hinauf. Ein großes, goldgerahmtes Porträt zitterte an der Wand des Treppenhauses. Die Leinwand zerriss, dann brach das ganze Ding über den schreienden Männern zusammen, die auf die Stufen bluteten. Sharpe warf das Salvengewehr wieder aufs Bett und nahm sein eigenes Gewehr von der Schulter. Oben kreischte eine Frau.

»Sir?«, rief Harper besorgt von unten.

»Komm rauf, Pat! Alle rauf!«

Das riesige herabgefallene Porträt hatte sich auf der Treppe verkeilt und die meisten Männer unter der Leinwand gefangen. Doch ein Mann, der verzweifelt nach Luft schnappte und sich die blutige Brust hielt, war bis zum Absatz gerutscht und riss nun entsetzt die Augen auf, als Sharpe auf ihn zukam. *»Non, non«*, stöhnte er, als Sharpe näher kam. Dann, plötzlich, erhob sich ein Mann halb die Treppe rauf, brach mit dem Oberkörper durch die zerrissene Leinwand und zielte mit einer Muskete.

Sharpe hob das Gewehr, drückte ab, und erneut hallte ein Knall durch die Flure. Die Kugel traf den Mann mitten in die Brust und warf ihn nach hinten. Blut spritzte auf die Wand. »Ich hasse so dumme Bastarde«, knurrte Sharpe.

»Gott schütze Irland.« Mit einer Laterne in der Hand stand Harper nun neben Sharpe und starrte auf das Gemetzel. Die zerrissene, blutverschmierte Leinwand bewegte sich mit den Verwundeten darunter.

»Ich denke, da sind sechs unter dem Ding«, sagte Sharpe.

»Drei haben wir schon im Schlafzimmer erledigt. Also müssen da noch mehr sein.«

»Oben?«

»Sie könnten sonst wo sein, Pat. Dein Gewehr liegt auf dem Bett.«

Harper holte sein Salvengewehr, und Charlie Weller schaute auf das gefallene Porträt. »Sollen wir das wegräumen, Mister Sharpe?«

»Bitte, Sergeant.«

Geoghegan und O'Farrell hoben das riesige Porträt an und stellten den schweren Rahmen an die Wand, während Weller und McGurk die Verwundeten nach unten schleppten. »Und was machen wir jetzt mit ihnen?«, fragte McGurk.

»Sucht euch ein Fenster, und werft sie raus.«

»Der hier ist schwer verletzt, Mister Sharpe.«

»Dann werft ihn umso weiter.«

»Wo sollen die hin?«, fragte Harper und zerrte den noch lebenden der beiden Nackten aus dem Schlafzimmer.

»Nach unten, Pat.«

Sharpe ging mit McGurk und Butler durch die beiden Flure, die von dem Absatz wegführten. Sie schauten in jedes Zimmer, fanden aber keine weiteren Besetzer mehr, während Harper gleichzeitig den Rest nach oben führte. Sharpe hörte zwei Schüsse, und wenige Augenblicke später wurden sieben Männer und drei Frauen die obere Treppe hinuntergestoßen. Alle waren nackt oder fast nackt. »Schick sie alle nach unten, Pat«, sagte Sharpe und grinste.

»Die hier ist eine Zofe.« Harper deutete auf ein Mädchen, das sich in eine Decke gewickelt hatte.

»Sie kann in die Küche gehen. Den Rest werfen wir raus. Und sie sollen den Toten mitnehmen.«

Sie jagten die Hausbesetzer mit dem Bajonett zur Haustür hinaus. Drei waren übel verletzt, und Sharpe ließ sie von den anderen tragen, genau wie die Leiche. Dann trieben er und Harper sie die Einfahrt runter und auf die Straße. »Wenn ihr zurückkommt«, sagte Sharpe zu ihnen, »dann bringen wir euch um.«

»Gebt uns Kleider!«, verlangte eine der Frauen.

»Va te faire foutre«, erwiderte Sharpe und schlug das schwere Tor zu.

Vignot, der Hausverwalter, wartete an der Tür. Er sah nervös aus. »Sind sie weg?«

»Ja, und sie werden auch nicht mehr zurückkommen«, antwortete Sharpe. »Morgen können Sie damit beginnen, das Haus zu säubern. Das ist das reinste Chaos da drin.« Er übersetzte für Harper, was er gesagt hatte.

»Und was machen wir morgen?«, fragte Harper.

»Wir werden ein noch viel größeres Chaos anrichten«, antwortete Sharpe, obwohl er nicht die geringste Ahnung hatte, wie er das ohne Fox' Hilfe schaffen sollte. Er wusste nur, dass es getan werden musste. »Und bis dahin, Pat? Schlaf.«

KAPITEL 7

Vignot und seine Leute bestanden darauf, am nächsten Morgen ein Frühstück zu machen, und anschließend führte Sharpe Charlie Weller auf einen Spaziergang durch die Stadt. »Wo gehen wir hin?«, fragte Weller.

»Zurück zum Lagerhaus, Charlie.«

»Haben wir da was vergessen?«

»Wir schauen nur nach. Und wir müssen Tabak kaufen.« Butler und Finn jammerten bereits, weil sie keinen Tabak mehr für ihre Pfeifen hatten.

Sharpe bog nach links auf die Rue de Richelieu ab. Sowohl er als auch Weller trugen Zivil, um nicht die Aufmerksamkeit der Pariser zu erregen. Sie gingen das Ostufer hinauf und blieben vor einem großen Hutgeschäft stehen, um die Rue Villedot hinunterzuschauen. »Verdammt«, knurrte Sharpe.

»Gut, dass wir gegangen sind, Sir«, bemerkte Weller.

Da waren französische Soldaten in der Straße, und sie gingen in Fox' Lagerhaus ein und aus. Ein paar trugen Bilder hinaus, um sie dann auf einen Wagen zu werfen.

»Leichte Infanterie«, sagte Sharpe. Die Kragen der Soldaten waren rot, und statt Tüllen- hatten sie Schwertbajonette dabei, ähnlich denen, die auch Sharpes Riflemen verwendeten. »Wir sollten besser wieder nach Hause gehen«, sagte Sharpe.

»Ist es das, was Sie sehen wollten?«

»Ich hatte eigentlich gehofft, es *nicht* zu sehen.« Die

Anwesenheit der Soldaten bestätigte, was Sharpe schon befürchtet hatte: *La Fraternité* wusste von dem Lagerhaus, und jetzt wussten sie auch, dass britische Soldaten bereits in der Stadt waren.

Sie kauften bei einem Tabakladen ein und gingen dann wieder zum Hôtel Mauberges. »Sie jagen uns«, berichtete Sharpe Harper.

»Dann müssen sie Mister Fox geschnappt haben.«

»Der dämliche Hund war wohl nicht subtil genug«, sagte Sharpe spöttisch, »aber hier sollten wir sicher sein.«

»Wir bleiben also einfach hier?«

Sharpe war versucht zuzustimmen, aber er hatte seine Befehle, und die einzigen Spuren waren die Namen, die Fox erwähnt hatte: Lanier und Delaunay. »Delaunay?«, fragte Harper, als Sharpe die Namen erwähnte.

»Das ist ein General, und Fox ist auf die Suche nach ihm gegangen.«

»Und ich glaube, ich habe ihn gefunden«, sagte Harper glücklich.

»Was?«

»Folgen Sie mir.«

Harper führte Sharpe in den hinteren Teil des Hauses und zur Küche. »Als Sie weg waren, Sir, da haben ich und die Jungs uns ein wenig umgesehen.« Er öffnete eine Tür, und Sharpe stand in einem Raum voller Weinregale. »Ihr habt also gefunden, was ihr gesucht habt«, bemerkte Sharpe leicht gereizt.

»Gott ist gut, Sir. Ja, das ist er. Aber schauen Sie mal hier.«

Am Ende des Raums waren ein paar Kisten gestapelt, und Harper deutete auf eine von ihnen. »Ist das nicht der Name?«, fragte er, und Sharpe sah tatsächlich den Namen

Delaunay auf einer Seite der Kiste. *Vin Delaunay* las er. »Da ist nicht unser Mann. Das ist ein Winzer. Unser Mann ist General.«

»Aber vielleicht ist es ja dieselbe Familie.«

»Das könnte sein, nehme ich an.« Sharpe ging wieder in die Küche zurück und rief nach Vignot. »Wo kommt dieser Wein Delaunay her?«, fragte er.

»Aus der Stadt, Monsieur.«

»Aus einer Weinhandlung?«

»*Non*, Monsieur. Vom Weingut Delaunay.«

»Und das ist wo?«

»An der Rue de Montreuil, Monsieur.«

»Und das ist in Paris?« Sharpe kam das unwahrscheinlich vor.

»Am Ostende der Stadt, Monsieur«, erklärte Vignot. »Dort gibt es fünf Weingüter, aber Delaunay macht den besten.«

»Und ist das ein Familienbetrieb?«

Vignot nickte. »Geführt vom alten *Général* und seiner Frau, Monsieur.«

»Volltreffer«, sagte Sharpe auf Englisch.

»Monsieur?«

»Danke«, sagte Sharpe und schaute zu Harper. »Du bist ja doch nicht ganz nutzlos, Pat.«

»Ich wünschte, das würden Sie mal meiner Mutter sagen!«

»Eines Tages, Pat. Eines Tages. Heute Nacht gehen wir.«

»Wir alle?«

»Ja, wir alle.«

Bei Einbruch der Nacht trug Sharpe seine Uniform unter dem langen Mantel, den Fox ihm gekauft hatte. Er bestand darauf, dass alle ihre Uniformjacken anzogen, damit sie sagen konnten, sie seien Soldaten, wenn man sie fasste, und keine Spione. Aber es war irgendwie seltsam, mit einem Säbel an der Seite durch die abendlichen Straßen von Paris zu gehen. Sein Gewehr und die Langwaffen der Männer wurden in einen Handkarren gelegt, der eigentlich dem Gärtner im Hôtel Mauberges gehörte. Hier und da schauten Passanten sie neugierig an, aber niemand sprach sie an, und sie folgten Vignots Wegbeschreibung. Schließlich fanden sie die Rue de Saint-Antoine. »Wenn Sie den Elefanten sehen«, hatte Vignot gesagt, »dann sind Sie in der richtigen Straße.«

»Den Elefanten?«

»Sie werden schon sehen, Monsieur.«

Und das taten sie auch. Zuerst hatte Sharpe nur eine weiße Masse in der Ferne gesehen und geglaubt, dass das Mondlicht war, das von einer großen weißen Wand reflektiert wurde, doch als er näher kam, ähnelte die Masse mehr und mehr einem schneebedeckten Hügel. Erst als er die große freie Fläche betrat, erkannte er, dass es sich in Wahrheit um einen gigantischen Elefanten handelte, höher als ein Haus, der mitten in einer Wasserfläche stand.

»Was zum …?«, sagte Harper und starrte das Ding staunend an.

»Hast du noch nie einen Elefanten gesehen?«, fragte Sharpe. »In Indien gab es Tausende von denen.«

»Wir sind aber nicht in Indien«, erwiderte Harper.

»Das ist eine Statue«, sagte Sharpe. Vignot hatte sie zwar beschrieben, aber Sharpe hatte ihm bis jetzt nicht wirklich geglaubt. Tatsächlich war der Elefant sogar noch größer und seltsamer, als Sharpe sich hatte vorstellen können. »Der Kaiser hat den Bau befohlen«, sagte Sharpe, »aber sie hatten nicht genug Zeit, um ihn aus Bronze zu gießen. Deshalb ist er aus Gips auf einem Holzgestell.«

»Der Mann ist wahnsinnig«, murmelte Harper.

Die Flanken des Elefanten waren dreckverschmiert, und an einigen Stellen war der Gips abgebröckelt, sodass man das Gestell darunter sehen konnte. Das Ding stand auf einer künstlichen Insel mitten im Teich, und Sharpe sah Ratten dort. Vignot hatte schon gesagt, die Statue sei ein Paradies für Ratten. »Der Elefant steht genau dort, wo früher die Bastille gewesen ist«, hatte er Sharpe erzählt. »Und wenn er erst einmal in Bronze gegossen ist, wird es ein wahrlich fantastischer Anblick sein.« Eines der Vorderbeine des Elefanten war offensichtlich ein Haus, denn Kerzenlicht flackerte schwach in einem Fenster. Sharpe schüttelte ungläubig den Kopf. »Kommt, Jungs. Wir müssen arbeiten.«

Sie gingen an dem monströsen Biest vorbei, die Rue de Saint-Antoine hinauf, bis links die Rue de Montreuil von ihr wegführte. Häuser standen auf beiden Seiten der Straße, die wiederum zum Stadttor führte. Links sah Sharpe Weinstöcke hinter den Häusern, und dann, auf halbem Weg zum Stadttor, fand er den Eingang zum Gut der Delaunays. Es war ein großes, schmiedeeisernes Tor zwischen zwei Steinsäulen, und auf einer dieser Säulen stand der Name. Im schwachen Mondlicht war eine Einfahrt zu sehen, die sich zwischen Weinstöcken hindurch zu einem großen Haus wand, das direkt an die Stadtmauer gebaut war. Das Tor war mit einem Vorhängeschloss verschlossen.

»Hat jemand einen Dietrich?«, fragte Sharpe.

»Ja. Sie«, antwortete Harper amüsiert.

Sharpe musste sein Gewehr aus dem Handkarren holen. Dann öffnete er das kleine Fach im Kolben, wo er die Lederflicken und einen Dietrich verwahrte. »Der ist gut, um die Zugfeder zu reinigen«, sagte er.

»Ja, natürlich, Mister Sharpe.« Butler grinste.

Sharpe wählte den stärksten Haken aus und untersuchte damit das Vorhängeschloss. Es war alt, simpel und eingerostet, aber er fand die Zylinder, drückte sie zurück, und das Schloss öffnete sich. »Das war leicht«, sagte er und steckte den Dietrich wieder weg. Er zog das Tor weit genug auf, sodass seine Männer hindurchgehen konnten. Jeder trug inzwischen entweder eine Muskete oder ein Gewehr. »Spannt sie noch nicht!«, warnte Sharpe. Das Letzte, was er jetzt brauchte, waren ein Stolpern und ein unabsichtlich gelöster Schuss.

Schwach schimmerte Licht in einem Fenster im Erdgeschoss, und als sie die lange, gewundene Einfahrt hinaufgingen, sah Sharpe die Silhouette eines Mannes im Fenster. Der Mann trug eine Muskete über der Schulter. »Zwischen die Weinstöcke, Jungs!«, zischte er.

Sie näherten sich dem Haus durch einen zugewucherten Korridor, der sanft zum Haus und zur Stadtmauer dahinter anstieg. Der Wein schien fast reif zu sein, doch Sharpe schätzte, dass es bis zur Lese noch gut zwei Monate dauern würde. Er duckte sich, beobachtete das Haus und sah zwei Männer, die langsam vor dem Gebäude auf und ab gingen. Er sah jedoch keine Männer oben auf der Mauer, doch die beiden unten hatten Musketen dabei.

Das waren also Wachen. Sharpe schaute zu den oberen Fenstern und fragte sich, ob irgendjemand von oben Ausschau hielt, doch die Fenster waren schwarz, und er sah nichts. Nur eines der Fenster war erleuchtet, und zwar das im Erdgeschoss.

»Sie tragen Uniform«, flüsterte Harper und nickte zu den beiden Männern, deren weiße Brustgürtel deutlich zu sehen waren. »Und da sind noch zwei weitere an der Tür. Verdammte Wachen.«

»Wir warten«, sagte Sharpe, obwohl er in Wahrheit nicht wusste, worauf sie warten sollten oder ob das überhaupt etwas nutzen würde. Er musste ins Haus und General Delaunay verhören, doch wie sollte er das tun, ohne die Wachen zu töten, zumal er auch nicht schießen und die Bewohner wecken wollte? Also wartete er.

Nach einer Weile schienen die Wachen es leid zu sein, ständig auf und ab zu laufen, und sie lehnten sich an die Wand. Einer zündete sich eine Pfeife oder Zigarre an, und der Rauch trieb in der sanften Brise davon. Sharpe wartete weiter. Die beiden Wachen am Haupteingang hatten sich auf eine breite, von Säulen gesäumte Veranda zurückgezogen. Alle paar Minuten lugte einer von ihnen heraus und verschwand dann wieder. Sharpe erinnerte sich daran, wie er früher selbst Wache gestanden hatte, für gewöhnlich an irgendeinem Lager, und wie er im Laufe der Nacht immer schläfriger geworden war, wenn nichts geschah. Damals war Charles Morris sein Kompaniechef gewesen, und Sharpe überkam eine Welle der Wut, weil Morris jetzt wieder in sein Leben getreten war. Da habe ich noch eine Rechnung offen, dachte Sharpe, und instinktiv schloss sich seine Hand um die Baker Rifle. Wenn Morris es wagen sollte, auch nur einen Mann der Prince of Wales Own Volunteers auspeitschen zu lassen, dann würde Sharpe ihm die Haut vom Rücken reißen.

»Die Bastarde schlafen«, flüsterte Harper.

Sharpe war sofort wieder hellwach. Er sah niemanden mehr auf der Veranda, obwohl er annahm, dass die beiden Männer noch dort waren, während die beiden anderen inzwischen an der Wand heruntergerutscht waren, gut einhundert Schritte voneinander entfernt. Sharpe schüttelte den steifen Ölmantel ab und ließ ihn auf den Boden fallen.

»Bleibt hier, Pat«, befahl er. »Wenn ich euch brauche, werde ich schreien oder das Gewehr abfeuern. Wenn ihr einen Gewehrschuss hört, dann kommt. Alle.«

»Soll ich nicht jetzt schon mitkommen?«

»Nein. Bleib hier, Pat.« Sharpe stand langsam auf.

Niemand rief eine Warnung, und die Wachen rührten sich nicht. Sharpe trat aus den Weinstöcken auf den Schotter der Einfahrt und näherte sich langsam dem Fenster, in dem das Licht brannte. Die kleinen Steine unter seinen Stiefeln knirschten, doch die Wache in der Nähe merkte nichts. Der Mann schlief tief und fest. Büsche wuchsen unter dem Fenster, und Sharpe zuckte unwillkürlich zusammen, als er ihr Rascheln hörte. Sofort duckte er sich, sodass nur sein Kopf über den Sims reichte.

Sharpe schaute in einen langen Salon. Rechts war ein alter Kamin, links Bücherregale, und den Raum dazwischen füllten dick gepolsterte Sofas, Sessel und elegante Tische, alle von einem Dutzend Leuchter erhellt. Eine ältere Frau saß am Kamin. Ihr graues Haar war kompliziert nach oben gesteckt. Sie war schwarz gekleidet, und sie sprach mit jemandem, der ihr gegenübersaß, doch der Mann – wenn es denn ein Mann war – hatte Sharpe den Rücken zugekehrt. Sharpe sah nur den oberen Teil des Kopfes über der Sofalehne.

Der Mann hatte blondes Haar. Also war das nicht Fox, denn der hatte genau wie Sharpe dunkle Haare. Schwach hörte er Stimmen, doch die Worte konnte er nicht verstehen. Ein Mann und eine Frau. Sie lachten. Dann stand der Mann auf, und Sharpe sah, dass er jung war und eine französische Infanterieuniform trug. Der Mann drehte sich um und schien Sharpe direkt anzuschauen, der sich rasch unter den Sims duckte.

Sharpe wartete wieder. Dann wäre er fast erschrocken aufgesprungen, als er hörte, wie über ihm das Fenster geöffnet wurde. »Es ist nicht sehr windig, Madame«, sagte der Mann direkt über Sharpe.

»Trotzdem könnte er den Raum ein wenig kühlen, *Capitaine*. Lassen Sie es auf.«

Sharpe erstarrte. Er fühlte, wie sich der Mann aus dem Fenster lehnte, und halb erwartete er zu hören, wie eine Pistole gespannt wurde. Er hoffte, Harper zielte mit dem Gewehr auf den Mann, doch dann hörte er, wie der Mann in den Raum zurückging, und er wagte es erneut, den Kopf zu heben. Er sah, wie der Offizier sich der alten Dame wieder gegenübersetzte. Sharpe vertraute darauf, dass er im Gegenlicht der Kerzen nicht zu sehen war. Das offene Fenster befand sich genau rechts vom Kamin, und jetzt konnte Sharpe auch die Stimmen deutlich hören. Die alte Dame erkundigte sich gerade nach der Verlobten des Offiziers. »Wie alt ist sie?«

»Neunzehn.«

»Das ist ein gutes Alter. Ist sie hübsch?«

»Ich denke, schon.«

»Das sollten Sie auch. Was ist mit ihrer Familie?«

»Es sind Getreidehändler, Madame, in Poitiers.«

»Haben Sie Geld?«

»Jede Menge.«

»Das klingt nach einer guten Wahl, *Capitaine*.« Für Sharpe hörte sich das so an, als würde die alte Dame das nicht ernst meinen. »Ich gratuliere Ihnen.«

»*Merci*, Madame.«

»Aber in den kommenden Tagen …«, fuhr die alte Dame in scharfem Ton fort. »Wer weiß, was da passieren wird? Wird Frankreich erobert werden?«

»Ich fürchte, ja, Madame.«

»Unsere Feinde werden uns das Blut aussaugen«, sagte die Frau wütend. »Es ist eine Schande!«

»Wir werden dafür sorgen, dass sie das bereuen, Madame.«

»Oh ja, das werden wir! Das *müssen* wir!«

Der Capitaine stand auf und verneigte sich vor der alten Dame. »Ich muss jetzt nach den Wachen sehen, Madame.«

»Tun Sie Ihre Pflicht, *Capitaine*.«

»Wie immer, Madame. Wie immer.«

»Und der Engländer? Ist er sicher?«

»Er schläft bei den Pilzen, Madame.«

»Er sollte tot sein!«

»Er hat uns noch viel zu erzählen, Madame.« Der junge Offizier zögerte. »Er behauptet, er sei nur hier, um Kunstwerke aus dem *Musée Napoléon* zu holen.«

»Dann ist er nicht nur ein Lügner, sondern auch ein Barbar. Verhören Sie ihn weiter.«

»Vielleicht sollten Sie ihn verhören, Madame.«

»Und vielleicht werde ich das auch tun. Ist er unverletzt?«

»Er hat ein paar blaue Flecken davongetragen und einen dicken Kopf, Madame.«

»Das ist wahrlich eine Verschwendung von gutem Brandy«, sagte die Frau und winkte dem Capitaine zu gehen. Kurz saß sie noch nachdenklich da. Dann stand sie auf und schaute kurz zu dem Porträt über dem Kamin. Sie sah traurig aus. Plötzlich wirbelte sie herum und folgte dem Capitaine aus dem Salon.

Sharpe stand ebenfalls auf und streckte die verkrampften Muskeln. Fox war also hier, als Gefangener, und er war *bei den Pilzen*. Was zum Teufel sollte das denn heißen?

Sharpe hörte, wie sich eine Tür öffnete. Stiefel schlurften über Stein, und Sharpe wusste sofort, dass der Offizier aus der Haustür gekommen war, vor der die Wachen eigentlich auf und ab laufen sollten. Das Geräusch reichte auch aus, um die beiden Männer aufzuschrecken, und sofort sprangen sie auf und setzten sich in Bewegung.

Sharpe erkannte, dass er sich von außen betrachtet deutlich vor dem Fenster abhob, und so duckte er sich wieder. Zwei dichte Büsche verbargen ihn. War das Lorbeer? Er wusste es nicht. Lucille würde das wissen, dachte er. Es amüsierte sie immer wieder, dass Sharpe eine Eiche nicht von einem Ahorn unterscheiden konnte. Sharpe fragte sich, wo sie wohl gerade war und wo die Armeen. Sie mussten Paris doch sicher schon erreicht haben, oder? Den ganzen Tag über war Geschützfeuer zu hören gewesen, und es war immer näher gekommen, stets von Norden. Fox hatte Sharpe erzählt, dass die Forts im Norden besonders stark waren, und jetzt fragte sich Sharpe, ob der Kaiser sich wohl irgendwo in deren Nähe auf eine Schlacht vorbereitete.

Doch sollte es keine Schlacht geben oder der Kaiser verlieren, dann wären die Alliierten in Paris, und *la Fraternité* würde sich rächen wollen. Genau das sollte Sharpe verhindern, und hier zwischen dem Lorbeer, oder was auch immer das war, zu hocken, half ihm nicht gerade dabei.

Sharpe drehte sich um. Keine Wachen waren zu sehen, und so stand er langsam und vorsichtig auf. Der Salon war leer, die Tür offen, und Sharpe lehnte sein Gewehr an die Wand und kletterte durchs Fenster. Das Metall auf seiner Scheide schlug gegen den Stein, und kurz erstarrte er, doch niemand schien etwas bemerkt zu haben. Dann fiel er halb in den Raum.

Sharpe beugte sich aus dem Fenster, nahm sein Gewehr

und ging zu der offenen Tür. Das Porträt über dem Kamin erregte seine Aufmerksamkeit, und kurz blieb er stehen, um es sich anzuschauen. Das Bild zeigte einen gut aussehenden Mann zu Pferd. Er trug den Brustpanzer eines Kürassiers. Hinter ihm war französische Kavallerie zu erkennen, und der Mann schien sie vorwärtszuwinken. Es war ein beeindruckendes Porträt.

»Das war mein Mann«, sagte eine Stimme auf Englisch hinter ihm, »und Sie müssen Colonel Sharpe sein.«

Sharpe wirbelte herum. Die alte Frau stand in der Tür. Ihr Gesicht war entschlossen, und in der Hand hielt sie eine Kavalleriepistole. »Bitte, setzen Sie sich, Colonel«, sagte sie und deutete mit der Pistole auf ein Sofa. »Sofort!«

Und Sharpe setzte sich.

KAPITEL 8

»Mein Name«, sagte sie alte Dame, »ist Florence Delaunay. Und Sie sind Colonel Sharpe.«

»Ja, Madame.«

»Sie sehen gefährlich aus, Colonel«, bemerkte sie offensichtlich amüsiert. Ihr Englisch war makellos. »Seien Sie versichert, dass ich durchaus mit der Pistole meines Gemahls umzugehen weiß.«

»Ist das eine Kürassier-Pistole, Madame?«

»Die meines Mannes.« Sie nickte zu dem Porträt. »Er hat immer zwei davon mit in die Schlacht genommen, obwohl er den Säbel stets vorgezogen hat.«

»Das gilt für die meisten Kavalleristen.«

Die alte Dame ging zu einem Sessel, doch stets hielt sie die Pistole auf Sharpes Brust gerichtet. Sie war eine kleine, dünne Frau, ganz in glänzenden schwarzen Stoff gehüllt. »Sind Sie je angeschossen worden, Colonel?«

»Häufiger, als ich mich erinnern kann, Madame.«

»Aber noch nie von einer Frau, oder?«

»O doch, Madame. Und sie hätte mich fast umgebracht.«

»Eine Französin, hoffe ich doch.«

»In der Tat, Madame.«

»Gut für sie! Sie hat sie also verjagt, ja?«

»Eine Zeit lang. Ich hoffe, dass wir bald heiraten werden.«

»Heiraten? Wer ist diese Frau?«

»Ihr Name ist Lucille Lassan, Madame.«

Die Pistole zitterte leicht. »Die Tochter von Henri und Marie?«

»Ich glaube ja, Madame.«

»Ein wirklich hübsches Mädchen, wenn ich mich recht entsinne.«

»Ihr Gedächtnis ist gut, Madame.«

»Sie hat gut geheiratet! Den Comte de Seleglise. Dann ist er gefallen, der arme Mann.«

»Ja. In Russland, Madame.«

Die Pistole zitterte nicht mehr. »Ich habe sie 1812 mal kennengelernt, und sie hat mir gefallen. Das mit ihrem Mann tat mir leid. Dann habe ich letztes Jahr das Gerücht gehört, dass sie sich mit einem Engländer eingelassen hat. Ich hatte gehofft, das sei nicht wahr.«

»Glücklicherweise ist es das.«

»Und doch hat sie auf Sie geschossen. Warum?«

»Sie hat geglaubt, ich hätte ihren Bruder umgebracht.«

»Und? Haben Sie?«

»Nein, Madame. Er ist von einem Franzosen getötet worden.«

Die alte Dame schnaubte verächtlich. Offensichtlich war sie nicht bereit, Sharpe das zu glauben. »Da gibt es doch ein Gut in der Normandie, nicht wahr?«

»In der Tat. Wir leben dort.«

»Sie sprechen Französisch?«

»Ich lerne, so gut ich kann, Madame«, antwortete Sharpe in ihrer Sprache.

»Was offenbar nicht viel ist«, erwiderte Madame Delaunay auf Englisch.

»Im Gegensatz zu Ihrem Englisch, Madame«, sagte Sharpe höflich.

»Ich *bin* Engländerin, Colonel. Ich bin in Hampshire

geboren und aufgewachsen. Mein Vater war in der Royal Navy.« Sie genoss sichtlich die Überraschung auf Sharpes Gesicht. »Oder ich sollte wohl eher sagen, ich *war* Engländerin«, korrigierte sie sich. »Nachdem ich nun fast vierzig Jahre hier lebe und mit einem Franzosen verheiratet war, betrachte ich mich als Französin, und das war ein großes Glück.«

»Ein Glück, Madame?«

»Kämpfen Sie für König und Vaterland, Colonel?«

»Ja, das tue ich, Madame.«

»Dann kämpfen Sie für einen Irren! Einen verrückten König! Und jetzt wollen Sie einen ekelhaften Fettsack auf den Thron von Frankreich setzen! Das ist einfach widerlich. Die Franzosen waren wenigstens klug genug, ihrem König den Kopf abzuschlagen. Sie sollten das Gleiche tun. Vielleicht wird Lucille Sie ja zivilisieren.« Sie schaute zu dem Porträt über dem Kamin. »Genau wie Lieutenant Delaunay mich zivilisiert hat.«

»Indem er Ihnen Französisch beigebracht hat?«

»Er hat mir offenbar besser Französisch beigebracht als Lucille Ihnen, Colonel.« Sie setzte sich, und noch immer blieb die Pistole auf Sharpe gerichtet. »Ich dachte immer, englische Gentlemen würden Französisch schon mit der Muttermilch aufsaugen.«

»Ich bin kein Gentleman, Madame, und meine Mutter habe ich nie gekannt.«

Madame Delaunay schnaubte erneut. »Wer hat Sie dann erzogen?«

»Ein Waisenhaus, Madame.«

»Und von da sind Sie zur Armee gegangen?«

»In der Tat, Madame.«

»Als gemeiner Soldat?«

»Sehr gemein, Madame.«

»Und doch sind Sie jetzt Colonel.«

»Lieutenant Colonel, Madame.«

»Sie müssen ein äußerst bemerkenswerter Mann sein, Colonel Sharpe.«

»Vielen Dank, Madame.«

»Es wäre wahrlich eine Schande, Sie zu erschießen.«

»Dazu haben Sie auch keinen Grund, Madame.«

»Sie sind in mein Haus eingebrochen!«

»Das Fenster stand offen.«

»Uneingeladen! Ungewollt! Warum sind Sie hier?«

»Um Ihren Mann zu sehen, Madame.«

»Mein Mann ist tot!« Sie spie die Worte förmlich aus. »Vor zwei Sonntagen von den Engländern niedergemetzelt!«

Général Delaunay war also in Waterloo gewesen. Warum hatte Fox das nicht gewusst? Oder Collignon? Und nun hob die Witwe des Mannes die Pistole und zielte genau auf Sharpes Gesicht. Er beobachtete sie mit Adleraugen. Er hatte auch früher schon mit französischen Kavalleriepistolen zu tun gehabt, und er erinnerte sich daran, wie steif ihre Mechanik war. Madame Delaunay würde also beachtliche Kraft ausüben müssen, um abzudrücken. Sie war eine zierliche Frau, und Sharpe fragte sich, ob er wohl Zeit haben würde, sich zur Seite zu werfen, sollte es hart auf hart kommen. Er bezweifelte es, aber andererseits war die Pistole schwer, und sie zitterte leicht, als Madame damit zielte. Doch dann nahm die alte Frau die Waffe wieder herunter und legte sie auf die Knie. »Es tut mir wirklich leid, Madame«, sagte Sharpe. »Der Général war Kürassier?«

»Ja, das war er.«

»Das waren tapfere Männer«, sagte Sharpe und erinnerte sich an die schwere französische Reiterei mit ihren

Brustpanzern und Helmen, wie sie immer und immer wieder gegen die britischen Karrees gestürmt war, nur um von Schrapnell- und endlosem Musketenfeuer niedergemäht zu werden. Die Brustplatten hatten zwar gut ausgesehen, aber die Musketenkugeln hatten sie problemlos durchschlagen.

»Natürlich waren sie tapfer.« Sie hob die Pistole wieder halb an und richtete den Lauf erneut auf Sharpe. »Seine Ordonnanz hat mir die hier vom Schlachtfeld gebracht. Die, seinen Säbel und seinen Orden der Ehrenlegion.« Sie nahm die Pistole wieder herunter. »Und warum wollten sie meinen Mann sehen?«

»Ich wollte ihn befragen, Madame.«

Madame Delaunay schnaubte erneut. »Er hätte Ihnen nichts gesagt. Gar nichts! Er war Patriot.«

»Das ist auch der Grund dafür, warum ich mit ihm sprechen wollte.«

»Erklären Sie mir das«, forderte die alte Frau Sharpe auf.

Sharpe dachte kurz nach. Wenn Général Delaunay tot war, dann war seine Suche nach *la Fraternité* sinnlos geworden, und er bezweifelte, dass es ihm helfen würde, Alan Fox zu erwähnen. »Madame, der Herzog von Wellington ist besorgt, dass Paris zum Schlachtfeld werden könnte.«

»Warum sollte ihn das kümmern?«

»Ich glaube, er mag die Stadt einfach, Madame.«

»Ich habe ihn mal kennengelernt, als er vor einem Jahr hier Botschafter war. Er ist ein recht charmanter Mann.« Das Kompliment kam ihr nur widerwillig über die Lippen.

»Und er wünscht zu wissen, ob die französischen Streitkräfte die Stadt friedlich übergeben werden. Er will die Straßen nicht mit Artillerie eindecken.«

»Und deshalb hat man Sie als Spion geschickt, Colonel, nicht wahr?«

»Spione tragen nicht die Uniform ihres Landes, Madame«, erwiderte Sharpe und zupfte an seiner grünen Jacke.

»Was für eine Uniform ist das?«

»Rifles, Madame.«

»Sie ist ziemlich zerschlissen«, bemerkte Madame Delaunay missbilligend und runzelte die Stirn. »Rifles? Ist das ein Gewehr?«

Das Gewehr lehnte nicht weit von Sharpe am Sofa. Er streckte die Hand danach aus, und sie riss die Pistole hoch. »Finger weg, Colonel!« Sie wartete, bis Sharpe die Hand wieder in den Schoß gelegt hatte. »Unsere Armee benutzt keine Gewehre, korrekt?«

»Ja, das stimmt, Madame. Es heißt, der Kaiser mag sie nicht.«

»Mein Mann auch nicht. Wir haben es vor Jahren einmal damit versucht, aber Charles hat gesagt, das Laden dauere viel zu lange. Trotzdem hasste er es, wenn ihm Riflemen gegenüberstanden.«

»Das ist gut zu wissen, Madame«, sagte Sharpe, und das brachte ihm wieder ein Stirnrunzeln ein.

»Bleiben Sie, wo Sie sind, Colonel«, sagte Madame Delaunay und stand auf. Sie richtete die Pistole wieder auf Sharpes Brust und trat auf ihn zu. Sie kam bis auf zwei Schritte an ihn heran, blieb stehen und streckte die Hand nach dem Gewehr aus. Sie hob es hoch und war von dem Gewicht sichtlich überrascht. Dann schlurfte sie wieder zu ihrem Sessel zurück. Sharpe rührte sich nicht. Unbeholfen legte Madame Delaunay sich das Gewehr auf die Knie und hielt die Pistole weiter auf Sharpe gerichtet. »Ist es geladen?«

»Ja, Madame, aber nicht gespannt.«

»Mein Mann hat immer gesagt, sie seien sehr genau.«

»Das ist auch so, Madame.«

»Vielleicht sollte ich das mal überprüfen.« Sie legte die Pistole auf die Sessellehne, hob das Gewehr hoch und richtete es auf Sharpe. »Colonel, Sie sind also hier, um herauszufinden, ob es in Paris Widerstand gegen Ihre Armee geben wird, ja?«

»Ich hoffe doch nicht, Madame.«

»Oder sind Sie hier, um Ihren Landsmann zu retten?«

»Meinen Landsmann?«

»Mister Fox.« Sie spie den Namen förmlich aus.

»Haben Sie ihn denn, Madame?«

»Er sagt, Sie seien eine Plage, Colonel.«

Das Gewehr wankte. Es war viel zu schwer für Madame Delaunays dünne Arme.

»Madame«, antwortete Sharpe, »meine Aufgabe war es, Mister Fox am Leben zu halten.«

»Um was zu tun?«, verlangte sie zu wissen.

Sharpe zögerte, kam dann aber zu dem Schluss, dass die Geschichte von den gestohlenen Gemälden im *Musée Napoléon* harmlos genug war. »Seine Aufgabe ist es, gestohlene Gemälde im *Musée Napoléon* zurückzuholen«, sagte er.

»Die sind nicht gestohlen«, schnappte die alte Witwe. »Sie gehören der Menschheit! Und Paris ist der beste Ort für solche Schätze.«

»Nichtsdestotrotz, Madame, will Mister Fox diese Schätze ihren rechtmäßigen Eigentümern zurückgeben.«

»Und Ihre Aufgabe ist es, sein Leben zu beschützen?«

»Genau, Madame.«

»Dann haben Sie wohl versagt.«

»Er ist tot? Das tut mir leid zu hören.«

»Er lebt, Colonel.« Madame Delaunay hielt kurz inne, um den Hahn zu spannen. Das kostete sie all ihre Kraft.

Sharpe war versucht, sich auf sie zu stürzen, während sie noch das Gesicht verzog, doch er blieb ruhig. Er glaubte nicht, dass die alte Frau ihn töten würde, nicht, solange er noch Antworten auf ihre Fragen hatte.

Mit einem Klicken rastete der Hahn ein, und Madame Delaunay zielte erneut mit dem Gewehr, den Messingschutz am Kolben fest in die Schulter gedrückt. »Ein Gewehr hat einen mörderischen Rückschlag, Madame«, sagte Sharpe. »Ich muss Ihnen zur Vorsicht raten.«

»Sie sind wirklich impertinent, Colonel. Ich bin den Umgang mit Waffen von klein auf gewöhnt.«

»Aber kein Gewehr.«

»Es gibt für alles ein erstes Mal, Colonel«, erwiderte Madame Delaunay. Sie zielte weiter auf Sharpes Brust, obwohl das Gewicht der Waffe sie mehr und mehr wanken ließ. Dann, plötzlich, richtete sie den Lauf nach oben und drückte den Abzug.

Das Gewehr schoss. Der Knall hallte durch den Raum, und Pulverdampf erfüllte den Salon mit seinem Gestank, als die Kugel über Sharpes Kopf hinwegpfiff und durch das offene Fenster flog. Madame Delaunay schrie schmerzerfüllt auf. Sie ließ das Gewehr sofort fallen und riss schützend die linke Hand hoch. Das verschaffte Sharpe mehr als genug Zeit, den Raum zu durchqueren und sich die Kavalleriepistole zu schnappen. »Ich habe Sie gewarnt, Madame«, sagte er und trat einen Schritt zurück.

»Sie werden es nicht wagen, mich zu erschießen«, erwiderte sie. Ihre Stimme verriet, dass sie Schmerzen hatte.

»Wo ist Mister Fox?«, fragte Sharpe.

Madame Delaunay schnappte nach Luft, doch nicht vor Schmerz, sondern weil vor dem Haus Schüsse ertönten. Harper hatte den Gewehrschuss als das erwartete Signal verstanden. »Sie sind ein Narr, Colonel«, sagte Madame Delaunay.

»Aber ein Narr mit einer Pistole, Madame. Wo ist er?«

Schritte waren hinter der Salontür zu hören, die eine Sekunde später aufflog und den Blick auf den Offizier freigab, der eigentlich die Wachen inspizieren wollte. Er blieb sofort stehen, als er sah, wie Sharpe die Pistole auf ihn richtete. »Madame!«, rief der Mann.

Madame Delaunay trat Sharpe vors Bein, aber so schwach, dass er es kaum bemerkte. »Kommen Sie rein«, forderte Sharpe den Offizier auf, »und setzen Sie sich neben Madame Delaunay.«

»Alles in Ordnung, Mister Sharpe?«, rief Harper durchs Fenster.

»Es ging mir nie besser, Pat. Komm rein.« Draußen wurde weiter geschossen. »Was ist da los, Pat?«

»Da rennt gut ein Dutzend Froschfresser rum, Sir. Kein Grund zur Sorge.«

Sharpe richtete die Pistole weiter auf den französischen Offizier. Sein langes blondes Haar fiel ihm ins Gesicht. »Madame?«, fragte der Mann nervös.

»Sie«, sagte Sharpe auf Französisch. »Gehen Sie zu den Pilzen, und holen Sie Mister Fox. Los!«

Auf der Suche nach Bestätigung schaute der Mann zu Madame Delaunay, die Sharpe einfach nur anstarrte. »Ich habe gesagt: Los!«, knurrte Sharpe. »Und wenn ich das sage, dann laufen Sie auch!«

»Gehen Sie«, sagte Madame Delaunay resigniert.

Doch bevor der Franzose gehen konnte, wurde wieder die Salontür aufgestoßen, und dahinter kam Rifleman O'Farrell zum Vorschein. »Brauchen Sie Hilfe, Mister Sharpe?«

»Bist du allein?«

»Vier von uns sind hier drin, Mister Sharpe.«

»Geht mit dem Kerl da«, Sharpe deutete auf den französischen Offizier, »und bringt Mister Fox her.«

Sharpe blieb allein mit Madame Delaunay zurück. »Ich hätte Sie töten sollen«, sagte sie verbittert.

»Haben Sie sich das Schlüsselbein gebrochen?«, riet Sharpe.

»Sie haben mich ja gewarnt. Gestatten Sie mir, einen Arzt zu rufen?«

»Natürlich.«

Mit der linken Hand läutete sie eine Glocke, und eine Zofe erschien. Madame Delaunay befahl ihr, Doktor Joseph zu holen. »Und bring mir einen Brandy«, fügte sie hinzu und schaute wieder zu Sharpe. »Ich wollte das Gewehr nur mal abfeuern.«

»Und deshalb haben Sie auf das offene Fenster gezielt?«

»Ja. Hätte ich Sie töten wollen, Colonel, dann versichere ich Ihnen, dass kein Arzt der Welt Sie mehr hätte retten können.«

»Dann danke ich Ihnen, Madame.«

»Und legen Sie die Pistole weg. Eine harmlose alte Frau stellt keine Gefahr für Sie dar.«

Sharpe setzte sich, doch ohne die Pistole wegzulegen. Und er beschloss, ehrlicher zu sein, was seinen Besuch betraf. »Erzählen Sie mir von *la Fraternité*, Madame.«

Sie lachte. »Also deshalb sind Sie hier! Narren!«

»Narren, Madame?«

»*La Fraternité*, Sie Idiot, ist Unsinn! Mittelalterliches Gewäsch!«

Die verächtliche Antwort überraschte Sharpe. »Gewäsch, das Ihr Mann gefördert hat?«

»Charles war Patriot, Colonel, und ein engagierter Unterstützer des Kaisers. Er hat befürchtet, der Kaiser könne in der Schlacht fallen, und so hat er Männer rekrutiert, die seinen Tod rächen würden. Aber *nur*, sollte es wirklich zu solch einer Tragödie kommen.«

»In der Schlacht?«

»Die alten, mittelalterlichen Bruderschaften waren Kampfgefährten, Colonel. Sie haben geschworen, einander zu beschützen und zu rächen. Ich fürchte, die Bruderschaft meines Mannes ist mit ihm gestorben. Und Sie sind den ganzen weiten Weg gekommen, um diese *Verschwörung* aufzudecken?«

Die Salontür öffnete sich, und Pat Harper kam herein. Er hatte den Mantel dabei, den Sharpe weggeworfen hatte, und das Salvengewehr. Er verneigte sich vor Madame Delaunay. »Madame«, sagte er.

»Das ist mein Freund, Sergeant Patrick Harper«, stellte Sharpe die beiden einander vor, »und das hier ist Madame Delaunay.«

»Die Witwe Delaunay«, korrigierte ihn die alte Dame. »Sind Sie auch ein Rifleman?«

»Aus Irland«, erklärte Harper stolz.

»Dann weiß Gott allein, warum Sie in der britischen Armee dienen, Sergeant! Die Engländer haben Irland immer nur Ärger gebracht.«

»Und wir waren auch immer ein Stachel in ihrem Fleisch, Madame«, erwiderte Harper.

»Gut für Sie. Machen Sie weiter so.«

»Kein Problem, Madame.«

Madame Delaunay riss die Augen auf, als sie das Salvengewehr sah. »Was ist denn das für eine Waffe, Sergeant?«

»Das ist Mister Nocks Salvengewehr, Madame. Ein übles Ding.«

»Und es tritt wie ein Maulesel«, fügte Sharpe hinzu. »Im Vergleich dazu ist der Rückschlag einer Baker Rifle ein Streicheln.«

»Dann werde ich der Versuchung widerstehen, es auszuprobieren«, sagte Madame Delaunay. »Bitte, setzen Sie sich, Sergeant. Stehen Sie nicht so rum.«

»Danke, Madame.«

»So!« Madame Delaunay schaute Sharpe herrisch an. »Sie sind also hier, um die Wahrheit über *la Fraternité* herauszufinden.«

»In der Tat, Madame.«

»Was sind Sie doch für gutgläubige Narren! Eine Gruppe von Männern schwört, den Kaiser in der Schlacht zu beschützen, und Sie glauben, sie wollten einen neuen Krieg vom Zaun brechen?«

»Wenn Sie die alliierten Führer töten, Madame, dann würden Sie Rache provozieren.«

Madame Delaunay hob die Schultern und zuckte unwillkürlich zusammen. Ihr Schlüsselbein schmerzte höllisch. »Sie glauben, es werde zu Gemetzel in den Straßen kommen? Dass die Franzosen sich rachsüchtig erheben und ihre Truppen belagern?«

»Ich glaube gar nichts«, erwiderte Sharpe. »Aber der Herzog will Ruhe und Ordnung, Madame. Er will die Versicherung, dass die französischen Truppen den Kriegsausgang akzeptieren.«

»Und Sie glauben, mein Mann hätte Ihnen diese Versicherung geben können?«

»Seine Meinung wäre sehr wertvoll gewesen.«

»Er hätte Ihnen gesagt, Sie sollten zum Teufel gehen, Colonel. Aber ich kann Ihnen zumindest versichern, dass die Franzosen den Krieg leid sind. Sie haben genug.«

»Ich danke Ihnen, Madame.«

»Und Sie, Colonel? Haben Sie auch genug vom Krieg?«

»Mehr als genug, Madame.«

»Mehr als genug von was?«, fragte eine vertraute Stimme, und Alan Fox kam durch die Tür, gefolgt von Rifleman O'Farrell. »Sie haben mich gefunden, Sharpe!«, rief Fox mit leichtem Lallen. »Gut gemacht.« Er verneigte sich vor der Witwe Delaunay. »Wie es den Anschein hat, benötige ich Ihre Gastfreundschaft nicht mehr, Mylady.« Fox, der noch immer die Kleider trug, die er auch schon bei seinem Verschwinden getragen hatte, sah zerlumpt und müde aus.

»Alles gut, Mister Fox?«, fragte Sharpe.

»Ich könnte ein Bad gebrauchen und eine gute Mahlzeit. Diese Bastarde haben mich in einen verdammt großen Keller gesperrt, in dem sie Pilze züchten! Ist das zu glauben?«

Sharpe ignorierte die Frage und wandte sich stattdessen an Harper. »Alles ruhig draußen, Pat?«

»Da waren acht von den Scheißkerlen, Sir. Vier sind zu ihren Vorfahren gegangen, und die anderen haben wir in einem Raum hier eingesperrt.«

»Dann können wir ja gehen«, sagte Sharpe. Er stand auf und verneigte sich vor Madame Delaunay. »Es tut mir leid, dass Sie sich verletzt haben, Madame.«

»Daran war ich ja selbst schuld«, erwiderte sie gereizt. »Und es wird schon wieder heilen.«

In diesem Augenblick kehrte die Zofe mit einem Tablett zurück, auf dem zwei Gläser und eine Karaffe mit Brandy standen. Fox nahm das Tablett, stellte es auf den Tisch und schenkte zwei großzügige Gläser ein. Eines davon reichte er der Witwe, dann leerte er das andere in einem Zug. »So!«, verkündete er. »Jetzt können wir gehen.«

Sharpe nahm die Pistole, öffnete das Schloss und blies

das Pulver von der Pfanne, sodass die Waffe nicht mehr abgefeuert werden konnte. Dann warf er sie aufs Sofa. »Madame«, sagte er und verneigte sich erneut.

»Grüßen Sie Lucille von mir«, sagte die alte Witwe.

»Das werde ich, Madame.«

»Und, Colonel?« Zum ersten Mal wirkte Madame Delaunay verunsichert. »Ich hoffe, dass die Leiche meines Mannes wieder zurückgebracht wird, damit ich ihn beerdigen kann. Glauben Sie, das ist möglich?«

Sharpe erinnerte sich an die Feuer im Tal, an die großen Scheiterhaufen, auf denen die französischen Leichen verschmort waren. »Ich würde keine allzu große Hoffnung darin setzen, Madame. Es tut mir leid.«

»Hat man ihn schon begraben?«

»Zusammen mit seinen Männern«, log Sharpe. Er wollte ihr nicht sagen, dass man den Général aller Wahrscheinlichkeit nach verbrannt hatte.

»Sharpe! Wir haben nicht die ganze Nacht Zeit!«, knurrte Fox und stapfte aus dem Raum.

»Dieser unausstehliche Mann«, sagte Madame Delaunay leise und schaute dann zu, wie Sharpe, O'Farrell und Harper ebenfalls hinausgingen.

Sharpe versammelte seine Männer auf der Veranda, wo zwei französische Soldaten auf den Pflastersteinen lagen. »Es geht wieder nach Hause, Jungs«, sagte er.

»Nach Hause?«, fragte Fox. »Sie meinen ins Lagerhaus?«

»Das hat sich erledigt«, erwiderte Sharpe gereizt, »genauso wie Ihre Gemälde. Als wir zum letzten Mal dort gewesen sind, wimmelte es da nur so von Froschfressern.«

»Verdammt«, knurrte Fox leise. »Es waren ein paar richtig schöne Stücke dabei! Sogar ein Fragonard.«

Sharpe hatte nicht die geringste Ahnung, was ein Fragonard war, und es kümmerte ihn auch nicht. Er lief einfach die Einfahrt hinunter, um den Handkarren zu holen, in dem sie ihre Waffen verstecken konnten. »Können Sie gehen?«, fragte er Fox.

»Oh ja! Ich fühle mich wie ein junger Springinsfeld. Ich habe zwar ein paar blaue Flecken und ein wenig zu viel Brandy getrunken, aber ich kann gehen.«

Harper öffnete das Tor, und hinter ihnen ertönte ein Schuss. Die Kugel schlug in einen der gusseisernen Stäbe. »Die Scheißkerle wollen einfach nicht aufgeben«, knurrte Sharpe und lud sein Gewehr. »Riflemen!«, rief er. »Verabschiedet euch ordentlich!«

Der Mond verschwand hinter einer Wolke, doch Sharpe konnte immer noch Gestalten im Vorhof des großen Hauses sehen. Männer kamen den Hang hinunter. Offenbar wollten sie die Briten an der Flucht hindern, und immer wieder blitzte Mündungsfeuer in den oberen Fenstern auf. Die Kugeln flogen jedoch viel zu hoch, nur wenige schlugen zwischen die Weinstöcke. »Wie viele sind da?«

»Ich habe elf im Keller gezählt«, antwortete Fox.

Sharpe legte das Gewehr auf den Handkarren, wartete und sah dann eine Bewegung zwischen den Reben rechts von ihm. Er zielte und schoss. Er bezweifelte zwar, dass er jemanden getroffen hatte, aber das Gewehrfeuer würde den Feind ablenken und aufhalten. »Schießt weiter!«

»Das Tor ist offen!«, rief Harper.

»Zeit zum Rückzug, Jungs«, sagte Sharpe. Er rammte eine Kugel in den Lauf, schoss die Einfahrt hinauf und hörte, wie die Kugel an den Steinen abprallte. Eine Musketenkugel, die zur Antwort abgefeuert wurde, schlug im selben Moment in den Handkarren, als Sharpe half, ihn auf die Straße zu ziehen. Sie wandten sich nach rechts. Leute schauten aus den Fenstern. Sie waren neugierig, was das für ein Lärm war, doch die Verfolger hatten die Jagd bereits aufgegeben. Sharpe zog den langen schwarzen Mantel über seine Uniform und warf das Gewehr in den Handkarren.

»Sie wollten Sie umbringen«, sagte er zu Fox.

»Oh, das bezweifle ich. Madame Delaunay hat mir das versichert.«

»Warum sind Sie überhaupt ohne mich gegangen?«, verlangte Sharpe wütend zu wissen.

»Ich gebe zu, das hat sich als unklug herausgestellt«, sagte Fox, »aber es schien das Risiko wert zu sein. Man hat mir gesagt, Général Delaunay sei gefallen. Also hielt ich es für angebracht, die Witwe zu befragen. Um ehrlich zu sein, Sharpe, ich dachte, sie wäre ein wenig knapp bei Kasse, und ich wollte ihr anbieten, eines ihrer Porträts zu kaufen. Haben Sie das über dem Kamin gesehen? Ich schwöre, das ist von Jacques-Louis David.«

»Und sie hat Sie erkannt«, vermutete Sharpe, »denn die Mitglieder von *la Fraternité* wissen alle, wie Sie aussehen.«

»Sie hat mir vorgeworfen, ein Spion zu sein!«, protestierte Fox.

»Und sie hat Sie verhört.«

»Ja, ein recht unangenehmer Sergeant hat mich befragt.«

»Und Sie haben meinen Namen genannt.«

»Ja, das habe ich. Es ist immer besser, solchen Schurken etwas zu geben, Colonel. Das bewahrt einen vor den Daumenschrauben.«

»Sie haben Sie gefoltert?«

»Grundgütiger, nein! Sie haben mich ein paarmal geschlagen, und als das nicht funktioniert hat, haben sie versucht, mich mit Brandy gefügig zu machen. Mit recht gutem Brandy, wie ich gestehen muss. Sie haben geglaubt, das würde meine

Zunge lösen, aber ich habe ihnen nur von den Gemälden im *Musée Napoléon* erzählt, nichts von *la Fraternité*.«

»Das habe ich getan«, sagte Sharpe.

Fox blieb abrupt stehen. »Mann! Sie haben *was*?«

»Ich habe sie gefragt«, antwortete Sharpe ruhig. »Außerdem wusste Collignon, hinter wem Sie wirklich her sind, und das hat er ihnen mit Sicherheit erzählt.«

»Und was hat die alte Frau gesagt?«

»Dass das mittelalterliches Gewäsch sei. Nur eine Gruppe von Soldaten, die geschworen haben, den Kaiser und einander auf dem Schlachtfeld zu beschützen.«

»Ha! Das hat aber nicht funktioniert«, sagte Fox. »Delaunay ist gefallen.«

»Vielleicht«, erwiderte Sharpe.

»Glauben Sie, sie hat uns angelogen?«

»Für eine Witwe«, sagte Sharpe, »schien sie sich viel zu sehr zu vergnügen.«

»Sie ist ein zäher alter Vogel«, entgegnete Fox und hielt kurz inne. »Sie ist natürlich Engländerin«, fügte er schließlich hinzu.

»Das hat sie mir erzählt.«

»Ihr Vater war Kapitän in der Royal Navy, und das auch noch ein ziemlich guter. Im amerikanischen Krieg hat er einen französischen Truppentransporter gekapert und einen der Gefangenen mit nach Hause gebracht, und die junge Florence hat sich in ihn verliebt. Gott, vielleicht haben Sie ja recht. Der Géneral lebt noch.«

»Und der andere Kerl auch«, sagte Sharpe. »Lanier? Oder vielleicht hat Collignon ihnen auch nur die Namen von zwei Toten untergejubelt.« Fox erwiderte nichts darauf, sondern schaute nur enttäuscht drein. »Wir hätten das Haus durchsuchen sollen«, seufzte Sharpe reumütig.

»Da ist zu viel Infanterie«, sagte Fox. »Wir können von Glück sagen, dass wir da rausgekommen sind.«

»Sie haben doch nur elf gesehen.«

»Da können auch mehr gewesen sein«, erwiderte Fox vage. »Das ist ein verdammt großes Haus.«

»Um ein Weingut zu beschützen?«

»Und da ist ein Tunnel, Sharpe.«

»Ein Tunnel?«

»Es gibt Dutzende von Tunneln in den Mauern von Paris, Sharpe. Schmugglertunnel. Der Zoll auf Wein ist verdammt hoch, deshalb bringen Schmuggler ihn durch Tunnel in die Stadt. Man hat mir erzählt, es seien mehr als hundert. Und ich habe auch die Soldaten über einen Tunnel reden hören. Diese alte Frau betrügt ihre Regierung, indem sie Wein schmuggelt, und sie hat Soldaten, die sie beschützen. Die führen nichts Gutes im Schilde, Sharpe!«, verkündete Fox mit derart lauter Stimme, dass ein paar Passanten, die gerade aus den Cafés an der Rue de Saint-Antoine kamen, ihn erschrocken anstarrten. »Gar nichts Gutes! Grundgütiger, Mann, ja! Ich nehme an, der alte Junge lebt noch! Wie könnte man ihn auch besser verstecken, als zu behaupten, er sei tot? Wo zum Teufel gehen wir eigentlich hin?«

»Nach Hause«, antwortete Sharpe.

Es war schon weit nach Mitternacht, als sie das Hôtel Mauberges erreichten, doch Vignot war noch wach. Er saß vorn auf der Veranda, auf den Knien eine der Musketen, die die Deserteure zurückgelassen hatten. »Sie haben nicht versucht zurückzukommen, Colonel«, berichtete er Sharpe.

»Das werden sie auch nicht«, erklärte Sharpe. »Wir werden im Stall schlafen.«

»Wenn es da ein gutes Bett gibt …«, warf Fox ein.

»Stroh«, sagte Sharpe. »Im Stall.«

»Das ist keine gute Idee, Sharpe«, zischte Fox, als sie um das Haus gingen.

»Und warum nicht?«

»Die Comtesse Mauberges unterstützt den Kaiser! Wir sind wie Mäuse im Katzenhaus!«

»Schon bald wird es hier von Mäusen nur so wimmeln«, erwiderte Sharpe.

»Ja, sie können nicht mehr weit weg sein«, sagte Fox. »Und die Froschfresser denken bereits darüber nach zu kapitulieren.«

»Wirklich?«

»Das hat mir die alte Dame gesagt. Natürlich missbilligte sie das. Sie hat die Politiker Weicheier genannt, Abschaum.«

»Und was passiert dann mit dem Kaiser?«

»An die Wand. Legt an. Feuer! Hoffe ich.«

Als die anderen sich schlafen gelegt hatten, stand Sharpe Wache. Er war zwar auch müde, aber er wollte den Wachdienst keinem seiner Männer aufbürden, die mindestens genauso müde waren wie er. Er ging über das Gelände des Hôtel Mauberges, sah aber nichts außer einer Katze im Gebüsch. Links erstreckten sich die Champs-Élysées, und Feuer glühten in improvisierten Verschlägen. Vignot hatte gesagt, dass dort französische Soldaten lagerten, die kein Bataillon mehr hatten und niemanden, der ihnen Befehle hätte geben können. Sharpe starrte in den Nordhimmel hinauf und hoffte, Licht von den Lagerfeuern der alliierten Armeen in den Wolken zu sehen, doch da war nichts.

Hatte *la Fraternité* je wirklich existiert? Sharpe bezweifelte es. Die Idee war einfach zu abstrus, aber das Weingut der Delaunays war auch irgendwie seltsam. Warum waren da Soldaten? Général Delaunay war ein Kavallerieoffizier gewesen, doch sein Haus war voller Infanterie.

»Sie sollten jetzt lieber schlafen.« Harpers Stimme erschreckte Sharpe.

»Morgen, Pat.«

»Gehen Sie schlafen, Sir. Ich werde Wache schieben.«

»Wir müssen wieder zurückgehen, Pat.«

»Zurückgehen?«

»Zu dem verdammten Weingut.«

»Später, Sir. Jetzt schlafen Sie erst einmal.«

»Weck mich, wenn sie den Tee aufsetzen.«

»Das werde ich, Sir. Und jetzt: Gehen Sie!«

Und Sharpe ging. Fox hatte die Kutsche mit ihren dick gepolsterten Sitzen requiriert, und jetzt schnarchte er laut. Sharpe musste sich mit Stroh zufriedengeben.

Als Sharpe aufwachte, war Fox wieder verschwunden. »Er hat gesagt, er wolle baden, Sir«, berichtete Charlie Weller.

»Im Haus?«

»Nein, Sir. Er hat gesagt, in Paris gäbe es viele öffentliche Bäder. Er hat gesagt, wir sollten alle gehen.«

»Scheiß drauf.«

»Er hat gesagt, da wimmele es von nackten Frauen«, fügte Weller schüchtern hinzu.

»Du kannst ja gehen, Charlie, aber dann werde ich Sally davon erzählen.«

»Ich habe noch nie gebadet, Sir, und jetzt ist es wohl zu spät dafür.«

»Frauen sind seltsam, wenn es ums Baden geht«, sagte Sharpe. »Sally würde es sicher gefallen, wenn du sauber bist.«

»Vielleicht, Sir«, erwiderte Weller unsicher.

»Es gibt hier einen Teich«, sagte Sharpe. »Geh mal schwimmen, und schrubb dich tüchtig ab.«

Dieser verdammte Fox, dachte er. Der Mann war tatsächlich wieder allein losgezogen! Dann würde Sharpe auch gehen.

Sharpe befahl seinen Männern, sich weiter im Stall zu verstecken, während er und Harper wieder in den Ostteil der Stadt gingen. Beide verdeckten ihre Rifle-Jacken mit Mänteln, die jedoch recht fehl am Platze wirkten, denn es versprach, ein heißer Tag zu werden. Sharpe hatte eine Pistole dabei, aber keine andere Waffe, während Harper sein Gewehr mitsamt Schwertbajonett unter dem Mantel verborgen hatte. »Ich bin das ja so leid, Pat«, sagte Sharpe.

»Das weiß ich, Sir.«

»Fox ist wie ein verdammtes Kind! Der braucht mal einen kräftigen Schlag auf den Hinterkopf.«

»Er scheint aber ganz nett zu sein«, bemerkte Harper. »Wissen Sie, dass sein Vater ein Bischof ist?«

»Nein.«

»Das hat er mir erzählt und gesagt, dass er selbst auch ein Kirchenmann werden sollte, aber er hat lieber mit Bildern gespielt.«

»Und das ist genau, was er ist«, knurrte Sharpe missmutig, »ein Spieler. Ich habe ihm gestern ein paar passende Worte gesagt.«

»Ein paar passende Worte?« Harper klang amüsiert.

»Ich habe ihm gesagt, er habe es immer viel zu leicht im Leben gehabt. Deshalb glaubt er, alles sei leicht, doch das ist es nicht. Und jetzt ist der Idiot wieder allein unterwegs!«

»Glauben Sie wirklich, er ist ins Bad gegangen?«

»Wenn stimmt, was Charlie gesagt hat, dann will er sich nackte Frauen ansehen.«

»Der Glückliche. Und was schauen wir uns an?«

»Ich will wissen, was in dem Weingut wirklich vor sich geht.«

»Sie könnten uns erwarten«, erwiderte Harper, und er hatte auch recht damit, denn kaum kamen sie die Rue de Montreuil herauf, da sah Sharpe, dass nun Infanteristen vor dem Tor standen.

»Geh einfach weiter«, sagte Sharpe. Vor ihnen lag eines der Stadttore, doch bevor sie es erreichten, sah Sharpe einen Fußweg, der direkt zum Weingut zu führen schien. Dem folgte er und fand ein Tor im Zaun. Das Tor war nicht verschlossen, und sie gingen hindurch. Rechts ragte die Stadtmauer über ihnen auf, und vor ihnen erstreckten sich die Rebstöcke. »Halt den Kopf unten, Pat.«

Jetzt waren auch Soldaten auf der Mauer, doch die schienen die beiden Männer nicht zu bemerken, die zwischen den Reben hindurchschlichen. Sharpe hatte sein Fernrohr dabei, allerdings nicht das gute, das ihm der Herzog geschenkt hatte, sondern einen billigen Ersatz, den er in der Normandie gekauft hatte. Jetzt richtete er es auf die Wehrgänge und sah, dass die blau uniformierten Infanteristen rote Kragen hatten, und sie waren sowohl mit Musketen als auch mit Schwertbajonetten bewaffnet. »Schon wieder Leichte Infanterie«, flüsterte er zu Harper.

»Die Kerle werden uns sehen, Sir.«

»Nicht, wenn wir die Köpfe unten halten.«

Sie krochen zwischen den Rebstöcken hindurch und erreichten eine hohe Stelle, von der aus Sharpe auf das Haus schauen konnte. Er sah Wachen im Vorhof. Vier Männer. Zwei an der Veranda, und zwei liefen im Hof auf und ab. Hinter dem Haus gab es noch ein zweites großes, steinernes Gebäude, eines ohne Fenster, und Sharpe nahm an, dass es sich dabei um ein Lagerhaus handelte, und tatsächlich rollte auch prompt ein Wagen dort raus, gezogen von zwei Pferden.

»Fox sagt, er habe gestern elf Männer gesehen«, sagte Sharpe, »aber da müssen noch mehr sein.« Da waren Wachen am Tor, am Haus und auf der Mauer dahinter.

»Wir haben nur ein halbes Dutzend gesehen.«

»Da sind allein schon jetzt mehr auf der Mauer«, sagte Sharpe und schaute wieder zu den Wehrgängen. Dann hielt er kurz inne. Unbeholfen drehte er sich um und richtete das Fernglas auf die Mauer hinter dem Tor, wo sie nach Süden abbog. »Das ist seltsam.«

»Was?«

»Da ist nur eine Mauer, Pat. Noch nicht einmal eine Feuertreppe. Aber hier oben ...« Erneut schaute er zu der Mauer hinter dem Gut der Delaunays und sah eine stabile hölzerne Treppe.

»Sie haben die Mauer doch nicht zur Verteidigung gebaut«, sagte Harper, »sondern um Steuern einzutreiben.«

»Und ich nehme an, der Général wollte diesen Teil der Mauer überwachen können«, überlegte Sharpe, »und so hat er seine eigene Treppe gebaut.«

»Ein Soldat denkt so.«

Sie warteten, während die Sonne über die Stadt zog. Mitte des Nachmittags schlief Harper ein, und Sharpe ließ ihn dösen, während er durch das primitive Fernrohr weiter das Haus beobachtete. Gegen Abend fürchtete er jedoch, die Sonne könne sich auf dem Glas spiegeln, dann würde er das Fernrohr wieder zusammenschieben müssen.

Am Spätnachmittag wechselten die Wachen, und Sharpe sah, dass die Abgelösten zu dem Lagerhaus gingen. Andere kamen daraufhin aus den großen Türen: vier, um vorne die

Wache zu übernehmen, und noch einmal vier, um das Tor zur Rue de Montreuil zu überwachen, und ein halbes Dutzend, das die Stadtmauer hinaufstieg.

»Sehen Sie etwas?« Harper wachte wieder auf.

»Nichts. Nur einen Wachwechsel.«

»Und Reiter«, sagte Harper.

»Reiter?«

»Schauen Sie mal zur Einfahrt.«

Sharpe blickte nach links und sah sechs Reiter zum Haus trotten. Alle trugen sie blaue Uniformen, und dem Funkeln ihres Geschirrs nach zu urteilen handelte es sich um Offiziere. Durch das Fernrohr betrachtet schienen sie zu lachen, während sie die Einfahrt hinaufritten, und einer trieb sein Pferd sogar zum Trab an. Junge Männer, dachte Sharpe, gut gelaunt. Diener kamen aus dem Haus, um sich um die Pferde zu kümmern, und die Witwe Delaunay erschien auf der Veranda, um ihre Besucher willkommen zu heißen.

»Sir«, sagte Harper.

»Was ist, Pat?«

»Schauen Sie mal zur Mauer.«

Eine Gruppe von Männern und Frauen ging über die hölzernen Wehrgänge hinter dem Haus des Générals, und es gesellten sich immer mehr zu ihnen. Auch Kinder liefen dort. Ein paar der Frauen hatten Sonnenschirme dabei, und andere führten Hunde an Leinen. »Das sieht aus, als könne man da oben spazieren gehen«, vermutete Harper. »Vielleicht können wir das ja auch?«

»Ja, sieht so aus«, stimmte Sharpe ihm zu. Er schob das Fernrohr zusammen. »Versuchen wir es mal.«

Die Wachen am Stadttor sollten lediglich die Steuergesetze durchsetzen, und so achteten sie nicht auf die beiden Männer, die den Zivilisten die Holztreppe hinauf auf den

Wehrgang folgten. »Das ist erlaubt?«, fragte Sharpe sogar eine der Wachen.

»Bis Sonnenuntergang«, antwortete der Mann.

Sie schlenderten nordwärts über die breite Mauerkrone. Das Weingut der Delaunays lag links von ihnen, während rechts, jenseits der Mauer, ein grasbewachsener Hang zu sehen war, hinter dem sich wieder Häuser, eine Kirche und daneben ein großes Gebäude befanden, vor dem Menschen an Tischen saßen. »Da unten ist verdammt viel Infanterie.«

Harper schaute ebenfalls zu dem Gebäude.

Sharpe holte sein Fernrohr heraus. »Wieder Leichte Infanterie«, sagte er. »Das ist eine Taverne.« Durch das Fernglas konnte er Soldaten und Frauen bei Wein und Bier an den Tischen sitzen sehen. Es schien ein angenehmer Ort zu sein, um dort einen Sommerabend zu verbringen.

»Warum trinken sie denn außerhalb der Stadt?«, fragte Harper. »Es gibt doch jede Menge Tavernen, die viel näher sind.«

»Wegen der Steuer«, vermutete Sharpe. »Wahrscheinlich ist der Wein da billiger.« Er schaute noch immer durchs Fernrohr und sah, wie sich die Hintertür der Taverne öffnete und eine Gruppe Offiziere herauskam. »Gott!«, rief er. »Ich schwöre, das sind die Männer, die wir gerade die Einfahrt haben hinaufreiten sehen.«

Natürlich konnte er nicht sicher sein, aber die sechs noch immer lachenden Männer suchten sich einen Tisch, wo sich drei Frauen zu ihnen gesellten. »Sie müssen durch den Tunnel gegangen sein«, sagte Sharpe und erklärte Harper, dass die Stadtmauer für ihre vielen Schmugglertunnel berüchtigt war. »Fox behauptet, er habe Männer über den Tunnel reden gehört«, fügte er hinzu.

»Staub«, sagte Harper plötzlich. »Da drüben.« Er deutete nach Osten, und als Sharpe sich umdrehte, sah er, dass viele auf der Mauer in dieselbe Richtung starrten. Er hob das Fernrohr und sah die Armee, oder genauer: Er sah eine Masse von dunklen Gestalten, über denen der Staub in der Luft hing. Er schaute fast genau nach Osten, was vermuten ließ, dass diese Männer die Stadt umstellen sollten.

»Da will ich doch verdammt sein«, sagte er. »Entweder sind das unsere oder die Preußen.« Er gab Harper das Fernrohr. »Und je schneller sie hier sind, desto besser.«

»Glauben Sie, die Froschfresser werden um die Stadt kämpfen?«, fragte Harper.

Sharpe deutete auf die Mauer. »Fox hat gesagt, sie wollen aufgeben, aber Gott hilf ihnen, wenn sie das nicht tun. Ein Kirchenchor könnte diese Mauer erobern.«

Sie gingen weiter und schauten auf die Rückseite des Hauses Delaunay. Die Höfe dort waren voller Brennholz und Müll. Jenseits davon war das Lagerhaus, direkt an der Mauer, und eine hölzerne Rampe führte vom oberen Stock direkt zu den Wehrgängen. Ein Dutzend Infanteristen mit den roten Kragen eines Leichten Bataillons marschierte über die Rampe.

»Das ist weit genug«, sagte Sharpe und blieb stehen. Wieder richtete er das Fernrohr aus, und diesmal sah er Reiter in der Ferne.

»Darf ich, Monsieur?«, fragte eine Stimme neben Sharpe, und er sah einen jungen französischen Offizier, der auf das Fernrohr deutete.

»Bitte.« Sharpe bot ihm das Fernrohr an.

Ein paar Sekunden lang schaute der junge Mann hindurch. »Das sind die Preußen«, sagte er enttäuscht.

»Nicht die Briten?«

»Die sind im Westen der Stadt. Sie klingen auch wie ein

Engländer, Monsieur!« Das war kein Vorwurf, sondern eher ein Ausdruck von Neugier.

»Ich komme von den *Îles Normandes*«, antwortete Sharpe.

»Aaah, da war ich noch nie, aber wer weiß? Eines Tages vielleicht.«

»Das sollten Sie auch«, erwiderte Sharpe. »Die Inseln sind wunderschön.«

»Ich hoffe auch, sie eines Tages zu besuchen.« Der Offizier schaute erneut durchs Fernrohr.

»Sind Sie hier stationiert?«, fragte Sharpe.

»Im Augenblick ja. Unser Depot ist in Péronne. Da können wir jetzt aber leider nicht hin. Deshalb hat unser Colonel uns hierhergeführt. Und Sie, Monsieur? Haben Sie gedient?«

»In der Marine«, antwortete Sharpe, »aber wenn es einen Kampf um die Stadt gibt …?« Letzteres ließ er als Frage im Raum stehen.

»Ich habe gehört, dass es nicht zu Kämpfen kommen wird«, sagte der junge Mann. Er klang enttäuscht. Dann schwenkte er das Fernrohr nach rechts und richtete es auf den Garten der Taverne. »Mein Colonel hat uns das gesagt. Er sagt, die Politiker hätten nicht die Nerven dafür.«

»Sind Sie mit dem Kaiser nach Norden marschiert?«, fragte Sharpe.

»Ja, das sind wir, Monsieur.« Der junge Mann klang stolz. »Und wir haben die Preußen bei Wavre geschlagen! Wir haben die Brücke eingenommen! Was für ein Kampf! Der Colonel hat den Angriff natürlich geführt.«

»Sprechen Sie von Colonel Lanier?«, riskierte Sharpe zu fragen. Er wusste, dass die Schlacht von Wavre am selben Tag stattgefunden hatte wie die von Waterloo, und zwar zwischen der preußischen Nachhut und einem französischen Korps, das Napoleon eigentlich zu Hilfe hätte eilen sollen. So war es jedoch vergebene Liebesmüh gewesen, und ohne die Unterstützung des Korps hatte der Kaiser verloren.

»Ah! Sie haben von ihm gehört! Aber wer hat das nicht, nicht wahr? Er betet für eine Schlacht! Der arme Mann leidet schwer unter dieser Schande.« Der Franzose schaute noch immer zum Garten der Taverne. »Der Colonel ist wahrlich ein großer Soldat. Wir nennen ihn *le Monstre*!« Die Bewunderung war ihm deutlich anzuhören. »Und in der Schlacht ist er in der Tat ein Monster! Eine Mordmaschine!«

»Das Monster …«, murmelte Sharpe vor sich hin und nickte dann zur Taverne. »Und er hat Ihr Bataillon sicher nach Paris zurückgeführt?«

»Ja, das hat er. Wir sind alle hier und brennen auf den Kampf, wären da nicht diese Politiker.«

»Was für eine Schande«, stimmte Sharpe ihm zu.

»Aber unser Colonel hat die Hoffnung noch nicht aufgegeben«, sagte der junge Mann und nickte zu der Taverne jenseits der Mauer.

»Er ist da?«

»*Le Monstre* kann sich dieses Vergnügen leisten, Monsieur: Frauen, Wein und den Tod seiner Feinde. Ich hingegen habe weder Geld für Wein noch für Frauen. Vielen Dank für das Fernrohr.«

»Ich muss mich jetzt von Ihnen verabschieden«, sagte Sharpe und nahm das Fernrohr zurück. »Bei Sonnenuntergang müssen wir wieder von der Mauer sein.«

Sie schlenderten zum Tor, doch auf halber Strecke richtete Sharpe noch einmal das Fernrohr auf die Taverne, und er sah zwei Offiziere, die mit zwei jungen Frauen an einem kleinen Tisch saßen. Einer davon war der blonde Capitaine, den er in der Nacht zuvor kennengelernt hatte, doch der andere war Lanier – dessen war Sharpe sicher. Lanier war älter als die anderen Soldaten, vielleicht Mitte vierzig, und sein dunkles Haar ergraute allmählich an den Schläfen. Er trug es lang und hatte es mit einer schwarzen Schleife zurückgebunden. Das schmale Gesicht, dachte Sharpe, sah wild aus, sonnenverbrannt und voller Narben, selbstbewusst und sogar grausam.

»Ich nehme an, das ist Colonel Lanier«, sagte Sharpe zu Harper und gab dem Iren das Fernrohr. »Der Tisch ganz rechts, direkt am Haus.«

»Wer ist Lanier?«

»Noch einer von *la Fraternité*.«

Harper richtete das Fernrohr aus. »Himmel! Der sieht richtig übel aus.« Er schaute noch einen Moment länger durchs Glas. »Ähnlich wie Sie, Sir, abgesehen von dem modischen Zopf.«

»Sehr lustig, Pat.«

»Aber das stimmt, Sir! Er sieht genau wie Sie aus, nur dass sein Haar besser frisiert ist. Lassen Sie uns hoffen, dass wir nicht gegen ihn kämpfen müssen. Er scheint ein richtiger Bastard zu sein.«

»Genau wie ich, was?«

»Er könnte Ihr Zwilling sein, Sir.«

Sie gingen weiter, und Sharpe überkam die dunkle Vorahnung eines Soldaten, dass sie sich dieser »Mordmaschine« noch würden stellen müssen, bevor das alles vorbei war. *Le Monstre.*

KAPITEL 9

»Général Delaunay ist tot, Sharpe«, sagte Fox mit lauter Stimme. »Er ist seinem Schöpfer gegenübergetreten. Auf Nimmerwiedersehen!«

»Und das wissen Sie genau, Sir?«

»Ich habe mit zwei Offizieren gesprochen, die ihn haben fallen sehen.«

»Sie hätten nicht allein losziehen sollen«, sagte Sharpe und schaute ihn an.

»Ach, jetzt seien Sie doch nicht so ein altes Waschweib, Sharpe.«

Fox war ins Hôtel Mauberges zurückgekehrt und schlenderte nun mit Sharpe durch den Garten. Er hatte die Bilder der verwitweten Comtesse inspiziert und erklärt, die seien einfach nur langweilig. »Etwas anderes kann man von einem Kohlehändler wohl auch nicht erwarten«, hatte er abschätzig erklärt.

»Und wer waren diese Männer, die Delaunay haben fallen sehen?«

»Kürassiere. Sie haben weiter die Straße rauf mit ihren Pferden geübt.« Fox deutete nach Westen. »Haben Sie den Bogen dort gesehen?«

»Nur aus der Ferne.«

»Sie nennen ihn den *Triumph*bogen! Dabei ist das Ding noch nicht einmal aus Stein! Nur Holz und Leinwand! Eine Fälschung! Aber der Kaiser hat seinen Bau befohlen. Ich denke, wir sollten ihn niederbrennen.«

»Und ich denke, wir sollten *la Fraternité* finden«, erwiderte Sharpe gereizt.

»*La Fraternité* existiert nicht, Sharpe! Die alte Hexe hat recht. Das ist nur mittelalterliches Gewäsch. Und jetzt, da ihr Mann tot ist – vergessen Sie es einfach.«

»Colonel Lanier lebt aber noch. Ich habe ihn gesehen.«

»Ach, Lanier! Wie ich gehört habe, ist er einfach nur ein Abenteurer.«

»Also genau der richtige Mann für mittelalterliches Gewäsch.«

»Wo haben Sie ihn denn gesehen?«

»Beim Gut der Delaunays.«

»Dann, Sharpe, ist es Ihre Aufgabe, dafür zu sorgen, dass er auch dort bleibt. Mit einer Kugel in seinem dreckigen Herzen kann er ja keinen Schaden mehr anrichten, nicht wahr? Ich will ihn tot sehen. Dann kann ich mich endlich wieder meiner eigentlichen Aufgabe widmen.«

»Listen erstellen?«

Fox verzog das Gesicht. »Gemälde retten, Sharpe. Für Sie mag das ja trivial klingen, aber ich habe eine Abmachung mit unseren Verbündeten, die gestohlenen Kunstwerke wieder zurückzubringen, und das ist wichtig!«

»Wichtiger als *la Fraternité*?«, fragte Sharpe in harschem Ton.

»Scheiß auf *la Fraternité*! Das ist romantischer Mumpitz, Sharpe! Und mit Delaunays Tod ist dieser Mumpitz auch gestorben!«

»Mit Ausnahme von Lanier.«

Fox seufzte resigniert. »Lanier ist ein Schläger. Aber ja, Sie haben recht. Vielleicht ist er eine Gefahr, und wenn Sie sich dann sicherer fühlen, bringen Sie den Mann um. Das können Sie ja, oder?«

»Ist das ein Befehl?«

»Wie vom Herzog persönlich, der übrigens bald hier sein müsste. Morgen vielleicht? Sie wissen doch, dass die Froschfresser sich ergeben, oder?«

»Tun sie?«

»Das ist heute Morgen vereinbart worden. Unsere Truppen werden Paris besetzen, und alle französischen Streitkräfte haben den Befehl, sich über die Loire zurückzuziehen. Bonaparte hat abgedankt und den Thron seinem vierjährigen Sohn übergeben. Es dürfte ja wohl kein Problem werden, diesen kleinen Bastard zu erledigen. Aber das ist eh alles Spielerei.«

»Spielerei?«

»Reine Schau, Sharpe, Gauklertricks. Niemand nimmt Bonapartes Wünsche ernst. Die Franzosen haben verloren, und das wissen sie verdammt noch mal auch. Dieser Vierjährige sollte erst mal lernen, regelmäßig aufs Töpfchen zu gehen, während der fette Ludwig wieder König wird. Dann ist der Frieden wiederhergestellt, und wir alle können endlich wieder ruhig schlafen.«

»Wo ist Bonaparte denn?«

»Der schmollt irgendwo. Er leckt sich die Wunden und hofft, dass man ihn nicht an die Wand stellt und filetiert. Die provisorische Regierung will nichts mehr von ihm wissen. Na ja, wenn sie seinen Kopf auf einem Spieß sehen würden, würde sie das vermutlich dann doch interessieren.« Fox hielt das für einen großartigen Scherz, und er lachte herzlich.

»Wer hat dann hier das Sagen?«, fragte Sharpe, nachdem das Lachen verhallt war.

»Das ist Frankreich, Sharpe. Hier hat niemand das Sagen. Die sind wie kopflose Hühner. Alle rennen immer nur aufgeregt hin und her, gackern und zerbrechen das Porzellan. Aber machen Sie sich darüber keine Sorgen. Stellen Sie einfach nur sicher, dass keiner der Bastarde auf die Idee kommt, auf den Herzog zu schießen.«

Fox hatte erwartet, dass der Herzog am nächsten Tag mit der britischen Armee in die Stadt marschieren würde, doch es dauerte noch drei Tage, ehe Sharpe eine Kapelle »The Female Drummer« spielen hörte – ein Lied, das ein Mädchen feierte, das ganz zu Anfang des Krieges mit der britischen Armee marschiert war. »Das müssen unsere Jungs sein«, sagte Harper.

»Es sei denn, die Froschfresser kennen das Lied auch.«

»Schauen wir doch mal nach.«

Sie gingen zum Haustor, wo zu Sharpes Freude ein britisches Infanteriebataillon in Richtung Westen marschierte. Ihnen folgte bespannte Artillerie, dann eine lange Kolonne Kavallerie auf müden Pferden. Danach kam wieder Infanterie. Ermutigt von der Musik trug Sharpe seinen grünen Rock und wurde von einer Kompanie Riflemen begrüßt, die ihn am Rand der Straße sahen und ihm zujubelten. Die Infanterie marschierte mit flatternden Fahnen, die von mit Hellebarden bewaffneten Sergeants beschützt wurden.

»Ein wahrlich großartiger Anblick«, bemerkte Harper.

»Ja, nicht wahr?«

»Von Portugal ins Herz Frankreichs, Sir. Wir haben das verdient.«

»Aber in Dublin würdest du sie nicht feiern.«

»Himmel, nein!« Harper grinste. »Es sei denn, sie marschieren raus.«

Auch die Pariser schauten sich die Soldaten an. Ihre Gesichter waren regungslos, doch einigen war die Trauer deutlich anzusehen. Andere wiederum warfen Sharpe und Harper schiefe Blicke zu. Ohne Zweifel fragten sie sich, warum diese beiden nicht mit dem Rest der Briten marschierten. Ein Provos dachte sich offenbar das Gleiche, denn er ging herausfordernd auf sie zu.

»Ihr da! Kennt ihr die Befehle des Herzogs nicht?«, verlangte er in brüskem Ton zu wissen.

»Und was sind das für Befehle, Sergeant?«, erwiderte Sharpe ruhig.

»Niemand, absolut niemand, hat die Kolonne zu verlassen. Sonst droht Strafe.«

»Und Sie wollen uns bestrafen, Sergeant?«

Der Sergeant musterte Sharpe von Kopf bis Fuß. Er sah den verschlissenen Rifleman-Rock, die französische Kavalleriehose und die zerkratzten Stiefel. Seine Offiziersschärpe trug Sharpe zwar nicht, aber den schweren Säbel. »Wer ist dein befehlshabender Offizier?«, verlangte der Provost zu wissen.

»Der Herzog, Sergeant.«

»Nimm mich nicht auf den Arm! Wie heißt ihr beide?«

»Ich bin Patrick Harper, Sergeant«, antwortete Pat fröhlich.

»Ein verdammter Ire?«

»Ja, vor zwanzig Jahren bin ich aus meinem Sumpf gekrochen. Und Sie heißen?«

»Ich bin Provost. Mehr müsst ihr nicht wissen.«

»Das sehe ich anders«, erwiderte Harper. »Ich bin ein Regimental Sergeant Major, und das hier ist Lieutenant Colonel Sharpe, und der Einzige, gegenüber dem wir uns rechtfertigen müssen, ist der Herzog von Wellington. Vielleicht sollten wir Sie ja auspeitschen lassen, hm?«

»Name, Sergeant?«, verlangte Sharpe.

»Cullen, Sir.« Verängstigt wich der Provost einen Schritt zurück.

»Zurück zu Ihrer Pflicht, Sergeant«, sagte Sharpe ruhig und höflich.

»Sir!« Kurz nahm Cullen Haltung an und schloss sich dann erleichtert dem vorbeimarschierenden Bataillon an.

»Der arme Mann«, sagte Harper.

»Das könnten unsere Jungs sein.« Sharpe schaute nach rechts und sah ein Bataillon mit gelbem Besatz auf den roten Röcken näher kommen.

»Das sind sie auch!«, rief Harper glücklich. »Ich sehe Pigface Malone! Der Idiot konnte noch nie im Gleichschritt bleiben.«

Major Morris saß auf einem schwarzen Pferd und ritt dem Bataillon voraus. Er tat so, als würde er Sharpe nicht sehen, doch Captain Jefferson, der direkt dahinter die Grenadierkompanie führte, sorgte dafür, dass Morris' Manöver scheiterte. »Grenadierkompanie!«, rief er. »Augen links!« Jefferson salutierte mit dem Säbel, und Morris drehte sich verärgert um.

»Hören Sie mit dem Lärm auf! Sofort!«, knurrte er, als die Grenadiere jubelten.

»Guten Morgen, Major!«, rief Sharpe und erschreckte Morris. Der Major verzog das Gesicht und trieb sein Pferd an, ohne zu antworten. Sharpe fiel auf, dass der Jubel nicht nachließ.

Eine nach der anderen marschierten die Kompanien an Sharpe vorbei, und alle salutierten sie und jubelten ihm zu. Sharpe wartete auf Harry Price, und als er schließlich kam, schloss er sich ihm an. »Wie sieht es aus, Harry?«

»Schlecht, Sir. Wir sind das undisziplinierteste Bataillon in der Geschichte der britischen Armee.«

»Ist das Morris' Meinung?«

»Der er häufig Ausdruck verleiht, Sir. Und ich bin die Schande des Bataillons.«

»Ach ja, Harry?«

»Faul, frech und flegelhaft, Sir. Seine Worte.«

»Also, da hat er recht«, warf Harper ein.

»Vielen Dank, Sergeant«, erwiderte Price fröhlich.

»Hat es Auspeitschungen gegeben, Harry?«

»Zwei Verurteilungen. Aber sie sind noch nicht ausgeführt worden, Sir. Beides meine Männer.«

»Wer?« Wut kochte in Sharpe hoch, doch er versuchte, sich zu beherrschen.

»O'Neill und Flaherty, Sir. Ihnen wird vorgeworfen, auf Wache eingeschlafen zu sein.«

»Stimmt das?«

»Sie haben vermutlich ein wenig gedöst, Sir, aber Himmel! Nachdem wir den ganzen Tag marschiert sind, waren wir alle erschöpft. Und wir hatten seit Tagen keinen Feind mehr gesehen. Ihr eigentliches Verbrechen ist, dass sie Iren sind. Morris hasst Iren.«

»Aber wirklich ausgepeitscht hat er sie noch nicht, korrekt?«

»Er sagt, er wolle damit warten, bis wir im Quartier sind, Sir.«

»Und das ist wo?«

»Am Bois de Boulogne, Sir – wo auch immer das sein mag.«

»Nicht weit weg«, erklärte Sharpe. »Also morgen vermutlich?«

»Oder heute Abend, Sir.«

»Ich werde das verhindern, Harry.«

»Das hoffe ich, Sir.«

»Haben Sie Lucille gesehen, Harry?«

»Es geht ihr gut, Sir. Sie ist nicht weit hinter uns. Und …« Er hielt kurz inne.

»Und?«

»Major Morris hat ihr viel Aufmerksamkeit geschenkt, Sir.« Price verzog das Gesicht. »*Unerwünschte* Aufmerksamkeit.«

»Das heißt?«

»Er kann den Blick nicht von ihr lassen, Sir, und er glaubt, sie freut sich über seine Gesellschaft.«

»Aber es ist doch nichts …«, begann Sharpe und hielt dann inne.

»Nein, es ist nichts passiert, Sir. Natürlich nicht, Sir!«

»Hast du das alles gehört, Sergeant Harper?«, fragte Sharpe.

»Jedes einzelne Wort, Sir.«

»Hast du je gesehen, wie ein Major ausgepeitscht wird?«

»Dieses Vergnügen hatte ich noch nicht, Sir.«

Sharpe legte Harry Price die Hand auf den Arm. »Wir sehen uns bald, Harry.«

Sharpe ließ den Rest des Bataillons vorbeimarschieren. Dann begrüßte er die Frauen, die direkt hinter den beiden Trosswagen kamen. Er sprach noch immer mit ihnen, als plötzlich ein Hund mit rauem Fell durch die Straße flog und ihm an die Brust sprang. »Nosey!«

Die Frauen lachten, als sie sahen, wie ihr Colonel von dem großen Hund attackiert wurde, der sich erst wieder beruhigen ließ, als die Kutsche der verwitweten Comtesse Mauberges vor ihnen hielt. Sharpe verneigte sich vor der Frau in der Kutsche, dann stieg er ein, während Harper sich zum Kutscher auf den Bock setzte. »Fahrt weiter, Pat!«, rief Sharpe. »Bleibt beim Bataillon!«

»Jawohl, Sir.«

»Richard!« Lucille streckte die Hand nach ihm aus. »Gott sei Dank.«

Sharpe umarmte sie, und plötzlich traten ihm die Tränen in die Augen. »Ich hasse diese Stadt«, sagte er.

»Aber sie ist doch wunderschön!«, protestierte Lucille.

»Nun, da du hier bist, ja.«

»Wir werden bald wieder nach Hause fahren.« Lucille lächelte.

»Mir kann das gar nicht schnell genug gehen.« Sharpe nickte zu Sally Clayton, die den kleinen Patrick in den Armen hielt. »Wie geht es dem Jungen, Sally?«

»Er ist Ihr Sohn, Mister Sharpe. Richtig wild.«

»Da ist mein Haus, Colonel!«, rief die alte Witwe brüsk und wunderte sich, dass die Kutsche nicht auf den Hof abbog.

»Und wir haben die Männer auch rausgeworfen, die es besetzt hatten, Mylady«, sagte Sharpe. »Es ist auch alles geputzt worden, aber bitte verzeihen Sie, ich muss darauf bestehen, dass Sie noch eine Weile beim Bataillon bleiben. Sie können bald wieder zurück.«

Die alte Dame schnaubte missbilligend, gab aber stumm nach, und die Kutsche folgte den Prince of Wales Own Volunteers an dem monströsen Triumphbogen vorbei, dessen Bau der Kaiser auf den Champs-Élysées befohlen hatte. »Der soll die Siege des Kaisers feiern«, erklärte die alte Witwe stolz. Tuchfetzen flatterten an dem provisorischen Gestell im Wind, und Vögel nisteten zwischen den Balken. »In London haben Sie so was wohl nicht.«

»Ja, einen Triumphbogen kann man gar nicht groß genug bauen«, bemerkte Sharpe und bekam dafür von Lucille einen Stoß in die Rippen.

»Gibt es vielleicht Neuigkeiten zum Kaiser?«, fragte die Comtesse.

»Ich habe gehört, dass er abgedankt hat, Mylady, aber niemand weiß so recht, wo er ist. Und Paris hat sich uns ergeben.«

Diese Information wurde mit einem weiteren missbilligenden Schnauben quittiert. »Dann ist der Krieg jetzt also endlich vorbei, oder?«, fragte Lucille.

»Ja, er ist vorbei. Gott sei Dank«, bestätigte Sharpe. »Sämtliche Truppen in und um Paris haben den Befehl bekommen, sich hinter die Loire zurückzuziehen. Jetzt sind nur noch alliierte Soldaten hier.«

Ganz stimmte das jedoch nicht. Sharpe hatte die letzten drei Tage damit verbracht, das Gut der Delaunays zu beobachten, und er hatte Soldaten vor dem Lagerhaus dort gesehen. Auch hatte er immer wieder nach Lanier Ausschau gehalten, ihn jedoch nirgends entdeckt. Da waren nur seine Männer, auch wenn die mittlerweile größtenteils Zivilkleidung trugen. Nur die Wachposten am Haus hatten ihre Uniformen behalten. Die Mauer hinter dem Haus war auch nicht mehr bemannt, und die Zivilisten konnten nun kommen und gehen, wie sie wollten. Sharpe war mehrmals über den Wehrgang gelaufen, und nicht ein einziges Mal hatte er einen Soldaten gesehen, aber genug Beweise dafür, dass das Bataillon das Weingut noch immer besetzte. Mit dem Fernrohr hatte er auch immer wieder zu der Taverne hinter der Mauer geschaut, doch Lanier schien verschwunden zu sein.

»Werden Sie ihn wirklich erschießen?«, hatte Harper ihn eines Abends gefragt.

»So lauten meine Befehle.«

»Aber würden Sie das auch tun?«

Sharpe hatte mit den Schultern gezuckt. Alan Fox schien

fest davon überzeugt zu sein, dass sich die Gefahr durch *la Fraternité* mit dem Tod von General Delaunay in Luft aufgelöst hatte, und doch bestand er darauf, dass Lanier dem Général ins Jenseits folgen musste. Sharpe gefiel dieser Befehl ganz und gar nicht. Lanier war Soldat, und wenn sein Ruf stimmte, dann war er auch ein guter. Das hatte Fox sogar zugegeben. »Er war der Held von Marengo, Sharpe!«

»Der Held?«

»Die Schlacht war verloren, Sharpe. Die Österreicher rückten überall vor, und Laniers Männer haben sich dem Feind gestellt und ihn zurückgeschlagen. Sie haben die halbe österreichische Armee gebrochen und eine sichere Niederlage in einen Sieg verwandelt. Eine tolle Geschichte! Und es war auch noch ein zusammengewürfeltes Bataillon. Trotzdem hat der Kaiser sie von da an seine Teufel genannt.«

Sharpes Meinung nach hatte solch ein Mann etwas Besseres verdient als eine Gewehrkugel in den Kopf, und das auch noch, wenn bereits Frieden herrschte. Jeden Abend hatte Sharpe sein Gewehr mit zum Weingut genommen, und jedes Mal war er erleichtert gewesen, dass Lanier sich nicht gezeigt hatte. Bei ihrem letzten Besuch auf der Mauer über dem Weingut hatten Sharpe und Harper südwestlich der Stadt dann den Rauch der britischen Lagerfeuer gesehen, und Sharpe hatte geschätzt, dass da weniger Soldaten in den Höfen des Weinguts waren. Vielleicht hatte sich der Großteil des Bataillons ja mit ihren Kameraden hinter die Loire zurückgezogen, wie die Alliierten und Franzosen es vereinbart hatten. Und vielleicht hatte Lanier sie ja begleitet.

Das Land um den schäbigen Triumphbogen war zugewuchert und voller eilig zusammengezimmerter Unterstände. Das Ganze sah wie ein Militärlager aus, nur dass es hier keine Wachen gab, und viele der Leute die aus den

Unterständen krochen, waren Frauen. »Sie suchen hier Zuflucht«, klagte die alte Witwe. »Deserteure und verängstigte Zivilisten! Sie sollten vertrieben werden!«

Die gleichen traurigen Unterkünfte fanden sich auch am Bois de Boulogne, ein teilweise bewaldetes Areal jenseits der Champs-Élysées und genau in einer Flussbiegung.

Harry Price kam zur Kutsche. »Wir sollen hier lagern, Sir!«, rief er zu Sharpe hinauf.

Die ersten Briten schlugen mit Äxten auf die Bäume ein, um aus dem Holz Unterkünfte zu bauen. Die alte Comtesse seufzte erneut. »Das war mal ein königliches Jagdrevier und wirklich wunderschön. Ich nehme an, dieser widerliche fette Mann ist schon wieder auf dem Weg hierher, korrekt?«

»Er ist der König«, sagte Sharpe.

»Er ist eine widerwärtige, ekelhafte Kreatur, Sharpe. Er kann noch nicht einmal richtig gehen. Er watschelt nur. Er ist wie ein Hafersack auf zwei Beinen, dick wie Baumstämme. Er ist eine Beleidigung für die Augen.«

Harry Price hatte einen Arbeitstrupp zu den Nachschubwagen geführt, und jetzt mühten sich die Männer mit großen Leinensäcken ab. »Was ist das, Harry?«

»Seine Lordschaft schläft gern im Zelt, Sir.«

»Seine Lordschaft?«

»Der verdammte Morris, Sir. Schauen Sie lieber nicht hin, wenn die Jungs das Zelt aufbauen.«

»Warum?«

»Die Jungs pissen gern in die Säcke, bevor sie sie auspacken, Sir. Das stinkt so schön.«

»Weitermachen, Captain«, sagte Sharpe formell und ging zu dem rasch wachsenden Lager.

Er fand Morris auf einem umgefallenen Baumstamm, von wo aus er die Arbeiten beobachtete. Der Major stand auf, als Sharpe näher kam. Er wirkte nervös. »Übernehmen Sie das Kommando wieder, Colonel?«, fragte er.

»Ich habe es nie abgegeben, Major«, antwortete Sharpe. »Wie geht es den Männern?«

»Sie sind recht lebhaft, Colonel, *zu* lebhaft! Aber jetzt herrscht strenge Disziplin!«

»Sie waren schon immer diszipliniert«, erwiderte Sharpe, »wie Sie bei Waterloo hätten sehen können.«

»Ich werde auf ewig bereuen, nicht dabei gewesen zu sein«, sagte Morris. Sein Blick zuckte nach rechts, wo Lucille aus der Kutsche gestiegen war und nun knapp außer Hörweite zuschaute.

»Schauen Sie mich an, Major!«, schnappte Sharpe und wartete, bis Morris ihm gehorchte. »Es ist schon seltsam, nicht wahr?«, fuhr er fort. »Dass ich den ganzen spanischen Krieg bei ihnen war, und es hat ihnen nie an Disziplin gemangelt. Sie haben auch nie eine Schlacht verloren, und ich habe nie einen von ihnen ausgepeitscht.«

»Ah.« Morris rutschte nervös auf dem Baumstamm herum.

»Sagen Sie mir, Major …«, sagte Sharpe. »Nachdem Sie mich haben auspeitschen lassen, hatten Sie da den Eindruck, ich sei disziplinierter als zuvor?«

»Das war eine Lektion für die ganze Kompanie«, murmelte Morris.

»Ich war also der letzte Mann, den Sie haben auspeitschen lassen?«, setzte Sharpe ihn unter Druck.

»Nein«, gab Morris zu.

»Dann hat die Kompanie ihre Lektion an diesem Tag also nicht gelernt.« Sharpe senkte die Stimme. »Ich verspreche Ihnen, Major, sollte auch nur einer meiner Männer ausgepeitscht werden, dann werden Sie ihm folgen. Als Lektion für alle. Und ich werde Sie höchstpersönlich auspeitschen. Haben Sie das verstanden?«

»Die Disziplin muss aufrechterhalten werden!« Morris sammelte all den Mut, der ihm noch geblieben war. »Strafen sind notwendig!«

»Es ist Ihre Wahl, Major, aber ich warne Sie: Auspeitschen tut weh. Es schmerzt wie die Hölle. Das wird Ihnen nicht gefallen.«

»Das würden Sie nicht wagen«, sagte Morris.

»Sergeant Harper!«, rief Sharpe. »Würden Sie auch sagen, dass ich das nicht wagen würde?«

»Sie sind vollkommen irre, Sir. Oh ja.«

Sharpe schaute wieder zu Morris. »Es gibt einen Brauch in dieser Armee, Major: Männer, die sich in der Schlacht gut geschlagen haben, bekommen ihre Strafen erlassen. Das macht der Herzog so, und das machen wir alle so. Ich habe O'Neill und Flaherty in der Schlacht beobachtet, Major. Der Feind hat das Schlimmste, was er hatte, gegen uns geworfen, und sie haben standgehalten und sich schließlich mit dem Bajonett auf die Alte Garde gestürzt. Ich denke, dafür haben sie Vergebung verdient, oder was meinen Sie? Wie viele Schläge haben Sie befohlen?«

Morris schaute verlegen drein. »Nur hundert.«

»Und ich sage Ihnen, wenn sie auch nur einen bekommen«, knurrte Sharpe, »dann werde ich ihnen persönlich *zwei*hundert geben.«

»Und ich werde zusehen«, warf Lucille ein. Sie war näher gekommen. »Guten Morgen, Major.«

»Mylady.« Morris nickte ihr zu.

»Und ich werde Ihnen die Leichte Kompanie abnehmen«, sagte Sharpe.

»Die Leichte Kompanie?« Morris klang besorgt.

»Wenn Ihnen das nicht gefällt, Morris, dann können Sie sich ja beim Herzog beschweren.«

»Komm, Richard, wir müssen die Comtesse nach Hause bringen.« Lucille streckte den Arm aus und führte Sharpe weg. »Würdest du ihn wirklich auspeitschen?«

»Darauf kannst du Gift nehmen.«

»Er ist ein sehr ängstlicher Mann«, fuhr Lucille fort. »Er hat Angst vor seinen eigenen Soldaten – und vor dir sogar noch mehr.« Sie blieb stehen und drehte sich zu Sharpe um. »Und du hast auch Angst, Richard, aber weißt du, was seltsam ist? Du bist auch ein guter und gütiger Mann.« Sie stellte sich auf die Zehenspitzen und gab ihm einen kräftigen Kuss auf die Wange, was Anfeuerungsrufe von ein paar Soldaten in der Nähe provozierte. »Das hat ihn sicher geärgert«, fuhr Lucille amüsiert fort. »So – und jetzt bringen wir die Comtesse heim.«

Sharpe befahl Harry Price, die Reste seiner Kompanie antreten zu lassen. Die Entscheidung, die Leichte Kompanie aus dem Verband zu lösen, war spontan gewesen, aber Sharpe brauchte einen weiteren Offizier, und mehr Männer waren immer gut. Jetzt hatte er dreiundvierzig Männer unter seinem Kommando, die im Stall und im Kutschenhaus der Comtesse schlafen würden. »Sorg dafür, dass sie die Regeln verstehen Pat«, sagte Sharpe, als sie das Haus erreichten. »Niemand betritt das Haupthaus, niemand verlässt ohne meine Erlaubnis das Gelände, und im Stall wird kein Feuer gemacht. Ich komme später wieder zurück.«

»Wollen Sie sich ein wenig Zeit mit Lucille nehmen, Sir?«

»Ich werde mit Captain Price zum Gut der Delaunays gehen.«

»Soll ich mitkommen, Sir?«, fragte Harper eifrig.

»Nein. Nur der Captain und ich«, antwortete Sharpe. Er

warf sich das Gewehr über die Schulter, prüfte, ob sein Säbel gut saß, und ging mit Price ins Stadtzentrum. Nun, da die Alliierten in Paris waren, musste er seine Uniform nicht länger unter einem Mantel verbergen, und auch den Säbel konnte er offen tragen.

»Das kommt einem irgendwie unwirklich vor, nicht wahr, Sir?«

»Was meinen Sie, Harry?«

»Wir sind im verdammten Paris! Überlegen Sie mal, wie lange wir gegen sie gekämpft haben, und jetzt sind wir hier! Fantastisch!«

»Seien Sie einfach froh, dass die Froschfresser nicht in London sind.«

»Himmel! Was für eine Vorstellung!« Price schaute sich alles an. Es war fast zu viel auf einmal. »Was für wunderbare Gebäude, Sir. Und die Frauen erst! Oh, mein Gott!«

»Sie waren schon viel zu lange nicht mehr in weiblicher Gesellschaft, Harry.«

»Das stimmt, Sir. Gott, aber hier muss es auch Geld geben.«

»Das ist allerdings auch der wohlhabende Teil der Stadt.«

»Und ich darf hier sein?« Price lachte. Er war berüchtigt dafür, nicht viel Wert auf seine Uniform oder sein Äußeres generell zu legen. »Der verdammte Kerl hat mir immer gesagt, ich solle mich feinmachen. Und ich habe ihm gesagt, diese Uniform trage ich seit der Schlacht von Salamanca, und es ist nicht meine Schuld, dass sie dreckig geworden ist.«

»Sie haben doch eine Ordonnanz.«

»Und er hat auch versucht, sie zu reinigen, Sir, aber ich mag diese Uniform einfach. Sie hat mich am Leben gehalten. Sie ist gesegnet.«

Sharpe lächelte. »Gesegnet? Sie, Harry?«

»Das war ein Dorfpriester in Spanien, Sir. Er hat sie mit heiligem Wasser bespritzt und gesagt, solange ich sie trage, würde ich nicht sterben.«

»Sie sind in die Kirche gegangen? Sie?«

»Einen besseren Ort gibt es nicht, wenn man Frauen finden will, Sir. Sie mögen es, wenn sie einen beten sehen.«

»Und? Sind Ihre Gebete erhört worden?«

»Ein paarmal sogar, Sir.« Price grinste.

»Und haben Sie auch Major Morris erklärt, dass Sie eine heilige Uniform tragen?«

»Er hat gesagt, ich solle nicht so dumm sein, Sir, und sie ordentlich reinigen lassen. Aber ich will das heilige Wasser nicht abwaschen.«

»Tragen Sie sie weiter, Harry. Ich mag Sie lebend.«

»Ich mich auch, Sir.« Price strich sich über den roten Rock mit dem gelben Besatz der Prince of Wales Own Volunteers. Der rote Rock zog weit mehr die Aufmerksamkeit auf sich als Sharpes grüne Jacke, die man auch für die Uniform eines französischen Dragoners hätte halten können. Es waren auch noch jede Menge andere Uniformen auf der Straße zu sehen, einige davon preußisch, viele britisch und auch eine überraschend große Zahl von französischen Offizieren. »Ich dachte, man hätte ihnen gesagt, sie sollen sich verpissen, Sir«, bemerkte Price.

»Ich nehme an, einige leben schlicht hier, Harry.«

»Sie mögen uns nicht allzu sehr, nicht wahr, Sir?«

»Können Sie ihnen das verübeln?«

»Vermutlich nicht. Oh, mein Gott!« Price blieb abrupt stehen und starrte auf eine junge Frau. »Gott im Himmel, Sir! Man kann durch diesen Rock ja hindurchsehen!«

»Das ist eine Mode, Harry.«

»Das ist ein verdammtes Wunder!«

Sharpe zog ihn weiter. »Die französische Armee sollte eigentlich in Gänze auf der anderen Seite der Loire sein«, sagte er, »aber ich fürchte, ein Bataillon könnte in der Stadt geblieben sein. Das müssen wir im Auge behalten, und Sie werden einen Vorposten dafür einrichten und befehligen.«

»Einen Vorposten gegen ein Bataillon, Sir?«

»Betrachten Sie es als einmalige Gelegenheit, Harry.«

Sharpe zeigte Price den riesigen Elefanten, der bei Tageslicht sogar noch heruntergekommener und trauriger aussah. Jetzt konnte man erst erkennen, wie verschmutzt und kaputt er wirklich war. »Warum haben die den denn gemacht?«, fragte Price.

»Das hat der Kaiser befohlen.«

»Aber warum ein verdammter Elefant?«

»Das weiß Gott allein.«

Price wurde von einem weiteren hübschen Mädchen abgelenkt, und Sharpe zog ihn auf die Rue de Montreuil, vorbei am Tor des Weinguts und zur Stadtmauer. Dort versuchte eine Wache, sie mit der Begründung aufzuhalten, die Feuertreppe sei Privateigentum, doch Sharpe knurrte nur, dass die Alliierten jetzt die Kontrolle über Paris hätten und hingehen könnten, wo auch immer sie hingehen wollten. Widerwillig trat der Mann beiseite, und Sharpe und Price stiegen die Stufen hinauf. »Das ist neu«, sagte Sharpe.

»Neu, Sir?«

»Dass man versucht, uns von der Mauer fernzuhalten.« Sharpe dachte darüber nach. »Das liegt wohl daran, dass sie etwas zu verbergen haben«, fuhr er fort, »und vor dem Fall der Stadt mussten sie es nicht verstecken.« Diese Erklärung ergab Sinn für ihn. »Ich glaube, da ist ein Bataillon Leichte Infanterie in diesen Gebäuden.« Sharpe deutete auf das

Haus mitsamt den großen Nebengebäuden. »Und sie sind hier, um Ärger zu machen.« Es war nichts von den Männern zu sehen, doch in einem der Höfe zwischen Lagerhaus und Mauer waren ein Dutzend blaue Uniformen zum Trocknen aufgehängt. »Und da ist ein Tunnel, der unter der Mauer hindurchführt«, sagte Sharpe. »Wir glauben, er führt zu der Taverne da.« Er deutete nach außerhalb und sah, dass die Tische im Garten voll besetzt waren.

Sharpe holte sein Fernrohr heraus, richtete es aus und sah Männer, die tranken und aßen. Dann schaute er zu dem Tisch, der der Tür am nächsten war, und er erstarrte. »Schauen Sie.« Er gab Price das Fernrohr. »Schauen Sie zu dem Tisch direkt rechts von der Tür. Da sitzt ein Mann, den Sie sich merken müssen.« Es war der Mann, von dem Sharpe annahm, dass es sich um Lanier handelte. Er trug nicht länger Uniform, aber er war unverkennbar.

»Sie meinen den Kerl mit dem Pferdeschwanz?«, fragte Price.

»Ja, genau den.«

»Himmel, der sieht übel aus«, bemerkte Price.

»Ich glaube, sein Name ist Lanier. Er befehligt ein Bataillon.«

»Richtig furchterregend der Kerl. Er erinnert mich ein wenig an …«

»Sagen Sie es nicht, Harry.«

»Ich wollte nur sagen, er erinnert mich an den Teufel, Sir. Meine Tante hatte ein Buch mit einem Bild von Satan, und der Kerl da hat die gleichen Augen. Und oh, mein Gott – jetzt schaut er zu uns!«

Sharpe nahm Price das Fernrohr wieder ab, schaute hindurch und sah, dass Lanier ebenfalls ein Fernrohr hatte, und das war genau auf ihn gerichtet. Der Franzose hob die

Hand. Vielleicht hatte er sich ja nur die Haare zurückgestrichen, doch Sharpe nahm an, das war ein Gruß. Er schob das Fernrohr wieder zusammen. Es gefiel ihm gar nicht, dass Lanier sie bemerkt hatte, und er nahm an, dass er und Harper in den letzten drei Tagen nicht gerade unauffällig gewesen waren. »Scheiße«, knurrte er leise.

»Sir?«

»Ich habe das Gefühl, dieser Bastard weiß, wer ich bin, Harry, und vielleicht hat er mich und Pat Harper sogar nach Hause verfolgen lassen.«

»Das wäre auch nicht allzu schwer, Sir. Pat Harper kann man nicht übersehen. Er ist gebaut wie ein Jahrmarktskämpfer.«

»Muntern Sie mich ein wenig auf, Harry.«

»Wie wäre es, wenn wir in ein öffentliches Bad gehen würden, Sir? Sergeant Weller sagt, da gibt es nackte Frauen.«

»Ja, das habe ich auch gehört, Harry.«

Sie gingen wieder zum Stadttor, stiegen die Stufen hinunter und kehrten durch die Stadt zurück. »Ich will, dass das Haus beobachtet wird, Harry«, befahl Sharpe. »Nur ein paar Mann. Und ich will auch Posten vor dem Hôtel Mauberges haben. Sechs Mann. Zum Schutz vor Eindringlingen.«

»Natürlich, Sir. Aber glauben Sie, das ist wirklich nötig?«

»Ich hoffe nicht, aber dieser Bastard Lanier bereitet mir Kopfzerbrechen.«

»Jeder, der wie der Satan aussieht, sollte Ihnen Sorgen bereiten, Sir. Und was sollen wir tun, wenn sie versuchen reinzukommen?«

»Dann knallt sie ab.«

In dieser Nacht versuchte niemand, ins Haus oder auf das Grundstück zu gelangen. Sharpe löste Price um Mitternacht ab, und er wiederum wurde dann von Harper abgelöst. Sharpe ging ins Haus und stieg müde die Treppe zu Lucille hinauf.

»Du hast Wache geschoben?«, fragte sie überrascht.

»Die halbe Nacht, ja.«

»Sind wir in Gefahr?«

»Offiziell nicht, möglicherweise aber doch. Kennst du einen Offizier mit Namen Colonel Lanier?«

»Der Held von Marengo? Den kennt jeder.«

»Es ist möglich, dass er noch Truppen in der Stadt hat.«

»Wegen *la Fraternité*?«

»Wovon du nichts weißt«, erinnerte Sharpe sie.

»Wovon ich nichts weiß.«

»Und ja«, sagte Sharpe, »wegen *la Fraternité*. Und ich vermute, dass er mich kennt.«

»Und dass er dich töten will?«

»Wenn ich ihn frustriere, dann ja.«

Lucille schauderte. »Lanier ist ein gefährlicher Mann.«

»Das bin ich auch«, erwiderte Sharpe leichthin.

»Pass gut auch dich auf, Richard!«

»Das tue ich doch immer. Deshalb lebe ich ja noch. Aber im Augenblick will ich erst einmal schlafen.« Er hatte sich gerade ausgezogen und war ins Bett gekrochen, als unten plötzlich Tumult ausbrach, angefangen mit einem lauten Hämmern an der Tür. Sharpe setzte sich instinktiv auf, und Lucille legte ihm beruhigend die Hand auf die Schulter. Sharpe hörte, wie Vignot zu wissen verlangte, wer da so hämmerte. »Wenn das einer meiner Männer ist«, sagte Sharpe, »dann bringe ich ihn um.«

Er hörte, wie die Tür geöffnet wurde, dann hallte eine weitere Stimme durch den Flur. »Oh, der Westwind weht, der Regen fällt. Auf dass meine Liebe liegt in meinen Armen und ich wieder in meinem Bett.« Das war Alan Fox, der kurz innehielt, und dann: »Sharpe! Aufstehen! Ich brauche Sie!«

Sharpe stöhnte. »Ich muss wieder weg.« Er drehte sich um und küsste Lucille.

»Geh«, sagte sie.

Sharpe begann sich anzuziehen, erst das Hemd, dann die französische Kavalleriehose.

»Sharpe!«, dröhnte die Stimme. »Machen Sie voran! Wir haben viel zu tun! Ihre Liebschaft kann warten!«

»Dieser verdammte Arsch«, knurrte Sharpe. Er zog die Stiefel an, warf sich den Mantel, Schärpe und Gurtzeug über die Schulter und küsste Lucille erneut. Dann trat er auf den Flur hinaus.

Fox wartete am Fuß der Treppe und grinste. »Habe ich Sie unterbrochen, Sharpe?«

»Fahren Sie zur Hölle, Fox.«

»Die Passage habe ich schon längst gebucht und bezahlt, Sharpe. Der Peer will Sie sehen.«

»Der Herzog?«

»Kennen Sie noch einen anderen Peer?«

»Um diese Uhrzeit am Morgen?«

»Die Zeit steht nicht still, Sharpe, für niemanden. Aaah! Guter Mann!« Letzteres war an Vignot gerichtet, dem Fox offenbar befohlen hatte, ihm einen Brandy zu holen, und das hatte Vignot dann auch getan, wenn auch widerwillig. Fox leerte das Glas in einem Zug, gab es dem Verwalter zurück und zog die Haustür auf. »Es ist nicht weit, Sharpe. Genau wie Sie zieht der Peer den Luxus vor.«

»In Spanien und Portugal hat er das nicht getan.«

»Jetzt sind wir aber wieder in der Zivilisation, Sharpe. Kommen Sie.«

Es hatte leicht zu regnen begonnen, und das besserte Sharpes Laune nicht gerade. Er zog den grünen Rock an, schnallte sich den Säbel um und folgte Fox die Einfahrt hinunter.

»Haben Sie Lanier schon erledigt?«, verlangte Fox zu wissen.

»Noch nicht.«

»Glauben Sie, er hat Paris verlassen?«

»Ich dachte es. Drei Tage lang habe ich ihn nicht gesehen, aber gestern Abend war er plötzlich wieder da.«

»Und Sie haben ihn nicht erschossen?«

»Er war zu weit weg. Ich habe ihn durch ein Fernrohr gesehen.«

»Das wird dem Peer nicht gefallen«, sagte Fox und rief Pat Harper einen Gruß zu, der gerade den Befehl über die sechs Mann am Tor hatte. »Sie hatten recht, Sergeant! Oben im Bett!«

»Bastard«, fluchte Sharpe.

»Es war mir ein Vergnügen, Ihnen dienen zu dürfen, Mister Fox«, sagte Harper. Er grinste, doch dann schlich sich plötzlich Sorge auf sein Gesicht. »Erinnern Sie sich noch an den Offizier, der sich Ihr Fernrohr geborgt hat, Sir?«

»Ja.«

»Ich glaube, ich habe ihn gesehen.« Harper deutete durch das vergitterte Tor auf das Grasland dahinter. »Ihn und drei Männer, Sir.«

»In Uniform? Bewaffnet?« Sharpe lief ein kalter Schauder über den Rücken.

»Keine Uniformen, Sir, aber sie hatten ein langes Bündel dabei. Das könnten problemlos Musketen gewesen sein.«

Sharpe schaute zu den Wachposten. »McGurk?«

»Mister Sharpe?«

»Weißt du, wo ich mein Gewehr verwahre?«

»Ja, Mister Sharpe.«

»Lauf und hol es mir.«

»Sharpe! Der Herzog wartet!«, drängte Fox.

»Wo ist er?«

McGurk war bereits weg, und Sharpe drehte sich um und sah, dass Fox nach Norden über das Gras hinweg deutete, wo ein paar offenbar prachtvolle Häuser standen, die von einer hohen Ziegelmauer und Bäumen geschützt wurden. »Er ist in einem dieser Häuser«, sagte Fox, »und wir müssen gehen. Jetzt!«

»Nicht ohne mein Gewehr«, erwiderte Sharpe.

»Ich komme auch mit«, erklärte Harper.

»Folg uns, Pat«, befahl Sharpe, »aber bleib ein Stück zurück. Bist du sicher, dass es derselbe Kerl war?«

»Absolut. Schlaffes Haar?«

»Sharpe ...«, begann Fox, doch weiter kam er nicht.

»Wir werden jeden Moment aufbrechen, Mister Fox«, fiel Sharpe ihm ins Wort, »aber nicht ohne mein Gewehr.«

McGurk brachte das Gewehr, und Sharpe frustrierte Fox noch weiter, indem er sich die Zeit nahm, es zu laden. Und er ließ sich viel Zeit. Sorgfältig wickelte er eine Kugel in einen Lederflicken, und nachdem er Pulver auf die Pfanne gegeben hatte, spannte er noch den Hahn, sodass das Gewehr schussbereit war. »So«, verkündete er schließlich. »Jetzt können wir.«

»Dank sei Gott, dem Herrn«, seufzte Fox und zog das Tor auf. »Es ist nicht weit. Es gibt eine Hintertür zum Haus des Peers. Er hat Kaffee!«

»Haben Sie es deshalb so eilig?«

»Ich mag meinen Kaffee heiß«, schnappte Fox. »Hier entlang.« Er machte sich auf den Weg über das Gras. Auch hier standen überall improvisierte Behausungen für die Obdachlosen oder jene, die vor den alliierten Armeen geflohen waren. »Die meisten dieser Leute sind vor den Preußen geflohen«, erklärte Fox.

»Nicht vor uns?«

»Der Herzog hat strenge Disziplin durchgesetzt, Sharpe, aber die Preußen haben sich wie die Tiere benommen. Sie haben die Zivilisten richtig übel behandelt.«

»Aus Rache für das, was die Franzosen in Preußen getan haben?«

»Das sagen sie zumindest. Schneller, Sharpe.«

Sharpe schaute nach vorn und versuchte, die Männer zu finden, die Harper gesehen hatte, aber es gab hier schlicht zu viele Verstecke. Jeder einzelne Unterstand, jeder Verschlag und jede Hütte war eine finstere Höhle, in der sich ein Mann verbergen konnte.

Sharpe hielt sein Gewehr in der rechten Hand, bereit, es jederzeit an die Schulter zu heben, und er spürte das gleiche Kribbeln im Nacken wie auf dem Schlachtfeld. Fox folgte einem ausgetretenen Pfad durch das Gras, und Sharpe zupfte ihn am linken Ärmel. »Hier lang«, sagte er und lenkte Fox runter vom Pfad und ins höhere Gras.

»Wir haben es eilig, Sharpe!«, protestierte Fox gegen den Umweg. »Der Herzog wird nicht gerade glücklich sein, wenn wir ihn warten lassen.«

»Möchten Sie unbedingt sterben? Vertrauen Sie mir.«

Fox sah verärgert aus, ließ sich aber widerwillig von Sharpe zwischen den Behausungen hindurchführen. Der Feind – das wusste Sharpe – würde den Pfad beobachten, und sollte er einen Hinterhalt vorbereitet haben, Fox und Sharpe wären direkt hineingelaufen. Aber woher hatten sie gewusst, dass er hier langkommen würde?

Und war da überhaupt ein Feind? Kurz blieb Sharpe stehen und suchte das Land im Norden ab. Gut dreihundert Yards lagen zwischen seiner Position und der hohen Gartenmauer, und wenn Pat Harper mit seinem Verdacht recht hatte, dann waren in diesem Bereich vier Männer aus Laniers Bataillon.

»Können wir jetzt weitergehen, Sharpe?«, fragte Fox ungeduldig. »Es regnet, und Sie trödeln nur rum.«

»Bleiben Sie bei mir, Fox.«

»Wenn ich muss«, knurrte Fox.

Sharpe setzte sich wieder in Bewegung, doch dann hielt Fox ihn zurück. »Da wollen wir nicht lang, Sharpe«, erklärte Fox und deutete zu den großen Häusern.

Sharpe schaute dorthin und sah ein Tor in der Mauer, aber er sah auch das Funkeln von Metall, als ein Mann sich in einem der Verschläge in der Nähe bewegte. Der Mann musste geglaubt haben, Fox deute direkt auf ihn, und jetzt zielte er mit einer Muskete. Sharpe stieß Fox grob zur Seite. Der große Engländer stolperte, und Sharpe hob das Gewehr an die Schulter. Gewehr gegen Muskete, dachte er, und verdammt sei der Kerl.

Ein Schuss hallte über die Fläche, und Rauch verbarg den Mann in dem Verschlag, doch Sharpe hatte bereits gezielt, und er drückte ab. Eine Frau schrie in der Nähe, und Kinder begannen zu weinen.

Fox lag ausgestreckt im Dreck, als Sharpe losrannte. Er warf sich das Gewehr über die Schulter und zog den Säbel. Einen Mann hatte er gesehen, der jedoch viel zu überhastet geschossen hatte, aber wo waren die anderen?

Harper rief seinen Männern zu, vorzurücken. Er hatte sie in loser Gefechtsformation aufgestellt, wie bei den Rifles üblich. Sharpe lief auf den Mann zu, der geschossen hatte und der jetzt tot zu sein schien. Zumindest lag er reglos im Eingang des Verschlags, aus dem sich der Pulverdampf inzwischen verzogen hatte. Dann krachte rechts ein Gewehr, und Sharpe drehte sich um und sah drei Männer zu ihrer Stadt laufen. Zwei weitere Gewehre wurden abgefeuert, und einer der Männer strauchelte, doch sein Kamerad half ihm wieder auf. »Lass sie laufen, Pat!«

Der Mann, der als Erster geschossen hatte, war in der Tat tot. Sharpes Kugel hatte ihn genau in den Kopf getroffen. Fox warf einen Blick auf die Leiche und wandte sich dann rasch ab. Er würgte.

»Das war ein guter Schuss«, bemerkte Harper.

»Du klingst überrascht, Pat.«

»Ein wenig erstaunt vielleicht, Sir.«

»Was mir nur Sorgen bereitet«, sagte Sharpe, »ist die Frage, warum sie sich ausgerechnet diesen Ort für einen Hinterhalt ausgesucht haben. Es ist fast so, als hätten sie gewusst, dass wir hier langkommen würden.«

»Sie müssen gewusst haben, wo Ihr Quartier ist«, sagte Fox, »und es ist kein Geheimnis, wo der Herzog wohnt. Da haben sie wohl angenommen, Sie würden irgendwann zu ihm gehen.«

McGurk zog die Leiche aus dem Verschlag und begann, die Taschen des Mannes zu durchsuchen. »Schau dir auch die Mantelnähte an«, sagte Sharpe. Er wusste, dass viele Soldaten dort kleinere Wertsachen einnähten.

»Was sollen wir mit der Leiche tun, Mister Sharpe?«, fragte McGurk.

»Lasst sie hier, aber nehmt seine Muskete mit und die Munition. Und Pat – danke.«

»Sollen wir Sie auf dem Rest des Weges begleiten?«

»Ich denke, das ist nicht mehr nötig. Bewacht weiter das

Haus der Comtesse. Mister Price wird dich ablösen. Und Dank auch euch, Jungs!«

»Können wir jetzt gehen?«, fragte Fox ungeduldig.

»Ja, wir können jetzt gehen«, antwortete Sharpe.

Um den Herzog zu treffen.

KAPITEL 10

Der Herzog saß an einem Esstisch, auf dem sich Papiere stapelten. Wie Fox gesagt hatte, war er schlecht gelaunt. »Die Schießerei vorhin – waren Sie das?«, verlangte er gereizt zu wissen.

»Der zweite Schuss – ja«, antwortete Sharpe.

»Und der erste?«

»Der hat mich verfehlt, Mylord.«

Der Herzog grunzte mürrisch, als würde ihm das gar nicht gefallen. »Und der zweite Schuss?«

»Der hat den Mann getötet, der den ersten Schuss abgefeuert hat, Mylord.«

Wieder ein Grunzen. Der Herzog sieht älter aus, dachte Sharpe. Er hatte Falten im Gesicht und graue Strähnen an den Schläfen. Vielleicht war er ja einfach nur müde. Doch plötzlich schaute er Sharpe direkt an, und sein Blick war so scharf wie eh und je. »Sie glauben, dass sich noch immer ein französisches Bataillon in der Stadt befindet, korrekt?«

»Man hat mir gesagt, es sei ein Bataillon, Mylord«, antwortete Sharpe vorsichtig, »aber es könnten auch weniger Männer sein.«

»Und wo?«

»Auf einem Gut an der Rue de Montreuil. Einem Weingut, Mylord.«

»Auf dem Gut der Delaunays?«

»Ja, Mylord.«

»Die Preußen haben mir gesagt, das würden Sie nur träumen, Sharpe.«

»Die Preußen, Mylord?«

»Sie haben den Ostteil der Stadt besetzt. Mister Fox hat uns vom Gut der Delaunays berichtet, und die Preußen haben es durchsucht. Sie haben nichts gefunden.«

»Die französischen Soldaten waren aber definitiv dort«, warf Fox ein.

»Und glauben Sie auch, dass General Delaunay *la Fraternité* geführt hat?«, fragte der Herzog Fox.

»Dessen bin ich mir sicher, Euer Gnaden.«

»Er ist tot«, erklärte der Herzog knapp. »Seine Leiche ist in Waterloo identifiziert worden.«

»Seine Witwe«, fuhr Fox fort, »scheint seinen Ehrgeiz geerbt zu haben.«

»Ich habe sie vor einem Jahr kennengelernt«, sagte der Herzog. »Sie ist Engländerin, nicht wahr?«

»Aus Hampshire«, bestätigte Fox.

»Die Tochter von Rear Admiral Sir Philip Latimer, Mylord«, warf ein Adjutant ein.

»Eine unangenehme Frau«, bemerkte Fox.

»Also, mir hat sie gefallen«, sagte der Herzog und schaute zu seinem Adjutanten. »Eine Einladung zum Dinner vielleicht?«

»Das halte ich für äußerst unklug, Euer Gnaden«, widersprach Fox. »Die Frau ist eine glühende Verehrerin Bonapartes.«

»Ihr Vater«, ergänzte der Adjutant vorsichtig, »ist schroff bei Hofe abgewiesen worden. Ich glaube, die Familie hat das als schwere Beleidigung empfunden.«

Der Herzog winkte brüsk ab. »Die Frau wird mich ja wohl kaum beim Dinner ermorden. Sie hat immerhin Manieren, Fox.« Er nahm sich ein Stück Toast und strich Butter darauf. »So – und wer war der Mann, der gerade auf Sie geschossen hat, Sharpe?«

»Einer von Colonel Laniers Männern, Sir, aus dem Bataillon, von dem die Preußen behaupten, es existiere nicht.«

»Sind Sie sicher?«

»Absolut sicher, Mylord.«

»Und wie können Sie sich da so sicher sein?«

»Ich habe sie beobachtet, Mylord. Wir haben den Offizier erkannt, der die Männer angeführt hat.«

»Da waren noch mehr?«

»Vier, Mylord.«

»Ein Gefangener wäre ganz nützlich gewesen.«

»Sie sind geflohen, Mylord, und eine Verfolgung durch die Stadt hätte vermutlich Zivilisten gefährdet.«

»Was wir natürlich nicht wollen«, seufzte der Herzog. »Die Pariser sind leicht erregbar. Also sollten wir sie wohl lieber beruhigen. Gordon?« Er wandte sich an den Adjutanten. »Bitten Sie die Preußen, das Gut der Delaunays im Auge zu behalten.«

»Es gibt da auch einen Tunnel, Mylord«, sagte Sharpe. »Er führt vom Keller der Delaunays zu einer Taverne vor der Mauer.«

»Diese verdammten Tunnel«, knurrte der Herzog. »Sagen Sie ihnen das auch, Gordon.«

»Natürlich, Euer Gnaden.«

Der Herzog biss in seinen Toast und verzog das Gesicht. Offensichtlich schmeckte es ihm nicht. »Und? Existiert *la Fraternité* noch?«

»Ja«, antwortete Sharpe.

»Nein«, sagte Fox gleichzeitig.

»Nein? Ja? Was denn nun?«

»Das ist mittelalterliches Gewäsch«, erklärte Fox.

»Mittelalterliches Gewäsch, das Sie töten kann, Fox«, erwiderte Sharpe.

»Delaunay ist tot, und *la Fraternité* ist mit ihm gestorben, Euer Gnaden.«

»Und das wissen Sie genau?«, verlangte der Herzog zu wissen.

Fox zögerte kurz. »Ich gehe fest davon aus, Euer Gnaden. Der Mann mit Namen Collignon hat mir eine Liste mit den Namen von *la Fraternité* versprochen, und auf dieser Liste standen nur zwei Namen: Delaunay und Lanier. Sonst nichts.«

»Das ist nicht gerade eine große Bruderschaft«, bemerkte der Herzog spöttisch.

»Ihr Zweck«, fuhr Fox fort, »war es, den Kaiser in der Schlacht zu beschützen, und seinen Tod zu rächen, sollte es dazu kommen.«

»Und er lebt noch«, sagte der Herzog. »Irgendwo. Gibt es dazu schon etwas Neues?« Die Frage war an den Adjutanten gerichtet, der daraufhin den Kopf schüttelte.

»Er ist irgendwo südlich von Paris, Euer Gnaden«, sagte der junge Mann. »Aber wir wissen noch immer nicht genau, wo.«

»So, Fox ...« Der Herzog drehte sich wieder zu seinem groß gewachsenen Agenten um. »Sie wollen mir also sagen, dass *la Fraternité* nie die Verschwörung war, für die wir sie gehalten haben, korrekt?«

»In der Tat«, antwortete Fox. »Wir haben das Potenzial der Verbindung übertrieben, Euer Gnaden, und dafür trifft allein mich die Schuld.«

Der Herzog grunzte und schaute zu Sharpe. »Stimmen Sie damit überein, Colonel?«

»Ich glaube, solange Lanier lebt, stellt *la Fraternité* noch immer eine Gefahr dar.«

»Ich habe schon von diesem Lanier gehört«, sagte der Herzog. Er klang missbilligend. »Er scheint einer der fähigeren französischen Offiziere zu sein.«

»Sein Bataillon hat zu Delaunays Korps gehört«, sagte Fox, »und soweit ich verstanden habe, hat er sich ein paar Männer genommen, um der Witwe auf ihrem Gut zu helfen. Sie schmuggeln Wein und versuchen nicht, einen neuen Krieg vom Zaun zu brechen.«

»Warum haben sie dann auf Colonel Sharpe geschossen?«, fragte der Herzog.

»Colonel Sharpe, Euer Gnaden, hat ein Talent dafür, die Leute gegen sich aufzubringen. Ich habe ihm befohlen, Lanier zu beobachten, und ich nehme an, das gefällt Lanier nicht.«

»Sehen Sie das genauso, Sharpe?«

»Ich glaube, Lanier ist gefährlich, Mylord, und das wird sich auch nicht ändern, solange er in der Stadt ist. Er muss weiter beobachtet werden.«

»Dann werden wir es jetzt den Preußen überlassen, ihn gegen sich aufzubringen«, sagte der Herzog. »Sie müssen ihn beobachten. Wir haben anderes zu tun.«

»Das *Musée Napoléon*?«, fragte Fox eifrig.

»Der Louvre, in der Tat. Das fällt doch in Ihre Verantwortung, nicht wahr, Fox?«

»Jawohl, Euer Gnaden.«

»Und wenn wir ihn ausräumen, wird das zu Unmut führen, korrekt?«

»Dessen bin ich sicher, Euer Gnaden.«

»Und doch besteht das Außenministerium darauf.« Der Herzog funkelte Sharpe an. »Ein Befehl, Sharpe: Übernehmen Sie wieder das Kommando über Ihr Bataillon und gehen Sie Mister Fox zur Hand. Sie werden für Ordnung im Louvre sorgen.«

»Im Louvre, Mylord?«

»Diese verdammten Franzosen«, knurrte der Herzog, »haben die Hälfte aller Gemälde in Europa gestohlen und sie in den Louvre gehängt, und sie bestehen darauf, dass er nun *Musée Napoléon* heißt. Wir wiederum sind vertraglich dazu verpflichtet, die Kunstwerke ihren rechtmäßigen Eigentümern zurückzugeben. Ihre Männer werden im Bois de Boulogne bleiben, aber Sie werden sie jeden Tag zum Louvre bringen, von Sonnenauf- bis Sonnenuntergang, und die Ordnung aufrechterhalten. Es wird ohne Zweifel zu Protesten kommen, vielleicht sogar zu Versuchen, uns aufzuhalten, aber Ihr Bataillon wird für Ordnung sorgen.«

»Ja, Mylord, aber …« Sharpe hielt inne.

»Aber?«, hakte der Herzog kalt nach.

»Wenn wir den Louvre bewachen sollen, wäre es dann nicht einfacher, wenn wir dort hinziehen?«

Der Herzog verzog das Gesicht. »Sharpe, die Pariser betrachten den Louvre als Tempel der größten Errungenschaften der Menschheit. Wenn ich ein Bataillon Rotröcke in ihrem verdammten Tempel einquartiere, dann wird sie das beleidigen, und wir haben so schon Probleme genug, die Pariser ruhigzuhalten. Also versuchen Sie, so gut es geht, keinen neuen Krieg vom Zaun zu brechen, Sharpe. Schlagen Sie notfalls ein paar Köpfe ein, aber ich will nicht, dass Blut durch die Straßen von Paris strömt.«

»Ich verstehe, Mylord.«

»Wirklich, Sharpe?« Der Tonfall des Herzogs war nun eindeutig unfreundlich. »Sie wissen doch, was *Ordnung* heißt, oder?«

»Ich hoffe, Mylord.«

»Und Major Morris zu drohen, ihn auszupeitschen, trägt nicht gerade dazu bei, Sharpe.«

»Nein, Sir.« Sharpe hatte nun Haltung angenommen. Sein Blick war über den Kopf des Herzogs fixiert.

»Haben Sie wirklich versprochen, ihn auszupeitschen?«

»Ja, Mylord.«

»Aber das werden Sie nicht. Das ist ein Befehl. Haben Sie verstanden?«

»Natürlich, Mylord.«

»Wenn Majore ausgepeitscht werden können, dann können Colonels gehängt werden, und ich will Ruhe und Disziplin!« Der Herzog klang wütend. »*Disziplin!* Kein Plündern, keine Vergewaltigungen, keine Provokationen! Wir werden den Parisern keinen Grund geben, sich gegen uns zu erheben!«

»Abgesehen davon, dass wir den Louvre ausräumen«, murmelte Fox.

»Und was schlagen Sie vor, sollten wir tun, Fox?«, verlangte der Herzog brüsk zu wissen.

»Wir sollten dafür sorgen, dass die Theater wieder öffnen«, antwortete Fox. »Wir sollten die Weinsteuer dramatisch senken und damit beginnen, Waren einzuführen, an denen es den Parisern mangelt. Kaffee zum Beispiel.«

»Wir sind hier zwar nicht die Zivilgewalt, aber wir werden sie unter Druck setzen. Bei Gott, das werden wir. Und jetzt: Gehen Sie!«

Sharpe folgte Fox auf den Flur hinaus, wo der große Mann erst einmal stehen blieb. »Jetzt haben wir doch keinen Kaffee bekommen«, beschwerte sich Fox. »Aber wenigstens kann ich jetzt weiter das *Musée Napoléon* ausräumen. Sie waren doch sicher schon mal dort, oder?«

»Nein«, antwortete Sharpe und nahm sein Gewehr von dem Corporal entgegen, der als Türsteher fungierte.

»Gott, Sharpe! Wie lange sind Sie nun schon in Paris? Eine Woche? Mindestens! Und da haben Sie noch keine Zeit gefunden, die größte und wichtigste Kunstsammlung Europas zu besichtigen?«

»Das muss ich glatt vergessen haben, Fox.«

»Nun, dann gehen wir jetzt. Sofort.« Fox marschierte in den Garten hinaus, durch das Tor und folgte dem Pfad nach Süden. Sharpe lief ihm hinterher, und als sie das Haus der Witwe Mauberges erreichten, rief er Harper zu: »Komm mit, Pat! Wir schauen uns Kunst an!«

»Oh, welch Freude!«, erwiderte Harper und griff nach seinem Salvengewehr.

»Das werden Sie nicht brauchen«, erklärte Fox.

»Ich nehme es immer mit, Sir«, erklärte Harper. »Schließlich ist die ganze Stadt hier voller Froschfresser.«

Sie folgten dem Fluss nach Osten, vorbei am Élysée, den Tuilerien und schließlich zum Louvre. »Das war einmal eine Festung«, erklärte Fox. »Dann wurde es ein Palast, und jetzt ist es ein Museum.«

»*Musée Napoléon*«, las Sharpe ein Schild an der Wand.

»Das werden wir schon bald ändern.«

Sie stiegen die Stufen zu einer prachtvollen Säulenhalle hinauf, und Fox führte sie selbstbewusst ins Museum. Dann blieb er plötzlich vor einer Statue stehen. »Ist das nicht grandios?«, sagte er voller Ehrfurcht. Die Statue zeigte eine sitzende Frau mit ihrem jungen Sohn zwischen den Knien. Sie hatte ein langes, trauriges Gesicht.

»Sieht wie eine Mum und ihr Sohn aus«, sagte Harper. »Schade, dass sie es sich nicht leisten konnte, ihm ein paar Kleider zu kaufen.«

Fox ignorierte die Bemerkung. »Das«, sagte er, »ist die Madonna mit Kind von Michelangelo.«

»Von wem?«, fragte Sharpe.

»Michelangelo. Von dem haben Sie doch sicher schon gehört.«

»Nein. Nie«, antwortete Sharpe.

»Ich schon«, erklärte Harper stolz.

»Guter Mann!«, rief Fox enthusiastisch.

»Und wer ist er?«, fragte Sharpe.

»Sie müssen sich doch an ihn erinnern«, antwortete Harper. »Der junge Spanier, der sich nach Talavera dem zweiten Rifle-Bataillon angeschlossen hat. Miguel Angelo.«

»*Das* hat Miguel gemacht?« Sharpe starrte die Statue an. »Verdammt! Und er war auch ein verflucht guter Schütze. Das weiß ich noch.«

»Leider hat der arme Kerl bei Salamanca eine Kugel in den Bauch bekommen«, seufzte Harper. »Er ist tot. Aber verflucht noch eins, mit einem Meißel konnte er umgehen!«

»Michelangelo«, erklärte Fox mit Engelsgeduld, »war ein italienisches Genie der Renaissance. Er hat unter anderem die Decke der Sixtinischen Kapelle ausgemalt.«

»Dann hat das also nichts mit Miguel zu tun, Sir?«, hakte Harper nach.

»Nein, Sergeant. Und die Statue muss wieder zurückgegeben werden. Sie haben sie aus einer Kirche im Königreich der Niederlande gestohlen.«

Er ging weiter, machte sich Notizen und rief Sharpe immer wieder etwas zu. Die Namen sagten Sharpe rein gar nichts – Caravaggio, Tizian, Rubens –, aber Fox wurde immer aufgeregter. »Schauen Sie sich das mal an!«, sagte er und blieb in der größten Ausstellungshalle vor einem riesigen Gemälde stehen. »Raffael!«

»Ist das der ganz oben?«, fragte Sharpe und hob den Blick.

»Das ist Christus, Sharpe«, antwortete Fox noch immer geduldig. »Raffael war der Maler. Das zeigt die Verklärung.« Wie verzaubert betrachtete er die Leinwand, und Sharpe verstand plötzlich, warum diese Aufgabe Fox so sehr interessierte. *La Fraternité* war ohne Zweifel wichtig, aber sie hatte Fox nur von seiner wahren Leidenschaft abgelenkt. War das auch der Grund dafür, warum er darauf bestand, dass *la Fraternité* nicht länger existierte?

»Sie hat einen tollen Hintern.« Harper schaute zu einer Frau im unteren Teil des Gemäldes.

»Ein wenig zu groß für meinen Geschmack«, erwiderte Sharpe.

»Sie haben die Dünnen schon immer vorgezogen, Sir.«

»Das ist vielleicht das berühmteste Gemälde der Welt«, erklärte Fox entrüstet.

»Kein Wunder!«, sagte Harper ehrfürchtig.

»Und es ist gestohlen worden. Aus Rom.« Fox deutete auf die riesige Galerie. »Tatsächlich ist gut die Hälfte dieser Werke gestohlen worden, und sie müssen alle wieder zurückgebracht werden.«

»Das wird den Froschfressern nicht gefallen«, sagte Sharpe.

»Stimmt. Deshalb wird Ihr Bataillon die Arbeiten ja auch bewachen.« Fox ging zu dem massiven Raffael und strich über den Rahmen. »Es ist fest an der Wand verankert. Wir werden Leitern und Werkzeuge brauchen. Ich werde die Arbeiter suchen, Sharpe, und Sie werden sie beschützen.«

»Wir werden vielleicht mehr als ein Bataillon brauchen«, bemerkte Sharpe. »Das Gebäude ist verdammt groß, und es hat jede Menge Eingänge.«

»Der Herzog wird uns schon alles geben«, sagte Fox sorglos und drehte sich dann um, als ein bärtiger Mann entrüstet auf sie zustapfte.

»Waffen sind in den Galerien nicht erlaubt!«, schrie er auf Französisch.

Harper nahm sein Salvengewehr von der Schulter und richtete es auf den näher kommenden Mann. Er mochte ja Französisch gesprochen haben, aber sein Tonfall war eindeutig. »Nicht schießen, Pat«, sagte Sharpe ruhig.

»Sie werden jetzt gehen«, konfrontierte der Mann Fox. »Sofort!«

»Barrez vous!«, entgegnete Fox. »Sie leiten dieses Museum nicht länger, sondern ich!«

Die lauten Stimmen hatten eine kleine Zuschauerschar angelockt, und die Leute feuerten den Bärtigen nun an, der darauf bestand, dass die englischen Soldaten die Galerie verlassen sollten. Sharpe nahm sein Gewehr herunter, und als die Streithähne kurz schwiegen, spannte er den Hahn. Das Geräusch hallte von den hohen Wänden wider.

»Sie«, wandte er sich an den bärtigen Mann, »werden tun, was er sagt. *Foutez le camp!*« Und er rammte dem Mann den Gewehrkolben in den Bauch, allerdings nicht allzu fest.

»Was – was machen Sie hier?«, keuchte der Mann.

»Wir suchen nach gestohlener Kunst«, antwortete Sharpe.

»Himmelherrgott, das ist die großartigste Kunstsammlung der Welt! Das ist Zivilisation! Sie können doch nicht …«

Sharpe stieß ihn wieder mit dem Gewehr an. »Wir können tun, was immer wir wollen. Wir haben Waffen, Sie nicht.«

»Die Kunst gehört hierher.« Der Mann weinte fast. »Paris ist das Zentrum der Zivilisation, Monsieur! Es ist nur recht, dass die größten Kunstwerke der Welt hier …«

»Es ist *recht*, dass sie ihren rechtmäßigen Eigentümern wieder zurückgegeben werden«, knurrte Sharpe. »Und jetzt verpiss dich!«

»Ich muss protestieren …«

»Pat! Wenn er noch ein Wort sagt«, Sharpe sprach Französisch, obwohl er natürlich wusste, dass Harper das nicht verstand, »dann jag der Frau sieben Kugeln in den dicken Arsch.«

»Sir?«

»Sharpe!«, protestierte nun auch Fox.

»Ziel mit dem Salvengewehr auf ihren Arsch«, sagte Sharpe auf Englisch.

»Sir!« Harper grinste und richtete das Gewehr auf das riesige Gemälde, und diese Drohung reichte, um den Bärtigen zurückweichen zu lassen. Die noch immer wachsende Zuschauermenge drängte nach vorn, doch Harpers Größe und Sharpes Blick hielten sie im Zaum.

»Geh!«, knurrte Sharpe den bärtigen Mann an. »Geh! Jetzt!«

»Und wir sollten auch gehen«, sagte Fox, als sich der entrüstete Mann eilig zurückzog. »Ich denke, es ist Zeit zum Mittagessen.«

»Sind Sie hier fertig?«, fragte Sharpe.

»Für den Moment.« Fox fürchtete offensichtlich die Feindseligkeit der Zuschauer. Das tat auch Sharpe, aber die Drohung eines gespannten Gewehrs und Harpers Salvengewehr hielten die Leute zurück. Ein paar folgten ihnen jedoch, als sie das Museum verließen, und sie riefen ihnen zu, diese Kunstwerke gehörten Frankreich.

Fox führte sie nach Osten und blieb schließlich an einem großen Steinbogen stehen, auf der anderen Seite einer großen freien Fläche. »Bonapartes *Arc de Triomphe*«, sagte er.

»Ich dachte, den würde er auf den Champs-Élysées bauen?«

»Das ist ein neuer, zweimal so groß wie der hier. Sehen Sie die vier Pferde oben? Die sind aus Venedig gestohlen und müssen wieder dorthin zurück. Wir werden viel zu tun haben.«

Sharpe schaute zu den Pferden hinauf. »Aus was bestehen die?«

»Bronze. Und sie sind antik.« Fox setzte sich wieder in Bewegung und zwang Sharpe und Harper, ihm zu folgen. »Die Venezianer wiederum haben sie aus Konstantinopel geraubt«, rief Fox zurück.

»Warum schicken wir sie dann nicht dahin?«

»Weil wir die Venezianer mögen, aber die Türken natürlich nicht. Lunch!«

»Sie werden einen Kran für diese Pferde brauchen«, sagte Sharpe und folgte Fox weiter die Straße hinunter. »Deshalb schlage ich vor, sich an die Royal Engineers zu wenden. Wir brauchen Pioniere.«

»Pioniere? Warum?«

»Diese Pferde wiegen doch sicher eine Tonne pro Stück.«

»Die Royal Engineers – gute Idee! Können Sie sich darum kümmern?«

»Besser, Sie fragen den Herzog danach, Fox. Er hat einen Pionier in seinem Stab.«

»Himmel! Sie sind doch Lieutenant Colonel. Können Sie da nicht einfach einen Befehl erteilen?«

»Nicht ohne Erlaubnis des Herzogs. Und Sie werden auch Wagen und Zugpferde brauchen.«

»Wenn Sie das sagen, Sharpe. Aaah – hier gibt es gutes Essen!«

Harper blieb stehen, bevor Fox das Restaurant betreten

konnte. Er starrte über die Straße, und sein breites Gesicht strahlte vor Freude. »Gott schütze Irland«, murmelte er, »schauen Sie sich das mal an!« Er schaute zu einem langen Wagen mit einem hohen Käfig auf der Ladefläche. Auf der Holzseite des Wagens stand das Wort *Scimmia*, was Sharpe nichts sagte. Dann sah er eine Bewegung im Käfig und eine Gestalt, die eine Leiter hinaufhuschte. »Das ist ein Affe!«, rief Harper glücklich und lief über die Straße, um sich der kleinen Menge anzuschließen, die sich um den Wagen versammelt hatte.

Sharpe folgte ihm und sah, dass da mindestens zwanzig Affen in dem riesigen Käfig waren. Sie kletterten ein halbes Dutzend Leitern hinauf und hinunter, und alle trugen sie kleine rote Westen. Einer griff durch die Stäbe und schnappte sich den Hut eines Zuschauers. Die anderen grölten vor Lachen, und das Tier lief mit dem Hut ganz nach oben, wo er sich damit zwischen den Beinen rieb.

»Dressierte Affen.« Fox war Sharpe gefolgt. »Vulgäre kleine Biester.«

»Sie sind lustig.«

»Oh, schauen Sie!«, rief Harper glücklich, als der Dieb in den gestohlenen Hut pinkelte. »Das ist toll!«

»Sie haben doch sicher schon Affen gesehen, oder?«, fragte Fox.

»Nein. Nie«, antwortete Harper.

»Viel zu viele«, sagte Sharpe. »In Indien.«

»Das sind gute kleine Kerle«, lachte Harper.

»Es sind diebische Bastarde«, widersprach ihm Sharpe und erinnerte sich an die Affen in Gavilgad, die alles geklaut hatten, was nicht festgebunden war. Gavilgad! Damals hatte Morris die Kompanie befehligt und sich vor dem Sturm auf die Bresche gedrückt. Sharpe erinnerte sich nur an den brutalen Kampf, an die Schreie der Feinde, die mit ihren Krummsäbeln auf ihn eingehackt hatten, an das Hämmern der Musketen, als er die Bresche hinaufgeklettert war, und an das Donnern der Haubitzen, die Brocken aus dem Steinwerk gerissen und glühende Eisensplitter in die Luft geschleudert hatten. Und er erinnerte sich auch an die panischen Affen, die in den Kasematten Schutz gesucht hatten. Damals hatte er Mitleid mit ihnen gehabt. »Wir sollten jetzt lieber was essen gehen, Pat.«

»Ich könnte mir die kleinen Kerle den ganzen Tag lang anschauen«, seufzte Harper.

»Sie können ja bleiben und zuschauen«, sagte Fox, »aber wir essen jetzt.«

»Sie werden auch nach dem Lunch noch hier sein, Pat«, sagte Sharpe.

»Glauben Sie?«

»Schau dir doch nur mal an, wie groß der Wagen ist! Das Ding lässt sich sicher kaum bewegen.«

»Ich nehme an, Sie haben recht, Sir.«

Sharpe zögerte, als er Fox in das Restaurant folgte. Zum einen war es ganz offensichtlich teuer. Die Tische waren mit Leinen gedeckt, und darüber hingen funkelnde Leuchter. Und es war auch voll. Die Gäste waren allesamt teuer gekleidet, und Sharpe fiel auf, dass eine Reihe von ihnen goldbestickte französische Uniformen trug. Ein Raunen ging durch die Gäste, als die drei den Raum betraten. »Die mögen uns hier nicht«, flüsterte Sharpe Fox zu.

»Das Gegenteil hätte mich auch überrascht«, erwiderte Fox und rief mit einem Fingerschnippen nach dem Kellner. »Ein Tisch für drei«, verlangte er. »Sie kennen mich hier«, fügte er für Sharpe hinzu, »und das Essen ist wirklich hervorragend.«

Ein Tisch wurde auch gefunden, auch wenn Fox sich beschwerte, er sei viel zu nahe an der Küchentür, aber einen anderen gab es nicht, und so setzten sich die drei Briten auf die filigranen Stühle. Sharpe stellte sein Gewehr an die Wand, und Fox bestellte Wein. »Für den Anfang einen Sancerre, denke ich. Ist Ihnen das genehm, Sharpe?«

»Danke.« Sharpe saß mit dem Rücken zur Wand, und so sah er all die feindseligen Blicke, die ihnen zugeworfen wurden. Sie waren die einzigen Briten im Raum, während mindestens ein Drittel der Gäste französische Uniformen trug. Sharpe nahm an, diese Männer lebten in der Stadt und hatten sich deshalb nicht hinter die Loire zurückgezogen.

»Und ich bestelle dann auch«, fuhr Fox fort. »Mögen Sie etwas ganz besonders, Sergeant?«

»Blutwurst«, schlug Harper freudig vor.

»Sie haben hier eine recht ordentliche *Boudin.* Damit können wir anfangen«, sagte Fox. »Auch für Sie, Sharpe?«

»Was auch immer Sie vorschlagen, Fox.« Sharpe fühlte sich äußerst unwohl hier. Er und Lucille hatten in Caen zwar schon in Restaurants gegessen, aber noch nie in so einem luxuriösen Laden wie diesem hier. Außerdem war sich Sharpe der Feindseligkeit im Raum deutlich bewusst, besonders an ihrem Nachbartisch. Dort saßen sechs Männer, drei davon in Uniform, und die versuchten noch nicht einmal, ihre Verachtung zu verbergen.

»Brathuhn wäre auch gut«, sagte Harper. Er schien das Restaurant zu genießen und schaute sich neugierig die Gemälde und Säulen an. »Das ist wirklich prächtig«, fügte er hinzu.

Der Wein kam, und Fox bestellte. »Haben Sie etwas gegen Knoblauch?«, fragte er seine Gefährten. »Das Gericht ist voll davon.«

»Knoblauch ist kein Problem«, antwortete Sharpe.

»Ich esse alles«, sagte Harper, »solange es nur viel davon gibt.«

»Es wird Ihnen schmecken«, sagte Fox. »*Poulet Marengo.*«

»Marengo?«, knurrte Sharpe.

»Es heißt, Napoleons Koch hätte dieses Gericht nach der Schlacht entworfen. Damals standen ihm nicht allzu viele Zutaten zur Verfügung, und so hat er genommen, was er finden konnte: Huhn, Öl, Knoblauch, Eier und Krebse.«

»Klingt furchtbar«, bemerkte Sharpe.

»Wir sollten ein Huhn Waterloo haben«, sagte Harper glücklich. »Fette Hühnchen mit dicken Kartoffeln.«

Sharpe dachte an Lanier, den sogenannten Helden von Marengo. »Wenigstens müssen die Preußen sich jetzt um diesen Bastard kümmern«, sagte er.

»Wie bitte, Sharpe? Kümmern? Um wen?«

Sharpe hatte das nicht laut aussprechen wollen, und so zuckte er mit den Schultern und antwortete: »Lanier.«

»Da haben Sie recht. Die Preußen werden diese Gans braten. Er ist nicht länger unser Problem.«

»Heute Morgen war er das noch«, bemerkte Sharpe.

»Und er hat versagt.« Fox probierte die zweite Flasche Wein, die ihnen der Kellner gebracht hatte. »Hervorragend!« Er winkte dem Kellner einzuschenken. »*La Fraternité* ist tot, Sharpe. Der Bund ist in Waterloo gestorben. Mein Eindruck war, dass Lanier mit einer Handvoll Männer nur die Witwe Delaunay beschützt hat, während sie die Steuereintreiber hintergeht.«

»Ihr Eindruck?«

»Ich war in diesem Keller. Ich habe maximal elf Männer gesehen. Die Preußen sind mehr als in der Lage, sie unter

Kontrolle zu halten. Unser Problem ist nun, Tausende von Gemälden und Skulpturen aus dem Louvre zu holen, ohne dabei einen Aufstand zu provozieren. Paris leidet unter dem Wahn, es sei die Hauptstadt der Zivilisation, und die Pariser glauben, sie hätten alle Schätze der Welt verdient. Es wird ihnen gar nicht gefallen, wenn wir sie ihnen wieder wegnehmen.«

Harper hörte nicht zu. Stattdessen war er rot angelaufen und starrte mit leerem Blick an die Wand. Er wirkte wütend.

»Was ist, Pat?«, fragte Sharpe.

»Hören Sie mal«, sagte Harper. Er hatte die Hände zu Fäusten geballt.

Die Männer am Nachbartisch sprachen laut miteinander, und einer von ihnen, ein großer Mann in einer französischen Infanterieuniform, redete besonders laut. Es war offensichtlich, dass er gehört werden wollte. Doch die Sprache, die er sprach, klang seltsam. Fox lauschte ebenfalls. »Ich spreche sieben Sprachen«, sagte er, »aber die habe ich noch nie gehört.«

»Das ist Gälisch«, murmelte Harper wütend.

Lautes Lachen hallte vom Nachbartisch herüber, und Sharpe sah, dass der große Mann seine Worte für seine Gefährten übersetzte. Vor allem eines der Worte viel Sharpe dabei auf: *Traître.* »Verräter?«, fragte er leise.

»Der Bastard sagt, ich hätte Irland verraten«, knurrte Harper. »Dass ein wahrer Ire gegen die Briten kämpfen sollte, nicht für sie.«

Dem großen Mann war vermutlich Harpers Akzent aufgefallen, und er sah auch, dass seine Worte den großen Mann in der Rifleman-Jacke wütend machten. »Beruhige dich, Pat«, sagte Sharpe.

»Oh, ich bin ruhig, Sir.«

»In Frankreich sind viele irische Rebellen«, sagte Fox.

»Man sollte glauben, sie würden sich von unserer Armee so weit wie möglich fernhalten«, sinnierte Sharpe.

»Ich bezweifle, dass sie den Herzog kümmern«, sagte Fox und drehte sich zum Nachbartisch um, wo der große Mann wieder laut redete. Die meisten anderen Gäste schwiegen inzwischen. Alle waren sie sich des kleinen Dramas bewusst, und sie freuten sich schon auf die Unterhaltung.

»Himmelherrgott!«, fluchte Harper und stieß seinen Stuhl zurück.

Sharpe legte ihm die Hand auf den Arm. »Ich werde ihn schon zum Schweigen bringen, Pat.«

»Das ist mein Kampf, Sir«, erwiderte Harper. Er stand auf, und der große Mann verstummte. Vielleicht hatte die schiere Größe seines Opfers ihn überrascht.

Harper ging zu dem Tisch und baute sich über dem Mann auf. »Hunger, du Bastard«, knurrte er. »Hunger hat mich in diese Armee getrieben, und du verdirbst mir gerade mein Essen.«

Der Mann schien etwas darauf erwidern zu wollen, doch Harper beugte sich vor und packte seinen Kopf. Mit seiner riesigen, linken Hand hielt er den Schädel des Mannes, und mit der rechten öffnete er ihm den Mund. Dann drückte er den Kopf des Mannes nach hinten und spie ihm in den offenen Mund. »Noch ein Wort«, fügte Harper hinzu, »und ich reiße dir die Zunge raus.« Er schloss den Mund des Mannes wieder, kehrte zu seinen Gefährten zurück und setzte sich sichtlich zufrieden. »Das Problem ist«, sagte er leise, »dass er recht hat. Wir sollten *gegen* die Briten kämpfen.«

»Pat …«, begann Sharpe, obwohl er nicht sicher war, wie er den Iren trösten konnte.

»Es ist also Hunger, was Sie antreibt, ja?«, warf Fox ein.

»Haben Sie je Hunger gehabt?«, erwiderte Harper. »Haben Sie je versucht, auf einer Pachtfarm mit einem Bastard von Gutsherrn zu leben und mit viel zu vielen Kindern, die alle gefüttert werden wollen?« Er hielt kurz inne und schaute zu, wie die Männer am Nachbartisch aufstanden und gingen. »Für ihn war alles in Ordnung.« Er nickte zu dem großen Mann. »Er kam nicht vom Land, nicht aus Donegal. Er ist gebildet. Er ist ein Offizier. Aber für die meisten von uns gibt es keine Fluchtmöglichkeit, Sir.« Er starrte Fox an. »Entweder sie dienen, oder sie verhungern. Und wir sind verdammt gut darin, zu dienen.«

»Das stimmt«, erklärte Sharpe vehement.

»Wenn der Herzog Probleme hat«, sagte Harper, »dann ruft er die Iren. Er weiß, wer am härtesten kämpft.«

»Ich dachte, dann ruft er Sharpe«, entgegnete Fox leichthin.

»Mister Sharpe ist vermutlich auch Ire, Sir.« Harper schaute zu Sharpe. »Er weiß es nur nicht.«

»Mein Vater könnte durchaus Ire sein, nehme ich an.« Sharpe nickte.

»Haben Sie ihn nicht gekannt, Sharpe?«, fragte Fox.

»Ich bin noch nicht mal sicher, ob meine Mutter ihn gekannt hat, Fox. Ich hoffe nur, dass er sie für sein Vergnügen gut bezahlt hat.«

»Ah.« Fox schaute verlegen drein. Die Ankunft der *Boudin* rettete ihn.

Harper stand auf und schaute aus dem Fenster. »Die Affen sind noch immer da«, sagte er wieder fröhlich. »Was heißt eigentlich *Scimmia*?«

»Das ist Italienisch für Affe«, antwortete Fox. »Ich nehme an, der Besitzer ist Italiener.«

»Gibt es Affen in Italien?«, fragte Harper.

»Sie haben da wunderschöne Frauen, Sergeant, großartige Maler und fantastische Opern, aber Affen? Leider nein. Daher nehme ich an, der Kerl hat sie importiert.«

Als sie das Restaurant verließen, gab Sharpe Harper eine Handvoll kleiner Münzen. Der Ire schaute ihn überrascht an. »Wofür ist das denn, Sir?«

»Da sind zwei Kerle, die Geld für die Affen sammeln, Pat.« Sharpe nickte zu der Menge, die sich noch immer um den Käfig drängte. »Wirf ihnen das in die Hüte.«

»Ah, Sie sind wahrlich ein großzügiger Mann, Sir – für einen Offizier.«

»Dann komm wieder zu uns in den Louvre. Nicht länger als eine Stunde, Pat.«

Glücklich ging Harper zu den Affen, während Fox Sharpe zum Museum zurückführte. »Und jetzt, Sharpe«, sagte Fox, »muss ich erst einmal aufschreiben, welche Gemälde wir mitnehmen. Dann können unsere Leute sie abhängen. Können wir morgen anfangen?«

»Wir werden das Museum schließen müssen.«

»Ist das nötig?«

»Ja, das ist nötig«, antwortete Sharpe. Er nahm an, dass es zu Unruhen kommen würde, sobald die Pariser erfuhren, dass man sie ihrer Schätze berauben wollte. »Von wie vielen Gemälden reden wir eigentlich?«

»Das will ich heute Nachmittag ja herausfinden«, antwortete Fox. »Aber ich nehme an, es sind Tausende.«

»Tausende?«

»Vielleicht zweitausend Gemälde und Gott weiß wie viele Skulpturen – womöglich noch einmal zweitausend. Man hat mir gesagt, die Preußen würden auch eine Abordnung schicken, um jene Kunstwerke zu holen, die in den deutschen Staaten gestohlen worden sind, und ohne Zweifel werden auch die Österreicher und Russen Ansprüche anmelden, sobald sie hier ankommen. Wir werden erst einmal mit allem beginnen, was aus Italien geraubt worden ist.«

Sie standen neben dem Gemälde, das Fox *Die Verklärung* genannt hatte, und Sharpe schaute die riesige Leinwand hinauf. »Müssen wir auch die Rahmen zurückschicken?«

»Das ist eine gute Frage, Sharpe!«, rief Fox überrascht. »Ich denke, die großen können wir auch rausnehmen. Trotzdem müssen wir sie vorher abhängen. Können Sie mal nach den Museumsleitern suchen?«

»Ich muss mein Bataillon alarmieren.«

»Suchen Sie erst einmal die Leitern. Brav, brav.«

Eine Zeit lang wanderte Sharpe durch die marmornen Flure und staunte über die schiere Pracht des Museums mit den Säulen an den Wänden, den riesigen Treppen und den bemalten Decken. Schließlich entdeckte er eine Tür, die durch einen schlichten Gang und von da über eine Treppe in den Keller führte. Hier war nichts mehr vergoldet. Die Wände waren schlicht gemauert. Sie stammten wohl noch aus der Zeit, da der Louvre eine Festung gewesen war. Die riesige Fläche war nun voller Lagerräume und Werkstätten. Sharpe fragte einen Mann, wo er Leitern finden könne.

»Es gibt keine«, antwortete der Mann.

»Sie müssen doch Leitern haben. Wie hängen Sie denn sonst die Bilder auf?«

»Wir hatten auch Leitern, aber der Direktor hat befohlen, sie zu Brennholz zu verarbeiten.«

»Wann?«

»Heute Morgen.« Der Mann öffnete eine Tür und deutete auf einen Holzstapel. »Da.« Er schaute Sharpe triumphierend an. »Jede Leiter. Feuerholz.«

»Warum?«, fragte Sharpe.

»Weil der Direktor es befohlen hat, Monsieur.« Der Mann grinste. Offenbar freute es ihn, den diebischen Briten eins ausgewischt zu haben.

Sharpe zuckte mit den Schultern und ließ ihn stehen. Dann stieg er wieder zu den marmornen Hallen hinauf, wo er Harper fasziniert vor der *Verklärung* fand. Fox wiederum wanderte durch die Galerie und machte sich Notizen.

»Keine Leitern«, berichtete Sharpe Fox. »Der Direktor hat sie zerstören lassen.«

»Dann finden Sie welche, Sharpe«, erwiderte Fox gedankenverloren.

»Ich werde erst das Bataillon hierherholen.«

»Das Bataillon? Warum?«

»Um Sie zu beschützen, während Sie Ihre verdammte Liste machen.«

»Gute Idee, Sharpe. Und Leitern! Ohne Leitern können wir gar nichts tun.«

»Leitern kosten Geld«, erwiderte Sharpe, »und ich bin knapp bei Kasse.« Er war alles andere als knapp bei Kasse, aber er würde den Teufel tun und sein eigenes Geld ausgeben. Er streckte die Hand aus. »Der Herzog muss Ihnen doch ein wenig Bargeld gegeben haben.«

»Hat er auch«, gab Fox zu, »für notwendige Besorgungen.«

»Leitern sind notwendig.«

»Da haben Sie wohl recht«, seufzte Fox widerwillig und griff in seine Tasche. Schließlich holte er eine Handvoll Goldmünzen heraus, alles 20-Franc-Stücke. »Eine sollte reichen«, sagte Fox. »Das ist doch mehr als genug, oder?«

Sharpe streckte die Hand aus und nahm sich drei Napoleons, wie man die Münzen nannte, weil sie den Kopf des

Kaisers zeigten. »Das wird reichen«, sagte er. »Sie werden Ihre Leitern bekommen.« Er steckte die Münzen in seine Börse und winkte Harper. »Wir müssen wieder zum Bataillon zurück, Pat.«

Die beiden Männer gingen westwärts durch die Stadt. Sharpe grübelte fast den ganzen Weg und ignorierte Harpers leidenschaftlich vorgetragene Geschichten über die Streiche der Affen. »Das ist gottverdammte Zeitverschwendung, Pat«, sagte Sharpe schließlich. »Gemälde, Skulpturen – wir sollten Lanier erledigen.«

»Glauben Sie, der Italiener würde mir einen Affen geben?«

»Den müsstest du aber füttern. Außerdem scheißt das Vieh überallhin.«

»Klingt wie ein Rekrut. Wir sollten ihm einen grünen Rock geben!«

»Lanier wird nicht aufgeben, Pat. Ich sollte mit dem Herzog reden.«

»Warum tun Sie das nicht einfach?«

»Weil er mir nur sagen würde, ich solle tun, was er mir befohlen hat, und Lanier den Preußen überlassen.«

»Also für mich klingt das vernünftig. Corporal Collins' Frau würde das sicher tun.«

»Was tun?«

»Einen kleinen grünen Rock nähen. Sie ist ziemlich gut mit Nadel und Faden.«

»Du brauchst keinen Affen«, knurrte Sharpe. Sie gingen am Haus der Witwe Mauberges vorbei. »Geh mal rein, Pat, und sag Price, er soll die Leichte Kompanie zum Bataillon führen. Wir rücken ab.«

»Abrücken? Wohin?«

»Zum verdammten Louvre.«

Sharpe ging allein weiter und brütete wieder vor sich hin. Lanier hatte es gewagt, Männer zu den Champs-Élysées zu schicken, um Sharpe zu töten! Und wenn er es einmal versucht hatte, dachte Sharpe, dann würde er es auch noch mal versuchen. Ohne Zweifel wusste Lanier, wo Sharpe wohnte, und Sharpe hatte gerade die Männer abgezogen, die dieses Haus bewachten. Und das alles nur wegen ein paar gottverdammten Bildern!

Es gab auch Bilder in Lucilles Haus in der Normandie. Sie hatte eine Zeichnung, die die Kirche zeigte, in der sie ihren verstorbenen Mann geheiratet hatte, und zwei Gemälde von Uferwiesen. Ihre Mutter hatte sie gemalt, und oben, im Schlafzimmer, hing noch ein düsteres Bild der Heiligen Jungfrau. Sharpe hasste das Ding, aber Lucille ließ nicht mit sich reden. Sie behauptete, es sei sehr alt und sehr wertvoll, und Sharpe hatte sie darauf hingewiesen, dass das Château ein neues Dach brauchte, und in dem Fall …? Aber auch mit diesem Versuch war er nicht weit gekommen, und so hing die Jungfrau Maria noch immer dort, wo sie war, und schaute missbilligend aufs Bett. Sharpe hatte die Aufregung in Fox' Gesicht gesehen, als er erklärt hatte, welche Gemälde abgehängt werden sollten, und er nahm an, dass Fox ein paar für sich abzweigen wollte. Könnte er mit einem von denen vielleicht das Dach bezahlen? Der Gedanke ließ Sharpe schaudern. Ja, in seiner Jugend war er ein Dieb gewesen, aber jetzt …? *Das ist nur Kriegsbeute*, sagte er sich, doch der Gedanke widerte ihn noch immer an. Außerdem wusste er, dass Lucille das niemals gutheißen würde, und verdammt noch mal, er war jetzt Offizier!

Sergeant Reddish gehörte zu den Wachen am Bataillonslager. Er grinste Sharpe an. »Schön, Sie zu sehen, Mister Sharpe.«

»Danke, Lennie. Es ist verdammt hart, ehrlich zu sein, meinst du nicht?«

»Sir?«

»Vergiss es.« Sharpe hielt kurz inne. »Spricht zufällig einer der Männer Italienisch?«

»Die meisten können ja noch nicht einmal richtig Englisch sprechen, Sir.«

Das hätte ich mir denken können, dachte Sharpe, während er zu Morris' Zelt stapfte. Der Major saß an einem kleinen Tisch und ging seine Papiere durch, doch er stand sofort nervös auf, als Sharpe näher kam. »Colonel«, sagte er vorsichtig.

»Wir rücken ab«, erklärte Sharpe. »Lassen Sie zusammenpacken, und sorgen Sie dafür, dass das Bataillon in einer Stunde abmarschbereit ist.«

Sharpe ließ Morris erstaunt zurück und ging zu den Tischen, an denen die Hälfte der Bataillonsoffiziere über den Resten des Lunchs saßen. »Wir rücken ab«, sagte er auch hier. »Eine Stunde! Und spricht einer Ihrer Männer Italienisch?«

»Italienisch?«, wiederholte Captain Brown, als hätte er nie von so einer Sprache gehört.

»Pat Bee kann das«, sagte ein Lieutenant.

»Pat Bee?«

»Patrick Bee, Sir. Er war bei der Verstärkung, die nach der Schlacht gekommen ist. Zusammen mit …« Er verstummte und nickte zu Morris' Zelt.

»Ich kenne Private Bee«, sagte Sharpe. »Schicken Sie ihn zu mir, und packen Sie zusammen.«

»Er ist in Harry Prices Kompanie, Sir.«

»Dann wird er bald hier sein.«

»Wo gehen wir denn hin, Sir?«

»Zum Louvre.«

Eine Stunde später trat das Bataillon an, und Sharpe ging die Reihen entlang. Dabei fiel ihm auf, wie schäbig die Uniformen seiner Männer waren, aber die Musketen waren blitzblank. Harry Price hatte die Leichte Kompanie wieder zurückgebracht, und Sharpe behielt die meisten ihrer Männer bei sich. Price selbst und fünfzehn Mann schickte er jedoch wieder als Wachen zum Haus der Witwe Mauberges. »Sagen Sie Lucille, dass ich im Louvre bin«, befahl er Price. »Und um Himmels willen sorgen Sie dafür, dass ihr und dem Jungen nichts passiert.«

»Das werde ich«, versicherte ihm Price.

»Und vergessen Sie die Posten am Gut der Delaunays«, fuhr Sharpe fort. »Das ist jetzt Sache der Preußen.«

Morris war beritten, und Sharpe wünschte, er hätte sein eigenes Pferd wieder zurück. »Pat«, sagte er zu Harper, »hat Fox dir gesagt, was er mit unseren Pferden gemacht hat?«

»Er hat gesagt, sie hätten einen sicheren Stellplatz.«

»Ich will meins zurück.«

»Ich meins auch.«

»Ich werde mit ihm reden«, sagte Sharpe und drehte sich zu Harry Price um, der mit dem zerbrechlich wirkenden Private Bee auf ihn zukam. Bee sah verängstigt aus, als er sich Sharpe näherte. »Sir?«

»Du sprichst Italienisch, Bee?«

»Ja, Sir.«

»Gutes Italienisch?«

»Ja, Sir.«

»Wo hast du das gelernt?«

»Meine Mutter ist Italienerin, Sir«, antwortete Bee. »Vater Ire, Mutter Italienerin, Sir.«

»Guter Junge«, warf Harper ein.

Sharpe holte eine der 20-Franc-Napoleons aus seiner Börse und gab sie Harper. »Geh mit Sergeant Harper«, befahl er Bee, »und sag einem Italiener, dass wir seine Leitern kaufen wollen. Er benutzt sie, um ein paar Affen vorzuführen, aber wir brauchen die Leitern mehr als die Viecher.« Er schaute zu Harper. »Du wirst Männer brauchen, um das alles zu tragen, Pat. Nimm den Rest der Leichten Kompanie. Und du wirst dir keinen, ich wiederhole *keinen* Affen kaufen.«

»Ich würde noch nicht einmal im Traum daran denken, Sir«, erwiderte Harper.

»Komm mit uns zum Louvre, Pat, und dann geh mit Private Bee und holt die Leitern. Mehr nicht!«

»Mehr nicht, Sir«, erklärte Harper in feierlichem Ernst.

Sharpe rief nach Captain Jefferson, seinem aristokratischsten Offizier, und er schickte ihn zu General Halkett, um ihm zu sagen, dass er mit den Prince of Wales Own Volunteers zum Louvre marschiere. »Ich will verdammt sein, wenn wir hier biwakieren«, erklärte Sharpe und schaute sich in dem feuchten Waldland um. »Also werden wir uns im Museum einquartieren.«

Der Herzog hatte das zwar ausdrücklich verboten, aber für Sharpe ergab es schlicht keinen Sinn, die Galerien nachts unbewacht zu lassen. »Sagen Sie Halkett, das geschehe auf Bitte des Herzogs, und dann gehen Sie zum Herzog und sagen ihm, das sei Halketts Idee.«

Und dann marschierte das Bataillon. Sharpe führte es an, und Harper und Bee marschierten neben ihm. »Das Komische, Private Bee«, sagte Sharpe, »ist, dass ich vor weniger als zwanzig Jahren selbst noch Private war. Und jetzt schicke ich Boten zum Herzog von Wellington.«

»Und Sie kaufen Affenleitern« warf Harper ein.

»Was ich damit sagen will, Bee, ist, dass du das Gleiche schaffen kannst!«

»Ich, Sir?«

»Wenn du klug bist und deine Nase sauber hältst – warum nicht? Erst wirst du Sergeant und lernst Lesen und Schreiben. Die Armee braucht gute Offiziere.«

»Ich kann schon lesen, Sir.«

»Ach, ja?«

»Das hat mir meine Mutter beigebracht, Sir.«

»Dann hast du den halben Weg schon geschafft«, sagte Sharpe. »Gibt es in der Bow Road noch immer diesen Pub mit Namen The Saracen's Head?«

»Ja, Sir.«

»Man hat mir erzählt, meine Mutter habe dort gelebt«, erzählte Sharpe.

Bee war kein Narr. Er sah überrascht aus und lief sogar rot an. »Sie …«, begann er taktvoll und verstummte dann.

»Ja, war sie, Bee. Und eines Tages werden du und ich dort einen trinken. Du zahlst.«

»Jawohl, Sir.«

Sharpe stellte sicher, dass Price und seine paar Männer wieder zum Hôtel Mauberges abbogen, dann marschierte er weiter in die Stadt. Plötzlich hörte er hinter sich das Geräusch marschierender Stiefel, und er wusste, dass das Bataillon den Parisern ein Schauspiel bot. Sie waren stolz. Ihre Waffen mochten ja zerkratzt und verbeult sein, ihre Uniformen verschlissen und ihre Schuhe voller Dreck, aber bei Gott, sie hatten das Beste besiegt, was der Kaiser ihnen hatte entgegenwerfen können.

Sharpe erinnerte sich an den Morgen der Schlacht, als die ersten schwachen Sonnenstrahlen auf den südlichen Hügelkamm gefallen waren, wo der Kaiser seine Armee hatte antreten lassen. Es war eine funkelnde Masse von Uniformen, Brustpanzern, Lanzen, Kanonen und Bajonetten gewesen. Diese Parade war dafür gedacht gewesen, den wartenden Rotröcken Angst einzujagen, eine Zurschaustellung imperialer Pracht, während Trommeln den Briten ihren bevorstehenden Tod angedroht hatten. Selbst Sharpe, der schon öfter gegen die Männer des Kaisers gekämpft hatte, als er sich erinnern konnte, hatte dieser Anblick Ehrfurcht gelehrt: die flatternden Banner der Ulanen, die Reihen riesiger Kanonen und die Horden von Infanterie, die laut *Vive l'Empereur* gebrüllt hatten, wann immer die Trommeln kurz verstummt waren.

Doch als diese prächtige Masse von Männern das Tal durchquert hatte, da hatte sie sich zerlumpten Bataillonen aus den Londoner Armenvierteln gegenübergesehen, aus den englischen Grafschaften, aus Irland und aus den schottischen Einöden und von den walisischen Hügeln. Und diese zerlumpten Männer hatten die Besten aus Napoleons Imperium in den Schlamm getreten, und jetzt waren sie die Eroberer von Paris. Und diese Eroberer waren noch immer zerlumpt und verdreckt, doch Sharpe war stolz auf sie. Sie waren Soldaten, und sie hatten sich durch die Hölle gekämpft, um die Hauptstadt des Feindes zu erreichen. Jetzt drehte er sich zu ihnen um, und er sah, wie stolz sie hinter ihren Standarten marschierten, jeder Schritt angetrieben von einem halben Dutzend Trommler. »Gott«, sagte Sharpe zu Harper, »sie sehen verdammt gut aus.«

»Sie sehen furchtbar aus, Sir, jawohl. Aber ich würde nicht gegen sie kämpfen wollen.«

»Ich bete auch, dass du das nie musst, Pat.«

»Zumindest, solange Sie nicht einer von ihnen sind, Sir«, erwiderte Harper. »Es wäre wirklich eine Schande, Sie umbringen zu müssen.«

Der Hauch eines Lächelns huschte über Sharpes Gesicht. Dann ließ er das Bataillon auf den Hof des Louvre schwenken und anhalten. Als alle da waren, stieg er die paar Stufen zum Eingang hinauf und ließ seinen Blick über die Männer schweifen. »Das ist das *Musée Napoléon*«, sagte er, »und die Froschfresser werden euch sagen, es sei das wichtigste Museum der Welt. Wir sollen es bewachen! Die verdammten Froschfresser haben in ganz Europa Bilder gestohlen, und wir werden sie wieder dorthin zurückschicken, wo sie hergekommen sind. Es ist möglich, dass das einige Leute ziemlich wütend machen wird, und diese Leute könnten versuchen, uns aufzuhalten. Aber *ihr* werdet *sie* aufhalten! Schießt aber nicht auf sie, es sei denn, sie schießen zuerst! Kolben und Bajonette sollten reichen. Ihr werdet im Museum leben und schlafen, und ihr werdet dort kein Feuer machen! Auch werdet ihr mit Holzkohle keine Schnurrbärte auf die Bilder malen! Ihr werdet euch verdammt noch mal benehmen!« Sharpe sah, dass mehrere Zivilisten ihm zuhörten. »Ihr werdet diesen Ort mit Respekt behandeln!«

»Werden sie nicht«, sagte Morris säuerlich, als sie ins Vestibül gingen.

»Sie mögen doch Disziplin so sehr«, knurrte Sharpe. »Also halten Sie sie aufrecht. Und postieren Sie je eine halbe Kompanie an jeder Tür, die aus dem Museum hinausführt. Der Rest kann dann zu mir in den *Salon des Empereurs.*«

»Und der ist wo?«

»Da, wo ich sein werde«, antwortete Sharpe.

Er wusste, dass er rüde und stur gewesen war, aber er hatte seinen Hass auf Morris jahrelang genährt. Im selben Moment, da Private Sharpe die Falschheit des Mannes erkannt hatte, hatte er auch die Angst erkannt, die sich hinter der Prahlerei verbarg. Viele Offiziere fürchteten ihre eigenen Männer, aber Morris hatte regelrecht Panik vor seinen Rotröcken, und als Folge davon wollte er dafür sorgen, dass seine Männer mehr Angst vor ihm hatten als er vor ihnen. Doch anstatt sich zu fürchten, hassten sie ihn schlicht, und Sharpe wünschte, Morris hätte die Auspeitschungen durchgezogen, denn dann hätte er ihm endlich das Fleisch vom Rücken reißen können. Allein die Vorstellung ließ ihn schon befriedigt lächeln.

»Die Leitern sind hier, Sir!«, riss eine fröhliche Stimme Sharpe aus seinen Gedanken. Er drehte sich um und sah Harper durch das Vestibül kommen. »Aber der Mann will sie wieder zurück. Wir haben sie nur geliehen.«

»Gut gemacht, Pat.«

»Dieser Italiener ist übrigens ein netter Kerl.«

»Hat Private Bee mit ihm gesprochen?«

»Sie haben geplappert wie die Affen. Der kleine Kerl ist Gold wert.«

Plötzlich hallte Lachen vom Eingang zu ihnen, und Sharpe ging darauf zu.

»Wo wollen Sie die Leitern hinhaben, Sir?«, fragte Harper laut.

»Staple sie einfach irgendwo, Pat«, antwortete Sharpe und blieb dann stehen.

Private Bee war von der halben Grenadierkompanie umringt, die eigentlich den Haupteingang bewachen sollte, und auf Bees Schulter saß ein Affe.

»Sir …«, begann Harper.

»Verdammt noch mal, *Pat*!«

»Das ist doch nur ein winziger Affe, Sir.«

»Habe ich dir nicht gesagt, du sollst keinen kaufen?«

»Habe ich auch nicht, Sir! Das ist Klein-Patricks Affe!«

»Gott stehe uns bei«, seufzte Sharpe. »Und mit was füttert man den?«

»Der Italiener hat gesagt mit Gemüse, Obst und Nüssen. Und Charlie wird auch Käfer fressen. Der kleine Kerl liebt Kakerlaken!«

»Charlie?«

»So nennen wir ihn.«

»Nach Major Morris?«

Harper grinste zur Antwort und schnippte mit den Fingern. »He, Charlie! Komm her!«

Das Tier schaute Harper an und sprang, doch nicht, um den Befehl zu befolgen, sondern offensichtlich in dem Versuch zu fliehen. Private Bee griff sofort nach der Leine, bekam sie aber nicht zu fassen, und der Affe huschte über den Boden, verfolgt von den schreienden Rotröcken. Sharpe versuchte, auf die Leine zu treten, verfehlte sein Ziel aber, und das Tier rannte in die Galerien. Sharpe folgte dem Vieh und sah, wie es den vergoldeten Rahmen des Raffael-Gemäldes hinaufkletterte, um von dort auf seine Verfolger hinabzustarren. Dann, mit offensichtlicher Absicht, pisste der Affe ausgiebig hinunter.

»Gott schütze Irland«, sagte Harper. »Der kleine Scheißer hat gerade auf Jesus gepisst.«

»Und ich werde gleich auf dich pissen …«, begann Sharpe, doch just in dem Moment hallte ein Schuss vom Museumseingang zu ihnen herüber. »Oh, Scheiße!«, fluchte Sharpe. Er rannte zu den großen Türen zurück, stürmte hindurch und sah Reiter im Hof. »Wer hat da geschossen?«, bellte er die Grenadiere oben an der Treppe an.

»Nicht wir, Sir«, antwortete Sergeant Reddish. Er wirkte nervös.

»Das klang wie ein Gewehr«, bemerkte einer der Männer.

»Aber er hat sein Ziel verfehlt«, sagte eine weitere Stimme kalt, und Sharpe drehte sich um und sah, wie der Herzog von Wellington vom Pferd stieg und begleitet von seinen Stabsoffizieren auf sie zukam.

»Mylord«, sagte Sharpe und nahm Haltung an.

»Offenbar haben Sie recht, Sharpe. Jemand will mich tot sehen.« Der Herzog war nicht erfreut.

Sharpe schaute nach links und sah sich verflüchtigenden Rauch auf dem Dach eines hohen Gebäudes. »Sergeant Reddish!«

»Sir?«

»Ein Dutzend Mann! Dorthin!«

»Ist das nicht ein wenig zu spät, Colonel?«, fragte der Herzog spöttisch.

»Ich will nicht, dass da jemand wartet, bis Sie wieder aufbrechen, Mylord.«

»Weitermachen, Sergeant«, sagte der Herzog. Er verzog das Gesicht und schaute wieder zu Sharpe. »Sie haben mir einiges zu erklären.« Während er sprach, stieg er ins Vestibül hinauf. Dann blieb er stehen und starrte ein, zwei Sekunden lang auf den Affen, der nun auf dem Kopf einer Statue hockte und sich ausgiebig kratzte. »Sie lieben es wirklich, Befehle zu missachten, Sharpe.« Er setzte sich wieder in Bewegung.

»Wie meinen Sie das, Mylord?«, fragte Sharpe, dem nichts Besseres einfiel.

»Ich habe nicht Befehl gegeben, dass Ihr Bataillon sich hier einquartieren soll.«

»Mister Fox brennt darauf, endlich seine Arbeit zu tun, Mylord. Da schien es sinnvoll zu sein, rund um die Uhr zu arbeiten.«

Der Herzog grunzte und marschierte weiter. »Doch die

permanente Präsenz eines Bataillons Rotröcke in diesem Gebäude wird für Unzufriedenheit sorgen.«

»Die Pariser sind auch so schon unzufrieden, Mylord.«

Ein weiteres Grunzen, dann blieb der Herzog wieder stehen und wirbelte zu Sharpe herum. »Die Preußen bestehen darauf, dass sich auf dem Gut der Delaunays kein Bataillon versteckt.«

»Sie könnten ihr Quartier verlegt haben, Mylord«, sagte Sharpe unsicher.

»Und der Mann, der gerade auf mich geschossen hat? Gehört der auch dazu?«

»Das kann ich nicht wissen, Mylord. Aber ich glaube, dass Colonel Lanier es weiter versuchen wird.«

»Dann finden Sie ihn, Sharpe. Diese verdammten Bilder können warten. Ihre einzige Aufgabe ist jetzt, Lanier und seine Männer zu finden. Töten Sie sie, Sharpe. Machen Sie diesem Unsinn ein Ende. Und diesen Befehl werden Sie nicht missachten.«

»Kann ich das Bataillon einsetzen, Mylord?«

»Offenbar kann ich Sie ohnehin nicht davon abhalten.« Der Herzog kehrte ins Vestibül zurück und blieb dann plötzlich wieder stehen. »Ich hätte das fast vergessen«, sagte er. »Heute Abend werden Sie mit mir essen, Sharpe. Sieben Uhr. Bringen Sie Ihre Dame mit.«

»Jawohl, Mylord.«

Und Sharpe freute sich, denn genau wie Charlie, der Affe, war er gerade von der Leine gelassen worden.

Teil drei

Der Kampf

KAPITEL 11

»Gebleichtes Leinen«, sagte Lucille und knöpfte das weiße Hemd an Sharps Hals zu. »Brandneu und sauber.«

»Hast du das hier gekauft? In Paris?«, fragte Sharpe.

»In Lisieux. Monsieur Ballat hat das geschneidert.« Lucille reichte Sharpe ein Jackett, das aus so dunkelgrünem Stoff gefertigt war, dass es fast schwarz wirkte. »Das habe ich nach den Maßen deines alten Rocks schneidern lassen. Monsieur Ballat hat alle Uniformen für den Comte gemacht. Er ist wirklich ein guter Schneider.«

»Und ohne Zweifel nicht gerade billig«, knurrte Sharpe, als er das Jackett anzog.

»Gute Kleider sind niemals billig.« Lucille trat einen Schritt zurück und musterte Sharpe von Kopf bis Fuß. »Das sieht gut aus, Richard. Das ist englischer Stoff. Lammwolle.«

Sharpe betrachtete sich im Schlafzimmerspiegel. Der neue Rock sah wirklich gut aus. Er saß eng, und vor allem war er sauber. »Ich brauche keine neue Uniform«, knurrte Sharpe dennoch. »Die alte trage ich schon seit fünf Jahren. Länger vermutlich.«

»Ja, Liebling«, erwiderte Lucille, »und zum Dinner mit dem Herzog wirst du sie *nicht* tragen.«

»Da ist kein Eichenlaub«, beschwerte sich Sharpe. Sein altes Jackett, das nun auf dem Stuhl lag, hatte Eichenlaubstickereien am Ärmel. Sie verrieten, dass Sharpe einst in einem Verlorenen Haufen gekämpft hatte, und darauf war er stolz.

»Jeanette wird die Abzeichen von deinem alten Rock abmachen und auf diesen nähen. Jetzt probier die mal.« Lucille hielt Sharpe eine Hose hin, die aus dem gleichen Stoff gefertigt war.

»Nein, ich werde die hier tragen«, erklärte Sharpe entschlossen. Er hatte die mit Leder verstärkte Hose einem toten, französischen Kavallerieoffizier abgenommen, und der Blutfleck am rechten Oberschenkel war nie wirklich rausgegangen.

»Sie ist ausgeleiert und verschlissen!«

»Und es ist meine«, erwiderte Sharpe stur. »Sie ist bequem.«

»Und sie muss geflickt werden«, sagte Lucille geduldig. Sie trat vor ihn und öffnete die zwölf Silberknöpfe des Jacketts. »Zieh das aus und dann die Hose. Probier sie doch nur einmal aus.«

Die Hose passte genauso perfekt wie das Jackett. »Ich komme mir wie ein Idiot vor«, sagte Sharpe. »Ich will sowieso nicht zu dem verdammten Dinner!«

»Ich aber«, erwiderte Lucille, »und wir werden auch gehen. Die Comtesse hat uns ihre Kutsche angeboten, und Pat wird unser Kutscher sein.«

»Du magst doch kein Lammfleisch«, sagte Sharpe.

»Ja, es ist nicht mein Lieblingsessen.«

»Und es wird Lammfleisch geben«, erklärte Sharpe. »Das gibt es immer. Mit Essigsoße.«

»Und ich werde es essen und dankbar sein«, sagte Lucille ruhig. »Es war sehr freundlich vom Herzog, uns einzuladen.«

»Er ist nie freundlich«, knurrte Sharpe. »Er plant etwas, und diese Hose ist viel zu eng.«

»Die soll auch eng sein – und die Stiefel da kannst du auch nicht tragen.«

Sharpe zog die Stiefel trotzdem an und stampfte mit den Füßen. »Das sind die Stiefel eines Toten, Liebling«, sagte er. »Etwas Besseres gibt es für einen Soldaten nicht.«

»Selbst die Schuhe eines Toten kann man säubern.«

»Sie werden doch nur wieder dreckig.«

»In denen kannst du nicht tanzen!«

»Ich kann ohnehin nicht tanzen«, sagte Sharpe und riss besorgt die Augen auf. »Heute Abend wird doch nicht getanzt, oder?«

»Ich bezweifle es«, seufzte Lucille traurig. »Nur Dinner.«

»Lammfleisch und Essig!« Sharpe zog den neuen Rock wieder an, und insgeheim gefiel er ihm sogar. »Und Jeanette wird das Eichenlaub draufnähen?«

»Sie wird sofort damit anfangen.«

»Und vor morgen kommt es dann wieder auf die alte Jacke?«

»Natürlich.« Lucille seufzte erneut und gab Sharpe eine scharlachrote Offiziersschärpe. »Das ist Seide«, sagte sie, »und die habe ich selbst genäht.«

Sharpe schaute in den Spiegel und sah einen Fremden: einen Mann in elegant geschneiderter Uniform und mit den Epauletten eines höheren Offiziers, und er dachte an seine allererste Uniform zurück, den roten Rock der 33rd, dazu eine weiße Hose, die sich langsam rosa verfärbt hatte, weil das Rot des Rocks vom Regen ausgewaschen wurde. »In ein, zwei Monaten«, sagte er, »werde ich nie mehr eine Uniform tragen.«

»Natürlich wirst du das! Wir werden zu Abendessen und Partys gehen müssen!«

Sharpe brummte mürrisch. Dann zog er Schärpe und Rock wieder aus und gab sie Lucille. »Und was trägst du?«

»Etwas, das dir gefallen wird«, antwortete Lucille. »Wir

müssen erst in einer Stunde aufbrechen. Du hast also noch genug Zeit, um dich zu rasieren.«

Sharpe murmelte etwas vor sich hin von wegen, dass er sein Rasiermesser verlegt hätte. Dann zog er seine alte Uniform wieder an, allerdings ohne das Abzeichen mit dem Eichenlaub, das Lucille noch schnell vom Ärmel geschnitten hatte, und schließlich ging er hinaus, um nach den Wachen zu sehen. Er fand Harper beim Putzen der Kutsche der Comtesse.

»Das Lederverdeck ist verrottet«, sagte Harper. »Also beten Sie, dass es nicht regnen wird.«

»Das ist doch alles verdammter Unsinn, Pat. Und warum will der Herzog uns überhaupt bei einem Dinner haben?«

»Vermutlich will er nicht *Sie*, Sir, sondern Lucille. Der Mann ist kein Narr.«

Und Lucille sah tatsächlich wie eine himmlische Erscheinung aus, als Sharpe wieder zu ihr zurückkehrte, um sich umzuziehen. Sie trug ein enges, tief ausgeschnittenes Kleid aus grauer Seide.

»Ich habe eine bessere Idee«, sagte Sharpe. »Wir bleiben hier.«

»Zieh dich um, Richard«, sagte Lucille geduldig und legte sich eine Perlenkette um den Hals. »Die hat mir die Comtesse geliehen«, erklärte sie.

»Der Herzog hätte sie auch einladen sollen.«

»Das hätte sie nicht angenommen. Sie ist Bonaparte nach wie vor treu ergeben.«

»Die dumme alte Fledermaus.«

»Richard! Sie war so gut zu uns!«

»Und du?«, fragte Sharpe. »Vermisst du Bonaparte denn nicht?«

Lucille seufzte. »Er war immer sehr großzügig zu mir,

und er war ein kluger Mann. Er *ist* ein kluger Mann. Aber jetzt sind so viele gestorben, Richard, und er hat immer nur nach mehr Männern verlangt, mehr Toten. Um Frankreich tut es mir leid, Richard, aber der Kaiser hat genug Männer getötet. Wir brauchen Frieden. So – jetzt sind wir fertig.«

Sharpe trug seine neue Uniform, die Lucille in der Normandie hatte schneidern lassen, und er fragte sich, wie viel sie wohl tatsächlich dafür bezahlt hatte – vermutlich ein kleines Vermögen. »Das war sehr nett von dir«, sagte er und klopfte auf das ausgeblichene Eichenlaub am oberen Ärmel, bevor er sich den riesigen Säbel umschnallte.

»Es war mir ein Vergnügen, Richard.« Lucille hob die Hand und streichelte ihm über die Wange. »Du hast dich nicht rasiert!«

»Keine Zeit«, rechtfertigte sich Sharpe.

»Sturer Bock«, sagte Lucille und gab ihm seinen Tschako. »Ich habe ihn abgebürstet und die Kokarde poliert. Wir sollten gehen.«

»Gott schütze Irland!«, rief Harper, als sie die Treppe hinunterkamen. »Ich hätte Sie fast nicht erkannt!« Er verneigte sich ironisch. »Ihre Kutsche erwartet Sie, Sir, Madam.«

Harper stieg auf den Kutschbock. Das Salvengewehr lag neben ihm. »Ich hätte auch mein Gewehr mitnehmen sollen«, knurrte Sharpe.

»Ich hab meins«, sagte Harper.

»Es besteht doch keine Gefahr, oder?«, fragte Lucille.

»Nicht mit mir an Ihrer Seite, Madam«, antwortete Harper fröhlich und tätschelte die riesige Waffe. Dann nahm er die Zügel. »Was für ein schöner Abend für eine Spazierfahrt!«

Die Sonne stand tief im Westen eines wolkenlosen Himmels, als die Kutsche gen Osten rollte. Passanten schauten ihnen hinterher, und Sharpe konnte dem Vergnügen nicht widerstehen, in einer offenen Kutsche und mit einer schönen Frau an seiner Seite durch Paris zu fahren. »Früher habe ich Leute in Kutschen immer beneidet«, bemerkte er.

»Und dann haben Sie sie beklaut«, warf Harper ein und bog nach Norden ab. »Es ist nicht mehr weit.«

»Wir hätten auch zu Fuß gehen können«, grummelte Sharpe.

»In diesen Schuhen?« Lucille hob den Fuß und zeigte ihre filigranen Silberschuhe.

»Rue de Faubourg Saint-Honoré«, verkündete Harper und bog noch mal nach links ab.

»Wann hast du eigentlich das Kutschfahren gelernt?«, fragte Sharpe.

»Nie, Sir! Aber das konnte ja nicht so schwer sein.«

Rotröcke standen als Wache vor dem Haus des Herzogs, einem Herrenhaus, das noch größer war als das der Comtesse. »Ah«, sagte Lucille, die das Haus erkannte, »das Hôtel Grimod de La Reynière. Der Herzog mag es bequem.«

»Das hat er sich auch verdient«, sagte Sharpe.

Die Kutsche ratterte an einem großen Zierteich mit zwei Fontänen vorbei und kam dann im Schotter der Einfahrt zum Stehen. Harper hatte genau unter einem hohen Portikus gehalten, wo ein Colonel der 1st Foot Guards vortrat, um die Tür zu öffnen und die kleine Leiter auszuklappen. Sharpe sprang als Erster hinaus, um Lucille zu helfen. »Gott steh mir bei«, murmelte er. Er hätte lieber in einer Schlacht gekämpft, als an diesem Abend hier zu sein.

»Du wirst es genießen, Richard«, sagte Lucille und strahlte. Dann hakte sie sich bei Sharpe unter und zog ihn zum Eingang, den ein Rotrock für sie öffnete.

»Ich werde auf Sie warten, Sir!«, rief Harper ihnen hinterher und fuhr weg.

Sharpe atmete tief durch und trat in eine Halle voller höherer Offiziere in reich geschmückten Uniformen. Fast alle trugen mit Juwelen besetzte Schärpen, und ein Mann in der schwarzen Uniform der Preußen trug einen Stern mit mehr Diamanten, als eine Hure am Piccadilly im ganzen Leben verdienen konnte. Der Preuße sprach gerade mit dem Herzog, der nicht wirklich so aussah, als würde er die Konversation genießen. Insgesamt waren gut ein Dutzend Männer im Raum. Sharpe kannte sie fast alle, und mit keinem von ihnen stand er auf gutem Fuß, doch dann öffnete sich eine Tür am anderen Ende des Raums, und Major Vincent kam herein und hob die Hand zum Gruß, als er Sharpe sah.

Vincents Erscheinen gab dem Herzog offenbar die Gelegenheit, das Gespräch mit dem Preußen zu beenden. Er ging zu Vincent. Kurz sprachen die beiden miteinander, dann hörte Sharpe das typische Lachen des Herzogs, und Vincent winkte Sharpe zu sich. »Du solltest besser mit mir kommen«, sagte Sharpe zu Lucille.

»Nein, ich warte hier«, erwiderte Lucille. Offensichtlich fühlte sie sich in diesem Raum voller wunderbar uniformierter Offiziere wie zu Hause.

Vincent verließ den Herzog und führte Sharpe in einen kleinen Salon. »Es ist schön, Sie zu sehen, Sharpe. Wie geht es Ihnen?«

»Ich bin verwirrt.«

»Das sind wir alle. Der Kaiser hat abgedankt, der König ist unterwegs, aber niemand scheint wirklich zu wissen, was los ist. Aber Sie haben gute Arbeit geleistet.«

»Habe ich?« Sharpe klang zweifelnd. »*La Fraternité* existiert noch immer.«

»Wirklich?« Vincent hob die Augenbrauen. »Wir neigen dazu, zu glauben, dass Fox recht hat und dass *la Fraternité* mit General Delaunay auf dem Schlachtfeld gestorben ist. Und der Herzog will Sie dafür belohnen, dass Sie Fox aus Ham befreit haben. Hiermit.« Er öffnete ein flaches schwarzes Kästchen, nicht größer als die Säbeltasche eines Kavalleristen, und holte ein emailliertes rotes Kreuz an einem roten Band heraus. »Halten Sie still, Colonel.« Er legte Sharpe das Band um den Hals, nahm noch einen glitzernden silbernen Stern aus dem Kästchen und steckte ihn Sharpe an die linke Brust. »Ich gratuliere, Sharpe.«

»Für was?«

»Der Zar von Russland hat Sie gerade mit dem Orden des heiligen Wladimir ausgezeichnet, 2. Klasse.«

Sharpe musste lachen. »Der Zar? Der weiß doch noch nicht einmal, dass ich existiere.«

»Wird er aber.«

»Und warum ich?«

»Wollen Sie die Wahrheit hören?«

»Bitte.«

»Der Zar hat den Orden geschickt und den Herzog gebeten, ihn einem würdigen Empfänger zu verleihen. Also hat der Herzog ihn Colonel Lygon angeboten, doch der hat sich geweigert.«

Sharpe konnte der Versuchung nicht widerstehen, in den Spiegel über dem Kamin zu blicken und den funkelnden Orden auf seiner Brust zu bewundern. »Warum sollte er so was verweigern?«

»Weil er nur 2. Klasse ist, und der Colonel hat das als erniedrigend empfunden. Aber Lygon ist natürlich Kavallerist, und da mangelt es bekanntermaßen an Verstand. Außerdem sieht der Stern 2. Klasse wesentlich besser aus als der

1. Klasse. Trotzdem fühlte sich Lygon regelrecht beleidigt, und so musste der Herzog einen neuen Empfänger suchen. Ich habe dann Sie vorgeschlagen, und der Herzog war einverstanden. Fühlen Sie sich auch beleidigt?«

»Nicht im Mindesten, Major. Lucille kann ihn tragen.«

»Das Ding ist natürlich recht kitschig, aber in Russland verleiht ihnen das gewisse Privilegien. Sie dürfen jetzt Leibeigene auspeitschen und in die Wolga pissen – so was eben.«

»Ich denke, darauf kann ich verzichten.«

»Dann schlage ich vor, wir gesellen uns wieder zu den anderen, und nebenbei – die Witwe Delaunay ist heute Abend auch eingeladen.«

»Verdammt«, zischte Sharpe. »Ist Fox auch hier?«

»Grundgütiger, nein! Der Empfang ist nur für Militär.«

Seltsam erfreut über den Stern des heiligen Wladimir, folgte Sharpe Vincent in den Empfangsraum, wo sich mehrere Offiziere um Lucille versammelt hatten. Er wollte sich zu ihnen gesellen, doch der Herzog entdeckte ihn und winkte ihn zu sich. »Ich gratuliere, Sharpe.«

»Zu dem Orden, Mylord?«

»Sie haben ihn sich verdient.«

»Ich hoffe, das sieht der Zar genauso.«

»Er hat gesagt, ich solle ihn einem tapferen Mann geben, also ja, er wird zufrieden sein.« Der Herzog schnippte mit den Fingern, und eine vorbeikommende Ordonnanz bot ihnen Champagner an. »Nehmen Sie, Sharpe«, befahl der Herzog.

»Danke, Mylord.«

»Ich will vor allem, dass Sie Colonel Kippen von der preußischen Armee kennenlernen. Wenn Sie im Osten der Stadt operieren, brauchen Sie einen Verbindungsoffizier, und Kippen ist Ihr Mann.«

»Sehr gut, Mylord.«

Lucille war es gelungen, ihren Bewunderern zu entkommen, und als sie das silberne Funkeln auf Sharpes Brust sah, schwebte sie durch den Raum, um sich zu ihm zu gesellen. »Euer Gnaden.« Sie knickste vor dem Herzog und spielte dann an dem Stern herum. »Richard, was ist das?«

»Das ist nur Tand, Mylady«, antwortete der Herzog, »aber verdient.« Die letzten Worte waren in perfektem Französisch gesprochen. Sharpe fiel außerdem auf, dass die typische Kälte in der Stimme des Herzogs völlig verschwunden war.

»Ich meine mich zu erinnern, dass Ihre Armee keine Orden verleiht«, erwiderte Lucille ebenfalls auf Französisch.

»Das ist in der Tat nicht unsere Art, Madame, aber ich denke trotzdem, dass jeder einen Orden verdient hätte, der in Waterloo gekämpft hat. Vielleicht wird sich diese Politik demnächst ja ändern.«

»Oh, das wäre schön, Euer Gnaden! Soldaten sind schlichte Seelen, die solchen Tand als Lohn für ihre Tapferkeit lieben«, sagte Lucille schelmisch. »Richard ist auch sehr stolz auf sein Eichenlaub.«

»Dieses Eichenlaub wird jedoch nicht für Tapferkeit verliehen, Madame, sondern für Wahnsinn.« Der Herzog warf Sharpe einen harschen Blick zu. »Warum stellen Sie sich nicht Kippen vor, Colonel?«

»Natürlich, Mylord.«

Colonel Kippen – oder Oberst Kippen –, wie der Rang auf Deutsch hieß, war der Preuße mit dem prächtigen Stern auf der Brust. Er hatte ein vernarbtes Gesicht, einen großen Schnurrbart und eine Nase, die offensichtlich einmal gebrochen worden war.

»Ich bin Infanterist«, erzählte er Sharpe und sparte sich die formelle Begrüßung.

»Ich auch, Colonel.«

Kippen beugte sich näher zu Sharpe. »Ist das die Frau des Herzogs?«, fragte er auf Englisch und mit starkem Akzent.

Sharpe schaute zum Herzog zurück, der lächelnd mit Lucille plauderte. »Nein, meine«, antwortete Sharpe.

»Aaah! Dann sind Sie ein glücklicher Infanterist! Ist sie Engländerin?«

»Französin.«

»Kriegsbeute, was?«

Sharpe hatte keine Ahnung, was er darauf erwidern sollte, also schwieg er lieber.

»Ich bin Ihnen zugeteilt worden«, sagte Kippen. »Könnten Sie so eine Frau auch für mich finden?«

»Sie ist einmalig«, erwiderte Sharpe kalt.

»Und Sie sind Colonel Scharf, ja?«

»Sharpe«, korrigierte Sharpe ihn noch immer kalt.

»*Scharf* ist unser Wort für Sharpe«, erklärte Kippen offensichtlich amüsiert. »Und Sie sind auch der Mann, der sagt, er habe ein Infanteriebataillon auf diesem Weingut gesehen, ja?«

»Ich denke, schon.«

»Dann muss ich Ihnen sagen, dass wir dort alles durchsucht haben, und außer einer äußerst unangenehmen alten Frau haben wir nichts gefunden.«

Die unangenehme alte Frau traf just in diesem Augenblick ein. Ihr rechter Arm lag in einer Schlinge aus schwarzem Stoff, und sie hatte die rote Schleife ihres verstorbenen Gatten daran gesteckt, zusammen mit dem funkelnden Orden der Ehrenlegion. So konnte niemand übersehen, wem ihre Treue galt, und sie trug auch emaillierte Veilchen als Brosche, Napoleons Lieblingsblumen. In der Tür blieb sie kurz stehen und schaute sich verächtlich um. »Oh, gut«, sagte sie laut, »kein Fettsack weit und breit. Ich hatte schon Angst, Sie hätten auch ihn eingeladen.«

»Fettsack?«, fragte der Herzog steif.

»Der widerliche Ludwig, angeblich der König von Frankreich.«

»Ich glaube, Seine Majestät trifft erst in zwei Tagen ein«, erwiderte der Herzog. »Seien Sie willkommen, Madame.«

Die Witwe Delaunay schnaubte verächtlich. »Als ich das letzte Mal mit Euer Gnaden diniert habe, war der Wein schrecklich. Untrinkbar!«

»Ich vertraue darauf, dass Sie die Auswahl heute Abend genießen werden, Madame.«

»Ich habe Ihnen Wein als Geschenk mitgebracht«, sagte die alte Frau. »Meine Leute laden ihn gerade aus. Gibt es hier einen Keller?«

»Sie sind wirklich zu freundlich, Madame«, erwiderte der Herzog verwirrt. Er nickte Captain Burrell zu. »Zeigen Sie den Männern von Madame die Keller, Captain. Und ich denke, der Rest von uns kann jetzt durchgehen.« Er bot Lucille den Arm an und ging durch die neu geöffneten Türen in einen von Kerzen erhellten Speisesaal, wo Silber und Kristall auf einem langen Tisch funkelte. Kleine Platzkarten verrieten, wer wo sitzen sollte, und Sharpe fand sich zwischen Kippen und General Halkett wieder. Lucille saß zur Rechten des Herzogs und Madame Delaunay links. »Der Peer zieht weibliche Gesellschaft immer vor«, bemerkte Halkett zu Sharpe.

»Können Sie ihm das verübeln, Sir?«

»Er verdient natürlich das Beste, aber ich bin nicht sicher, ob er sich wirklich einen Ritt auf dieser Witwe wünscht.« Halkett, ein anständiger Mann, grinste plötzlich. »Haben Sie wirklich gedroht, Ihren neuen Major auszupeitschen?«

»Ja, das habe ich, Sir.«

»Er hat sich bei mir beschwert.« So hatte der Herzog also von der Drohung erfahren.

»Das tut mir leid, Sir.«

»Aber warum eigentlich, Sharpe? Der Kerl schien mir ganz anständig zu sein.«

»Vor langer Zeit, Sir, hat er mich für etwas auspeitschen lassen, was ich nicht getan habe, und das wusste er.«

»Grundgütiger, Sharpe! Sie sind ausgepeitscht worden?«

»Ja, Sir, das bin ich. Und es hat verdammt wehgetan.«

»Das ist ja auch der Sinn davon, oder? Aber offensichtlich schadet es nicht der Karriere.«

Das Gespräch wurde unterbrochen, als eine Ordonnanz einen Suppenteller vor Sharpe stellte und dann eine dunkle, durchsichtige Flüssigkeit hineinschöpfte. Eine weitere Ordonnanz goss gleichzeitig Wein in die drei Gläser vor Sharpe.

»Consommé vom Fasan«, verkündete der Butler des Herzogs, »dazu Muscadet.«

Das provozierte ein Schnauben der Witwe. »Keine Klöße?«, fragte sie.

»Klöße, Madame?«, hakte der Herzog nach.

»Spatzenklöße. Die sind sehr gut zu Consommé. Lerchen sind natürlich noch besser, wenn man welche bekommen kann. Man tunkt sie in Teig und kocht sie. Deliziös.«

»Würden Sie Morris wirklich auspeitschen?«, fragte Halkett leise.

»Mit Freuden, Sir.«

»Ja, das habe ich dem Herzog auch gesagt, und er war amüsiert.«

»Also, mir gegenüber hat er nicht so amüsiert geklungen, Sir.«

»Ja, das kann ich mir denken. Die Suppe ist übrigens ziemlich gut.«

Sharpe hob gerade den Löffel an den Mund, als ein gewaltiges Krachen durchs Haus hallte und die Gäste erschreckte. »Was zum …?« Der Herzog runzelte die Stirn.

Ein weiteres Krachen ertönte. Es klang, als würde jemand eine Tür einschlagen, und dann folgte ein bedrohliches Grollen – wie Donner. Schließlich war ein weiteres Krachen zu hören, diesmal leiser, ein Warnruf, und einen Moment später erschien Captain Burrell in der Tür, lief zum Herzog und beugte sich zu seinem Ohr. Der Herzog hörte zu, verzog das Gesicht und schaute dann zu Sharpe.

»Colonel, ich hasse es, Sie beim Essen zu stören, aber einige Männer haben die äußere Kellertür durchbrochen. Sagen Sie ihnen, sie sollen mit dem Lärm aufhören!«

»Mit Vergnügen, Sir«, erwiderte Sharpe und stand auf. Lucille schaute ihn besorgt an, doch Sharpe war insgeheim froh, der formellen Zusammenkunft entfliehen zu können. Außerdem freute es ihn, dass sich der Herzog in einem Notfall wieder einmal an ihn gewandt hatte. Er winkte Captain Burrell. »Können Sie mir den Weg zeigen?«

»Jawohl, Sir.«

Burrell führte ihn in den Flur. »Sie liefern Wein, Colonel, und sie haben beschlossen, die äußere Kellertür zu nutzen, doch die war verschlossen. Deshalb haben sie sie einfach aufgebrochen!«

Sharpe folgte Burrell auf die Seite des Hauses, zu einem von zwei Pferden gezogenen Wagen. Die Männer – Sharpe sah sechs – rollten Fässer über eine Rampe von der Ladefläche herunter. Dann nahmen zwei weitere Männer die Fässer in Empfang und rollten sie über Bretter, die man die Kellertreppe hinuntergelegt hatte, und jedes Mal, wenn ein Fass auf dem Steinboden landete, krachte es.

»Aufhören!«, brüllte Sharpe und packte einen der Männer am Ellbogen. »Ihr werdet die Fässer in den Keller *tragen.*«

Der Mann, dessen Ellbogen Sharpe gepackt hatte, drehte sich einfach um und versuchte, Sharpe die Faust in den Magen zu rammen, doch Sharpe drehte sich in den Schlag hinein, sodass der Mann sein Ziel verfehlte, und riss das Knie hoch. Der Kerl klappte stöhnend zusammen, und Sharpe schlug ihm mit der Faust auf den Kopf. »Ich habe gesagt: Aufhören!«

Ein zweiter Mann machte einen Schritt auf Sharpe zu, doch dann erklang eine harte Stimme: »Es reicht, Sergeant!« Der Kerl blieb stehen. Der Sprecher stand am Fuß der Kellertreppe und stieg nun die Stufen hinauf zu Sharpe. »Gibt es ein Problem, Monsieur?«, fragte er.

»Der Herzog will, dass dieser Lärm aufhört. Also hören Sie auf mit was auch immer Sie da tun.«

»Wir bringen dem Herzog Wein zum Geschenk«, sagte der Mann.

Er trug einen schlichten braunen Mantel über einer schwarzen Hose, doch seine Körperhaltung verriet, dass er ein Soldat war. Sein Gesicht lag im Schatten, aber Sharpe hatte kein Problem, das finstere Gesicht zu erkennen, das er so oft durchs Fernrohr hindurch gesehen hatte. Das war Colonel Lanier. »Zwölf Fässer feinsten Rotwein«, sagte Lanier. Er klang amüsiert. »Will der Herzog das Geschenk nicht?«

»Der Herzog will sein Geschenk in aller Stille empfangen«, erklärte Sharpe. »Ihre Männer können die Fässer auch runter*tragen.*«

»Aaah! Stören wir den Herzog beim Dinner?«

»Tragen Sie sie einfach!«, befahl Sharpe. »Vorsichtig!«

»Ihr habt ihn gehört!«, rief Lanier. »Auf Zehenspitzen die Stufen runter, Jungs! Und seid vorsichtig!«

Sharpe drängte sich an Lanier vorbei und ging in den Keller hinunter, wo drei Fässer auf dem Steinboden lagen. Eine Laterne spendete nur wenig Licht. Sharpe rollte eines der Fässer zu einem Weinregal und stellte es auf. Irgendetwas kam ihm seltsam vor, als er das Fass hörte, doch ihm blieb keine Zeit, darüber nachzudenken, denn Lanier war ihm gefolgt. »Sollen wir die anderen Fässer auch da hinstellen, Monsieur?« Er sprach Englisch.

»Ja, hierhin«, antwortete Sharpe. »Und Sie sind?«

»Henri Fellion, einer von Madame Delaunays Winzern. Und Sie, Monsieur?«

»Sharpe. Colonel Sharpe.«

»Dieser Wein ist vier Jahre alt. Er sollte sofort getrunken werden. Madame war sehr großzügig. 1811 war ein guter Jahrgang.«

»Sie haben die Tür aufgebrochen«, sagte Sharpe vorwurfsvoll. Er überlegte noch immer, was ihm an dem Fass so seltsam vorgekommen war.

»Das tut mir leid, Monsieur, aber es gab keinen Schlüssel. Wir können Männer schicken, um das zu reparieren.«

Captain Burrell war ebenfalls die Treppe heruntergekommen und schaute nun zu, wie die Bretter von den Stufen genommen wurden, damit man die nächsten Fässer runtertragen konnte. »Der ist ja noch ein Junge«, bemerkte Lanier zu Sharpe und nickte zu Burrell.

»Sie haben auch solche Jungen in der Armee.«

Ein Lächeln huschte über Laniers Gesicht, als habe er erkannt, dass Sharpe nicht so dumm war zu glauben, er sei tatsächlich Winzer. »Ja, die haben wir. Sie sind sehr dekorativ, tapfer und völlig nutzlos. Sie sterben schnell.«

»Und wer ist nützlich?«

»Männer, die ihr Handwerk verstehen, Colonel. Geben Sie mir Offiziere, die schon als einfache Soldaten gekämpft haben.«

»Sie haben also gedient, Monsieur Fellion?«, fragte Sharpe.

»Wir haben da keine Wahl, Colonel. Bei uns herrscht Wehrpflicht.«

»Und lassen Sie mich raten«, sagte Sharpe. »Sie waren ein guter Sergeant.«

Lanier lachte. »Ich war sogar ein hervorragender Sergeant! Selbst die Generäle hatten Angst vor mir.«

»Auch der Kaiser?«

»Vor dem hatten wir alle Angst, Colonel. Und Sie? Hatten Sie keine Angst vor Ihrem Sergeant?«

»Nur, als ich noch ein einfacher Soldat war, und den Scheißkerl habe ich umgebracht.«

»Sie waren ein einfacher Soldat?«, hakte Lanier nach.

»Genau wie Sie.«

»Ich dachte, die Engländer befördern keine einfachen Soldaten zu Offizieren.«

»Nur die Verrückten«, erwiderte Sharpe.

»Die Verrückten?«

»Die, die kämpfen wie Monster«, erklärte Sharpe.

Lanier lächelte wieder, als er seinen eigenen Spitznamen erkannte. »Und Sie sind ein Monster, Colonel?«

»Ich töte Monster, Monsieur. Dafür werde ich bezahlt.«

Die beiden waren immer näher zur Laterne gerückt. Laniers Männer hatten inzwischen alle Fässer in den Keller gebracht, und nun beobachteten sie Sharpe und Lanier zusammen mit einem Captain Burrell, der sich sichtlich unwohl fühlte.

Sharpe kam zu dem Entschluss, dass er lange genug den Unwissenden gespielt hatte. »Erzählen Sie mir von Marengo, Colonel«, sagte er.

Lanier lächelte erneut. »Das war mein großer Moment, Colonel. Der Moment meines Ruhms.« Letzteres sagte er mit einem gewissen Spott. »Aber in Wahrheit haben wir den ganzen Tag gekämpft. Und Sie? Hatten Sie auch so einen Moment?«

»Talavera«, antwortete Sharpe.

»Den Spanischen Krieg habe ich verpasst. Was haben Sie da getan?«

»Ich habe einen Ihrer Adler erbeutet.«

Einen Augenblick lang wirkte Lanier beleidigt, doch dann nickte er. »Das ist wahrlich bewundernswert, Colonel.« Er klang, als meine er das ernst. Dann drehte er sich zu seinen Männern um, und Sharpe sah, dass Lanier eine lange schwarze Schnur um den Hals trug. Einen Herzschlag lang war Sharpe versucht, sich die Schnur zu schnappen, sie runterzureißen und Lanier die andere Hand in den Hals zu rammen, doch dann drehte sich Lanier wieder um, und Sharpe hatte das seltsame Gefühl, dass der Franzose seine Absicht erkannt hatte, und das amüsierte ihn. Lanier berührte den Stern auf Sharpes Brust. »Hat man Ihnen den für Tapferkeit verliehen?«, fragte er.

»Sie wissen doch, dass Sie eigentlich auf der anderen Seite der Loire sein sollten, oder?« Sharpe ignorierte die Frage und sprach in harschem Ton.

»Ich bin aus der Armee ausgetreten und geblieben, um Madame auf dem Weingut zu helfen«, sagte Lanier. »Ob Sie es nun glauben oder nicht, ich verstehe wirklich etwas davon. Mein Vater war Winzer in Burgund. Der Krieg ist vorbei, Colonel.«

»Ist er?«

Lanier deutete auf die Weinfässer. »Wir bringen Ihnen den besten Pinot Noir und keine Bajonette.« Er drehte sich zu dem kleinen Tisch mit der Laterne um. Dort standen auch eine halb volle Flasche Wein und ein Tablett mit Gläsern. »Ich nehme an, das trinkt der Herzog heute Abend?« Er goss Wein in zwei Gläser und reichte eines davon Sharpe. »Eines Tages müssen wir einander Geschichten erzählen, wie es alte Soldaten immer tun, Colonel.«

»Das würde mir gefallen«, erwiderte Sharpe.

»Auf Ihr Wohl, Colonel.« Lanier hob sein Glas.

»Auf Ihres, Colonel«, sagte Sharpe.

»Das ist ja Essig«, keuchte Lanier, nachdem er den Wein gekostet hatte. »Meine Arbeit hier ist erledigt und das Geschenk geliefert. *Au revoir*, Colonel Sharpe.«

»*Au revoir*, Colonel Lanier«, antwortete Sharpe und wurde dafür mit einem Lachen belohnt.

Verdammt, dachte Sharpe, *ich mag den Mann! Ja, er ist ein verlogener, hinterlistiger Bastard, aber ich mag ihn!* Er schaute den Männern hinterher, während sie die Treppe hinaufstiegen. Dann hörte er den Wagen wegfahren. »Das war sehr nett von ihnen, Sir«, sagte Burrell.

»Nett?«

»Sie haben uns ein Geschenk gebracht, Sir.«

Sharpe runzelte die Stirn. »Sie haben Fässer gebracht«, sagte er, »keine Flaschen. Warum?«

»Das ist nicht ungewöhnlich, Sir. Mein Vater kauft seinen Clairet immer im Fass. Wir dekantieren ihn.«

Oben an der Treppe, die ins Haus führte, öffnete sich eine Tür. »Colonel Sharpe?«, rief eine Stimme.

»Ich komme!«, antwortete Sharpe. Er schaute sich im Keller um und sah ein paar Werkzeuge auf einer Bank. Dort fand er auch Hammer und Meißel. »Was passiert, wenn man ein Weinfass rollt, Captain?«

»Keine Ahnung, Sir«, antwortete Burrell.

»Es macht ein Geräusch. Es schwappt. Haben Sie es schwappen gehört?«

»Nein, Sir.«

»Genau.« Sharpe hämmerte den Meißel in den Deckel und brach ein Stück Holz heraus. Dann schnüffelte er daran und verzog das Gesicht. »Ich wusste doch, das hier was nicht stimmt.«

»Oh, mein Gott!« Burrell war kreidebleich geworden.

»Alles ist sicher«, sagte Sharpe, »aber sie planen, später zurückzukommen.« Er steckte den Arm durch das Loch und holte eine Handvoll Schießpulver heraus.

»Ich werde die Wachen rufen.« Burrell drehte sich um.

»Sparen Sie sich die Mühe«, hielt Sharpe ihn auf. »Sie sind weg.«

»Und was sollen wir jetzt tun?«, fragte Burrell.

»Nehmen Sie sich einen Trupp Männer, und tragen Sie die Fässer in den Garten hinaus. Da gibt es doch einen Teich, nicht wahr?«

»Ja, mit einem Zierbrunnen, Sir.«

»Werfen Sie alles da rein. Dann postieren Sie eine Wache vor dem Keller, um zu sehen, wer diese Nacht zurückkommt.«

»Gütiger Herr Jesus«, keuchte Burrell. »Das sollte ich dem Herzog sagen, Sir.«

»Verderben Sie ihm nicht sein Dinner. Ich werde es ihm später sagen. Werden Sie das Zeug einfach los.«

»Sharpe!« Das war Major Vincents Stimme, die von oben kam.

»Ich komme ja!« Sharpe schlug Burrell auf die Schulter

und stieg zur Küche hinauf, wo Vincent auf ihn wartete. »Bevor Sie nicht zurück sind, können sie den Hauptgang nicht servieren«, beschwerte sich der Major.

Sharpe kehrte in den Speisesaal zurück und setzte sich. »Alles in Ordnung, Sharpe?«, verlangte der Herzog zu wissen.

»Madame Delaunay war sehr großzügig, Mylord«, antwortete Sharpe. »Ein Dutzend Fässer, Jahrgang 1811. Ich habe gehört, das sei ein ganz hervorragender Jahrgang gewesen.«

»Ja, das war er«, warf die Witwe ein.

»Haben Sie ihn probiert, Sharpe?«, fragte Halkett.

»Nein, Sir. Wir haben die Fässer einfach im Keller gelassen.« Er sprach laut genug, sodass Madame Delaunay ihn hören konnte.

»1811 war ein Komet zu sehen«, sagte die alte Witwe, »und in Jahren mit einem Kometen entsteht der beste Wein. Ich hoffe, Euer Gnaden genießt ihn.«

»Das werde ich, Madame, und ich bin Ihnen für Ihre Großzügigkeit außerordentlich dankbar.« Der Herzog funkelte Sharpe an und klatschte dann in die Hände. »Gebratene Lammkeule und Essigsoße«, verkündete er glücklich.

»Natürlich«, grummelte Halkett. Sharpe mochte Lamm, doch plötzlich fragte er sich, ob er wirklich recht gehabt hatte. Was, wenn Lanier *nicht* plante, zurückzukommen? Was, wenn sich in einem der Fässer eine langsam brennende Lunte befand? Verdammt, wäre er an Laniers Stelle gewesen, er hätte das genau so gemacht. Sharpe hätte in einem Fass einen Teil abgetrennt und eine Artilleriegranate zusammen mit einer langsam brennenden Lunte hineingetan, die in diesem Augenblick im Keller vor sich hin glimmen würde. Er hatte allerdings kein brennendes Pulver gerochen, und wenn man ein Fass luftdicht abschloss, ging die Lunte aus. Dennoch wurde Sharpe die Angst nicht los, dass das Haus jeden Moment in einen Feuerball gehüllt werden könnte.

»Bitte, verzeihen Sie«, sagte er zu dem Tisch als Ganzes, stand auf und lief in die Küche zurück. Er rannte die Treppe hinunter und in den Keller, wo gerade ein halbes Dutzend Rotröcke die letzten drei Fässer in den Garten hinaufwuchteten. Sharpe folgte ihnen und schaute zu, wie sie die Fässer über den Rasen zum Zierteich brachten. Dort wartete auch Captain Burrell. »Das ist das letzte Fass«, berichtete er Sharpe. »Alles ist sicher.«

Das Fass wurde in den Teich gerollt.

»Gut gemacht, Captain. Bewachen Sie sie weiter.«

»Das werde ich, Sir.«

Sharpe ging ins Haus zurück, wohl wissend, dass er sein plötzliches Verschwinden würde begründen müssen. Tatsächlich schaute der Herzog ihn auch unfreundlich an. »Hatten Sie Dringenderes zu tun, Colonel?«

»Ich habe vergessen, den Männern zu danken, die den Wein gebracht haben, Euer Gnaden. Ich dachte, das hätten sie verdient.«

»Obwohl sie etwas zerstört haben?«

»Die äußere Kellertür, Mylord. Sie wollten die Fässer nicht durchs Haus rollen, und sie konnten den Schlüssel nicht finden.«

Der Herzog grunzte. »Das ist wohl nachzuvollziehen. Setzen Sie sich, Sharpe. Was haben Sie ihnen gegeben?«

»Zwanzig Franc, Mylord.«

»Himmel! Das war großzügig!«

»Sie haben mir versichert, es sei auch sehr guter Wein, Mylord.«

»Er ist sogar hervorragend«, warf die Witwe ein, und Sharpe wagte es nicht, ihr in die Augen zu schauen.

»Ich werde es Ihnen natürlich wiedergeben, Sharpe«, sagte der Herzog in nach wie vor unfreundlichem Ton. Dann sägte er mit dem Messer in seine Lammkeule. Sharpe fiel auf, dass Lucilles Freude beim Essen nur gespielt war. Er zwinkerte ihr zu, und ein Lächeln huschte über ihr Gesicht.

»Planen Sie wirklich, sich in der Normandie niederzulassen, Colonel?«, fragte Halkett von links.

»Das habe ich schon, Sir«, antwortete Sharpe. »Und ich kann es kaum erwarten zurückzukehren.«

»Das ist nur allzu verständlich«, sagte Halkett und schaute zu Lucille. »Aber wenn Sie in der Armee bleiben würden, dann könnten Sie noch weiter befördert werden.«

»Das bezweifle ich, Sir. Es wird schon bald viel zu viele Colonels geben und viel zu wenig Krieg.«

»Es gibt immer Krieg, Sharpe. Das liegt in der Natur des Menschen. Sind Sie sicher, was dieses Lamm betrifft? Schmeckt wie Ziege.«

»Es ist schon lange her, seit ich zum letzten Mal Ziege gegessen habe«, sagte Sharpe, »in Portugal, glaube ich.« Und er dachte daran, wie weit er seit diesen ersten Kämpfen in Portugal gekommen war. Er schaute über den Tisch hinweg zu Lucille, die sich angeregt mit dem Herzog unterhielt. Würde er in der Normandie wirklich glücklich werden? Vielleicht sollte er doch lieber in der Armee bleiben, wie Halkett vorgeschlagen hatte. Jetzt war er ein Colonel, und weitere Beförderungen sollten kein Problem darstellen. Höhere Ränge konnte man nicht kaufen, nur sich verdienen. Wenn er lange genug leben würde, sinnierte er, dann würde er irgendwann General Sharpe sein, und allein die Vorstellung ließ ihn grinsen. General Sharpe! Das wäre wahrlich eine Leistung für jemanden, der in der Gosse von Ost-London geboren worden war, aber der Gedanke war einfach nur lächerlich, und Sharpe wusste, dass er immer der Offizier sein würde, der vom einfachen Soldaten aufgestiegen war und dessen Rücken Peitschennarben zierten.

In der Normandie musste er nichts beweisen, außer vielleicht, dass er Lucilles Land genauso gut bestellen konnte wie jeder andere Mann. Und er erinnerte sich an den Herzog von Wellington in Waterloo, inmitten des Schlachtenlärms und unter der dicken Rauchwolke. Trompeten hatten über das Feld gehallt, und Trommelschläge hatten die vorrückenden Franzosen angekündigt. Jeder Mann in der schmalen Linie oben auf dem Hügel hatte gewusst, dass da der Tod auf sie zumarschierte: Tod durch Musketenfeuer, Tod durch Bajonett, Tod durch Schrapnell und Splitter, und inmitten all dieses Schreckens hatte der Herzog gerufen, die Belohnung für all diese Qualen und dieses Sterben sei der Frieden, und für Sharpe bedeutete Frieden Lucille.

»Nein, ich werde nicht in der Armee bleiben«, sagte er zu Halkett, den die Worte ein wenig zu überraschen schienen. »Ja, die Armee war gut zu mir, Sir«, fuhr Sharpe fort, beendete seinen Gedanken aber nicht. Die Armee, dachte er, hatte ihn zu Lucille geführt. Sie hatte ihre Aufgabe also erledigt, genau wie er. Er hatte auf dem Hügel in Waterloo gekämpft, und jetzt würde er genießen, was der Herzog ihnen dort versprochen hatte: Frieden.

Nur dass Lanier dieses Versprechen brechen würde. Fox war davon ausgegangen, dass *la Fraternité* einen neuen Krieg beginnen könnte, einen Krieg der Rache für all die

Herzöge und Prinzen, und wenn Fox recht hatte, dann würde Sharpe auch in der Normandie keine Zuflucht finden, nur einen weiteren Feldzug und mehr Schlachten. »Ich habe lange genug gekämpft«, murmelte er.

»Und nur wenige waren besser«, sagte Halkett. »Sie sind schon so etwas wie eine Legende, Sharpe.«

»Das wage ich zu bezweifeln, Sir.«

»Doch, das stimmt«, widersprach Halkett ihm.

»Ich erinnere mich daran, wie mir ein Kavallerieoffizier in Indien ganz genau gesagt hat, was ich bin, Sir. Damals war ich Sergeant.« Sharpe hielt kurz inne.

»Und? Was hat er gesagt?«, hakte Halkett nach. »Erzählen Sie schon.«

»Ein Lump, Sir. Er hat gesagt, ich sei ein Lump. Und vermutlich hatte er recht damit.«

Die Reste des Lammfleisches wurden abgeräumt, die Weingläser wieder gefüllt. Dann kamen Erdbeeren auf den Tisch zusammen mit Zitroneneiscreme. Im Flur schlug eine Uhr zehn, und die Witwe stand auf. »Ich muss noch durch die ganze Stadt«, sagte sie. »Ich hoffe, Sie entschuldigen mich.«

»Es war gut, dass Sie gekommen sind«, sagte der Herzog, »und ich danke Ihnen für den Wein.«

»Ich weiß, dass Sie ihn genießen werden, Euer Gnaden.« Sie ging zur Tür und schaute dann noch mal zurück. »Colonel Sharpe! Könnte ich kurz mit Ihnen sprechen?«

Der Herzog nickte, und Sharpe folgte der Witwe in den Flur. »Madame?«

»Glauben Sie immer noch an diese dumme Geschichte?« Sie sprach Englisch.

Mehr denn je, dachte Sharpe. Dann erkannte er, dass keine langsam brennende Lunte in den Fässern gewesen sein konnte, nicht mit Madame Delaunay im Haus. Also würden Männer wieder zurückkommen, um den Verrat zu beenden.

»Man hat uns versichert, dass es keine Grundlage für diese Geschichte gebe, Madame«, antwortete er. »Jetzt ist es meine Aufgabe, die gestohlenen Kunstwerke aus dem Louvre zu holen.«

»Das ist Vandalismus! Das *Musée Napoléon* ist der wichtigste Hort der Zivilisation in ganz Europa! In der Welt sogar!«

»Ich tue nur meine Pflicht, Madame.«

»Die typische Entschuldigung eines Soldaten«, knurrte sie und beruhigte sich dann wieder. »Die Welt ändert sich, Colonel, und das ist nicht gut. Der Kaiser war ein kluger Mann und ein guter Herrscher. Wissen Sie, dass die Preußen ihn hinrichten wollen?«

»Wirklich, Madame?«

»Das sind Wilde! Aber der Herzog hat mir versichert, dass er sich für sein Leben einsetzen wird.«

»Dann lassen Sie uns hoffen, dass der Herzog lange genug lebt, um dieses Versprechen auch einzulösen.«

Madame Delaunay schaute Sharpe scharf an. »Haben Sie den Wein probiert, Colonel?«

»Dazu war keine Zeit, Madame. Außerdem lieben wir unseren Wein gekühlt, wie Sie wissen. Wir haben die Fässer in den Teich gestellt.«

»Sie …«, begann die alte Witwe, doch dann nickte sie, als sie verstand, was passiert war. »Sie sind ein kluger Mann, Colonel Sharpe. Aber das ist auch egal. Ich dachte, der fette Narr sei hier, der König. Das ist er aber nicht.«

»Und Sie haben geplant, später Männer zu schicken, um die Fässer zu entzünden, korrekt?«

»Ich habe geplant, Frankreich von einem fetten, watschelnden Monarchen zu befreien, Colonel. In was für einer Welt stirbt mein Mann, während der fette Ludwig lebt?«

»Eine Welt, in der auch meine Lucille lebt.«

»Ja, das hätte ich bedauert«, sagte Madame Delaunay. »Ich mag sie. Sie hat natürlich etwas Besseres verdient als Sie. Kümmern Sie sich gut um sie.«

»Das ist meine Absicht, Madame.«

»Dann wünsche ich Ihnen einen Gute Nacht, Colonel.« Hufschlag und das Knarren von Kutschenrädern waren unter dem Portikus zu hören, und Madame Delaunay floh eilig durch die Tür.

Im großen Salon wurden Kaffee und Cognac serviert, wo Lucille eine kleine Schar von Bewunderern um sich versammelt hatte. Sharpe ignorierte sie und ging zum Herzog, der am Fenster stand, offenbar in die Enge getrieben von Colonel Kippen, der ernst und nachdrücklich auf ihn einredete. Der Herzog wirkte erleichtert, als Sharpe sich näherte. »Colonel Kippen«, unterbracht er den Preußen, »versichert mir, das Gut der Delaunays sei feindfrei.«

»Euer Gnaden«, sagte Sharpe, »kann ich kurz mit Ihnen sprechen?«

»Bitte, entschuldigen Sie uns, Colonel.« Der Herzog wandte sich von dem Preußen ab. »Was gibt es, Sharpe?«

»Ich muss Captain Burrell loben, Mylord.«

»Ja, Jack ist ein feiner Kerl. Es freut mich, dass Sie ihn zu schätzen wissen.«

Kippen war ihnen ein Stück gefolgt, und Sharpe senkte die Stimme, um dem Herzog über den Anschlagsversuch auf das Haus zu informieren. Die Augen des Herzogs wurden immer größer. »Und Sie haben noch nicht einmal daran gedacht, mich zu warnen!«

»Und Ihr Dinner zu unterbrechen? Captain Burrell hatte die Situation absolut unter Kontrolle, Mylord.«

»Und dieses verdammte Weib war mein Gast!« Jetzt war der Herzog wütend, aber es war eine kalte Wut. »Und Lanier war hier?«

»Ich habe mit ihm gesprochen, Mylord.«

»Ich dachte, Sie hätten Befehl, den Kerl abzuknallen.«

»Ein Kampf im Haus wäre keine gute Idee gewesen, Mylord. Er hatte Männer dabei, ich nicht.«

»Das hört sich so gar nicht nach Ihnen an, Sharpe. Sie haben wohl Diskretion gelernt.« Der Herzog gab Sharpe keine Gelegenheit, darauf zu antworten. »Und jetzt sind wir sicher? Wirklich?«

»Absolut, Mylord. Captain Burrell hat das Schießpulver in den Teich geworfen.«

»Die Preußen sollen verdammt sein«, rief der Herzog laut genug, sodass Kippen ihn hören konnte. »Morgen werden wir dieses Schlangennest ausräuchern, und das ist ein Befehl!«

»Jawohl, Mylord.«

»Colonel Kippen.« Der Herzog drehte sich zu dem Preußen um. »Bitte, seien Sie so nett, Ihre Vorgesetzten darüber zu informieren, dass morgen ein britisches Bataillon im Osten der Stadt aktiv sein wird.«

»Aber …«, begann Kippen.

»Kein Aber!«, schnappte der Herzog. »Wenn Ihre Leute das nicht schaffen, werden meine das erledigen. Das heißt, Sie werden dafür verantwortlich sein, Sharpe.« Er stieß mit dem Finger auf den Stern an Sharpes Brust. »Wenn Sie doch helfen wollen«, wandte er sich wieder an Kippen, »dann führen Sie auch ein paar Männer heran. Aber das Kommando hat Colonel Sharpe. Haben Sie das verstanden?«

Der Herzog wartete nicht auf die Antwort, sondern stapfte durch den Raum davon und ließ Kippen und Sharpe allein zurück.

»Die sind nicht da!«, wandte Kippen sich flehentlich an Sharpe. »Wir haben alles durchsucht!«

»Auch die Keller?«

»Da ist nichts außer Pilzen.«

»Und der Tunnel, Colonel?«

Kippen lief rot an. »Es gibt da einen Tunnel?«

»Ja, es gibt da einen Tunnel«, erwiderte Sharpe, »und morgen werden wir den durchsuchen.«

»Da ist kein Tunnel! Den hätten wir doch gefunden. Das ist nichts außer einer Pilzfarm. Meine Männer haben gründlich gearbeitet!«

»Morgen«, sagte Sharpe. Er wurde den Mann allmählich leid. »Wenn Sie ein Teil davon sein wollen, Colonel, dann treffen Sie mich morgen Mittag am Louvre.«

»Das ist Wahnsinn!«, protestierte Kippen.

Und es war auch Wahnsinn gewesen, dachte Sharpe, und das seit dem Moment, da er seine Männer auf den Hügelkamm bei Waterloo geführt hatte. Und verdammt noch mal, der Krieg war vorbei, der Sieg errungen! Und doch musste er sich morgen *Le Monstre* und seinen Teufeln stellen. Verdammt, dachte Sharpe, aber Kippen hatte recht. Das war Wahnsinn.

KAPITEL 12

»Mitternacht«, sagte Sharpe entschlossen und legte einen Finger auf die Karte von Paris. »Sie müssen zehn Minuten vorher dort sein.« Er stocherte mit dem Finger auf der Karte herum. »Am Elefanten. Den können Sie nicht übersehen, und hier ...« Er bewegte den Finger zum Gut der Delaunays. »Wenn die Kirchenuhr Mitternacht schlägt.«

»Und die Preußen?«, fragte Major Morris.

»Wir werden am Tor warten«, sagte Kippen. »Wenn Sie eintreffen, Major, dann werden wir gemeinsam zum Haus marschieren.« Kippen hatte drei Kompanien versprochen. »Und meine Männer werden zuerst reingehen«, erklärte er, »aber sie werden nichts finden. Wir waren erst vor zwei Tagen dort, und das Haus war nicht besetzt.«

»Und wenn doch?«, fragte Morris.

»Dann werden Sie sie verjagen«, antwortete Sharpe.

»Aber die Preußen gehen als Erste rein, ja?«, hakte Morris nervös nach.

»Sie werden *alle* gehen«, erklärte Sharpe. »Wenn da ein Bataillon Leichte Infanterie in Madame Delaunays Haus ist, dann werden drei preußische Kompanien nicht reichen.«

»Aber wir werden vorausgehen«, versicherte Kippen dem nervösen Morris.

Sharpe schlug mit der flachen Hand auf den Tisch. »Niemand geht als Erster rein! Sie werden *gemeinsam* angreifen. Mir ist scheißegal, wer als Erster im Haus ist. Wir werden schnell und hart vorstoßen.«

»Die Türen werden verschlossen sein«, sagte Morris.

Sharpe schaute zu Captain Jefferson. »Besorgen Sie sich ein paar Äxte von den Pionieren.«

»Jawohl, Sir.«

Sharpe drehte sich wieder zu Morris um. »Die Grenadierkompanie wird die Türen einschlagen und die anderen Kompanien die Fenster und auf diese Art reingehen.«

»Aber das, was Sie das Lagerhaus nennen, hat keine Fenster«, sagte Morris und deutete auf die grobe Zeichnung, die Sharpe von Madame Delaunays Gut angefertigt hatte.

»Dann gehen Sie durch die verdammte Tür!«

»Aber Sie glauben doch, dass die meisten Franzosen in dem Lagerhaus sind.«

»Und deshalb sollen Sie ja *schnell* sein!«

»Wir haben auch das Lagerhaus vor zwei Tagen durchsucht«, sagte Kippen. »Da waren keine Männer. Nur Traubenpressen und Fässer.«

»Wenn da keine Männer sind, warum ...?«, begann Morris.

»Weil der Herzog darauf besteht und ich auch«, knurrte Sharpe.

»Das Lagerhaus«, sagte Kippen bedächtig, »ist ein äußerst stabiles Gebäude. Meine Männer werden es angreifen.«

»Das klingt vernünftig«, seufzte Morris. Seine Erleichterung war ihm deutlich anzumerken.

»Und wir werden zwei Kompanien mitschicken«, sagte Sharpe zu Kippen.

»Sie haben doch schon die Leichte Kompanie abgezogen«, beschwerte sich Morris.

»Und jetzt ziehe ich zwei weitere ab. Damit haben Sie noch sieben Kompanien. Das ist mehr als genug.«

Sharpe konnte Morris' Angst förmlich riechen, und er erinnerte sich aus Indien an die Feigheit des Mannes, als er sich geweigert hatte, mit seinen Männern in die Bresche von Gavilgad zu gehen. Sharpe konnte natürlich niemandem vorwerfen, Angst vor dem Sturm auf eine Bresche zu haben, denn das war vermutlich das Gefährlichste, was ein Soldat tun konnte, aber es gab auch Zeiten, da musste ein Mann seine Angst verdrängen. Doch Morris war zurückgeblieben und hatte sich hinter einer Leitertruppe der Sepoys versteckt, anstatt zu den Geschützen hinaufzuklettern, die die zerschossene Steinrampe beschützt hatten, und zu guter Letzt hatten die Schotten erledigt, was eigentlich Morris hätte tun sollen. Der Angriff auf das Haus der Delaunays war jedoch etwas völlig anderes. Warum weigerte sich Morris auch jetzt wieder, sein Bataillon persönlich zu führen? Sharpe hatte da eine Idee: Morris hatte Angst zu kommandieren. Er schaute zu den Captains, die sich in seinem Arbeitszimmer versammelt hatten. »Ich weiß nicht, was uns erwartet«, erklärte Sharpe, »aber im Gegensatz zu Colonel Kippen rechne ich mit einem Bataillon Froschfresser. Mit einem *guten* Bataillon! Der Kaiser hat sie seine Teufel genannt, aber ihr seid besser. Haltet euch nicht zurück. Verstanden? Ihr stürmt das Haus und bringt die Bastarde um. Jagt sie. Tötet sie. Gebt ihnen keine Zeit, eine Verteidigung aufzubauen!«

»Ich glaube immer noch, da wird niemand sein«, wiederholte Kippen wenig hilfreich.

»In dem Fall werde ich sie finden«, erwiderte Sharpe, »und ihr findet dann mich.« Er schaute zu Harry Price. »Wir brechen um halb elf auf, Harry.«

»Jawohl, Sir.«

»Nicht später«, fuhr Sharpe fort, »denn wir haben einen

langen Marsch vor uns. Und wir werden auch ein paar Artilleristen mitnehmen.«

»Artillerie?«, fragte Price überrascht. »Wir werden eine Kanone haben?«

»Nur die Männer«, antwortete Sharpe. »Drei, vier von ihnen.«

»Warum Artilleristen?«, wollte Morris wissen.

»Weil ich den Herzog um ihre Hilfe gebeten habe«, antwortete Sharpe. Natürlich wusste er, dass nicht nur Morris, sondern alle eine Erklärung wollten, doch er war nicht in der Stimmung dafür.

»Können wir nicht auch Kanonen bekommen?«, hakte Morris hoffnungsvoll nach.

»Sie haben eines der besten Bataillone der britischen Armee«, knurrte Sharpe. »Das reicht.«

»Und wenn Sie nicht pünktlich da sind?« Morris blieb hartnäckig.

»Wir werden pünktlich sein«, erwiderte Sharpe, »und Sie auch.«

»Natürlich«, sagte Morris unsicher.

»Wir werden Punkt Mitternacht am Haus sein«, erklärte Kippen und schaute dann zu Morris. »Wir alle.«

»Dann schlage ich vor, Sie ruhen sich heute Nachmittag noch etwas aus«, beendete Sharpe die Besprechung.

Die Offiziere des Bataillons verließen den Raum. Kippen blieb. »Ihr Major Morris …«, begann er.

»Das ist nicht *mein* Major.«

»Er hat Angst.«

»Er scheißt sich sogar fast in die Hose, Colonel, aber die Captains kennen Ihre Pflicht. Gleiches gilt für die Sergeants.«

Kippen zögerte. »Vielleicht sollten Sie …«, begann er.

»… sie anführen?«, beendete Sharpe den Satz für ihn.

»Ja, Colonel.«

Und vielleicht hat Kippen sogar recht, dachte Sharpe. Eigentlich war sein Plan ganz einfach: Haus und Lager angreifen und alles ausräuchern, was sich da versteckt. Aber Sharpe war klar, dass das nicht so leicht sein würde. Lanier wusste mit Sicherheit, dass ein Angriff bevorstand. Der Franzose war kein Narr, und bestimmt hatte er Späher in der Umgebung des Weinguts. Wenn Kippen und Morris das Tor erreichten, würde Laniers Verteidigung bereit sein. Sharpes einzig mögliche Reaktion darauf war, die Angreifer zu schnellem Vorrücken zu ermutigen, und während sie durch den Weingarten in Richtung Haus stürmten, würde er Laniers Männern in den Rücken fallen. Oder, wenn er Pech hatte, würde er sich Laniers sich zurückziehenden Männern gegenübersehen und das mit einer deutlich unterlegenen Streitmacht. »Lanier glaubt, dass wir nichts von dem Tunnel wissen«, erklärte Sharpe, und er hoffte, dass er damit recht hatte. »Und ich glaube, genau da hat er seine Männer vor zwei Tagen versteckt. Wir müssen diesen Tunnel erobern, Colonel.«

»Wenn Sie das sagen.« Kippen klang nicht überzeugt.

»Glauben Sie immer noch, dass da niemand ist?«

»Ja, das tue ich.«

»Dann wird Ihre Aufgabe leicht sein, und ich habe mich zum Affen gemacht.«

Oder er würde tot sein. Sharpe war noch immer fest davon überzeugt, dass sich Laniers Bataillon im Haus versteckte, und die einzige Erklärung dafür, dass die Preußen nichts gefunden hatten, war, dass Lanier gewarnt von seinen Spähern die Männer im Tunnel versteckt hatte. Und wenn Lanier es jetzt genauso machte, dann würden die Prince of

Wales Own Volunteers mit einem überlegenen Feind in einem Tunnel festsitzen. Und wenn Lanier wusste, dass der Angriff kam – was mit Sicherheit der Fall war –, würde er den Trick dann wiederholen? Sharpe nahm an, dass der Tunnel eine Todesfalle war. Trotzdem musste er ihn erobern, und er würde persönlich die Männer führen, die sich in der Dunkelheit unter der Erde dem Feind stellen mussten. Kurz hatte er darüber nachgedacht, diese Aufgabe Harry Price zu übertragen, aber er nahm an, dieser Gedanke war ihm nur gekommen, weil er sein eigenes Leben nicht riskieren wollte, und dafür schämte er sich. Er würde die Leichte Kompanie in die Dunkelheit führen, denn dort lauerte die größte Gefahr.

Ein wütendes Bellen hallte durch die riesigen Hallen des Louvre, gefolgt von einem Schuss. »Was zum …«, knurrte Sharpe und lief zur Tür.

Er ging in die Galerie. Pulverdampf hing unter der Decke. »Was zum Teufel ist hier los?«, brüllte er.

Major Morris hatte seine Pistole abgefeuert. »Ich bringe ihn um!«, schrie der Major.

»Wen wollen Sie umbringen?«, verlangte Sharpe zu wissen.

»Diesen verdammten Affen!«

Sharpe schaute nach links und sah, dass Private Bee sich hinter eine Statue geduckt hatte. Der Affe war offenbar unverletzt in Bees Arme gekrochen und versteckte sich nun in Bees rotem Rock. »Ich habe dich gewarnt!«, schrie Morris den Jungen an. »Das hast du mit Absicht gemacht!«

»Was denn?«, brüllte Sharpe zurück. Immer mehr Rotröcke strömten in die Galerie und verfolgten die Szene. »Major Morris! Private Bee! Zu mir! Sofort!«

Sharpe führte die beiden in sein Arbeitszimmer. »Und

jetzt will ich wissen, was zum Teufel da los war!«, verlangte er.

Bee sah einfach nur verängstigt aus, genau wie der Affe, dessen winziges Gesicht ängstlich aus dem roten Rock lugte. Bee flüsterte der kleinen Kreatur beruhigend zu und streichelte ihr den Kopf. Morris deutete auf die beiden. »Er hat das verdammte Vieh ermutigt, auf mein Bett zu scheißen! Das hat er mit Absicht gemacht!«

»Stimmt das, Bee?«

»Nein, Sir.« Bee sprach so leise, dass Sharpe ihn kaum hören konnte.

»Er kontrolliert das Tier«, spie Morris. »Er ist der Einzige, der das kann!«

»Stimmt das, Bee?«, fragte Sharpe noch einmal.

»Ich spreche Italienisch mit ihm, Sir«, murmelte Bee. »Er versteht Italienisch.«

»Das ist jetzt schon zum dritten Mal passiert«, beschwerte sich Morris.

»Wo ist Ihr Bett, Major?«

»In einem kleinen Raum den Gang da runter.« Morris deutete in die entsprechende Richtung.

»Und die Tür ist abgeschlossen?«

»Da ist kein Schloss! Ich habe ihn gewarnt!«

»Gewarnt? Wovor?«

»Dass ich den verdammten Affen abknallen würde, sollte das noch mal passieren, und …« Morris zögerte und nahm den Rest seines Muts zusammen. »Und dass ich ihn auspeitschen lassen würde.«

»Geh, Private«, sagte Sharpe zu Bee, und der Junge floh. »Ihn auspeitschen?«, hakte Sharpe nach.

»Sie machen mir keine Angst, Sharpe«, sagte Morris. »Ich habe mit General Halkett gesprochen.«

»Sie meinen, Sie haben sich bei ihm ausgeheult.«

»Wenn Sie mir auch nur ein Haar krümmen, Sharpe, dann werden Sie Ihr Patent verlieren und mit Strafe rechnen müssen.«

»Und wenn Sie Private Bee oder diesem verdammten Affen ein Haar krümmen«, erwiderte Sharpe, »dann werde ich Ihnen die Haut vom Rücken reißen, Major. Und heute Nacht, Major, werden Sie den Angriff anführen und tun, was ich Ihnen sage. Und zwar schnell!«

»Ich kenne meine Pflicht«, erklärte Morris.

»Irgendwie zweifle ich daran«, knurrte Sharpe. »Ich habe Sie schon im Kampf gesehen, Charlie, und Sie kämpfen schlicht nicht. Sie suchen immer nur nach einem Ort, wo Sie sich verstecken können. Aber heute Nacht werden Sie das nicht tun. Sie werden schnell zum Haus vorrücken und dort eindringen. Und ausgepeitscht wird hier niemand! *Niemand!*«

»Und wenn der Preuße recht hat«, sagte Morris, »dann wird das alles nur Zeitverschwendung sein.«

»Dann sollten Sie lieber hoffen, dass er recht hat«, erwiderte Sharpe. »Denn dann kann Ihnen auch nichts passieren. Und Private Bee ist jetzt auch sicher. Gleiches gilt für seinen Affen.«

»Wissen Sie eigentlich, wie sie das verfluchte Vieh nen nen?«, fragte Morris entrüstet.

»Das verfluchte Vieh heißt Charlie. Und jetzt gehen Sie, Charlie. Husch, husch!«

Morris stapfte aus dem Raum, und Sharpe ließ sich auf seinen Stuhl fallen. Die Tür öffnete sich, und ein grinsender Harper kam herein. »Der sieht nicht gerade glücklich aus.«

»Ist er auch nicht. Hat der Junge dem Affen gesagt, er soll aufs Bett scheißen?«

»Vermutlich. Das kleine Ding spricht Italienisch. Ist das zu glauben?«

»Sag ihm, er soll damit aufhören.«

»Die Männer ermutigen Charlie«, sagte Harper. »Sie öffnen die Tür des Majors für ihn und geben ihm ein Stück Apfel.«

»Dann sag ihnen, dass der Nächste, der das tut, ausgepeitscht werden wird, und zwar von mir!«

»Das werden sie Ihnen nicht glauben, Sir, aber keine Sorge: Ich halte sie schon auf.« Harper warf einen Blick auf die Karte von Paris. »Unser Mann ist letzte Nacht also nicht zurückgekommen, ja?«

»Niemand ist gekommen«, antwortete Sharpe. »Ich habe der Witwe gesagt, dass wir das Pulver ruiniert haben.«

»Warum?«

»Ich glaube nicht, dass der Herzog erfreut gewesen wäre, hätte mitten in der Nacht ein Feuersturm in seinem Haus getobt.«

»Aye, das stimmt wohl. Aber glauben Sie, dass Lanier es noch mal versuchen wird?«

»Wenn wir ihn nicht aufhalten, ja. Und beim nächsten Versuch wird er sich nicht so ungeschickt anstellen.«

»Was, wenn der Preuße recht hat? Was, wenn da niemand ist?«

»Dann werden wir sie suchen und finden, Pat. Sie sind definitiv nicht weg.«

»Sind Sie sicher?«

»Lanier ist niemand, der so einfach aufgibt. Er ist hier, und seine Männer sind bei ihm.«

Harper ließ sich auf einen Stuhl fallen und legte das Salvengewehr auf die Knie. »Dann werden wir das heute Nacht wohl brauchen«, sagte er und tätschelte die sieben Läufe.

»Du solltest hierbleiben, Pat.«

»Sparen Sie sich den Atem, Colonel Sharpe.«

»Es könnte ziemlich übel werden, Pat.«

»Könnte? Es *wird* übel! Das ist der Horror! Deshalb schicken sie ja uns. Und ich komme mit.«

Um Napoleons Teufeln entgegenzutreten, angeführt vom Monster des Kaisers.

Der Elefant ragte hoch im Mondlicht auf, die blasse Haut voller Staub und Dreck. Sharpe schaute zu dem riesigen Biest und fragte sich, welch Wahnsinn wohl zu seinem Bau geführt hatte. Just in diesem Augenblick fiel ein Stück Gips aus dem Bauch und in das dichte Gras darunter. »Die sind wirklich irre«, bemerkte Harper.

»Alles ist irre«, erwiderte Sharpe. Er hatte kurz anhalten lassen, damit die Leichte Kompanie den Elefanten anstarren konnte. »Könntest du dir so etwas in Dublin vorstellen? Oder in London?«

»Ich finde ihn irgendwie schön«, antwortete Harper mit einem Grinsen. »Glauben Sie, sie werden ihn je fertigbauen?«

»Er soll irgendwann einmal aus Bronze sein. Gott allein weiß, wo sie so viel Bronze herbekommen wollen.«

»Schade. Die Leute würden meilenweit reisen, um sich das anzusehen!«

»Weitergehen!«, rief Sharpe und setzte sich in Bewegung. »Hier war früher die Bastille«, erklärte er Pat.

»Das war das Gefängnis, stimmt's?«

»Und jetzt ist es ein verdammter Elefant. Die Welt ist wahrlich verrückt geworden.«

Es war dunkel, auch wenn der Mond recht hell schien, doch immer wieder zogen Wolken vor ihm vorbei. Die

Leichte Kompanie, dreiundvierzig Mann stark, folgte Sharpe. Ihre Gewehre und Musketen hatten sie sich um die Schultern geschlungen. Die Pariser schauten ihnen hinterher.

»Lanier wird wissen, dass wir kommen«, sagte Sharpe.

»Glauben Sie?«

»Würdest du die Straßen nicht beobachten lassen?«

»Natürlich.«

»Und das heißt, dass sie das Bataillon sehen werden.«

»Dann wird Ihr verdammter Mann also mitten in die Scheiße laufen.«

»Ja, das wird er«, bestätigte Sharpe grimmig. Der *verdammte Mann* war Morris, und Sharpe hatte nicht das geringste Vertrauen in ihn.

»Der Kipper wird sie führen müssen«, sagte Harper. Das gesamte Bataillon nannte den Preußen inzwischen den »Kipper«, den »Räucherhering«.

»Wenn der verdammte Mann ihn denn lässt.« Sharpe dachte ein paar Schritte lang nach. »Männer werden sterben, Pat, und das macht mich wütend. Der Krieg ist vorbei, verdammt noch mal!«

Sharpe ignorierte die Rue de Montreuil, die direkt zum Gut der Delaunays führte, und bog stattdessen in die Rue de Vincennes ein. Er nahm an, dass Laniers Wachposten die Leichte Kompanie schon gesehen hatten, aber indem er sich nun vom Gut abwandte, hoffte er, dass sie sie nicht als Gefahr wahrnahmen.

Sharpe war gereizt und nervös. Es hatte mal eine Zeit gegeben, da hatte er jeden Kampf willkommen geheißen, doch der Irrsinn dieser Nacht bereitete ihm große Sorgen. Es wäre wahrlich eine dumme Zeit zum Sterben. Der Krieg war gewonnen, der Kaiser geschlagen, und trotzdem marschierte Sharpe wieder in den Kampf. Es war Lucille, die ihn so nervös machte. Das wusste er. In der Vergangenheit hatte er nichts oder nur wenig zu verlieren gehabt, doch nun hatte er alles zu verlieren: eine Frau, einen Sohn und ein Leben.

Sharpe erinnerte sich an die zahllosen Männer, die ihren eigenen Tod vor einer Schlacht vorausgesehen hatten, und tatsächlich waren auch viele von ihnen inzwischen tot. Abergläubisch strich er über die Messingplatte am Kolben von Dan Hagmans Gewehr und rieb über die Kerben im Kolben, als könne ihn das von seiner Angst befreien.

Lucille! In Gedanken sagte er ihren Namen, und es wunderte ihn wieder einmal, dass sie wirklich ihm gehörte. *Wir werden heiraten*, versprach er sich selbst, und er stellte sich vor, wieder in der Normandie zu sein. Doch irgendwie wollte dieses Bild in seinem Kopf keine feste Gestalt annehmen. Alles, was er sah, war die Arbeit, die es in dieser Nacht zu erledigen galt.

Sharpe drehte sich um und sah zwei Artilleristen, die einen Handkarren vor sich herschoben. »Alles in Ordnung, Jungs?«, fragte er.

»Ist es noch sehr weit, Sir?«

»Noch ungefähr eine halbe Stunde.«

Der Karren, der eigentlich dafür gedacht war, Erde und Dünger zu transportieren, enthielt nun drei lange Kisten. Die beiden Männer, die das ungelenke Gefährt schoben, wurden von einem Lieutenant befehligt, der einen auffallend sauberen blauen Rock trug – auffallend deshalb, weil das nahelegte, dass er nicht viel im Kampf gewesen war. Sein Name war Anderson, und er war auf Empfehlung seines befehlshabenden Offiziers gekommen.

»War Waterloo Ihre erste Schlacht, Lieutenant?«, fragte

Sharpe, während sie weiter die Rue de Vincennes hinuntergingen.

»Ich war in der Schlacht zwei Tage zuvor, Sir, und dann noch mal einen Tag später.«

»Und Sie haben mir Sechspfünder mitgebracht?«

»Sechs, Sir. Zwei pro Kiste.«

»Und Ihre Uhr funktioniert?« Sharpe hatte nicht nur die Hilfe der Artillerie angefragt, sondern auch einen Mann mit einer genauen Uhr. »Das ist eine Breguet, Sir!« Anderson klang begeistert. »Ich habe sie nach der Schlacht einem toten französischen Offizier abgenommen. Sie sieht brandneu aus. Und schauen Sie mal, was für ein exzentrisches Zifferblatt …«

»Ist das gut?«

»Das ist fantastisch, Sir! Sie ist vermutlich mehr wert als mein Patent!«

»Wir werden sie brauchen«, sagte Sharpe, »obwohl ich hoffe, dass wir Sie nicht brauchen werden.«

»Und ich hoffe das Gegenteil«, erwiderte Anderson enthusiastisch, und Sharpe erinnerte sich wieder an die Zeit, als auch er auf den Kampf gebrannt hatte.

»Bleiben Sie einfach am Leben, Lieutenant«, sagte er wohl wissend, dass seine Worte bedeutungslos waren. Aber Sharpe fürchtete den Tunnel schlicht, weil alle Tunnel leicht zu verteidigen waren. So ungenau eine Muskete auch sein mochte, in einem Tunnel prallten die Kugeln von den Wänden ab, und ein entschlossener Trupp Infanterie konnte den Tunnel mit einem tödlichen Bleihagel füllen. Lieutenant Anderson war Sharpes Antwort auf diese Angst.

Sharpe hatte eigentlich mit einer Diskussion am Stadttor gerechnet, das am Ende der Rue de Vincennes lag, aber die Wache dort zog das Tor einfach auf und schaute gleichgültig zu, wie die Briten an ihm vorbeimarschierten. An der Straße jenseits davon standen kleine Häuser, und dahinter lagen Stoppelfelder mit Ziegen und Rindern, die im Mondlicht grasten.

Als die Uhren der Stadt Punkt elf schlugen, bogen die Briten nach Norden ab. Sie folgten jetzt einer gepflasterten Straße. Rechts von Sharpe lag offenes Land, links sah er Häuser und jenseits davon die Stadtmauer. Direkt vor ihnen lag ein Dorf, und kurz davor ließ Sharpe anhalten. »Hier warten wir«, sagte er und bog von der Straße in einen Obsthain ab. »Der Karren bleibt hier«, befahl er. »Pat? Du und ich, wir werden mal ein wenig kundschaften.«

Sharpe überließ Harry Price das Kommando über die Kompanie und befahl ihm, still zu sein, während er und Harper sich einen Weg durch die Felder zum Osten des Dorfs suchten, das von einer Kirche und einem großen Gebäude mit hohen Giebeln beherrscht wurde. Sharpe duckte sich in einen Graben und nickte zu dem großen Gebäude. »Das ist die Taverne«, sagte er.

»Taverne und Hurenhaus, Sir.«

»Vermutlich.«

»Und offenbar hat der Laden viel zu tun«, bemerkte Harper. Sie sahen Licht in den Fenstern des großen Gebäudes, und sie sahen auch, wie sich das Mondlicht auf den Bajonetten von zwei Posten spiegelte, die die Feuertreppe an der Stadtmauer bewachten.

»Die saufen und huren«, sagte Sharpe.

»Dann sind das glückliche Männer. Sollen wir sie uns mal ansehen?«

»Nein, lass sie trinken. Ein paar Minuten vor Mitternacht setzen wir uns in Bewegung. Lieutenant Anderson behauptet, seine Uhr sei sehr genau.«

Sharpe beobachtete die Taverne noch ein paar Minuten, und er bekam die Angst einfach nicht aus seinem Kopf. Er versuchte, an Lucille zu denken, versuchte, sich einen Hochzeitsgottesdienst in der alten Kapelle des Châteaus vorzustellen, die er, so gut er konnte, restauriert hatte, doch je mehr er an diesen lang herbeigesehnten Tag dachte, desto größer wurde seine Angst vor diesem Wahnsinn. Sharpe war sich recht sicher, dass das Bataillon ins Haus gelangen würde, und er war ebenso sicher, dass Laniers Bataillon sich dort befand. Doch sobald das Schießen begann, würde vermutlich Chaos ausbrechen, und ein Kampf in einem Haus war schwer zu kontrollieren. Lanier war mit Sicherheit schon gewarnt, dass ein britisches Bataillon durch die Stadt marschierte. Aber wusste er auch, dass Sharpe hinter ihm war? Und falls ja, würde der Tunnel dann verbarrikadiert sein? *Gott im Himmel*, dachte Sharpe, *ich hätte das Bataillon beim Hauptangriff anführen sollen. Das ist Wahnsinn.* »Lass uns die anderen holen, Pat«, sagte er und fügte dann nach kurzer Pause hinzu: »Und danke.«

»Danke?«

»Für alles. Angefangen in Portugal.«

Harper schwieg einen Moment lang. »So fühlen Sie?«

»Ich habe eine Scheißangst, Pat.«

»Dann lassen Sie mich vorangehen.«

»Himmel, nein! Das sind nur die Nerven, Pat. Vor Toulouse war es genauso.«

»Und da haben wir gewonnen.«

»Wir gewinnen immer«, sagte Sharpe und hoffte, dass das auch diesmal so sein würde.

Er wartete, bis Lieutenant Andersons Uhr sagte, es sei Viertel vor Mitternacht, dann führte Sharpe die Leichte Kompanie und die Artilleristen durch die Felder und zu dem Graben am Dorfrand. Er wagte nicht, die Straße zu benutzen, denn dort würden die Wachen an der Feuertreppe sie sehen, doch Bäume und Hecken verbargen ihr Vorrücken. Irgendwo im Osten rief eine Eule, als Sharpe sich hinter einen Dornenbusch duckte. »Zeit, Lieutenant?«

Anderson hielt die Uhr ins Mondlicht. »Acht Minuten bis Mitternacht, Sir.«

»Wir warten«, sagte Sharpe. Hinter der Taverne waren die Stadtmauer zu sehen sowie die Dächer des Guts der Delaunays. Und oben auf der Mauer befanden sich mindestens zwei Wachen. Das blasse Mondlicht spiegelte sich noch immer auf ihren aufgepflanzten Bajonetten, doch Sharpe war zuversichtlich, dass die Männer sie noch nicht gesehen hatten. »Geben Sie mir Bescheid, wenn es noch drei Minuten bis Mitternacht sind«, sagte er zu Anderson.

Denn dann würde er genau dort hingehen, wo sein Instinkt ihm sagte, er sollte das sein lassen.

Verdammt, der Krieg war doch vorbei! Und Sharpe zog wieder in die Schlacht.

Als Sharpe näher kam, wurde in der Taverne gesungen. Es war ein rauer Gesang von Männern, die offensichtlich getrunken hatten, und das Geräusch überzeugte Sharpe davon, nicht den großen Haupteingang des Gebäudes zu benutzen. Das Letzte, was er jetzt wollte, war eine Schlägerei mit Betrunkenen, und so bog er nach rechts ab, und er fand eine kleinere Tür an der Seite des Gebäudes. Die öffnete sich in eine von Laternen erhellte Küche, wo ein großer Mann in einem Topf rührte und zwei Frauen am Tisch saßen und Hühnchen filetierten. Der große Mann klappte den Mund auf, als Sharpes Männer in den heißen Raum strömten. »Wo ist der Tunnel?«, verlangte Sharpe von dem Mann zu wissen.

»Monsieur?«

»Der Tunnel«, knurrte Sharpe. *»Le tunnel. Où est-il?«*

Der Mann schaute von Sharpes vernarbtem Gesicht zu Harpers Augen und begann zu zittern. »Im – im Keller, Monsieur.«

»Und wo ist das?«

Der Mann hielt einen großen Löffel in der Hand, und mit dem deutete er stumm auf eine Tür. Sharpe riss sie auf und stand in einem Flur, wo eine zweite Tür zu einer Treppe nach unten führte. »Hier entlang!«, rief er und rannte die Stufen hinab. »Harry!«

Captain Price schloss in einem Keller, der voller Fässer und Weinregale war, zu Sharpe auf. »Sir?«

»Drei Mann und Sie, Harry, bleiben hier und sorgen dafür, dass die Bastarde da oben uns nicht folgen.«

»Sir!«, bestätigte Price.

Der Keller wurde nur schwach von Laternen erhellt, und in deren Licht sah Sharpe eine große Holztür auf der anderen Seite. Er zog sie auf und sah wieder Stufen, die noch tiefer in die Dunkelheit hinabführten. »Zeit, Lieutenant?«, fragte er.

»Eine Minute bis Mitternacht, Sir«, antwortete Anderson.

»Dann los. Sie bleiben hinter mir, Lieutenant.«

Sharpe rannte die steinernen Stufen hinunter und fand einen Tunnel, ungefähr sechs oder sieben Fuß breit und so niedrig, dass er sich ducken musste. Harper hatte eine der Laternen aus dem Keller mitgenommen, und Sharpe sah, dass der Tunnel durch Kalkstein gegraben worden war. Harper blieb neben ihm stehen, in der einen Hand die Laterne und in der anderen das Salvengewehr. Der große Ire spähte in die Dunkelheit des Tunnels. »Himmel! Das war verdammt viel Arbeit, nur um billigen Wein zu bekommen.«

»Laut Fox hat das als Gipsmine angefangen«, sagte Sharpe.

»Gips?«

»Genau. Das Zeug, aus dem auch der Elefant besteht. Sind alle da?«

»Alle bis auf Harry Price und seine drei Männer.«

»Dann los.« Der Tunnel führte ein paar Meter abwärts, dann leicht nach oben. Die Laterne spendete nur wenig Licht. Sie erhellte kaum mehr als ein paar Fuß an den Steinwänden. »Wenn Ihr Mann uns erwartet …«, begann Harper, beendete seinen Gedankengang aber nicht, und das musste er auch nicht, denn Sharpe fragte sich das Gleiche. Wenn Lanier den Tunnel bewachen ließ, dann würde es verdammt blutig werden, wenn sie hier durchwollten.

Sharpe erreichte den Fuß des nach unten führenden Teils, und nun schien der Tunnel stur geradeaus zu verlaufen und leicht nach oben. »Ich hasse Tunnel«, sagte Sharpe.

»Was ist das?« Harper hatte weiter vorn ein schwaches rotes Licht gesehen. »Oh, Gott, nein!«

»Runter!«, schrie Sharpe und warf sich auf den Boden.

Dann kam das Ende der Welt, oder zumindest hatte es den Anschein. Eine gleißend helle Flamme blitzte am äußersten Ende des Tunnels auf, und ihr folgte ein Geräusch, als wäre die Erde selbst explodiert. Rauch verhüllte rasch die Flamme, während Teufel an den Wänden des Tunnels kratzten und kreischten. Irgendetwas traf Sharpe an der rechten Schulter, und der Schmerz schoss ihm bis in den Arsch. Hinter ihm schrie ein Mann. »Eine Kanone«, sagte Harper.

Lanier ließ seinen Tunnel also bewachen. Irgendwie war es ihm gelungen, ein Geschütz unter die Erde zu bringen, und jetzt hatte das verdammte Ding eine Kartätsche abgefeuert. Das kleine rote Glühen war das Zündfeuer gewesen, kurz bevor es die Treibladung erreicht hatte. »Bist du getroffen worden, Pat?«

»Nein.«

Sharpe bewegte den rechten Arm. Er nahm an, eine der Kugeln hatte ihn im Rücken getroffen, direkt unter der Schulter, doch die Kugel war nicht eingedrungen. Trotzdem tat es höllisch weh. Sharpe ignorierte den Schmerz, zog sein Gewehr nach vorn und feuerte einen Schuss durch den Tunnel. »Lieutenant!«

»Sir?« Lieutenant Anderson kauerte direkt hinter Sharpe.

»Deshalb sind Sie hier. Diese Bastarde laden nach. Verhindern Sie das.«

Der Tunnel wäre unpassierbar, wenn die Franzosen über eine Kanone verfügten, die mit Kartätschen geladen wurde, mit einem Geschoss, dass alle Infanteristen fürchteten. Eine Kartätsche war schlicht ein Zinnbehälter, gefüllt mit Musketenkugeln, und wenn solch ein Geschoss von einer Kanone abgefeuert wurde, dann funktionierte das Ganze wie Schrot. Und in einem Tunnel wie diesem konzentrierte sich die furchtbare Wirkung noch, denn die Kugeln prallten an allen Seiten von den Wänden ab und erzeugten so einen tödlichen Hagelsturm. »Ist jemand verletzt?«, rief Sharpe.

»Ich glaube, Potter ist tot, Mister Sharpe«, antwortete McGurk. »Er ist am Kopf getroffen worden.«

Drei Männer waren verletzt. Sharpes Schulter wurde langsam steif, und er spürte Blut auf dem Rücken, aber er rollte sich dennoch zur Seite, um Platz für Andersons Männer und eine ihrer Raketen zu machen. Sharpe hatte Raketen zum ersten Mal in Indien gesehen. Da hatten seine Feinde sie eingesetzt. Dann hatten er und Harper sie in Spanien getestet, weil die Artillerie großartige Dinge von diesen fremdartigen Geschossen behauptete, die sie von den Indern kopiert hatten. Anderson hatte ein halbes Dutzend 6-Pfund-Raketen mitgebracht. Das waren die kleinsten, jede mit einem langen Stab, der mit dem Zylinder verbunden war, welcher das Pulver enthielt. Dieses Pulver wiederum trieb den Sprengkopf der Rakete an. Auch bei Waterloo hatte Sharpe gesehen, wie eine Handvoll Raketen abgefeuert worden waren, und er hatte ihren erratischen Kurs über den grauen Himmel verfolgt. Es war diese Erinnerung gewesen, die ihn dazu veranlasst hatte, hier um die Unterstützung der Artillerie zu bitten. Er hatte sich davor gefürchtet, mit seiner kleinen Kompanie im Tunnel auf den Großteil des französischen Bataillons zu treffen, doch in der Enge unter der Erde waren die Raketen furchtbare Waffen.

Sharpe begann, sein Gewehr zu laden, während Anderson durch den rauchverhangenen Tunnel spähte, um die Entfernung abzuschätzen. Alles, was wirklich zu sehen war, war eine rote Spur, wo ein Kanonier den Zündstock schwenkte, damit er nicht ausging. Anderson verzog das Gesicht. Das war ihm alles viel zu nah. Dann kürzte er die Zündschnur der Rakete. Schließlich kniete er sich hin, schlug mit dem Feuerstein auf den Stahl und blies auf ein Stück Leinen, das er schließlich an die Zündschnur hielt. Zischend erwachte die Zündschnur zum Leben, und Anderson rammte den Stab ein Stück weiter oben in den leichten Abhang. »Vorsicht«, sagte er. Dann zündete die Rakete, spie Flammen und giftigen Rauch, und die Waffe schoss durch den Tunnel, traf die Decke, fiel runter, prallte am Boden ab und flog wieder nach oben.

Das Problem mit Raketen war, erinnerte sich Sharpe, dass sie nur selten dorthin flogen, wohin man gezielt hatte. Die Wahrscheinlichkeit war genauso groß, dass sie in der

Luft wendeten und zu den Männern zurückflogen, die sie abgefeuert hatten. Am Tag vor Waterloo hatte Sharpe allerdings gesehen, wie eine Rakete direkt bei einer französischen Geschützmannschaft explodiert war. Lieutenant Andersons erste Rakete mochte ja hinfliegen, wohin sie wollte, doch der Tunnel funktionierte ähnlich wie der Lauf eines Gewehrs, und die Rakete prallte zwar hin und her und schlug Funken, doch schließlich detonierte sie am anderen Ende des Tunnels. »Gut gemacht, Lieutenant«, sagte Sharpe. »Und jetzt jagen Sie ihnen noch eine hinterher.«

»Sir.« Anderson präparierte schon die zweite Zündschnur.

Die zweite Rakete verhielt sich genau wie die erste. Sie prallte immer wieder von den Wänden ab, aber auch sie flog durch den Tunnel und zum Ziel, wo sie explodierte. Die Explosion eines solchen Geschosses war wie die einer Granate, einschließlich der Eisensplitter, und Sharpe hoffte, dass die beiden Waffen die französische Geschützmannschaft erledigt hatten. Seine Ohren klingelten von all dem Lärm. »Los!«

»Sie bluten«, bemerkte Harper.

»Das ist nur ein Kratzer.«

Sharpe musste sich beim Laufen ducken. Die Laterne war verlöscht, und so war der Tunnel nun stockfinster und voller Rauch. Sollten die Bastarde wider Erwarten Andersons Raketen überlebt haben, dann würde bald eine zweite Kartätsche folgen, und in der Enge des Tunnels wäre die mörderisch. Es war besser, gar nicht erst daran zu denken, und dann sah Sharpe durch den dichten Rauch ein flackerndes rotes Glühen. Doch die Kanone feuerte nicht. Inzwischen schmerzte Sharpes Schulter wie die Hölle, und er wurde langsamer, sodass Harper sich an ihm vorbeidrängte. Sharpe versuchte, mit ihm Schritt zu halten, doch er stolperte über eine Unebenheit und stieß sich den Kopf an der Decke an. Dann hörte er Pat Harper vor Wut brüllen, als der große Ire die französische Kanone erreichte. Sharpe fiel auf, dass es ein alter Sechspfünder war, die kleinste Kanone im französischen Arsenal. Seit Beginn des Krieges in Spanien hatte er nicht mehr viele dieser kleinen Geschütze gesehen. Eigentlich waren diese Kanonen durch die größeren Achtpfünder ersetzt worden, aber vermutlich hatte Lanier diese hier in irgendeinem Pariser Arsenal gefunden und sie mitgenommen, um seinen Tunnel zu bewachen.

Sharpe erreichte das Geschütz und lehnte sich ans Rohr, während seine Riflemen an ihm vorbeistürmten. Die französische Mannschaft, drei Mann, war Andersons Raketen zum Opfer gefallen. Hinter dem Geschütz befand sich eine hölzerne Rampe, die nach oben führte, und Sharpe hörte den Lärm von Musketen. Also hatte das Bataillon das Gut erreicht, und zusammen mit Kippens Männern stürmte es nun in Richtung Haus.

Sharpe hatte gehofft, sein Angriff durch den Tunnel mit der Leichten Kompanie hätte Laniers Männer oben im Haus abgelenkt, doch das hatte nicht funktioniert. Lanier hatte seinen Tunnel bewachen lassen, und jetzt feuerten die Männer oben auf der Rampe auf Sharpes Kompanie hinab. Einer von Andersons Artilleristen kroch neben die Kanone und spuckte Blut, während ein Franzose seinen Kameraden zurief, dass sie Verstärkung an der Rampe brauchten. Dann ertönte ein lautes Krachen, als Harper sein Salvengewehr abfeuerte, und über Sharpe wurde ein halbes Dutzend Männer nach hinten geworfen. Der Rauch wurde immer dichter.

»Die Rampe rauf!«, brüllte Sharpe und stieß sich von der kleinen Kanone ab.

»Sie sind verletzt, Sir!« Anderson war neben ihm.

»Es geht mir gut.« Ging es ihm nicht. Sharpe spürte Blut auf seinem Rücken, und die rechte Schulter brannte vor Schmerz, doch Schnelligkeit war das A und O in diesem Kampf. Er zog seinen Säbel und zuckte vor Schmerz unwillkürlich zusammen, doch er lief die Rampe rauf. Eine Muskete schoss. Die Kugel schlug durch Sharpes linken Ärmel. Dann stürmte Rifleman Finn an ihm vorbei und sein Schwertbajonett riss dem Schützen den Leib auf.

Sharpe hatte erwartet, in einen riesigen Keller zu gelangen, doch stattdessen stand er plötzlich in einem kleinen Raum, erhellt von Laternen, die an steinernen Bögen hingen. Rechts von ihm war eine Tür. Sharpe zog sie auf, und da war der große Keller. Überall standen Kästen, in denen Pilze wuchsen.

»Sie bluten, und zwar richtig übel.« Harper stand neben ihm.

»Das ist nur ein Kratzer, Pat«, wiederholte Sharpe und nickte zu dem Salvengewehr. »Ist das Ding wieder geladen?«

»Noch nicht.«

»Dann lade. Wir könnten es noch brauchen.«

Der größere Keller schien abgesehen von den Pilzen leer zu sein. Sharpe nahm an, dass Lanier einen kleinen Trupp mit der Kanone in dem Vertrauen darauf zurückgelassen hatte, dass die Kartätschen ausreichten, um den Tunnel gegen Eindringlinge zu verteidigen. Harry Price erschien an Sharpes Ellbogen. »Alles in Ordnung mit Ihnen, Sir?«

»Ich habe mich nie besser gefühlt, Harry. Sollten Sie nicht unseren Rücken bewachen?«

»Sergeant Miller ist dort, Sir. Wo gehen wir jetzt hin?«

»Wir suchen die Treppe nach oben. Lieutenant Anderson!«

»Sir?«

»Sie haben gute Arbeit geleistet, Lieutenant. Können Ihre Männer diese Kanone laden und abfeuern?«

»Natürlich, Sir.«

»Dann jagen Sie ein paar Kartätschen durch den Tunnel. Schnell!«

Anderson schaute ihn verwirrt an. »Sie wollen, dass wir …?«

»Lanier wird das hören und glauben, dass der Tunnel noch immer verteidigt wird. Schnell, Lieutenant!«

Anderson ging wieder die Rampe hinunter und Sharpe auf die andere Seite des Kellers. Das Krachen der Musketen war hier lauter, und es hatte den Rhythmus von typischem Salvenfeuer. Dann feuerte erneut der kleine französische Sechspfünder. Der Lärm war ohrenbetäubend, und oben ertönte ein weiteres Donnern. »Das ist noch eine Kanone!«, rief Harper, der noch immer seine Waffe lud.

Sharpe fluchte. Er hatte Lanier unterschätzt. Sharpe las die Schlacht anhand der Geräusche, und das zugweise Salvenfeuer war näher als der Rest der Schüsse, was hieß, dass Laniers Männer genauso effektiv schießen konnten wie die Briten, und schlimmer noch: Die Franzosen hatten nicht nur eine Kanone, sondern zwei. »Drei«, sagte er, als viel zu schnell ein weiterer Kanonenschuss ertönte.

Sharpe stellte sich vor, wie Kartätschenkugeln durch die Reben schlugen und Lücken in die Reihen seiner Männer rissen. Das war das reinste Chaos, und er war schuld daran. Doch dann war da eine Steintreppe, und Sharpe lief die Stufen hinauf und durch eine Tür in die riesige Küche. Eine Frau schrie, verstummte aber sofort, als Sharpe sich mit dem Säbel in der Hand zu ihr umdrehte. »Bleib, wo du bist«, sagte er zu der Frau, die sich neben den Herd duckte.

»Hier entlang.« Sharpe lief zu einer Tür, die offensichtlich ins Haupthaus führte. Kurz bevor er sie öffnete, hielt er noch einmal inne. »Stellt sicher, dass ihr alle geladen habt«, sagte er der Leichten Kompanie. Er wartete, bis auch der letzte Mann den Ladestock wieder wegsteckte, dann öffnete er die Tür. Vor ihm erstreckte sich ein leerer Flur. Der Schlachtenlärm war nun viel lauter, und das verhieß nichts Gutes. Sharpe hörte das disziplinierte Salvenfeuer der französischen Verteidiger, wohingegen die Antwort der Briten sporadisch ausfiel, und schlimmer noch: undiszipliniert. Fenster brachen, als die Männer unter Morris' Befehl zu hoch zielten. *Verdammt*, dachte Sharpe. Er hätte den Hauptangriff des Bataillons führen sollen, der offensichtlich unter dem Abwehrfeuer zum Stillstand gekommen war. »McGurk!«

»Mister Sharpe?«

»Geh und sag Lieutenant Anderson, er soll aufhören, mit der Kanone zu schießen und mir stattdessen die restlichen vier Raketen bringen. Wenn du mich suchst, ich bin oben.«

Es war sinnlos, dass Anderson weiter mit dem Sechspfünder feuerte, denn jeden Moment würde Lanier erfahren, dass Sharpe und seine Männer sich bereits im Haus befanden. McGurk ging wieder in die Küche, während Sharpe seine Männer die Haupttreppe hinaufführte. Er erwartete, auf Verteidiger zu stoßen, doch das Haus schien verlassen zu sein. Er ging in den ersten Raum, den er fand – ein dunkles Schlafzimmer – und dort zu einem zersplitterten Fenster, aus dem er auf den großen Vorhof schauen konnte.

Laniers Bataillon war in Linie angetreten und das erstaunlicherweise nur in zwei Reihen. Sharpe nahm an, das hatte sich Lanier bei den Briten abgeschaut. Sie knieten, vermutlich, um es den Rotröcken schwerer zu machen, sie zu treffen, doch jede Kompanie stand nacheinander auf, um zu feuern. Und die Franzosen waren gut. Sie luden genauso schnell nach wie jeder Rotrock.

Eine Musketenkugel zischte über Sharpes Kopf hinweg und krachte in die Wand hinter ihm. Rasch trat er vom Fenster zurück, denn er wollte nicht von seinen eigenen Männern erschossen werden. Doch als eine der Kanonen feuerte, schaute er noch einmal hinaus. Es waren zwei, je eine auf den Flanken von Laniers Bataillon, und sie deckten den Weingarten mit Kartätschen ein. Harry Price erschien neben Sharpe und schaute ebenfalls auf das Gemetzel hinunter. »Himmel«, keuchte er.

»Es wird zwar nicht viel helfen, Harry, aber teilen Sie Ihre Riflemen in zwei Trupps auf. Einer nach rechts und einer nach links. Sie sollen sich je ein Fenster suchen und die Kanoniere erledigen.

»Jawohl, Sir.«

Eine laute Salve krachte aus dem Weingarten, und Sharpe sah, dass da Kippens Preußen geschossen hatten, und jetzt rückten sie in drei Reihen vor. Und er sah auch, wie das Geschütz auf der rechten Flanke von Laniers Linie herumgeschwenkt wurde, um der Gefahr zu begegnen. Bis jetzt hatten die beiden Kanonen über Kreuz zwischen die Reben geschossen, doch jetzt würde das rechte Geschütz geradeaus zielen, um Kippens Männer auseinanderzunehmen. Einer der Kanoniere putzte gerade das Rohr, der zweite brachte die Pulverladung, und der dritte legte die Kartätsche bereit. *Schneller*, feuerte Sharpe in Gedanken die Riflemen an, die nach einem geeigneten Zimmer suchten, aus dem sie schießen konnten. Er steckte den Säbel weg und zuckte wieder zusammen, als Schmerz durch seine Schulter schoss. Dann nahm er sein eigenes Gewehr. Es war geladen, doch in der Eile im Tunnel hatte er keinen Lederflicken um die Kugel gewickelt, was hieß, dass sein Schuss nicht allzu genau sein würde. Sharpe hob die Waffe an die Schulter und zielte auf den Mann mit der Kartätsche. Sein ganzer Rücken schmerzte, doch er zwang sich, das Gewehr in die Schulter zu drücken und den Mann anzuvisieren. Er hob das Gewehr einen halben Zoll und drückte ab. Pulverdampf quoll aus dem Lauf, und Sharpe schrie vor Schmerzen laut auf, bevor er sich wieder neben das Fenster duckte. Nur langsam verzog sich der Rauch, doch dann sah Sharpe, dass er sein Ziel verfehlt hatte. Der Mann war zwar gefallen, doch er schien unverletzt zu sein, und jetzt hob er die Kartätsche wieder auf, schob sie ins Rohr, und ein anderer rammte sie hinein. Die Preußen kamen immer näher, und ihre Bajonette funkelten im Mondschein.

Die Kanone links von Laniers Linie feuerte. Offenbar zielte sie weiter auf die Rotröcke zwischen den Reben. Eigentlich hätten die Briten zusammen mit Kippen angreifen sollen, doch es war offensichtlich, dass die restlichen Kompanien weiter den Hang hinunter zwischen den Rebstöcken Deckung gesucht hatten. Sharpe hatte Kippen zwei seiner Kompanien unterstellt, doch von denen war auch nichts zu sehen, und er nahm an, dass Morris sie irgendwie zurückgehalten hatte. »Ich bringe den Bastard um«, knurrte Sharpe laut.

»Wie bitte?«, fragte Private Bee nervös.

»Vergiss es. Ich rede nur mit mir selbst.« Dann zuckte Sharpe wieder zusammen, als die französische Kanone schoss, und er sah, wie sich das Zentrum von Kippens Linie in einen Haufen blutiger Leiber verwandelte. Die Preußen schlossen ihre Reihen jedoch wieder und marschierten weiter, während die rechte Flanke von Laniers Linie die Musketen auf sie richtete.

Dann eröffneten die Riflemen im oberen Stock das Feuer, und die Kanoniere fielen. Die Preußen jubelten und rannten los. Immer mehr von ihnen fielen im Feuer von Laniers Männern, doch Kippens Preußen stürmten mit dem Bajonett voran auf die zwei Reihen der Franzosen zu. Sie hatten schon das Lagerhaus erreicht und strömten durch die großen Türen. Kippen und seine Preußen kämpften gut, doch Sharpes Bataillon war noch immer weit entfernt und lag zwischen den zerfetzten Weinreben in Deckung.

»Da sitzt der Kipper in der Falle«, sagte Sharpe. Es war eine Schande. Seine Männer duckten sich feige, während die Preußen das Lagerhaus eingenommen hatten, doch nur, um sich dann einer von Laniers Kompanien gegenüberzusehen, gut ausgebildeten Männern, die nun den einzigen Ausgang des Lagers blockierten. Sharpe lud sein Gewehr nach, und diesmal dachte er auch an den Lederflicken, und es schmerzte höllisch, die Kugel in den Lauf zu rammen. Und Lanier wusste nun, dass der Feind auch hinter ihm war, denn er zog eine Kompanie aus der Linie ab und schickte sie ins Haus.

»Gott schütze Irland!« Harper fand Sharpe und schaute in den Hof hinunter. Er hob das Salvengewehr, um auf die Männer zu feuern, die unter dem Portikus Deckung suchten, doch Sharpe legte dem Iren die Hand auf den Ellbogen. »Spar dir das, Pat. Zurück zur Treppe. Da kannst du es einsetzen.«

Denn Sharpe saß nun auch in der Falle. Er hatte seine Männer nach oben geschickt, von wo aus sie den Kampf überblicken konnten, und jetzt waren Laniers Männer unten und feuerten die große Haupttreppe hinauf, wo ein

Dutzend Rotröcke der Leichten Kompanie das Feuer erwiderten. »Hast du McGurk gesehen?«, fragte Sharpe Harper.

»Irgendwo wird er schon sein, Sir.«

»Finde ihn. Harry!«

»Sir?« Price rief vom anderen Ende des langen Flurs, der die gesamte Breite des Hauses entlanglief.

»Bringen Sie Ihre Männer her! Alle! Und beeilen Sie sich!«

Denn jetzt galt es, eine Treppe zu verteidigen und ein Monster zu töten, und Sharpe saß in der Falle.

KAPITEL 13

Immer mehr Männer versammelten sich in der Eingangshalle und schossen mit ihren Musketen die Treppe hinauf, während Harry Price seinen Männern befahl, die Möbel aus den Schlafzimmern zu holen und daraus am Kopf der Treppe eine Barrikade zu errichten. Sharpe lud gerade wieder sein Gewehr nach, als McGurk mit den letzten vier Raketen erschien. »Lieutenant Anderson sagt, dass er keine Munition mehr hat …«, begann er.

»Brich einfach die Stangen ab«, sagte Sharpe, »und gib sie mir. Und McGurk – wie bist du eigentlich hier hingekommen?« Die Haupttreppe konnte McGurk nicht benutzt haben, denn die war von den Franzosen blockiert.

»Über die Hintertreppe, Mister Sharpe«, antwortete McGurk.

In Häusern wie diesem gab es immer eine Dienstbotentreppe, und Lanier wusste das mit Sicherheit auch, und das wiederum hieß, dass just in diesem Augenblick schon ein Trupp seiner Teufel die Stufen hinaufkommen könnte. »Harry!«

»Sir?«

»McGurk wird Ihnen die Hintertreppe zeigen. Nehmen Sie sich ein halbes Dutzend Männer, und blockieren Sie sie. Und nehmen Sie die hier mit.« Er warf Price zwei Raketen zu. »Beeilen Sie sich!«

»Sir!«

Butler und O'Farrell hatten ein paar schwere Vasen gefunden, die sie nun über die obere Balustrade warfen. Die Vasen krachten in die Männer unten, und die Rotröcke bejubelten jeden einzelnen Einschlag. Rasch begannen die Briten auch damit, Möbel hinunterzuwerfen, sogar eine schwere Kommode, die zwei Franzosen zerquetschte und einen Sturmangriff die Stufen hinauf provozierte.

»Platz da!«, bellte Harper. Er zielte mit dem Salvengewehr und drückte ab. Die vorderen Franzosen wurden nach hinten geschleudert, und Blut spritzte auf die Stufen. Ein Nachttopf folgte den Möbeln, geworfen von Butler, und er traf einen französischen Offizier genau am Kopf. Der Knall des Salvengewehrs, ganz zu schweigen von der Zerstörung, die es verursacht hatte, sorgte für einen Moment Stille beim Feind, dann schossen die Musketen wieder nach oben.

Sharpe kniete hinter einer Barrikade. Er holte sein Messer heraus und kürzte die Zündschnüre der Raketen so weit, wie er es wagte. Er öffnete sein Zündkästchen und entzündete die erste Schnur. Einen Herzschlag lang wartete er, dann warf er den Rest der Rakete über die Balustrade nach unten in die Eingangshalle. Auf halbem Weg nach unten zündete die Rakete, doch ohne den Stab gab es nichts, was sie hätte lenken können. So wirbelte sie einfach wild herum und prallte von Männern und Wänden ab, bis sie schließlich explodierte.

Sharpe schätzte, dass sich mindestens dreißig Mann im Eingangsbereich befanden, doch jetzt stand nur noch gut ein Dutzend, und zwei davon flohen wieder hinaus. Ein Offizier schrie einem Sergeant zu, er solle die Tür schließen, und der Mann warf zwei schwere Riegel zu, bevor ihn eine Gewehrkugel zur Strecke brachte. Der Steinboden schimmerte vor Blut. Sharpe feuerte sein Gewehr in den rauchverhangenen Schrecken, dann hörte er das Krachen von

Musketenfeuer irgendwo im Haus. »Pat! Finde raus, was da los ist!«

Doch bevor Harper gehen konnte, kehrte Rifleman McGurk zurück und kniete sich neben Sharpe, der sich hinter die obere Balustrade geduckt hatte. »Mister Price hat die Hintertreppe blockiert, Sir.«

»Braucht er Hilfe?«

»Er sagt Nein, Sir. Er hat ein Bett ins Treppenhaus gestopft. Da kann niemand mehr rauf.«

Oder runter, dachte Sharpe und verfluchte sich selbst. Er hatte seine Männer nach oben geführt, damit sie hier auf den Kampf draußen hinunterschauen konnten, und jetzt wusste er nicht mehr, wie er hier rauskommen sollte. Immer mehr von Laniers Männern verstärkten die in der Eingangshalle, und Sharpe schätzte, dass bald mehr als eine halbe Kompanie bereit war, die Treppe zu stürmen. Soweit Sharpe wusste, war Kippen im Lagerhaus, aber dort saß auch er in der Falle, und der Einzige, der etwas dagegen unternehmen konnte, war der verdammte Morris, und der wollte nicht kämpfen.

Von Lanier selbst war keine Spur zu sehen, und Sharpe nahm an, dass der Franzose irgendwo auf dem Vorhof war, wo er das disziplinierte Musketenfeuer seiner Männer koordinierte. Und da hätte auch Sharpe sein sollen. Wenn seine Leichte Kompanie Laniers Männer von hinten angegriffen und mit Raketen, Musketen und Gewehren Chaos gestiftet hätte, dann wäre Lanier vielleicht abgelenkt genug gewesen, sodass der Rest des Bataillons hätte vorrücken können. Mit Morris war das jedoch etwas anderes, aber selbst der hätte solch eine Gelegenheit doch erkannt – oder? Doch nichts von alledem war geschehen, denn Sharpe war die Treppe hinaufgegangen, damit sich seine Riflemen um die beiden Geschütze kümmern konnten, und jetzt saß er in der Falle.

Vor langer Zeit war Sharpe immer wieder von einem Albtraum heimgesucht worden. Es hatte kurz nach der Schlacht von Fuentes de Oñoro begonnen, einem üblen Kampf in einem kleinen Dorf an der spanischen Grenze, einem Kampf in engen Gassen, wo die Männer wie Tiere aufeinander losgegangen waren. Sie hatten geschrien wie Teufel und waren wie Vieh gestorben.

In diesem Traum, der ihn häufig geweckt hatte, schweißnass und zitternd, war er in einer schmalen Gasse gefangen gewesen. Hinter ihm und zu beiden Seiten waren hohe Steinwände gewesen, während vor ihm eine riesige Masse von französischen Soldaten gewartet hatte. Sharpe hatte einmal Lucille von dem Traum erzählt, und sie hatte gelächelt. »Träume haben eine Bedeutung, Richard«, hatte sie gesagt.

»Und was hat dieser zu bedeuten?«

»Halt dich von Sackgassen fern, natürlich.«

Das Vestibül unter Sharpe war nun offensichtlich leer, abgesehen von all den zerbrochenen Möbeln, die seine Männer so leidenschaftlich hinuntergeworfen hatten. Überall lagen Tische, Stühle, Nachttöpfe, Gemälde und Kommoden.

Die Franzosen hatten sich wieder zurückgezogen, sodass man sie von oben nicht sehen konnte, aber Sharpe konnte sie hören, und als er vorsichtig ein paar Schritte hinunterging, da wurde er mit Musketenfeuer begrüßt.

»Die Dreckskerle geben einfach nicht auf«, bemerkte Harper.

»Da ist mindestens eine Kompanie«, sagte Sharpe reumütig. Jeder Versuch, die Vordertür zu erreichen, würde sie den feindlichen Salven aussetzen, doch sein Instinkt sagte ihm, dass er aus dem Haus und zum Rest seines Bataillons musste, das irgendwo im Weingarten in Deckung lag.

Verdammt, dachte Sharpe. Er hätte den Hauptangriff führen sollen, doch stattdessen hatte er sich von dem Gedanken verführen lassen, sich durch den Tunnel zu schleichen und dem Feind in den Rücken zu fallen. Und jetzt war er in diesem Haus im oberen Stock gefangen, und Lanier beherrschte die Nacht.

»Beschäftige sie, Pat«, sagte er zu Harper und ging durch den langen Flur zum letzten Schlafzimmer, wo zwei Riflemen dafür sorgten, dass niemand mehr die Kanone in Laniers rechter Flanke bemannte. Im Schlafzimmer war es dunkel, abgesehen von dem wenigen Mondlicht, das durch die zerstörten Fenster fiel. Sharpe spähte über das Fensterbrett.

»Die Bastarde sind gut, Mister Sharpe«, sagte Rifleman Godwin.

»Sie sind gut ausgebildet«, murmelte Sharpe.

Lanier hatte seine Linie bis zum Rand des Vorhofs vorrücken lassen, von wo aus sie noch immer zugweise Salven zwischen die Reben feuerte. Die Antwort der Briten hingegen fiel bestenfalls sporadisch aus, und das machte Sharpe wütend. Gab es da nicht einen Offizier, der erkannte, was getan werden musste?

»Wo sind die Preußen?«, fragte er.

»Allesamt in dem großen Gebäude da.« Godwin nickte zu dem Lagerhaus. »Eine Kompanie Froschfresser ist ihnen gefolgt.«

Das hieß, dass die Preußen in dem Lagerhaus zwar verhältnismäßig sicher waren, doch sie standen einer gut ausgebildeten Kompanie Leichter französischer Infanterie gegenüber, die die einzige Tür bewachte.

Mit dem Knauf seines Säbels schlug Sharpe die letzten Splitter aus dem Fensterrahmen, dann beugte er sich in die Nacht hinaus. Theoretisch konnte er hier rausspringen, doch vermutlich würde er sich dabei den Knöchel verdrehen oder gar brechen. Dabei hatte er auch so schon genügend Schmerzen, und mit einem gebrochenen Knöchel hinter Laniers Bataillon zu landen wäre Selbstmord gewesen. Sharpe fluchte.

»Sie bluten, Mister Sharpe«, bemerkte Godwin besorgt.

»Ich habe schon Schlimmeres überlebt.« Sharpe zog sich vom Fenster zurück. Was er gesehen hatte, bereitete ihm große Sorgen. Die Franzosen standen noch immer in zwei Reihen, und Sharpe hatte eine Kompanie durchgezählt und das Ergebnis dann mit den sechs Kompanien multipliziert, die er sehen konnte. Lanier hatte mehr als fünfhundert Mann im Vorhof! »Sorgt einfach dafür, dass sie die Kanone nicht mehr einsetzen können. Und versucht, jeden Offizier und Sergeant abzuknallen, den ihr erwischen könnt.«

»Es wird uns ein Vergnügen sein, Mister Sharpe«, erwiderte Godwin und rammte eine Kugel in sein Gewehr.

Sharpe kehrte zum Kopf der Treppe zurück. Nichts hatte sich verändert. Wenn jemand versuchte, die Stufen hinunterzugehen, wurde er von Musketenfeuer empfangen. Harry Price bewachte noch immer die Hintertreppe, und Butler und O'Farrell warfen nach wie vor Madame Delaunays Mobiliar ins Vestibül. Inzwischen bildeten die Trümmer eine Barrikade.

»Wir haben doch noch eine Rakete, oder?«, fragte Sharpe.

»Hier.« Harper hielt den Zylinder in die Höhe. Der Stab lag unten bei den Möbeln.

Sharpe drehte sich um und ließ den Blick über seine Männer schweifen. Er hatte dreißig, und was er plante, war Wahnsinn, doch er war tief in der Gasse, die Wände waren hoch, und der Feind gewann. »Laden«, befahl er den Männern, »und pflanzt die Bajonette auf.«

Zwei Männer stolperten aus dem Flur rechts. Sie schleppten einen riesigen vergoldeten Kleiderschrank. Sharpe ließ sie das Ding über die Balustrade werfen. Der Schrank krachte auf den Haufen und verwandelte teure Stühle und Tische in Brennholz. »Gibt es da noch so einen?«

»Ja, Sir.«

»Dann holt ihn.«

Sharpe lud sein Gewehr mit gleich zwei Kugeln. »Wir gehen runter, Jungs«, sagte er zu seinen Männern und zwar so leise, dass man ihn unten nicht hören konnte. »Spart euch die Kugeln, bis wir aus dem Haus sind. Wir werden laufen, als wäre der Teufel persönlich hinter uns her.«

»Und wohin laufen wir?«, fragte Harper.

»Mitten durch Laniers Linie«, antwortete Sharpe. Ihm fiel keine andere Möglichkeit ein, sein Bataillon zu erreichen. Außerdem war es ja ohnehin seine Idee gewesen, Lanier von hinten anzugreifen, also würde er das verdammt noch mal auch tun. Fünfhundert Franzosen gegen seine dreißig Mann, von denen vier gerade einen weiteren riesigen Schrank brachten. »Legt das Ding auf die Balustrade, und wartet auf meinen Befehl. Pat? Gib mir die letzte Rakete. Und schick nach Captain Price. Sag ihm, er soll seine Männer herbringen.«

Sharpe war vier Stufen hinabgeschlichen. Er duckte sich tief an die Wand, sodass er den Franzosen kein Ziel bot, die sich hinter den zerstörten Möbeln drängten. Sharpe sah die Eingangstür. Die beiden Riegel waren noch immer zugeschoben. Der tote französische Sergeant lag direkt davor, und sein Blut breitete sich langsam auf dem Marmor aus.

»Private Bee!«

»Sir?«

»Wenn wir runtergehen, ist es dein Job, den toten Froschfresser wegzuziehen.«

»Jawohl, Sir«, bestätigte Bee nervös.

»Mach dir keine Sorgen, Junge«, sagte Sharpe. »Der ist viel zu tot, als dass er sich noch wehren würde. Wo ist eigentlich der Affe?«

»Sicher in einer Kiste im Museum, Sir.«

»Ich wage zu behaupten, er wird froh sein, dich wiederzusehen.«

»Ja, das wird er, Sir. Er ist ein guter Affe, Sir.«

Ein Franzose hatte die Stimmen gehört und schoss von unten mit der Muskete. Die Kugel schlug direkt über Sharpes Kopf in die Wand und brach ein Stück Putz heraus. Sharpe zog sich zwei Stufen zurück. »Bereit?«, fragte er.

»Was machen wir denn?«, fragte Harry Price.

»Wir greifen die verdammten Froschfresser draußen an«, antwortete Sharpe, »und hört zu, Jungs: Wir werden laufen! Wir brechen mitten durch sie durch und schließen uns dem Bataillon an! Rennt wie die Teufel, tötet jeden, der versucht, euch aufzuhalten, und folgt mir!«

Sharpe entzündete ein Stück Leinen und blies in die Flamme. »Wenn ich das Ding werfe«, sagte er zu Rifleman O'Farrell, »dann stoßt den Schrank nach unten.«

»Mit Vergnügen, Mister Sharpe.« Der Schrank schwankte bedrohlich auf der Balustrade.

»Noch nicht«, sagte Sharpe und hielt die Flamme an die kurze Zündschnur. Das Papier fing Feuer. Dann wartete er zwei Herzschläge lang, warf das Ding zu den kauernden Franzosen im hinteren Teil des Vestibüls, und im selben Augenblick versetzte O'Farrell dem Schrank einen Stoß, und das riesige Ding krachte nach unten.

»Jetzt, Jungs!«, brüllte Sharpe und sprang die Stufen hinunter, das Gewehr um die Schulter geschlungen.

Panische Schreie ertönten im hinteren Teil der Eingangshalle, als sich die Rakete kreischend einen Weg zwischen den Beinen der Franzosen hindurch suchte. Ein paar Musketen feuerten auf die Männer, die Sharpe die Treppe hinunter folgten, doch die meisten Franzosen waren viel zu verängstigt, als dass sie geschossen hätten, bevor Sharpe die Tür erreichte. Er riss die beiden Riegel zurück, und Pat Bee zerrte die Leiche aus dem Weg.

»Schnell, Jungs!«, rief Sharpe und zog den Säbel. »Schießt im Laufen! Los!«

Das Eichenlaub war wieder auf die ausgefranste Jacke genäht worden, und Sharpe erinnerte sich daran, wie der Herzog gesagt hatte, das werde für Wahnsinn verliehen und nicht für Tapferkeit, und jetzt tat Sharpe wieder etwas Wahnsinniges. Lanier hatte über fünfhundert Mann im Vorhof, und Sharpe griff sie mit gerade einmal dreißig an, doch als er unter dem Portikus hervorstürmte, da sah er, dass die Kompanie direkt vor ihm gerade nachlud. Vielleicht war Gott ja wirklich mit den Doofen.

Pat Bee schrie mit seiner hohen Stimme, doch Sharpe konnte ihn nicht verstehen. Pat Harper war neben Sharpe, das Salvengewehr auf Hüfthöhe. Sharpe hob den Säbel, und sein Gewehr schlug ihm gegen die Hüfte. »Tötet Sie!«, brüllte er, und Pat Harper drückte den Abzug, und die Kugeln schlugen wie eine Kartätsche in die beiden französischen Reihen. Bees Muskete feuerte ebenfalls.

Die Franzosen drehten sich um. Einige fielen, als sie getroffen wurden, dann schwang Sharpe den Säbel gegen einen Offizier, der überrascht den Mund aufriss. Ein Mann, dessen Ladestock gerade im Lauf steckte, zog sein Bajonett, und Sharpe stieß mit dem Säbel nach ihm, drehte die Klinge, und dann war er an ihm vorbei. Am Rand des Weingartens befand sich ein Blumenbeet, und Sharpe sprang darüber hinweg und rannte die Gasse zwischen den Reben hinunter.

»South Essex!«, bellte er. »Steht auf!«

Er lief weiter. Von links flogen Kugeln in seine Richtung und schlugen in die Reben. Doch keine traf ihn, und Sharpe schrie weiter: »South Essex! Steht auf! Bajonette, pflanzt auf!«

Dann sah Sharpe, dass sie schon standen, und er sah auch, dass sie ein gutes Stück den flachen Hang hinunter waren. Aber wenigstens standen sie, und sie formierten sich in Kompanien, auch wenn die Lücken zwischen ihnen wegen der Reben viel zu groß waren. Eine weitere französische Salve riss ein paar Männer aus der groben Linie.

»Zu mir!«, bellte Sharpe. »South Essex! Zu mir!«

Eine Stimme schrie hinter der lückenhaften Linie. Sharpe konnte weder erkennen, wer da schrie, noch, was geschrien wurde, aber er nahm an, das war Morris, der den Männern befahl zu bleiben, wo sie waren. Einige schauten verwirrt drein, und viele zögerten. »Zu mir! Jetzt! Bewegt eure faulen Ärsche!«

Sharpe bog nach links ab und bahnte sich einen Weg durch die Reben. »Captain Jefferson!«

Die Leichte Kompanie, die durch die französischen Reihen gebrochen war, hatte dort angehalten, wo Sharpe nach links abgebogen war.

»Schießt auf die Bastarde!«, brüllte Harper und nahm sein Gewehr von der Schulter.

Der Ruf erinnerte Sharpe daran, dass er ja auch ein geladenes Gewehr hatte, und jetzt nahm er es von der Schulter, zielte den Hang hinauf und drückte ab. »Captain Jefferson!«, rief er erneut, und plötzlich stand Jefferson vor ihm. Die Franzosen feuerten wieder zugweise, und die Kugeln peitschten durch die Reben. »Was zum Teufel ist passiert?«, knurrte Sharpe.

»Diese Salven sind passiert, Sir«, antwortete Jefferson.

»Na, und? Wir können genauso schnell feuern, wenn nicht schneller. Schießt die Schweine zusammen!«

»Die Kanonen haben auch nicht gerade geholfen«, murmelte Jefferson. »Meine Kompanie hat eine volle Kartätschenladung abbekommen.«

»Ich habe Ihnen doch gesagt, Sie sollen *schnell* vorrücken. Wenn Sie nur rumstehen, dann sind Sie bestenfalls eine Zielübung für die Froschfresser. Rauf da, und bringt sie um!«

»Der Major hat das für eine schlechte Idee gehalten, Sir.«

»Hat Morris das gesagt?«

»Ja, Sir.«

»Scheiß auf Morris! Ich habe jetzt das Kommando!« Sharpe warf sich das Gewehr über die Schulter und zog wieder den Säbel. »South Essex!«, brüllte er. »Wir werden diese Bastarde umbringen! Und zwar schnell! Mir nach! Jetzt!«

Die alte Wut kochte wieder in Sharpe hoch. Es war dieselbe Wut, die ihn durch Flandern, Indien, Portugal und Spanien getrieben hatte. Eine Zeit lang hatte er geglaubt, die Wut sei verflogen. Die Normandie und Lucille hatten ihn beruhigt, ein Ort, den er sein Heim nennen konnte, aber die Wut war noch immer da. Es war die Wut eines Kämpfers, die bis zu den Straßen von East London zurückreichte, zu den knallharten Schlägern, die das Waisenhaus beherrscht hatten und die Sharpe immer einen Bastard genannt hatten, ein ungewolltes Gossenkind. Nun, das ungewollte Gossenkind würde diesen Bastarden jetzt zeigen, wer härter kämpfen konnte, und oben am Weingarten war ein Mann, von dem Sharpe glaubte, dass er ein genauso guter Soldat war wie er, wenn nicht sogar besser. Trotzdem würde Sharpe ihm zeigen, dass ein britisches Landregiment, angeführt von einem Gossenkind, die geliebten Teufel des Kaisers zerschmettern konnte. »Kommt!«, bellte er und lief los. Sharpe drehte sich nicht um, um zu sehen, ob sein Bataillon ihm folgte, und das musste er auch nicht. Er hörte seine Männer, wie sie schreiend den Hang hinaufstapften, und er sah Harper, der links von ihm die Leichte Kompanie anführte.

Der Wahnsinn hatte von Sharpe Besitz ergriffen. Es war der gleiche Wahnsinn, der ihn bei Talavera dazu getrieben hatte, den Adler zu erobern, und in Badajoz, wo er in Strömen von Blut die Bresche hinaufgeklettert war. Noch einhundert Schritte, und ein kleiner Teil von Sharpe wusste, dass es immer wahrscheinlicher wurde zu sterben, je näher er den Franzosen kam. Plötzlich sah er Lucille vor seinem geistigen Auge, wunderschön, liebevoll und voller Hass auf den Krieg, der ihr den Mann genommen hatte. Und Sharpe hatte auch einen Sohn, und dieser Gedanke hätte ihn fast stehen bleiben lassen, doch er lief weiter. »Wenn ich sterbe«, sagte er zu Jefferson, der mit ihm Schritt hielt, »dann sagen Sie Lucille, dass sie die beste Frau ist, die je gelebt hat.«

»Es gibt keinen lebenden Froschfresser, der Sie töten könnte, Sir.«

Noch fünfzig Schritt, und die Kompanie direkt vor Sharpe feuerte eine Salve. Überall um sich herum fühlte er die Kugeln, und er hörte, wie sie hinter ihm Männer trafen, doch irgendwie verfehlten sie sowohl ihn als auch Jefferson. Das waren die Weinreben, erkannte Sharpe, und dieser Gedanke gab ihm neue Kraft und half ihm, den brennenden Schmerz in Schulter und Rücken zu vergessen.

Salvenfeuer funktionierte gegen einen formierten Feind,

doch die South Essex rückten zwischen den Reben vor, durch Gassen zwischen stark belaubten Pflanzen. Die Briten waren auseinandergezogen, und so flogen die meisten Kugeln des Feindes schlicht ins Leere.

»Wir werden gewinnen«, sagte Sharpe zu niemandem im Speziellen, und er sah, wie die Kompanie vor ihm nachlud. Lanier hatte seine Männer dazu trainiert, schnell zu schießen, genauso schnell wie die Rotröcke, aber jetzt wurden sie nervös, und Sharpe sah, dass sie an den Patronen herumfuchtelten und ihre Ladestöcke fallen ließen. »Sie gehören uns!«, brüllte er. »Lauft, ihr Bastarde! Lauft!« Er selbst versuchte auch, schneller zu rennen, um die Franzosen zu erreichen, solange sie noch nachluden, doch inzwischen atmete er schwer, sein Rücken schmerzte, und der Boden war uneben. Jefferson sah Sharpe stolpern und bemerkte im Mondlicht den dunklen Fleck auf Sharpes Rücken. »Vorsicht, Sir!«

Doch jetzt war nicht die Zeit, vorsichtig zu sein. Jetzt war die Zeit, sich vom Wahnsinn treiben zu lassen. Das hier, dachte Sharpe plötzlich, ist vermutlich der letzte Kampf in einem langen Krieg – in einem Krieg, in dem sowohl Washington als auch Moskau gebrannt hatten. Er hatte die Felder Indiens verbrannt, die spanischen Ebenen mit Blut getränkt wie auch die Felder Deutschlands und Österreichs, und wenn das wirklich die letzte Schlacht sein sollte, dann würde Sharpe sie verdammt noch mal gewinnen.

»Vorwärts«, sagte er zu Jefferson. Die Kompanie vor ihm lud zwar noch immer, doch sie war fast fertig. Aber Sharpe fiel auch auf, dass nicht ein Franzose das Bajonett aufgepflanzt hatte. Mit einem Bajonett konnte man eine Muskete nur langsam laden, und deshalb hatte Lanier darauf verzichtet. »Wir werden sie umbringen! Alle!«, schrie Sharpe, und er sammelte den Rest seiner Kraft für die letzten paar Meter. Der Franzose vor ihm ließ sofort den Ladestock fallen, hob die Muskete und drückte ab.

Fehlzündung. Das Pulver auf der Pfanne flammte zwar auf, doch die Muskete schoss nicht. Gott liebte Gossenkinder offenbar, und Sharpe schlug die Muskete beiseite und stieß mit dem Säbel zu. Captain Jefferson feuerte seine Pistole ab, und die Kugel traf den Mann im selben Moment, da die Klinge in seinen Bauch drang. Sharpe stürmte immer noch vorwärts und drehte die Waffe, damit sich die Klinge nicht im Fleisch verfing. Dann rammte er die linke Schulter in den Mann in der zweiten Reihe. Der Säbel löste sich, und Sharpe schlug wild um sich. Er traf den Mann ins Gesicht und stolperte auf die freie Fläche hinter ihm.

Da war ein Offizier. Er trug den schmalen, eleganten Degen der französischen Infanterie, und der Mann stürzte sich damit sofort auf Sharpe, als der stolperte und fiel. Die Klinge blitzte über Sharpe auf, der sich eine Handvoll Schotter schnappte und sie dem jungen Offizier ins Gesicht warf. Dann schlug er mit dem schweren Kavalleriesäbel nach dem Knöchel des Mannes. Der Mann wich vor Schmerz zurück und stieß mit der schmalen Klinge nach Sharpes Brust.

Sharpe sah, wie der Mann das Gesicht verzog, aus Schmerz ebenso wie vor Anstrengung, und sofort bedauerte Sharpe, was er hier tat. Was für eine dumme Art zu sterben: getötet von einem Bürschlein, als der Krieg so gut wie vorbei war. Rasch rollte er auf seinen Angreifer zu, dessen Degen über ihn hinwegsauste und den Schotter traf. Sharpe packte die Knöchel des Mannes mit dem linken Arm, hob an, und der Junge fiel nach hinten. Sharpe sprang sofort auf, in der rechten Hand den Säbel. »Blöder Narr«, sagte er zu dem französischen Offizier und riss ihm mit dem schweren Säbel die Kehle auf.

Die Prince of Wales Own Volunteers hatten inzwischen Laniers Männer erreicht, und die Bajonette verrichteten ihr grausames Werk. Die noch lebenden Franzosen zogen sich zum Haus zurück, und Lanier brüllte sie an standzuhalten. Sharpe hörte ihn deutlich, aber er konnte ihn nicht sehen.

Sharpe war durch die Linie der Verteidiger gebrochen, die sich nun in fliehende Gruppen auflöste, die die Rotröcke mit ihren langen Bajonetten vor sich hertrieben. Ein großer Mann griff Sharpe mit der Muskete an und wollte ihm den Kolben auf den Schädel hämmern, doch Sharpe musste sich nur in den wilden Schlag hineinducken und dem Kerl den Säbelknauf in die Fresse rammen. Der Kerl spie Blut und ging dann mit einem Bajonett im Rücken zu Boden. Private Carter riss das Bajonett heraus und grinste. »Der Drecksack wollte ihnen doch tatsächlich den Schädel einschlagen, Mister Sharpe!«

»Ich wusste doch, dass du da bist, Jem.«

Carter schaute an Sharpe vorbei. »Das verdammte Haus brennt!«

Sharpe drehte sich um. Das Haus der Witwe Delaunay brannte tatsächlich, oder zumindest brannte der große Eingangsbereich, wo er an der Treppe in der Falle gesessen hatte. Die Flammen flackerten hinter den zerschmetterten Fenstern, aus denen der Rauch quoll. Ein Franzose riss die Haustür auf und sprang erschrocken zurück, als ihm Flammen entgegenschlugen. Laniers Linie hatte sich mit dem Rücken zum Haus neu formiert, und Sharpe sah, wie die Franzosen ihre Musketen luden.

»South Essex!«, brüllte er. »Gebt ihnen nicht die Zeit! Mir nach!«

Sollen die Bajonette das beenden, dachte er. Sie hatten Laniers Reihen bereits ausgedünnt. Die meisten Franzosen hatten noch immer keine Bajonette aufgepflanzt, und jetzt saßen sie zwischen dem brennenden Haus und Sharpes wütenden Rotröcken in der Falle. »Tötet sie!«, hörte er sich selbst schreien, und er stürmte wieder vor.

»Stopp! Halt!«, bellte eine noch lautere Stimme auf Englisch, und Sharpes Männer blieben verwirrt stehen. »South Essex! Halt! Feuer einstellen!«

Das war Lanier, der das geschrien hatte und der nun ruhig und gelassen auf Sharpe zukam. »Tapfere Engländer!«, rief er. »Ihr habt gut gekämpft! Aber der Krieg ist vorbei, und es gibt keinen Grund mehr zu sterben! Ich wünsche euch, dass ihr wieder heimkehren könnt! Zu euren Frauen und Kindern!«

Erstaunt und beleidigt, weil Lanier seinem Bataillon einen Befehl erteilt hatte – und das Bataillon gehorchte auch noch –, drehte sich Sharpe zu dem Franzosen um. »South Essex!«, rief er. »Dieser Kampf ist noch nicht vorbei!«

»Aber das wird er bald sein!«, rief Lanier zurück. Er wandte sich wieder an Sharpes Männer. »Ihr habt gut gekämpft! Aber es muss niemand mehr sterben! Euer Colonel und ich, wir werden diesen Kampf entscheiden!« Er lächelte Sharpe an. »Und wenn ich gewinne, Colonel, dann kehren Ihre Männer in ihr Quartier zurück.«

»Und wenn ich gewinne?«

»Dann werden meine Männer sich selbstverständlich hinter die Loire zurückziehen.« Lanier zog den Säbel, eine Waffe, die genauso lang und schwer war wie Sharpes. Der Mann klang geradezu ekelhaft ruhig und widerlich selbstbewusst, und Sharpe konnte nur bewundern, wie Lanier die Nacht wieder an sich gerissen hatte. »Das ist doch nur fair, oder?«, wandte Lanier sich wieder an Sharpes Männer. »In diesem Krieg sind schon viel zu viele gute Männer gestorben, und es gibt keinen Grund mehr dafür, dass das so weitergeht. Ein Tod wird diese Nacht entscheiden.«

»Bringen Sie den Kerl um, Mister Sharpe!«, rief eine Stimme aus den Reihen der Rotröcke, gefolgt von Anfeuerungsrufen.

Sharpe kehrte Lanier den Rücken zu und ließ den Blick über seine Männer schweifen. Er bewegte sich langsam, sodass die Flammen aus dem Haus seinen Rücken erhellten, von dem er wusste, dass er blutgetränkt war. Allerdings war er nicht sicher, ob man das auf der dunkelgrünen Uniform auch sehen konnte. »Still, Männer!«, rief er. »Ladet eure Musketen und Gewehre!«

»Sie wollen, dass der Kampf weitergeht?«, spottete Lanier.

»Ich traue Ihnen nicht«, antwortete Sharpe. »Wenn Sie gewinnen, könnten Sie meine Männer trotzdem massakrieren. Ich will nur sicherstellen, dass sie nicht wehrlos sind.«

Lanier trat ein paar Schritte näher an ihn heran. »Ich gebe Ihnen mein Wort, dass Ihre Männer sicher sind. Wer auch immer gewinnt, Colonel, Ihre Männer werden leben. Können Sie das Gleiche auch von meinen Männern sagen?«

»Ihre Männer werden auch leben«, erwiderte Sharpe. Er wusste, dass er Laniers Herausforderung damit akzeptierte. Er wollte das nicht. Er hatte das französische Bataillon vernichten wollen, doch Lanier schien die Kontrolle übernommen zu haben, und jetzt musste Sharpe trotz der stechenden Schmerzen in Schulter und Rücken kämpfen.

»Lassen Sie mich zu meinen Männern sprechen«, bat Lanier und wandte sich, ohne auf eine Antwort zu warten, an sein Bataillon. Er sagte seinen Soldaten, was er auch Sharpes

Männern gesagt hatte, dass schon viel zu viele in diesem Krieg gestorben seien, und es müssten jetzt nicht noch mehr sterben. Deshalb würden die beiden Colonels das ausfechten. Jubel ertönte von den Blauröcken vor dem brennenden Haus. Lanier wartete, bis der Jubel abgeklungen war, dann befahl er seinen Männern, die Musketen auf den Boden zu legen.

»Sie sollten das Gleiche tun«, schlug er Sharpe vor.

»Sergeant Major Harper!«, rief Sharpe.

»Sir?«

»Wenn die Männer geladen haben, können sie ihre Musketen auf den Boden legen.«

»Sehr gut, Sir.« Harper klang zweifelnd. Er ging zu Sharpe, in der rechten Hand das Salvengewehr. »Sind Sie sicher?«, fragte er.

»Bin ich nicht, aber wenn ich den Bastard schlage, dann werden wir unser Wort halten.«

»Ihr Rücken ist voller Blut.«

»Das werde ich schon überleben«, erwiderte Sharpe.

»Lassen Sie mich gegen ihn kämpfen, Sir.«

»Ich bezweifle, dass er dem zustimmen würde, Pat. Außerdem ist das mein Kampf.«

»Sie sind wirklich irre, Sir. Ja, das sind Sie.«

»Sag Lucille …«, begann Sharpe, konnte den Satz aber nicht beenden.

»Oh, ich denke, das weiß sie.« Harper legte Sharpe die Hand auf die linke Schulter. »Außerdem werde ich ihr gar nichts sagen müssen. Bringen Sie den Bastard um, Sir.«

Ein paar von Laniers Männern waren durch die Fenster ins Haus geklettert und versuchten offenbar, das Feuer zu löschen. Vermutlich war die Rakete daran schuld, die in die zerbrochenen Möbel geschlagen war. Sharpe fragte sich, was mit den Männern geschehen war, die er im Keller zurückgelassen hatte. Er hoffte, sie waren klug genug gewesen, sich durch den Tunnel zurückzuziehen. Dann drehte er sich zu Lanier um, der fünf Schritte von ihm entfernt stand.

»So, Colonel«, sagte er. »Wir beide werden jetzt also die letzte Schlacht des Krieges kämpfen.«

»Und erst meine zweite gegen die Engländer«, sagte Lanier.

»Was war die erste?«

»Ein kleines Gefecht in Italien«, antwortete Lanier, »bei einem Ort mit Namen Maida. Mein Bataillon hat sich dem Kampf erst spät angeschlossen, aber ich erinnere mich noch genau an das Gemetzel, das Ihre Salven angerichtet haben. Deshalb habe ich meine Männer ausgebildet, genauso schnell zu kämpfen.«

»Und Sie haben in Maida verloren«, bemerkte Sharpe.

»Haben Sie nie in einer verlorenen Schlacht gekämpft?«, fragte Lanier amüsiert. Sharpe schwieg, und Lanier lächelte. »Vor heute Nacht vielleicht?«

»*Und* heute Nacht«, erwiderte Sharpe. »Wer befehligt Ihr Bataillon, wenn ich Sie töte?«

Lanier zuckte mit den Schultern. »Mein Major *en second* heißt de Brosse. Ich versichere Ihnen, dass er sich an unsere Abmachung halten wird. Und wen muss ich in Ihrem Bataillon ansprechen?«

»Major Morris«, antwortete Sharpe und ließ seinen Blick über die South Essex schweifen. Er fand Morris bei der Grenadierkompanie. »Morris! Herkommen!« Morris zögerte. »Hier, Charlie! Hopp, hopp!«

Morris kam langsam näher und ignorierte den Spott aus den roten Reihen. Kurz vor Lanier und Sharpe blieb er stehen. »Colonel?«, sagte er zu Sharpe.

»Das Wort, nach dem Sie suchen, ist Sir«, knurrte Sharpe. »Lassen Sie mich Ihnen Colonel Lanier vorstellen, einen berühmten französischen Schlächter.«

»Das Wort, nach dem Sie suchen, ist Soldat«, sagte Lanier noch immer amüsiert.

»Ein berühmter französischer Soldat, Morris, der Held von Marengo. Seine Männer nennen ihn das Monster. Er ist gut, sehr gut sogar. Er ist derjenige, wegen dem Sie hinter den Reben gekauert haben.«

»Er ...«, begann Morris, kam dann aber zu dem Schluss, dass Höflichkeit das Gebot der Stunde war. »Es ist mir eine Ehre, Sie kennenzulernen, Colonel«, sagte er zu Lanier.

»Die Ehre ist ganz auf meiner Seite, Major.« Lanier hatte zwischen Morris und Sharpe hin- und hergeschaut, und seine Belustigung war ihm deutlich anzusehen. Er fühlte den Hass zwischen den beiden. »Haben Sie Major Morris gerufen, um ihn anzuweisen, wie er im Falle Ihres Todes handeln soll, Sharpe?«

»Nein, Lanier. Ich habe ihn gerufen, weil er mein Stellvertreter ist. Sie sind doch mein Stellvertreter, nicht wahr, Charlie?«

»Jawohl«, bestätigte Morris steif.

»Und das Problem ist«, sagte Sharpe und drehte sich um, »dass ich verletzt bin. Das ist Blut auf meinem Rücken, Charlie, für den Fall, dass Sie außer beim Auspeitschen noch nie welches gesehen haben. Das ist dann doch kein fairer Kampf, nicht wahr? Ein Verwundeter gegen ein Monster. Warum kämpfen Sie nicht gegen ihn? Für die Ehre Großbritanniens!«

»Warum – ich ...«, stammelte Morris und riss entsetzt die Augen auf.

»Colonel Lanier macht das gewiss nichts aus, oder?«

Lanier verstand genau, was Sharpe da tat, und er lächelte Morris liebenswürdig an. »Es wäre mir ein Vergnügen, gegen Sie zu kämpfen, Major, ein Vergnügen und eine Ehre. Ich habe schon sechzehn Männer im Duell getötet, aber noch nie einen Engländer.« Er hielt kurz inne. »Noch nicht.«

Gottverdammt, dachte Sharpe, *ich mag den Kerl.* »So, Charlie – wollen Sie meinen Säbel haben? Er ist allerdings schwerer als Ihrer.« Er hielt Morris den Pallasch hin. »Ein richtiges Schlachterbeil, genau richtig, um ein Monster zu erledigen.«

»Monsieur?« Lanier steckte seinen Säbel weg, als wolle er Morris ermutigen, und winkte dem Major, näher zu kommen und Sharpes Säbel zu nehmen.

»Das – das ist doch lächerlich, Sharpe«, protestierte Morris.

»Was schlagen Sie stattdessen vor?«, verlangte Sharpe zu wissen. »Kommen Sie! Raus damit! Sie sind doch ein ordentlicher Offizier, Charlie, und nicht so ein Gossenkind. Sagen Sie mir, was ein ordentlicher Offizier jetzt tun sollte.«

»Tun?« Morris wurden die Knie weich.

»Das ist ein Bataillon Froschfresser und das ein britisches. Das ist ein Kampf, Charlie. Vielleicht der letzte Kampf des ganzen verdammten Krieges, und Colonel Lanier und ich haben schon genug Gemetzel gesehen. Das reicht für ein ganzes Leben. Deshalb sind wir übereingekommen, das von Mann zu Mann zu regeln, nur dass ich verwundet bin. Ich bin schwach, Charlie. Also – was sollen wir jetzt tun?«

»Sie …«, begann Morris und verstummte dann.

»Ich? Ich was? Ich habe mir den Kampf ausgesucht? Ja, habe ich. Ich habe mich nämlich noch nie vor einem Kampf gedrückt, Charlie, und Sie haben noch nie wirklich gekämpft. Weigern Sie sich etwa, gegen Colonel Lanier anzutreten?«

»Das – das ist doch absurd«, sagte Morris und wich einen Schritt zurück.

»Weigern Sie sich?«, verlangte Sharpe zu wissen.

»Ich …«, begann Morris wieder und verstummte erneut. Lauter Spott hallte aus dem Bataillon.

»Captain Jefferson!«, bellte Sharpe, um den Lärm zum Verstummen zu bringen.

»Sir!« Jefferson lief zu ihm.

»Wenn Colonel Lanier mich tötet«, sagte Sharpe, »dann haben Sie das Kommando über das Bataillon, und Sie werden Colonel Laniers Befehle befolgen und das Bataillon zum Louvre zurückbringen. Und Major Morris werden Sie unter Bewachung stellen.«

»Unter Bewachung, Sir?«, hakte Jefferson verwirrt nach.

»Feigheit im Angesicht des Feindes«, erklärte Sharpe. »Dafür kommt man vors Kriegsgericht. Sperren Sie ihn weg und melden Sie den Vorfall morgen früh General Halkett.«

»Natürlich, Sir.«

»Bringen Sie ihn weg, Captain.«

Morris schien protestieren zu wollen, doch Sharpe trat einen Schritt auf ihn zu und hob den blutigen Säbel. Morris stolperte zurück. Wieder grölte das Bataillon.

»Ruhe!«, brüllte Sharpe. Er schaute zu Lanier. »Bitte, entschuldigen Sie, Colonel.«

Lanier schaute zu, wie Jefferson Morris zurückbrachte. »Sie mögen diesen Charlie wohl nicht, hm?«

»Ich verachte ihn.«

»Und Sie demütigen ihn. Sie sind wirklich sehr grausam, Colonel Sharpe.«

»Sie etwa nicht?«

»Nur, wenn es sein muss«, antwortete Lanier.

»Und das musste jetzt sein«, erwiderte Sharpe. Er trat auf den Franzosen zu, der erneut den Säbel zog.

»Wir kämpfen mit Säbeln, ja?«, fragte Lanier.

»Mit Säbeln«, willigte Sharpe ein. Er sah, dass Lanier eine lange Klinge trug, genauso lang wie seine und leicht gekrümmt, was nahelegte, dass sie eher eine Hieb- denn eine Stichwaffe war. Lanier hielt sie tief. Offenbar war er damit zufrieden, dass Sharpe den Kampf begann. »Das ist eine Klinge aus Solingen«, erklärte Lanier.

»Und das ist billiger Stahl aus Birmingham«, entgegnete Sharpe. Er kannte den Ruf der Säbel aus Solingen. Sie wurden in Preußen geschmiedet und waren angeblich die besten in ganz Europa.

»Wie alt sind Sie, Colonel?«, fragte Lanier plötzlich.

»Ich weiß nicht«, antwortete Sharpe. »Ist das wichtig?«

»Vierzig vielleicht?«

»Ungefähr, schätze ich.«

»Ich weiß gern etwas über die Männer, die ich töte«, sagte Lanier. Dann trat er einen halben Schritt zurück, als würde er das Gespräch lieber fortsetzen, als zu kämpfen. »Sie haben Charlie gegenüber ein Wort benutzt.« Er sprach den Namen voller Verachtung aus. »Gossenkind. Was heißt das?«

»Das heißt, dass ich in der Gosse geboren worden bin, Lanier. *Je suis un bâtard.*«

»Dann versichere ich Sie meines Respekts, Colonel«, sagte Lanier und hob den Säbel zum Gruß. »Ich mag Bastarde, denn sie verstehen zu kämpfen.« Er nahm die Klinge wieder herunter. »Wie schlimm sind Sie verletzt?«

»Ich habe schon Schlimmeres überlebt.«

»Dann kämpfen wir«, sagte Lanier. »Und sollten Sie sich ergeben, dann werden Sie leben. Einverstanden?«

»Sind wir zum Reden hier oder zum Kämpfen?«

Lanier nickte knapp und hob den Säbel. »*En garde*, Colonel.«

Sharpe hob seine Klinge ebenfalls und berührte Laniers Waffe. Hinter ihm tobte das Feuer und erhellte den Hof, wo die beiden Bataillone schweigend zuschauten.

»Ich werde es wirklich bedauern, Sie zu töten, Sharpe«, sagte Lanier. Er zuckte mit der Klinge, vermutlich, um Sharpes Reaktion zu prüfen, doch Sharpe rührte sich nicht. Er dachte darüber nach, wie falsch das alles war. Eigentlich sollte das ein Kampf bis zum Tod sein, und doch bot ihm Lanier die Freundschaft an, Mitgefühl sogar, und Lanier war *le Monstre*, in ganz Frankreich berühmt. Dann erkannte Sharpe, dass der Mann ihn absichtlich beschwichtigte, um ihm die Wut zu nehmen.

Und diese Wut hatte Sharpe seit seiner Kindheit angetrieben. Wut auf die Menschen, die ihn großgezogen hatten, Wut auf die Sergeants, die versucht hatten, ihn zu brechen, Wut auf die Männer, die ihn ausgepeitscht hatten, und Wut auf die Offiziere, die ihn verachteten. Wut hatte ihn in die nach Blut stinkenden Breschen getrieben, über die mit Leichen übersäten Felder und schließlich zum Befehl über sein Bataillon, und Lanier hatte das in ihm gesehen und wollte es ihm nun wegnehmen. Verdammt soll Lanier sein, dachte Sharpe, und die vertraute Wut kochte wieder in ihm hoch, und er zuckte genau so mit dem Säbel, wie Lanier es getan hatte. Der Franzose reagierte mit einer Parade darauf und wich einen Schritt zurück.

»Bastard«, spie Sharpe ihn an und ließ seinem Zorn freien Lauf. Er griff an, was sofort Anfeuerungsrufe seiner Männer provozierte. Seine Attacke hatte nichts Subtiles an sich. Er deckte den Franzosen schlicht mit harten Hieben ein, doch der parierte sie alle mit instinktiver Leichtigkeit. Die beiden Klingen schlugen aufeinander, sodass Sharpe schon fürchtete, sein billigerer Säbel würde brechen, doch der Birmingham-Stahl hielt, während er Lanier allein durch seine Wildheit immer weiter zurückdrängte.

Und binnen Sekunden erkannte Sharpe auch, dass seine wilden Angriffe nicht funktionieren würden. Ja, Lanier wurde zurückgetrieben und der Hauch von Sorge in den Augen des Franzosen zeigte seinen Respekt für Sharpes Kraft und Schnelligkeit, aber er wehrte jeden Hieb gekonnt ab, und nach dem vierten oder fünften begann er zu lächeln. Dieses Lächeln erzürnte Sharpe sogar noch mehr, denn er wusste, dass er für seine Versuche verspottet wurde, Laniers Verteidigung auf diese Art zu durchbrechen. Doch Sharpes Männer jubelten, und Laniers Soldaten hatten die Blicke gesenkt, obwohl sich Lanier selbst nicht die geringsten Sorgen mehr zu machen schien. Er war schlicht zufrieden damit, jeden Hieb zu parieren.

»Meine Mutter«, sagte Lanier, »hat mich als Erste das Fechten gelehrt.« Er hielt kurz inne, um einen weiteren Hieb zu parieren. »Und vergiss nie, Philippe, hat sie gesagt, dass die Spitze die Schneide schlägt.« Er lächelte und riss dann überrascht die Augen auf, als Sharpes Klinge beim nächsten Hieb an seiner Waffe hinunterglitt, mit voller Wucht auf die Parierstange traf und ihm den Arm auf die Brust drückte. Sharpe sprang vor und stieß mit der Spitze nach Laniers Bauch, doch der Franzose sprang schnell zur Seite, und Sharpes Stoß ging ins Leere. »Hat Ihre Mutter Ihnen nicht beigebracht zu fechten, Colonel?«, fragte der Franzose.

»Ich habe sie nie kennengelernt«, antwortete Sharpe. Inzwischen schmerzte sein ganzer Rücken, und seine Muskeln protestierten gegen die Anstrengung der wilden Schläge. Er atmete schwer. Lanier war einen Schritt zurückgewichen, nachdem er Sharpes Angriff pariert hatte, und Sharpe setzte nicht nach, sondern ließ erst einmal den Schwertarm sinken und versuchte, wieder zu Atem zu kommen.

»Dann wird Ihre Mutter also auch nicht Ihren Tod beweinen?«, hakte Lanier nach.

»Höchstens aus dem Grab, Colonel. Sie ist schon lange tot.«

»Dann ist es wohl an der Zeit, dass Sie sie endlich kennenlernen!« Lanier hob den Säbel und griff Sharpes rechte Seite halbherzig an. Sharpe parierte, doch die Klinge des Franzosen tauchte unter seiner Abwehr hindurch, flog nach links und traf ihn an der Hüfte. Sharpe spürte, wie die Spitze seine Haut durchdrang und auf den Knochen traf. Lanier zog seine Klinge rasch wieder zurück, um Sharpes Gegenangriff abzuwehren. Er schlug Sharpes Säbel beiseite und griff wieder an. Diesmal drang sein Säbel durch Sharpes Jacke, knapp oberhalb des Gürtels, und wieder durchbohrte sie auch die Haut. »Zwei«, sagte Lanier.

Der Bastard spielt mit mir, dachte Sharpe. Er hätte viel härter zustechen können, und dann wäre sein verdammter Säbel in meinem Bauch gewesen. Inzwischen brannte Sharpes Rücken förmlich, und mit jeder Bewegung schoss Schmerz durch seinen Schwertarm. Das Blut war warm auf seiner Haut, aber nicht so heiß wie das wilde Feuer, das inzwischen das Dach durchbrochen hatte, sodass die Flammen in den Himmel zuckten. »Sind Sie bereit aufzugeben, Colonel?«, fragte Lanier. Er hatte seinen Säbel gesenkt, sodass die Spitze den Schotter berührte.

»Zur Hölle mit Ihnen«, knurrte Sharpe.

Lanier hob langsam den Säbel wieder, und das Licht der

Flammen funkelte auf der Klinge. »Meine Mutter hat mich zu Anfang gelehrt«, sagte er, »doch mein eigentlicher Lehrer war der Dorfpfarrer. Ein wahrlich außergewöhnlicher Mann! Er war einst Soldat, hat dann jedoch zu Gott gefunden. Er hat mich gelehrt, in Psalmen zu beten. *Béni soit l'Eternel qui dispose mes mains au combat, et mes doigts à la bataille.*« Er lächelte spöttisch. »Das ist ein gutes Gebet für einen Soldaten, denken Sie nicht?« Plötzlich stieß er wieder zu, und Sharpe stolperte verzweifelt nach hinten, und sein Konter verfehlte Lanier komplett.

»Sie sind sehr unbeholfen, Colonel«, sagte Lanier. Im letzten Moment zog er den Säbel wieder zurück. »Fechten ist eine Kunst, Colonel. Sie sollte elegant sein, subtil.«

»So wie Schießpulver in einen Keller stopfen?«, fragte Sharpe. Lanier war einen Schritt zurückgewichen, und Sharpe senkte den Säbel mit der Spitze bis zum Boden.

»Das war Madame Delaunays Idee«, sagte Lanier. »Eine recht vulgäre Idee, wie ich zugeben muss, aber sie hätte durchaus funktionieren können.« Plötzlich hob er die Klinge wieder, stieß nach Sharpes Linker und griff immer weiter an, bis die leicht gekrümmte Klinge wieder an Sharpes Bauch war. Er setzte Sharpe unter Druck und trieb ihn weiter zurück. »Sie sollten sich ergeben, Colonel. Ich würde es wirklich bedauern, Sie zu töten. Sie haben doch Schmerzen, nicht wahr?«

»Ich habe schon Schlimmeres überlebt.«

»Ich nehme an, das haben wir alle.« Lanier hielt den Druck auf Sharpes Bauch aufrecht und zwang ihn weiter zurück. Sharpe hatte seinen Säbel gesenkt, und er wusste, dass der Franzose sofort zustechen würde, wenn er ihn hob. Die Franzosen riefen ihrem Colonel zu, er solle Sharpe töten, während Sharpes Männer schwiegen. »Das mit dem Haus ist wahrlich eine Schande«, sagte Lanier und schaute nach rechts, wo der Brand im Haus der Witwe tobte. Es war ein schneller Blick, zu schnell, als dass Sharpe die Gelegenheit hätte nutzen können. Lanier stieß leicht mit dem Säbel zu, und die scharfe Spitze drang abermals durch Sharpes Haut. »Ergeben Sie sich, Colonel«, drängte Lanier ihn. »Eine Niederlage ist keine Schande.«

»Und was ist mit Meuchelmord? Ist das ehrenvoll?«, fragte Sharpe in harschem Ton.

»Es geht um die Ehre der Nation«, erwiderte Lanier. »Um Trost in der Niederlage. Und es ist eine Lektion für die Sieger.«

»Eine Lektion?«

»Dass der Sieg einen Preis hat.«

Sharpe nickte. »Und wenn ich Sie jetzt besiege«, fragte er, »ist das dann das Ende von *la Fraternité*?«

Lanier zögerte. Dann nickte er. »Ja, das ist es. Ich bin der letzte Überlebende.«

War das die Wahrheit? Sharpe vermutete Nein, aber er neigte auch dazu, Lanier zu glauben, einem Mann, den er mochte und den er trotzdem besiegen musste. Er zuckte und beugte sich leicht vor, als wolle er den Schmerz in seinem Rücken lindern. Doch plötzlich drehte er sich nach rechts und schlug Laniers Säbel mit dem rechten Handgelenk nach oben. Lanier war überrascht und reagierte nicht schnell genug. Dic Spitzc hatte Sharpes Bauch nur leicht geritzt, und jetzt war Sharpe an der Reihe. Einen Herzschlag lang war der Franzose weit offen, und Sharpe sprang. Er ließ seinen Säbel fallen, packte Lanier mit beiden Händen an den Epauletten, riss den Franzosen zu sich heran und versetzte ihm einen brutalen Kopfstoß. Der Stoß schmerzte höllisch, und kurz sah Sharpe alles nur verschwommen, doch er wusste, wenn das ihm schon so wehgetan hatte, dann war Lanier halbblind und benommen.

Lanier taumelte zurück, und Sharpe trat ihm zwischen die Beine. Der Franzose klappte nach vorn. Sharpes Faust traf ihn auf dem Weg nach unten, und plötzlich war da Blut auf Laniers Gesicht. Er versuchte noch, sich mit dem Säbel zu verteidigen, doch Sharpe war viel zu nah an ihm dran, hatte die Hände um seinen Hals geschlossen und drückte zu.

»Ihre Mutter mag Sie ja das Fechten gelehrt haben«, sagte er, »aber meine hat mich in der Gosse geboren. Und dort habe ich auch das Kämpfen gelernt.«

Lanier konnte nicht sprechen, versuchte aber trotzdem, mit dem Säbel an Sharpe zu sägen, doch der drückte immer weiter zu. Die Klinge schnitt durch Sharpes Oberschenkel, doch Lanier verließ mehr und mehr die Kraft, als er keine Luft mehr bekam. Laniers Nase war gebrochen und blutete, und Tropfen fielen auf Sharpes Handgelenke. Dann ließ Sharpe plötzlich wieder los und packte Laniers Pferdeschwanz. Mit aller Kraft riss er den Kopf des Franzosen zurück, krallte die rechte Hand in Laniers Gesicht und drückte ihm Zeige- und kleinen Finger in die Augen.

»Als Nächstes werde ich Sie blenden«, versprach er Lanier, »und wenn ich Ihnen die Augen rausgerissen habe, werde ich Ihnen die rechte Hand und den linken Fuß abhacken. Haben Sie das verstanden? Sie können ein blinder Krüppel sein oder sich ergeben.«

Lanier gab ein unverständliches Geräusch von sich, und Sharpe drückte härter zu. *»Non! Non!«*, brachte Lanier mühsam hervor.

»Ergeben Sie sich?«, knurrte Sharpe und hielt den Druck aufrecht.

Lanier krächzte etwas. Sein Säbel schabte noch immer an Sharpes Beinen, aber schwach, und mit der linken Hand klopfte er Sharpe zweimal auf den Arm.

»Ist das ein Ja?«, fragte Sharpe und spürte erneut das Klopfen. Er ließ Lanier los und trat einen Schritt zurück. Lanier schlug sofort mit dem Säbel nach ihm, doch Sharpe hatte damit gerechnet, und er packte Laniers Schwertarm mit der Rechten und den Ellbogen des Franzosen mit links. Dann drückte er Laniers Arm nach unten und riss gleichzeitig das Knie hoch. Laniers Unterarm brach mit lautem Knacken. Schließlich ließ Sharpe ihn wieder los, trat erneut zurück und hob seinen Säbel auf.

Lanier war es zwar irgendwie gelungen, seinen Säbel festzuhalten, doch in seinem gebrochenen Arm hatte er keine Kraft mehr. Sharpe schlug nach ihm und sah den Franzosen zusammenzucken, als er versuchte zu parieren. Kurz vor Laniers Hals hielt Sharpe jedoch inne. »Ergeben Sie sich«, forderte er ihn abermals auf. Seine Männer jubelten und riefen ihm zu, er solle den Franzmann in Scheiben schneiden. »Ergeben Sie sich!«, sagte Sharpe noch einmal.

»Ich – ich ergebe mich, Monsieur«, krächzte Lanier heiser.

»Sie dürfen Ihren Säbel behalten«, sagte Sharpe und fügte dann impulsiv hinzu: »In der Normandie gibt es eine Farm mit Namen Seleglise. Dort werden Sie immer willkommen sein.« Er steckte den Säbel weg. »Captain Jefferson!«

»Sir?«

»Sammeln Sie die Verletzten ein. Im Lagerhaus gibt es einen Wagen und Pferde. Darin werden wir sie transportieren. Wir brauchen Feldschere. Colonel Kippen!«

Der Preuße hatte das Lagerhaus mit seinen Männern verlassen, um sich den Kampf anzusehen, und jetzt trat er zu Sharpe. »Colonel?«

»Sie werden zurückbleiben und sicherstellen, dass Colonel Lanier tatsächlich abrückt. Er geht zur Loire.«

»Natürlich«, sagte Kippen.

»Und behandeln Sie sie gut, Colonel«, knurrte Sharpe. »Das sind tapfere Männer.« Er drehte sich zu Lanier um. »Haben Sie Feldschere?«

»Zwei.«

»Dann können die sich um Ihre Verwundeten kümmern. Diejenigen, die nicht mehr laufen können, werde ich in der Früh in ein Hospital bringen. Der Rest von ihnen muss bei Sonnenaufgang verschwunden sein.«

Ein gewaltiges Krachen ertönte, als das halbe Dach einbrach, und die Flammen schossen mit neuer Kraft gen Himmel. Ein paar Diener kauerten an der Kanone, die auf der linken Flanke von Laniers Linie gefeuert hatte, und Sharpe sah dort auch die Witwe. Er ging zu ihr. »Ich entschuldige mich, Madame«, sagte er.

Sie spie ihn an. »Sie sind ein Barbar, Colonel.«

»Das Wort, nach dem Sie suchen, Madame«, erwiderte Sharpe, »heißt *Soldat.*«

Er wandte sich von ihr ab und ging. Sharpes Krieg war vorbei.

EPILOG

Sharpe saß mit Lucille unter den Weiden an dem kleinen Fluss, der die Westgrenze des Guts markierte. »Der Scheißkerl wird nicht wieder zurückkommen«, sagte er.

»Richard!« Lucille schaute ihn tadelnd an. »Du hättest nicht auf ihn schießen sollen!«

»Sollen die Drecksäcke etwa unsere Schafe stehlen?«

»Sie haben Hunger. Und du hättest ihn fast getötet!«

»Ich wünschte, das hätte ich.«

Es war ein besonders schöner Tag, kaum eine Wolke am Himmel, und Sharpe, der wie immer seine Kavalleriehose trug, hatte sich am Ufer ausgestreckt. Nosey, sein Hund, lag neben ihm. »Vielleicht hat sich das Wetter jetzt ja zum Guten gewendet«, sagte er hoffnungsvoll.

»Für die Ernte ist es allerdings zu spät«, seufzte Lucille.

Der Sommer 1815 war der kälteste und feuchteste seit Menschengedenken gewesen, doch dieses Jahr versprach, genauso schlimm zu werden. Frankreich litt Hunger. Der Brotpreis war gefährlich hoch. In den Städten herrschte Unruhe, während das Land von umherziehenden Banden entlassener Soldaten bedroht wurde, die gelernt hatten, wie man vom Plündern lebt. Sharpe war recht sicher, dass es sich bei den Kerlen, die versucht hatten, ihnen drei Schafe zu stehlen, um genau solche Männer handelte.

Charlie Weller hatte die Schafe in Dorset gekauft. Sie hatten ein Pfund das Stück gekostet und dann noch einmal drei Pfund, um sie in Lyme Regis zu verschiffen. Insgesamt waren es fünfundzwanzig Schafe gewesen, von denen zweiundzwanzig noch lebten. Die kleine Herde stand nun auf einer Weide hinter Sharpe, und neben ihm, am Ufer, lag das Gewehr, das sie beschützt hatte. »Das war niemand aus dem Dorf«, sagte er. »Wenn doch, dann hätten wir längst davon gehört.«

In der Nacht zuvor hatte er in dem Birkenwald über der Weide gewartet und mehrere Männer gesehen, die von der Hecke im Norden gekommen waren. Vorsichtig hatte Sharpe Dan Hagmans Gewehr gehoben, auf einen von ihnen gezielt und geschossen. Es hätte ein tödlicher Schuss werden sollen, doch die Kugel hatte den Eindringling nur am Bein verwundet. In jedem Fall waren die Kerle geflohen. »Die werden nicht mehr zurückkommen«, sagte Sharpe noch einmal, »und nächstes Jahr werden wir Fleisch und Wolle haben.«

»Wir können auch Käse machen.«

»Du kannst das«, erwiderte Sharpe, »und Charlie will eine Falle im Fluss bauen. Er glaubt, damit Lachs und Meerforellen fangen zu können.«

Charlie einzustellen hatte sich als großer Erfolg erwiesen. Charlie war voller Energie, er verstand sein Handwerk und besser noch: Er war im Dorf beliebt. Seine Frau Sally war inzwischen schwanger. Charlie war glücklich, und trotz des Wetters sah es so aus, als würde der Hof einen kleinen Gewinn erwirtschaften. »Der arme Charlie«, sagte Lucille. »Er arbeitet immer so hart.«

»Er ist glücklich.«

»Und du?«, fragte Lucille.

Sharpe nahm ihre Hand und drückte sie sanft. »Du weißt, dass ich glücklich bin.«

»Du vermisst die Armee«, sagte Lucille ein wenig vorwurfsvoll.

»Nein«, widersprach Sharpe, obwohl er wusste, dass das gelogen war. Er vermisste tatsächlich einen Teil davon: die Freude, den Feind auszumanövrieren, das Gefühl des Sieges und die Energie, die aus der Tatsache erwuchs, ständig in Gefahr zu schweben. Aber er vermisste *nicht* den Gestank des Todes, das Weinen von Männern, die im Sterben lagen, und die Qualen der verletzten Pferde. Es war nun ein Jahr her, seit er in Waterloo gekämpft hatte, doch Sharpe wachte nachts noch immer verschwitzt und zitternd auf, wenn sein Kopf voller Bilder von Leiden und Schrecken war.

»Jetzt kannst du nach Hause gehen«, hatte Lucille gesagt.

»Das ist mein Zuhause«, hatte Sharpe erwidert, und so war es auch, und es war das erste Heim, das Sharpe je gekannt hatte, auch wenn viele der Einheimischen ihm noch misstrauten. Er war *l'Anglais*, ein Wort, das den Dorfbewohnern nur voller Bitterkeit über die Lippen kam, und obwohl die Leute ihm zum Gruß zunickten, sah er keine Freundlichkeit in ihren Augen. Und Lucille hat recht, dachte er, was die Schafdiebe betraf. Wenn die Männer aus dem Dorf gekommen waren, dann würde sich die Unfreundlichkeit bald in Hass verwandeln, vielleicht sogar in Rachsucht, denn auch hier gab es noch viele Männer, die in Napoleons Armee gedient und ihre Musketen mitgenommen hatten. Und viele dieser Leute wünschten sich Napoleon zurück und nicht auf Sankt Helena.

Frankreich war jetzt ein besetztes Land. Insgesamt hundertfünfzigtausend alliierte Soldaten waren in Bonapartes alten Garnisonen stationiert, und der Herzog befehligte die Besatzungstruppen, die wiederum von den Franzosen bezahlt und versorgt wurden. Sharpe war in Mont-Saint-Martin zum Herzog bestellt worden, einem Landhaus, das der Herzog nördlich von Paris requiriert hatte.

»So …«, hatte der Herzog Sharpe begrüßt. »Sie wollen die Armee also verlassen.«

»Jawohl, Mylord.«

»Um heimzugehen?«

»In die Normandie.«

Der Herzog verzog das Gesicht. »Welch seltsames Schicksal, Colonel. Erst kämpfen Sie gegen sie, dann leben Sie mit ihnen.«

»In der Tat, Mylord.«

Sie gingen über den weiten, feuchten Rasen, wo ein halbes Dutzend Jagdhunde des Herzogs herumtollten. »Ich habe sie mir aus England schicken lassen«, erklärte der Herzog. »Man kann hier recht gut jagen, sogar Keiler.« Er hielt kurz inne. »Gefällt Ihnen die Armee in Friedenszeiten nicht?«

»Ich habe eine Armee nie in Friedenszeiten kennengelernt, Mylord.«

»Und was werden Sie in der Normandie tun?«

»Landwirtschaft, Mylord.«

Ein Grunzen verriet, dass der Herzog Sharpe nicht gerade für den idealen Bauern hielt. »Wir werden Sie vermissen, Sharpe.«

»Danke, Mylord.«

»Sie haben eine bemerkenswerte Karriere gemacht. Ich nehme doch an, sollten wir Sie wieder brauchen, können wir uns auf Sie verlassen, oder?«

»Natürlich, Mylord.«

»Ich habe Ihren Rang bestätigt. Das sollte hilfreich sein.«

»Danke, Mylord«, sagte Sharpe freudig. Fast alle seine Beförderungen waren Brevet gewesen, was hieß, dass er offiziell vermutlich noch immer Captain war, doch allein die Hälfte des Solds eines Lieutenant Colonel würde bereits das Dach des Châteaus bezahlen.

»Captain Burrell hat mir erzählt, dass sie auch einen Hund haben.«

Captain Burrell, dachte Sharpe, sollte sein verdammtes Maul halten. »Ja, das stimmt, Mylord.«

»Und er heißt Nosey?«

Sharpe lief rot an. »Jawohl, Mylord.«

Der Herzog schnaubte, ein Geräusch, von dem Sharpe glaubte, dass es ein Lachen sein sollte. »Und Morris hat mir erzählt, dass Sie ein aufsässiger Bastard seien.«

Sharpe schwieg. Er wusste, dass Morris in Schande seinen Abschied genommen hatte, um sich nicht wegen Feigheit vor einem Kriegsgericht verantworten zu müssen. »Sie hätten es mir sagen sollen, als ich ihn ernannt habe, Sharpe«, sagte der Herzog. »Ich wusste nicht, dass es da eine Geschichte gab.«

»Ich wollte nicht schlecht über einen Offizierskameraden sprechen, Mylord.«

»Ich erinnere mich noch an ihn, als ich die 33rd kommandiert hatte. Damals schien er recht vielversprechend zu sein. Billigen Sie denn den Neuen?«

»Peter d'Alembord wird ein guter Bataillonskommandeur werden, Mylord.«

»Trotz seines lahmen Beins?«

»Er kann ja vielleicht nicht tanzen, Mylord, aber er kann kämpfen.«

Nachdem sich Peter d'Alembord von der Verwundung erholt hatte, die er sich in Waterloo zugezogen hatte, hatte man ihm den Befehl über die Prince of Wales Own Volunteers übertragen. »Lassen Sie uns beten, dass Kämpfen nicht mehr nötig sein wird«, sagte der Herzog und schaute zum Himmel hinauf. »Da kommt Regen«, grummelte er. »Schon wieder. So ein Wetter habe ich noch nie erlebt.« Kurz schaute er verlegen drein, dann streckte er die Hand aus. »Sharpe, ich habe Sie zu mir gerufen, um Ihnen zu danken«, sagte der Herzog und schüttelte Sharpe die Hand. »Sie haben mir viele Jahre lang gut gedient.«

»Danke, Mylord.« Sharpe war fast genauso verlegen wie der Herzog.

»Ich wünsche Ihnen alles Gute, Colonel, und sollten Sie je in England sein, dann hoffe ich, Sie lassen es mich wissen.«

»Und sollte das Schicksal Sie je in die Normandie führen …«, begann Sharpe, doch dann versagte ihm die Stimme.

»Bleiben Sie noch zum Lunch? Ein kalter Imbiss.«

»Hammel, Mylord?«

Der Herzog schnaubte erneut. »Haben Sie schon die Neuigkeiten von Colonel Lanier gehört?«

»Nein, Mylord.«

»Er ist jetzt Brigadier Lanier und dient dem König. Sie haben ihn zum Kommandanten einer Ausbildungseinrichtung ernannt.«

»Er ist auch gut«, sagte Sharpe.

»Das waren Sie auch, Sharpe. Sie waren ein verdammt guter Rifleman.« Angetrieben von den ersten Regentropfen, schlenderte der Herzog zum Haus zurück.

»Ich habe die Rifles gemocht«, bemerkte Sharpe.

Der Herzog beschleunigte seinen Schritt, doch dann blieb er am Rand des Rasens stehen. »Sagen Sie mir«, forderte er Sharpe auf, »haben Sie ihn töten oder nur verwunden wollen?«

Sharpe zögerte. Er wusste genau, wovon der Herzog sprach, und er vermutete, dass die Antwort ihm Ärger bringen könnte. Doch dann beschloss er, dem Herzog trotzdem die Wahrheit zu sagen. »Ich wollte töten, Mylord.«

»Das habe ich mir gedacht. Aber es war ein verdammt feiner Fehlschuss. Gut gemacht, Sharpe. Wissen Sie, dass der verdammte Narr inzwischen behauptet, er hätte die Schlacht gewonnen?« Der Herzog sprach von Prinz Wilhelm von Oranien.

»Ja, das habe ich gehört, Mylord.«

»Und er denkt darüber nach, ein verdammt großes Denkmal an der Stelle zu errichten, wo er verwundet worden ist.« Der Herzog machte sich auf den Weg über den Schotter zu einer offenen Tür. »Wissen Sie, wer diese Schlacht gewonnen hat, Sharpe?«

»Sie, Mylord.«

»Nein«, erwiderte der Herzog in scharfem Ton, »*Sie* waren das, die beste Infanterie der Welt. Gott allein weiß, wie oft diese Infanterie mir schon den Hals gerettet hat.«

Ein Dutzend Männer teilten sich den Lunch, und alle bestanden darauf, Sharpes Erinnerungen an alte Schlachten zu hören. Doch als eine Nachricht für den Herzog kam, wurden sie unterbrochen. Wellington riss den Schmuckumschlag auf, las den Inhalt und schaute zu Sharpe. »Der Papst dankt Ihnen, Sharpe. Wer weiß? Vielleicht macht er Sie ja zum Kardinal.«

»Er dankt *mir*, Mylord?«, fragte Sharpe verwirrt.

Der Herzog deutete auf den Brief, auf dem ein prächtiges Siegel zu sehen war. »Offenbar hat Mister Fox Seiner Heiligkeit cinc Liste der Gemälde geschickt, die er wiederbeschafft hat und die wir nun zurückgeben werden. Damit hatten Sie doch auch etwas zu tun, nicht wahr?«

»Aber nicht wirklich viel«, erwiderte Sharpe.

Major Vincent, der links von Sharpe saß, schüttelte den Kopf. »Der arme Fox«, sagte er. »Ein richtiger Spion wird nie aus ihm.«

»Aber klug ist er«, entgegnete der Herzog, doch sein Tonfall legte nahe, dass das nicht als Kompliment gedacht war.

Sharpe ging geschmeichelt, zufrieden und deutlich wohlhabender. Major Vincent brachte ihn zum Stall, wo Sharpe den großen schwarzen Hengst sah, auf dem Fox von Péronne in Richtung Süden geritten war. »Der Herzog besteht darauf, dass Sie ihn bekommen«, sagte Vincent. »Er heißt Tempest.«

»Grundgütiger.« Sharpe schnappte nach Luft und starrte das prächtige Tier an. »Eigentlich war ich mit meiner alten Mähre ganz zufrieden.«

»Ihr altes Pferd können Sie auch mitnehmen. Und sollten Sie Tempest verkaufen wollen, dann nehmen Sie nicht weniger als zweihundert Guineas für ihn.«

Jetzt lief Tempest in der Normandie auf einer Weide. Charlie Weller schätzte, dass im Augenblick viel zu viele Pferde zum Verkauf standen, und dementsprechend niedrig waren auch die Preise. »Behalten Sie ihn ein, zwei Jahre, Colonel, bis sich die Preise wieder erholen. Er ist noch jung!«

Pat Harper wäre neidisch auf das Pferd, doch Harper war zwei Länder entfernt in Irland. Ab und an kam ein Brief, offenbar einem jungen Priester diktiert, in dem Harper alles berichtete, was es zu berichten gab. Isabella hatte ihm einen Sohn geboren. »Wir nennen ihn Richard, und ich bringe den kleinen Kerl um, wenn er zur britischen Armee geht.«

»Wir müssen mal nach Irland fahren«, sagte Sharpe zu Lucille, »um Richard Harper kennenzulernen.«

»Das würde mir gefallen.« Lucille zog die Schuhe aus und hielt die nackten Füße in das Flüsschen. »Als ich zum ersten Mal geheiratet habe«, sagte sie wehmütig und erinnerte sich an ihren ersten Mann, »bin ich immer hier geschwommen.«

»Das kannst du doch auch jetzt. Es sieht dich doch niemand.«

»Doch. Du!«

»Und das werde ich auch immer tun.« Sharpe zog Stiefel, Hose und Hemd aus und sprang ins Wasser. »Komm schon, Mädchen!«, rief er und wartete darauf, dass Lucille sich im kühlen Wasser zu ihm gesellte. Er war schier unglaublich glücklich und endlich daheim.

HISTORISCHE ANMERKUNG

Die Schlacht von Waterloo fand am 18. Juni 1815 statt. Drei Wochen später waren die Briten und die Preußen in Paris. Napoleon hatte abgedankt und seinen Truppen den Rückzug über die Loire befohlen. Diese drei Wochen verliefen jedoch nicht friedlich. Die Preußen hatte mehrere kleine Gefechte gegen die französische Nachhut ausgetragen, während die preußische Hauptarmee Rache für all die Grausamkeiten genommen hatte, die sie 1806 durch die Franzosen hatten ertragen müssen. Gleichzeitig rückte Wellington südwestlich der Preußen vor. Er marschierte langsam, und nur zweimal kam es zu kleineren Kämpfen in den Festungsstädten Cambrai und Péronne. Der Herzog bestand auf strikter Disziplin aus Furcht, Übergriffe gegen die französische Bevölkerung würden zu einem Guerillakrieg führen. Am 3. Juli 1815 beendete schließlich der Vertrag von Saint-Cloud den Konflikt. Die französischen Truppen marschierten über die Loire, die provisorische Regierung erkannte Ludwig XVIII. als König von Frankreich an, und Paris wurde den siegreichen Alliierten übergeben. In Ham kam es zu keinen Kämpfen. Das Château in der kleinen Stadt war einst eine beeindruckende Festung gewesen, deren Vorwerke der berühmte Festungsbauer Vauban entworfen hatte, doch 1815 waren diese Vorwerke bereits verschwunden. Das Château diente fast das ganze 19. Jahrhundert hindurch als Gefängnis, wurde im Ersten Weltkrieg aber fast vollständig von den Deutschen zerstört. Heute steht nur noch das große Torhaus.

La Fraternité ist die Erfindung eines Schriftstellers, aber es gab tatsächlich Pläne, den Herzog von Wellington in Paris zu ermorden. Der vielleicht berühmteste Anschlag ist der eines ehemaligen Soldaten mit Namen Marie André Cantillon, der sein Ziel nur knapp verfehlte. Er wurde zu Zuchthaus verurteilt, doch ohne Zweifel trösteten ihn die zehntausend Franc, die Napoleon ihm in seinem Testament vermachte. Ein wesentlich dramatischerer Attentatsversuch ereignete sich jedoch im Juni 1816, als Wellington in seiner Pariser Villa einen Ball veranstaltete. Ein Feuer wurde im Keller entdeckt. Als die Diener den Brand löschten, fanden sie jede Menge Schießpulver, das sich zum Glück nicht entzündet hatte. Dieser Vorfall diente als Inspiration für dieses Buch. Das Haus, das den beeindruckenden Namen Hôtel Grimod de La Reynière trug, war genau dort, wo sich heute die amerikanische Botschaft befindet.

Das Gebet, das Private Pat Bee an Hagmans Grab spricht, ist ein altes lateinisches Weihnachtslied, das man italienische Kinder lehrt, während Laniers Zitat aus dem Buch der Psalmen eine leicht bearbeitete Version von Psalm 144, Vers 1 darstellt: »Gelobt sei der Herr, mein Fels, der meine Hände kämpfen lehrt und meine Fäuste, Krieg zu führen.«

Sharpes Behauptung, Beweise für eine Guillotine in Halifax gesehen zu haben, ist durchaus möglich. Seit dem Mittelalter hat es ein Fallbeil in der Stadt gegeben. Allerdings fand 1650 die letzte Hinrichtung damit statt. Und es war auch nicht das einzige Fallbeil in Großbritannien. Es gab noch ein weiteres in Edinburgh, und obwohl man gemeinhin Dr. Guillotine die Erfindung des Geräts zuschreibt, gab es offensichtlich viele derartige Geräte in ganz Europa, und das lange bevor Dr. Guillotines Maschine 1792 zum ersten Mal zum Einsatz kam.

Das *Musée Napoléon*, heute der Louvre, war in der Tat voller gestohlener Kunstwerke aus ganz Europa. Die meisten davon wurden auch tatsächlich wieder herausgeholt, wenn auch erst später als im Buch beschrieben. Nicht alle wurden jedoch zurückgegeben, und einige wie zum Beispiel Veroneses beeindruckendes Bild der *Hochzeit zu Kanaan*, das ursprünglich aus Venedig gestohlen wurde, hängen noch immer im Louvre. Die Briten hatten auch tatsächlich Schwierigkeiten, so viele Bilder mangels Leitern abzuhängen, und Ersatz liehen sie sich in der Tat von einem fahrenden Gaukler, der Affen zur Schau stellte.

Es hat mir große Freude bereitet, Sharpe den Orden des heiligen Wladimir zu verleihen, 2. Klasse, denn ich bin sicher, dass es seiner Eitelkeit schmeichelte, auch wenn er das nie offen zeigte. Und auch diese Geschichte hat einen wahren Kern. Der Zar schickte dem Herzog von Wellington wirklich den Orden und bat ihn, einen würdigen Empfänger zu suchen, doch Colonel Lygon weigerte sich mit der Begründung, er sei ja nur 2. Klasse. Also befahl Wellington, ihn Colonel *Irgendweranders* zu geben. Warum also nicht Sharpe? Er hat ihn sich ja auch verdient. Zu der Zeit verlieh die britische Armee keine Orden, aber Wellington ließ eine Silbermedaille für alle prägen, die in der Schlacht von Waterloo gekampft hatten.

Bis heute gibt es noch viele kleine Weingüter in Paris, doch 1815 waren es noch viel mehr. Viele von ihnen lagen nördlich der Rue de Montreuil. Und es gab auch unzählige Tunnel, die unter der Stadtmauer hindurchführten. Fast alle dienten sie dem Schmuggel von Wein und anderem Alkohol, auf die in der Stadt hohe Zölle erhoben wurden.

Der Arc de Triomphe auf den Champs-Elysées war genau wie der Elefant auf dem Place de la Bastille damals noch ein Holzmodell. Der hölzerne Bogen war mit bemalten Leinen bespannt, während der monströse Elefant aus Gips gefertigt wurde. Der Bogen ist natürlich tatsächlich gebaut worden, doch der Elefant verfiel immer weiter, bis er 1846 abgerissen wurde. Ursprünglich hätte er aus Bronze gegossen werden sollen, geschmolzen aus den Kanonen, die der Kaiser erbeutet hatte, und wäre er je fertiggestellt worden, er wäre sicher eine *der* Sehenswürdigkeiten von Paris geworden.

Eine der Freuden des Schreibens ist es herauszufinden, dass die Charaktere irgendwann darauf bestehen, ihr eigenes Schicksal zu bestimmen. Ich wusste immer, dass Pat Harper wieder in sein geliebtes Irland zurückkehren würde, aber Sharpe hat mich wirklich überrascht, als er sich in der Normandie niedergelassen hat, wo ich ihn für den Augenblick auch belassen werde. Ich bin den vielen Lesern ausgesprochen dankbar, die uns auf dieser Reise begleitet haben, besonders meiner Frau Judy, die Sharpes viele Schlachten ertragen hat. Ich danke dir!

Eine Landratte kämpft auf hoher See

Bernard Cornwell
SHARPES TRAFALGAR
Historischer Roman
Aus dem Englischen
416 Seiten
ISBN 978-3-404-18899-4

1805. Nach seinen Abenteuern in Indien segelt Richard Sharpe an Bord eines Handelsschiffes zurück nach England, um sich dort seinem neuen Regiment anzuschließen. Doch schon nach kurzer Zeit auf See überschlagen sich die Ereignisse: Sharpe gerät in die Hände der Franzosen und wird kurz darauf durch den englischen Kapitän Chase und seine Männer befreit. Chase jagt das französische Kriegsschiff »Revenant«, das brisante Dokumente an Bord hat, und Sharpe schließt sich der Jagd an. Er ahnt nicht, dass sich am Kap von Trafalgar die Kriegsflotte der Engländer unter Admiral Nelson sammelt. Die größte Seeschlacht der englischen Geschichte steht bevor, und Nelson braucht jeden Mann ...

Lübbe